命运有无限种可能

THE INVESTIGATOR

永城◎作品

秘密

网中人

V

调查师

作家出版社

目录
Contents

秘密调查师

自序

　　上次为《秘密调查师》写序是 2010 年的初冬，在由北京飞往莫斯科的航班上。七年之后，为《秘密调查师》的再版写序，仍是在飞机上。这次是由北海道飞往北京，舷窗外的北国大地又是白雪茫茫。也不知我有多少时间是在飞机上度过的。早年是漂洋过海求学谋生，然后是肩负着公务四处奔波，现在则是全职码字的闲云野鹤。无论调查报告还是小说，加起来总有十几万字是在机舱里写就的。看来，不管从事何种职业，注定是一个漂泊的人生。

　　转眼离开商业调查已有数年。但既是为《秘密调查师》作序，总要再提一提那"神秘"的行业。

　　每当有人让我从《秘密调查师》里挑一句最具概括性的话，我总是不假思索地选出这一句：

　　　　我们的产品，是秘密。值钱的秘密。

　　这是小说中充满神秘感的 GRE 公司中国区老大对前来面试的年轻女子说过的话。这两个人物自然都是虚构的，就像这小说中的大部分人物和情节。但生动的故事往往来自真实的素材。比如，作为中国区的领导，我也曾面试过许多踌躇满志的年轻人。他们大多从中外名校毕业，拥有数年的金融、媒体或法务的工作经验，但对商业调查一无所知。因此目光里总是交织着忐忑和兴奋。他们希望加入的，是鼎鼎有名的"华尔街秘密之眼"——全球顶尖的商业调查公司。其数千名员工，隐藏在六十多个国家的金融区摩天楼里，秘密执行着数百起商业调查项目。他们为投资者调查未来合作对象的背景和信誉，为遭遇欺诈的公司找出销声匿迹的罪犯，为陷入经济纠纷的客户寻找对手的漏洞和把柄，另有一些为VIP客户提供的隐秘服务，是公司里大部分员工都不知道的。

十几年前，当我心情忐忑地接受面试时，对此行业同样一无所知。参与了数百个项目，走过十几个国家，顶过南太平洋的烈日，也淋过伦敦的冻雨，在东北的黑工厂受过困，也在东京的酒店避过险。在积累了许多经验之后才真正明白，一个商业调查师到底需要什么。面对那些拥有傲人简历的面试者，我总要问一个问题。这问题和英美名校的学历无关，和硅谷或华尔街的工作经验也无关。那就是：

应对一切可能性，你准备好了吗？

我这样问，因为我也曾被问到过同样的问题，并不是在面试时，而是在更尴尬也更紧迫的时刻。

那是在大阪最繁忙的金融区，一家豪华饭店的餐厅里。

"老兄，你准备好了吗？"

问我问题的，是个铁塔般巨大的西班牙裔男人，短发，粗脖子，皮肤黝黑，戴金耳环和金项链，体重起码有三百斤。若非见到他的名片，我会当他是西好莱坞的黑帮老大。可他并非黑帮，他叫Mike，来自洛杉矶，是国际某知名律师事务所的合伙人。他身边是个身材娇小的西裔美女，那是他的私人秘书，他身后则是四名人高马大的保镖：两名白人，两名日本人，表情严峻，严阵以待。Mike低头凑近我，补充道："他们几个都带着家伙！"

我摇摇头。一个小时之前，我才刚刚在关西机场降落。民航不会允许我带"家伙"搭乘客机，即便允许，我也没有。

Mike也摇摇头，脸上浮现一丝不屑："没人告诉你吗？今天要见的证人，有可能是很危险的。我们不知他打的什么主意。但我们知道，他有黑帮的背景！"

这是一桩拖延了数年的跨国欺诈大案。骗子拿着巨款销声匿迹，直到三天前，Mike 在日本的同事接到了匿名电话举报，声称见到过他。听声音举报人是女性，日语并不纯熟，操着些中国口音。同事在电话中说服她和我们秘密约见。我和 Mike 就是为了这次会面，分别从北京和洛杉矶赶到大阪来。时间地点由对方定，我们严格保密，尽量减少随行人员。

Mike 的顾虑并不是多余的。销声匿迹的诈骗犯可不喜欢被人一直追踪，为了警告律所和调查公司不要插手，以"举报"为名把接头人约到僻静处"灭口"，也是发生过的。Mike 无奈地看着我，抱起双臂说："我给你半小时做准备。半小时后，我们在酒店大门见。"

重温一下项目背景：被骗的是一家美国金融企业，骗子和日本黑社会有染。Mike 的律师事务所受聘为美国企业尽量挽回损失，而我所就职的公司协助 Mike 的律师事务所，在全球追查骗子的行踪。半小时之后，我将同 Mike 在他的保镖和本地律师的陪同下，去接头地点和举报人见面。对于这位神秘的举报人，我们一无所知。她曾在电话里声称是那骗子的情人。但，谁知道呢？

半小时，我能做什么准备？举目四望，酒店门外有一家便利店，想必是不卖枪的。就算卖，我也不知怎么用，或许比没有更不安全。我回到十分钟前刚刚入住的酒店房间，取出手提电脑，给在北京的同事发了一封邮件，简单做了些安排——如果我发生了意外，请帮我……

写完那封具备遗书功能的邮件，我微微松了一口气。举目窗外，是一条被樱花淹没的街道，身穿和服的女人们，打着伞在花下拍照。原来竟是樱花怒放的季节，之前竟然丝毫也没注意到呢。

生活是美好的，但危险无处不在。作为一名商业调查师，危险似乎就更多一点儿。母亲因为我的职业抱怨过很多次：不务正业！在她看来，一个获得斯坦福硕士的机器人工程师，就该毕生研究万人瞩目的人工智能，改进那些我曾经研发的"蟑螂机器人"——那是我研究生时的课题：为丛林作战设计的仿生学机器人——穿越各种气候和地质条件下的丛林，深入敌人腹地，拍照，监听，执行其他更为秘密的任务。

毕业十几年之后，深入"腹地"的却并不是那些"蟑螂机器人"，而是我自己——整天西服革履地出入全球各地的高级写字楼，同银行高管和企业家们打着交道。我远离了机器人和人工智能，被众多的合同、账务、新闻、八卦、公开的和不公开的信息，还有无处不在的蛛丝马迹所淹没。

母亲一辈子做学问，无法量化商业咨询的技术含量和价值。一切用不上数理化公式的营生，她都当作不大正经。后来我辞了职，专心写起小说来。母亲就更失望了："你凭什么能写小说？又不是文科出身。而且，想象力又未必出众。"我不敢言语顶撞，只在心中默默辩解：没有经历，哪来的想象力？

因此，凭着当年寒苦的漂洋，在硅谷设计和生产机器人，以及之后走遍世界的调查师经历，想象力似乎真的日益发达了。那些匪夷所思的调查，跨越国境的历险，生意场上的尔虞我诈，绞尽脑汁的陷阱设计，高科技伪装下的原始冲动，被财富和欲望撕扯的情感和良知，就这样跃然纸上了。

当然，事实毕竟是和小说有所不同的。商业调查通常并不如小说里那般惊心动魄，正规公司的从业者也绝不会轻易踏入法律和道德禁区。而且这一行最需要严谨，容不得半点儿的牵强和不实。所以专业调查师会补充说："如果无法证明是真相，秘密一文不值。"

不过，前文所述的"大阪经历"却并非虚构。之所以要写这样一篇序，正是为了向读者透露一点儿藏在小说背后的真实情形。只不过，此类"情形"并不多见，而且只有资深人士才会亲自涉险，绝不会把既敏感又危险的任务推给普通员工。至于那次经历的结果：瞧，我还健在呢！至于其他细节，抱歉，那可不能直接透露。正如这部《秘密调查师》里写到的诸多"秘密"，是要经过了小说式的加工才能见人的。

说不定您手中的这部小说，就已经把谜底告诉您了。

2017 年 11 月 2 日
于札幌飞往北京的航班上

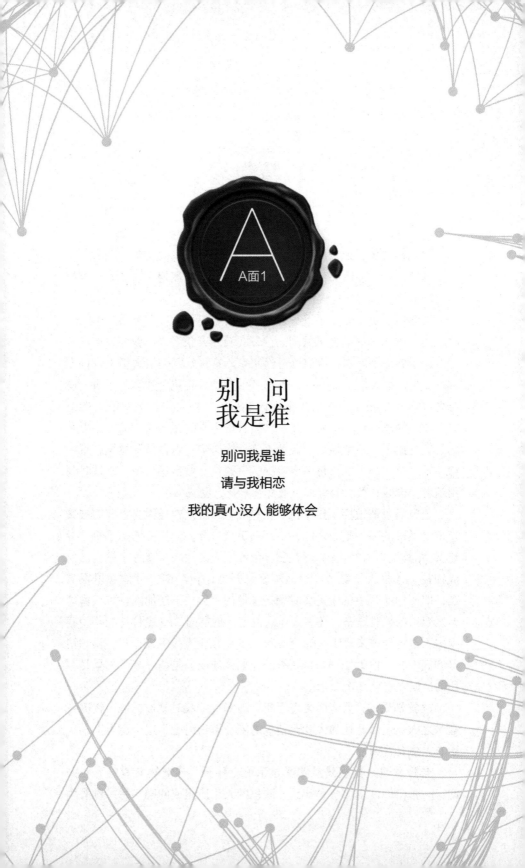

A面1

别 问
我是谁

别问我是谁

请与我相恋

我的真心没人能够体会

老陈小心翼翼地走在街心公园的小径上。深秋的斜阳把他的影子拖得细细长长，在铺满银杏树叶的石子路上扭扭怩怩，好像一只垂死挣扎的虫子，着实让他惴惴不安。

老陈抬起头，看见不远处巨大的交通路况显示屏。纵横交错的红线，编织成一张密不透风的网。三环、四环、联络线，看上去血红一片。还不到下午四点，晚高峰已经来了。这张红网是由大街上许许多多挣扎爬行的车辆组成的——车载GPS定位、司机和乘客的手机，还有各种行车记录仪，正悄然把许许多多的数据发送给天上的人造卫星、地上的电信信号基站，还有许多身份不明的无线路由器……无数的位置数据不停地被抓取，源源不绝地输送到一台台服务器里。每一部车辆、每一部手机、每一台电脑，只要在这城市里出现，就被时刻跟踪着，也同时跟踪着别人，谁都逃不开，也藏不住。

老陈隔着裤子摸了摸手机。三星旧款，就是曾经因为自燃而被禁止带上飞机的那一款。老陈并不担心手机自燃，他担心的是手机"智能"，尤其是别人开发的"智能"。依赖别人的大脑，就等于把自己变成囚徒。他极少下载APP，从不轻易开启定位功能。可他心里很清楚，即便如此，手机还是会时刻记录他的位置，不经他的许可，偷偷发给四周的接收设备，还有天上的卫星。现在的GPS定位比当年精确得多。当年他曾亲耳听全球顶尖的GPS专家霍夫曼教授说过，误差精确到五十米，他就要开香槟庆祝的。如今的误差是两三米，如果是军用的，误差也就几十厘米。

也就是说，只要老陈带着手机，他的行踪就时刻被抓取，精度在数米之内，足以让任何人找到他。老陈心里很清楚，这个世界上，一定有人想要找到他。

老陈惶惶地把视线从路况显示屏上移开，却突然又看见另一张网，一张由许许多多各种年龄、肤色的人头所组成的网，每一颗头颅都被密密交织的白线连接，仿佛许多粘在巨大蛛网上的虫子。老陈心中狠狠一颤，这才发现"蛛网"上方的巨大标语：

　　亿闻网，把世界连在一起！

　　老陈知道这只是超级网络公司的广告，好歹安心了些，想起自己跟这家亿闻网曾有些渊源，心中五味杂陈，脚下一绊，竟然差点儿跌一跤，低头去看时，只是一块微微翘起的砖。老陈才又想起来，自己正尽可能低调地走在街心公园里，也不知刚才这一绊，会不会太惹人注目了。他赶忙偷偷往四下里看。不远处有个遛狗的老太太，再远一些还有几个老人在下象棋。他们似乎都并没注意他。

　　老陈还是不太放心，不由得低头看看自己。他穿着臃肿的羽绒服，围着半旧的驼色围巾，还戴着一顶灰色的老式鸭舌帽子，看上去几乎像个老年人。冬天还没到就打扮成这样，未老先衰似的，很不值得注意。北京生活着两千多万人，从来不缺少落魄的，有本地人，也有外地人。老陈看重的也正是这一条。在这里，他能够安心做个不起眼儿的"外地人"，尽管他并不是"外地人"。他生在北京，长到十九岁，满载着别人的羡慕远走高飞。可十九年后，他又悄悄回来了。有时最危险的地方，反而比较安全。

　　可今天有点儿不对劲儿。最近这两周都不太对劲儿，自从老陈的电子邮箱里突然出现了一封广告邮件。不是推销，不是中奖，也不是贷款，而是推荐一个网站：www.findhim.com（找人网）。找人网的宣传语是这样写的：

　　大千世界，茫茫人海，那个人，他去哪儿了？没关系！我们帮你找到他！

　　老陈可不需要找人，他是不想被找到的人。可为什么，偏偏把这样的广告推送到他的电子邮箱里？

　　老陈已经多年不干互联网，但对于 IT 行业最时髦的噱头仍略知一二，比如被捧上天的大数据，无非是海量数据加上并不复杂的统计学算法，老陈十几年前就在用这种算法编程了，那时候还没有"大数据"这个词呢。大数据不停地从众人身上收集着"标签"，再根据这些"标签"把相关的广告推送出去。比如你在网上搜"旅游"，就会收到航空公司的广告；你搜"流感"，又会收到口罩和洗手液的广告。

然而老陈从来不在互联网上搜索类似"调查""失踪"这种关键词。他从不在网上搜索任何东西。因为他很清楚大数据算法背后的逻辑——其实就是不讲逻辑，只求关联，不放过任何细枝末节。所以，他从来不向网络贡献任何"细枝末节"。可他居然还是被大数据选中了？

老陈狐疑了两天，也不知找人网的广告推送到底是不是使用了大数据算法，更不清楚找人网到底能不能找到些什么。第三天，老陈终于还是上找人网试了试。当然不是在家里试，而是在咖啡馆里。张三李四地瞎试了几个名字，果然找到不少信息：地址、电话、旅行记录、互联网上的行踪。这让他更不踏实，左思右想，终于还是试了一个名字——一个他这辈子希望任何人都不再记得的名字。那名字并不算太常见，他暗暗祈祷着搜不到任何结果，他也就安心了。然而，居然就搜到了好几条结果——他十几年前的住址、手机、打过工的中餐馆的电话。从那一刻开始，老陈就一直忐忑着，总感觉有双眼睛在暗中盯着他。

就像今天，老陈总觉得有人在跟踪他。老陈平时也总"觉得"一些事，实际上却并没发生。可今天，他倒有七八成的把握。老陈掏出手机看了一眼，忙又把手机塞回衣兜里。证据更加确凿，他也更加忐忑。到底是谁在跟着他？

老陈又往左右瞥了几眼。遛狗的大妈在打电话，下棋的老人在吵吵什么。看上去并不可疑，但最不可疑的，往往就是最可疑的。老陈悄悄把手伸进另一只衣兜里，把随身听的音量拧小了。耳机里立刻一阵刺刺啦啦——接触不良。随身听年头儿太久，里面那盘录音带也一样，都快二十年了，竟然还能听，大概也算得上是奇迹了。然而老陈就是爱用有年头儿的东西，安全，不会偷偷摸摸地收集、泄露他的秘密。现如今，任何带有通信功能的东西——不，应该说任何装了CPU①芯片的东西——都是不安全的。

老陈竖起耳朵听着，大妈在抱怨医改，下棋的老头儿因为悔棋在吵架，并没什么异常。老陈却还是不放心，后背隐隐发凉。小径在树间扭扭转转，金黄的落叶铺天盖地，远处好像没了去路。但老陈担心的并不是这个。路是肯定有的。老陈对这个狭长的街心公园了如指

---

① 中央处理器。

掌，闭着眼睛也能穿过去。可他不敢闭上眼睛。他恨不得脑后再多长出两只眼睛来。

老陈不敢直接转身往回看，所以蹲下身子假装系鞋带。借着这一蹲，他看见身后十几米处有个精瘦的小伙子，正低着头看手机。老陈记得很清楚，这小伙子十几分钟前就在他背后了。在这十几分钟里，老陈穿过了三个十字路口，还拐过两个弯儿。这么巧就同路了？难道真的是在跟踪他？

老陈心中一阵乱跳。他深吸了一口气，佯装无事地去系鞋带。这才发现今天穿的皮鞋并没有鞋带。老陈心里更慌，像是被当场揭穿，又像是当场揭穿了别人。那小伙子猛转身，和身后的什么人撞了个满怀。这让老陈更慌，满心的狐疑：那人显然也正慌张，不然怎会撞到别人？老陈立刻决定，放弃回家的路线，换一条路，往不相干的地方走。如果"上班"的地方已经暴露了，"家"就万万不能再暴露了。

"上班"是带引号的。其实老陈并没真的在咖啡馆里上班，他只不过是去闲坐着，看看书，顺便听别人聊天。每天总得有个去处，一个中年男人，总是不出门，就会显得很可疑。不用上班也可疑，老陈不能让房东和邻居们觉得他可疑。所以，他按着常人上下班的规律，一周五天，每天朝九晚五，轮流到两三公里以外的几家咖啡馆坐着。两三公里刚刚好。太近了不保险，太远了又辛苦。老陈本就贪图安逸，若非如此，或许不至于有今天。

然而老陈今天并没等到五点。三点刚过，他就心神不宁地离开咖啡馆。因为他受了惊吓：他原本正在读书，上了一趟洗手间，再回到座位时，书还在桌子上，看上去却似乎有点儿不对劲儿。老陈拿不准，以为又是直觉。老陈的直觉并不怎么灵，常常喊着"狼来了"。

老陈怔怔地看了那书一阵子，又抬眼看一圈咖啡厅。半下午的，咖啡厅里人不少，大桌小桌热火朝天地聊着。最近的一桌有三个人，聊的是投资一部电影。咖啡馆里常有人宣布要投资些什么，或者要融资搞些什么，动辄三五个亿。就像当年的硅谷，人人都在谈论着创业，A轮B轮上市发财，年纪轻轻就可以退休了。老陈苦苦一笑，想起自己的当年，悻悻地拿起书，翻到书签的那一页。这本《大数据时代的网红文化》原本并不是他想买的，而是买别的书时附送的。可既然到手了，不读也是可惜。然而读起来确实无聊，强忍着读了两三天，也只读了小半本。

然而，老陈眼前出现了陌生的一页。在第七章。他清楚地记得，书签原是夹在第六章的。老陈犹如被惊雷轰顶：有人动过他的书！直觉竟然是对的？老陈慌忙打开背包，把里面的东西一样一样拿出来。钱包和手机是随身带着的，背包里只有护照、电脑、一个笔记本，和一沓纸巾。电脑关着机。这电脑过于古老因此非常缓慢，几分钟不够启动再关机的。笔记本看不出有没有被翻过。既然翻了他的书，没道理不翻笔记本的。里面的确记着很重要的东西——密码。老陈根本信不过一切需要密码的机制，尤其是网络上的。可在这个时代，密码是躲不开的。老陈已经把和自己有关的密码减到了最少，但手机银行、网络银行、电子邮箱这三样是少不了的。还有那些他自己发明的APP。他还不到四十岁，按说记三五个密码也并不困难。但密码是需要常常变换的。这就得用本子记录了。他当然不会把密码写全，只一两个字母或数字足矣。但他并没有十足的把握，没写全的字符串会不会也被破解。如今的技术有多强大？能不能只通过那几个字符就猜出整条密码？不是说大数据无所不能吗？老陈不太了解密码破译技术，但他曾经很了解互联网，一直关注技术的发展，能找到的书他都看，可还是保不齐又有什么他并不知道的。他心里很清楚，能让普通大众知道的技术，早就不算新了。

想到此处，老陈不寒而栗，只觉心脏突突直跳。年轻的胖服务员笑盈盈地走过来，像是要问些什么，也许已经开口问了，但老陈并没听见，也顾不上听见。他朝她仓皇一笑，却并没把目光聚焦在她脸上，急匆匆站起身，把电脑、笔记本一股脑塞进书包，胡乱穿起羽绒服，一阵风似的走出咖啡店去，留下那圆头圆脸的女孩站着发怔，额角金黄的发丝被那阵风撩得乱舞。

2

咖啡馆的胖服务员小白有点儿下不来台。她是鼓足了勇气才问的，可大叔不但不回答，反而表情怪异地起身逃走了，就像是被她这一句给吓跑了。可她明明问的只是："欧巴，能不能向您请教一个问题？"

虽然咖啡馆里的人们都在各忙各的，似乎没人注意到小白的窘态，可她知道正在收钱的潘姐、正在做咖啡的东子，还有正在收空杯子的小蔡全都看见了，而且都在偷笑呢。小白跟他们打了个赌，赌她用不了两分钟，就能加上大叔的微信。

大叔是这家咖啡馆里的常客，每隔两三天就来一回，一来就要坐上大半天，只看书，不玩儿手机，也不跟任何人搭讪，包括店员们。可他会对他们点头微笑，看上去很和蔼也很有礼貌。大叔也常常说"谢谢"，但话音还没落，眼睛就转开了，使对话无法继续下去。

小白的同事们在背地里猜测大叔到底是干什么的。小蔡猜是下了岗的，因为整日无事可做，穿得又很老气。潘姐不同意，说下岗的哪能每天喝三十块钱的拿铁？大概是个作家。东子又不同意，扶了扶眼镜儿说："现在作家也喝不起咖啡的。而且从没见他写东西，就只是读书，大概是个教授，教授也不用坐班的。"小白就说："这有啥可猜的，问问不就得了？"大家都摇头。小白拍着胸脯说："看我的！"

小白趁大叔上厕所的工夫，特意看了看留在桌子上的书，书名叫《大数据时代的网红文化》。小白顿时眼前一亮。小白当然不明白大数据，可她明白什么是网红。小白拿起书一翻，正巧看见"第七章：网络直播和大数据"，"直播"一词正中下怀！她已经直播了快两年，却并没多少粉丝。也许大叔能教她怎么直播，怎么红。那可是她的梦想。

小白搜肠刮肚，终于想出一句算得上体面的开场白，没想到却把大叔吓跑了。

小白颇为意外。她琢磨着大叔临走时的那个怪异的表情，就好像是在害牙疼，又像是活见鬼了。小白知道同事们在偷看，忙假装收拾桌子，发现空纸杯还在桌上，心中诧异：大叔平时总是自己把空杯扔进垃圾桶里的。小白又往桌子底下瞥了一眼，竟然发现一只黑乎乎的手机。她赶忙弯腰捡起来，料定是大叔的。小白试着解锁，当然解不开，需要密码的。全世界大概只有小白的手机不需要密码。她故意不设密码，万一遇上什么好玩儿的事，直播起来更方便。输个密码也许就错过了。

小白心想，也许大叔真有急事，连手机都忘下了，并不是因为讨厌她。小白心中一阵轻松，抬头眺望窗外，看见大叔正遥遥缩小的背影，慌慌张张的。

小白顿时又有了个主意，尽管这并不符合咖啡馆的规定——她打算追出去，亲自把手机还给大叔。小白火速地跟店长东子请了一个小时的假，随便找了个借口，特意没提大叔。同事们都在暗笑她搭讪未遂呢。

小白顾不上换掉工服，抓起外套胡乱穿上，揣着手机小跑着出了咖啡馆，急赶了一阵子，终于又看见大叔的背影，却像变了个人。咖啡馆里的大叔像是教授或者作家，大街上的却像个中老年屌丝，裹着肥大的羽绒服，脚步不但吃力，而且摇摇晃晃。小白的姥爷高血压加痛风，走起路来就有点儿像这样。可大叔其实并不很老，也就四十上下，皮肤还很紧致，身材也全没走形，只是脸上皱纹不少，而且微微有点儿驼背。但好像有知识的人都是有点儿驼背的。

小白放慢了步子，不想立刻就追上去。她想看看大叔到底要去哪儿。刚才猴急地往外跑，这会儿又病恹恹的。小白摸了摸衣兜，一边一只手机。还好自己的手机也带了。万一遇上好玩儿的事，随时可以直播的。她从来都没遇上过好玩儿的事。也不知别人是怎么遇上的。小白微微有点儿心跳，加倍提防着，怕被大叔发现了。

大叔却仿佛已经发现了，脚步一顿，像是要转身。小白一惊，忙往一个男人身后躲。那人正在低头看手表，雕塑似的直挺挺站着，是个很好的掩体。"掩体"却冷不防转回身，和小白撞了个满怀。那人并没抱怨也没道歉，无动于衷地绕开小白走了。小白失去了掩体，不禁惊慌失措。还好大叔正弯腰系鞋带，似乎并没发现小白。

大叔却突然站起身，大步流星地斜冲出去，像是受了惊吓，慌着要逃。小白也吃了一惊，赶忙四下里看看，却又没发现什么异样。她再去看大叔，却一下子目瞪口呆！

大叔突然飞离了地面，在空中划出一道优雅的弧线，好像在跳高，背跃式的。

把老陈撞成跳高运动员的，是一辆俗称"摩的"的电动三轮车，停都没停，兜了个圈，落荒而逃了。

老陈并没昏迷，只是突然不知自己身在何方。他后背着地，后脑勺也在地上狠磕了一下子。他仰面躺在马路上，怔怔地看着灰白的天空，半天才冒出一点儿想法：天这么阴，大概是要下雨了。旧金山的冬天本来就是雨季。可天不是已经黑了？怎么突然又亮了？他们不是正从公寓楼的防火梯上往下爬，他一不小心，跌下来了？她呢？跟着他一起逃出来的金发的"皇后"呢？她不该就在他身边，急得要哭吗？

然而，并没有"金发皇后"出现。倒是有个金黄的大蘑菇，突然从老陈眼前冒出来，把他吓了一跳，半天才看清楚，是个圆头圆脸的胖女孩，顶着一头蘑菇式的黄头发。圆脸女孩冲着他高喊，唾沫星子飞溅到他脸上。那圆脸看着有点儿面熟，却又记不起在哪儿见过，也辨不清她到底说的是哪种语言。好像是中文，却又有些词听不明白。

小白和出租车司机一起把大叔搬进出租车，突然想起来，刚刚发生的事是应该直播的。真是可惜了。

大叔比想象中更沉，也比想象中柔软。大叔看上去是棱角分明的。小白本来要叫救护车，但并没在大叔身上找到外伤的迹象，大叔也并没昏迷，表情很平静，看不出有什么生理上的痛苦，就只是有点儿发蒙，像是熟睡中突然被叫醒，又像是很久都没有睡了。

到了医院急诊室，医生并不怎么重视大叔，扒着眼皮用手电照了照，开了头部 CT。小白咬牙交了三百块的检查费，也没管大叔要。大叔还不清不楚的，又不好直接翻他的钱包。尽管她相信，三百块对大叔一定不算什么——大叔是外籍，包里有外国护照，让小白找到了。这也是不得已的。没有证件挂不了号。

缴费处窗口里的人问是哪国护照，小白不知道，随口说是美国的。旁边队伍里有人扭头看过来，小白用目光迎上去，不禁吃了一惊。那不是最近常来咖啡馆的客人燕姐吗？

燕姐看上去拒人于千里之外，真聊起来又很热络，每次来买咖啡，总要和小白闲扯几句，一来二去的几乎成了朋友。小白说："您也来看病？哪儿不舒服？"燕姐笑答："一点儿小感冒，你呢？"小白来不及回答，窗口里已经不耐烦地喊出来："你是病人家属？"

小白赶忙把脸转回窗口，料定了燕姐还在看着自己，有些骄傲地说："是！我是美籍病人的家属。"

小白急着给大叔做检查，所以并没跟燕姐多聊。CT 监察室的医师大声喊"陈明"，是按大叔护照上的英文姓名拼出来的。这一声喊，倒好像把大叔喊明白了一点儿，满脸疑惑地问小白："你是谁？"小白忙说："我是咖啡馆的服务员。"大叔又说："你怎么会在这儿？"小白说："您被车撞了，我正好碰上，就送您来医院了。"大叔又问："你怎么会碰上？"

小白心里一慌，不知如何解释。幸而医师又叫，小白不由分说地把大叔推进检查室，转身出来，这才想起自己原本是有理由的——她是赶来给大叔送手机的。小白探手去掏大叔大衣口袋，却只掏到自己的手机。再去摸裤兜，浑身都摸遍了，哪儿都没有，大叔的手机丢了！

小白站在楼道里，浑身上下摸索了好几遍，仿佛衣服里钻进一只老鼠。小白跑到失物招领处，并没有大叔的手机，她又没头苍蝇似的在医院里跑了几圈，自然还是找不到。小白一屁股坐到椅子上，回想着刚才出门时确实是把大叔的手机塞进外衣口袋了，所以也确实是弄丢了。小白瞬间冒出逃跑的念头，咬牙打消了，下决心要敢作敢当，大不了买只新手机赔给大叔。只是一个月的工资就要泡汤了。小白正暗自懊恼着，忽听旁边有人报出一串手机号码，又说："帮我查查位置！"

小白扭头去看，竟然又是燕姐，正低眉细语地打手机。小白立刻竖起耳朵，隐约听燕姐说："我在医院呢，不方便查，帮个忙呗？是我爸的手机，不是别人的。关机了打不通，我怕他迷路。放心，不会有问题的。"

小白心里一动：燕姐能查手机位置，而且关了机还能查？不禁又仔细打量燕姐：穿修身的黑色风衣，个子不很高却显得特别修长，再围一条白围巾，年纪不大却显得格外利落，就像咖啡馆里那些外企白领，可又不是很像。她更像电影里的精英。

小白纠结了半天，终于鼓足了勇气，扭怩着上前，满脸通红地问："燕姐，我想跟您打听个事儿……"

4

头部进入 CT 扫描圆筒的瞬间，老陈霍地清醒了。尽管 CT 只是检查，并不是治疗。是漆黑的圆形隧洞让他产生了幻觉，像是被活着装进棺材里。他正要挣扎，猛地想起自己被车撞了，然后进了医院，然后看见留着蘑菇头的胖女孩。对了，她是在咖啡馆工作吗？他紧接着又想起自己为什么被撞——因为急着过马路，因为临时改变了路线，因为被人跟踪！

老陈顿时发了慌，黑乎乎的扫描圆筒里仿佛空气稀薄。他想要高声呼叫，又怕不知引来的是谁，好不容易熬到扫描结束，跟跄着从台子上爬下来，在座椅上找到自己的羽绒服和背包。他立刻翻了一遍，该在的都在，实在也想不出少了什么。检查室的医师满脸的官司。老陈反应过来，自己做完测试就忙着检查背包，倒像是把人家当成贼了。

老陈讪讪地从检查室里退出来，看见咖啡馆的胖女生朝着他笑。

胖女生笑得并不坦然，像是做了什么亏心事似的。老陈心里又是一颤，被撞的地方距离咖啡馆总有半个小时的步程，怎会是她把自己送到医院来？胖女孩双手绞揉在一起，嘻嘻笑着问："欧巴，能告诉我您的手机号吗？"

老陈愣了片刻，这才反应过来，"欧巴"是在叫他。他知道那是韩语里男性的称谓，却弄不清楚到底是大叔还是大哥，反正大概不会是父亲。回到北京的大半年，老陈常常看电视剧，却不记得看到过韩剧。老陈在加州留学时也曾有几个韩国同学，但都用英语沟通，并没学过半句韩语。这一句"欧巴"也不记得是从哪里听到过的。

胖女孩却以为是老陈不想回答，小心翼翼地说："您别误会，我没别的意思。我只是……"胖女孩住了口，脸憋得通红。老陈却又会错了意，心中一阵紧张。胖女孩终于又开口说："太对不起您了，我把您的手机弄丢了！"

老陈如遭五雷轰顶，慌忙伸手去摸羽绒服口袋，一把抓出一个橘黄色的爱华牌随身听，横七竖八缠着电工胶布。胖女孩看到那东西也吃了一惊，像是在看出土文物。老陈忙把随身听塞回衣兜里，努力让自己镇定，心想着手机丢了会有什么后果。短信？通话记录？行踪记录？老陈总是随时删除任何可删除的记录，删除了却并不等于就真的不存在了。还有那些该死的手机APP——老陈并没下载多少APP，但自制了一些用着，都是有密码的，但并不等于不能被破解。自制的APP相当简陋，破解起来肯定更容易。更何况，那些自制APP都是为了防范别人的。防守者一旦成了叛徒，愈加危害无边。

胖女孩见老陈变了脸色，惶恐得不知如何是好，录音机似的重复了两遍："实在太对不起您了！"然后又怯怯地问，"您的手机号是多少？我能帮您找回来的。"老陈被这话一激，怔怔地背出自己的号码来。胖女孩立刻掏出手机发信息。老陈还以为她是要拨打那号码，心想自己的手机是静了音的，拨也没用。正要开口，手却在裤兜里摸到一个硬东西。老陈心中一震，忙将那东西掏出来，冲着胖女孩怒斥："我手机在这儿呢！为什么说丢了？"

胖女孩顿时愣住了，答不出一个字。老陈的脑子倒是突然灵活起来，连珠炮似的发射出问题来："我的手机一直在我衣兜里，你怎么知道丢没丢？你要我的手机号码干什么？你为什么会送我到医院？你是不是刚才一直跟着我？你到底是谁？想要干什么？"

胖女孩哑口无言，抽抽搭搭地哭起来。老陈只得住了口，心中一股无名火闷着发不出。明明是他有理，没理的倒是先哭了，又是个女孩子，一切错就都是他的。老陈抬手指着她，本是想叫她别哭了。没承想女孩身边突然冒出一个人，杏目圆睁地反问老陈："你一个大男人，怎么欺负人？人家小姑娘见你被车撞了，好心好意送你到医院，你好意思吗？"

老陈被吓了一跳，倍加警觉地打量这不速之客，心中不禁暗自惊讶：是个眉清目秀的年轻女子，穿修身的黑色风衣，披一条白围巾，竟有些冷艳脱俗。老陈脑海里突然冒出另一个人，气质似乎有些相仿的，心中不禁一酸，也更觉诧异：咖啡馆的胖女孩看上去只是个呆头呆脑的胡同大姐，怎么会有这样一位朋友？这种冷傲的女人极少为了陌生人路见不平的。

胖女孩看见穿黑风衣的女子，倒像是见到了亲人，挽住她的胳膊忍着泪说："姐，是我弄错了，不能怪他。"说罢又怯怯地转向老陈，"您刚才走得急，我在您那张桌子底下找到一部手机，以为是您的，就急着追出来，见您给车撞了，我就送您到医院来，慌里慌张的，不知道怎么就把我捡的手机给丢了！我以为是把您的手机丢了，所以才……"

老陈虽半信半疑，心到底放下一半。他讪讪地对胖女孩说："我有点儿头昏，一下子没认出你，你别介意。"那胖女孩还没来得及回答，黑衣女子在一旁幽幽地说："还问人家到底是谁。你到底是谁？"

老陈心中一颤，两腿发软，好歹站稳了，心想此人话里有话，不知是什么来头。莫非躲了这些年，今天真的躲到头了？老陈无措地把手伸进衣兜里，像是要摸救命稻草，摸到的又是爱华随身听，还有一堆耳机线缠缠绊绊。老陈不发一言，转身就走。逃跑是他的本能。每当遇到莫须有的危险，他总是掉头就跑。何况刚才这一句……还能不能算是莫须有？

老陈快步走出医院大门，忍不住回头张望，并没看见黑衣女子，也没看见咖啡馆的胖女生。但他并不感觉轻松。锁在脖子上这么多年的枷锁，本来就是看不见的。他在街角找了个僻静之处，从羽绒服衣兜里掏出手机仔细查看，的确就是自己的手机，并没有拿错。那胖女生怎会在自己座位底下又找到一只？那是谁的手机？老陈心又是一沉，忙打开手机定位，再点开一个APP。那APP的图标是个大绿点子，没有图案和字体。点开是一张地图，图上有一堆黄绿相间的小点子，每个点子都对应一只正在附近的手机，或者别的什么移动设备，被老陈的手机搜罗来的。老陈的手机比老陈还警觉，无时无刻不在关注四周出现的陌生设备。绿色的那些是五分钟之内才进入附近区域的，黄色的是持续存在不到三十分钟的。还好没有红色的——那是在老陈周围持续存在超过三十分钟的；也没有黑色的——那是一天内断续出现超过三次的。也就是说，大概没人跟着他从医院里走出来。或者更严谨地说，没有拿着开放了 Wi-Fi 或蓝牙功能的智能手机的人跟着老陈从医院里走出来。

老陈刚才从咖啡馆出来，正是凭着这 APP，才认定有个人一直跟着他，跟了快半个小时。老陈回想着也许是咖啡馆的胖女孩，略微安心了些。又一转念，手机的蓝牙或者热点顶多能有几十米距离。如果跟了半个小时的人是胖女生，那她早就能追上他。可她为什么偏不追上，就只跟着？她居心何在？又或者不是她，那就另有其人。是不是医院里那个穿黑风衣的女人？

老陈越发惴惴不安，仿佛大难就要临头，不知是不是应该搬到另一座城市，或者索性换个国家。又或者，一切都已经来不及了？老陈闭目做了个深呼吸，试图让自己冷静下来，他随手掏出耳机塞进耳朵里。有个成语叫掩耳盗铃，有时候其实是很有效的。他在衣兜里摸索着按下"Play"键，清厉刺耳的女声突然冲破鼓膜：

> 别问我是谁
> 请与我相恋
> 我的真心没人能够体会

老陈周身一凛，慌忙撕下耳机。刚才那几回乱摸，不知怎么就把随身听的音量拨到了最大，把那盘过时得不能再过时的录音带放得声嘶力竭。那是一首王馨平的老歌，十几年前家喻户晓。老陈本来也喜欢，此刻却感觉特别刺耳。他气急败坏地关掉随身听，心想着就只有第一句适用，后面的都是 bull shit[①]。

若按照老陈所希望的，应该是：

别问我是谁，也别与我相恋。我的真心不再需要任何人体会。

---

① 牛粪。

B

B面1

十九岁的
最后一天

是否可以选择，一次无悔的梦

十九岁的最后一天

阳光！阳光！阳光似乎也被带走

1

陈闯是 1999 年 6 月 30 号到的美国。那天不巧是他十九岁生日。本打算过了生日再走的，但偏偏那天的机票最便宜。为了两百块人民币的差价，陈闯的父亲决定让陈闯在飞机上过生日。临走忙得人仰马翻，来不及和谁聚会道别，自然也没人送生日礼物。闯爸给了陈闯一千美金，并不是生日礼物，而是到美国落脚的生活费。当然是不够的，剩下的得靠打工挣。这就是为什么陈闯要比开学季提前两个月到美国。飞机下午四点从首都机场起飞，到达旧金山国际机场却是同一天的上午十一点。十五个小时的时差送了陈闯唯一的一份生日礼物——这辈子最漫长的一个生日。

陈闯没参加高考，为了闯爸所说的"背水一战"。闯爸本打算让陈闯高中毕业就留学美国，可陈闯的托福和 SAT 成绩不够高，联系不到像样的美国大学。为此他还挨了闯爸一顿揍。那是闯爸最后一次揍他。他已经比闯爸高出大半头，闯爸踮着脚尖扇他的后脑勺。陈闯原本是个胸无大志、得过且过的人，偏偏是父亲这几巴掌让他下定决心出国。不是为了别的，只为了能躲开暴君般的父亲。陈闯补习了一年英语，好歹拿到几所勉强能算正经学校的录取通知。旧金山州立大学并不是这几所里最好的，但旧金山有中国城，中国城里有个不知几竿子才能打着的亲戚，为陈闯介绍了一份最没有技术含量的餐馆工作。

陈闯抵达旧金山，第二天便开始在餐馆里干粗活，晚上就在餐馆的地下室打地铺。那虽然是中国城里最贵的粤菜海鲜馆，地下室却并不比中国城里的任何一间阴暗发霉的地下室更豪华。陈闯睡在一张油腻腻的单人床垫上，满鼻子都是腐朽变质的气味。闯爸虽然严苛，却只是逼着陈闯一心读书，一切家务琐事都一手包办。所以即便是刷盘子扫厕所，也足以让陈闯精疲力竭。餐馆又是陈年的，盘子和马桶都历尽沧桑，蟑螂老鼠一应俱全。餐馆位于中国城的后街，左边是菜店，右边是工艺品店，一边人声鼎沸菜叶遍地，另一边丝竹声声香烟袅袅，无论哪边都不像是就要进入 21 世纪的美国，倒像是半个世纪前的广东集镇。街上都是讲广东话的老华侨，穿得红红绿绿，乡土气息十足。陈闯听不懂粤语，英语也并不熟练，所以就像个聋子。为了不花钱也不惹麻烦，他并不敢往远处走，又像是在中国城里坐牢。不知有多少个夜晚，陈闯躺在泛着油腥味儿的床垫上，后悔得难以入睡，只好跑进厕所冲个热水澡，这才多少平静一些。至少，在美国是可以天天冲热水澡的。

陈闯就在这仿如时光倒错的中国城里埋头苦干了两个月，勉强攒足了半个学期的学费，赶在开学前交了。开学后的日子就更辛苦，一边打工一边读书，工钱少了一半，学费却不能少，所以仍住在餐馆的地下室，每天只吃一顿员工大锅饭，食宿都不必多花一分钱。交通费也得减免，每天骑一辆旧自行车上下学。学校和中国城之间隔着几座山头，有著名的花街和双子峰，对游客是山海交错的宜人风景，对陈闯则是汗流浃背的越野赛。

课程起先也是极难应付的，主要还是语言障碍。陈闯因为英语挨过闯爸的巴掌，却并没因此就真正过关。课堂上完全听不懂，教科书也要抱着字典一点点抠。数理化还容易些，只啃书本也能得 A；社科类就难了，再努力也只是 B；但凡遇上和写作有关的，就要为了 C 而拼命。还好陈闯读的是计算机专业，社科类只是点缀。陈闯当然要读计算机。在神奇的 1999 年，没什么比学习编程更有前途。旧金山往南五十公里就是举世闻名的硅谷。硅谷正向全世界吹起一只名叫"互联网"的巨大泡泡，泡泡里裹挟着千万家公司，家家都需要编程师。当年全美本科毕业生的平均年薪只有三万多美金，一名计算机系的本科毕业生却能在硅谷拿到六七万。换算成人民币就是年薪四十万！闯爸每年的退休金还不到两万。拿到这天文数字的年薪，陈闯就能在美国扎根，并把闯爸接到美国。在美国养老本来就是闯爸的梦想。

闯爸自幼聪明好学，成绩出类拔萃，却因为右派爹妈，根本就没资格进入人民的大学。闯爸跟着两个"反动学术权威"回原籍改造，做了十年的农民。再回到北京已经三十好几，颇费了些周折，才在街道办的养老院里当了护工，四十岁才娶了个农村老婆，她得了北京户口就跟闯爸分道扬镳。那年陈闯五岁。闯爸从此独自带着儿子苦熬，一心盼着以后能靠儿子离开中国，死也要死在从小听父母描绘过无数次的"天堂"里。

陈闯并不热衷于闯爸的理想，却很热衷于尽快毕业，这样就不必再睡中餐馆的地下室，不必浑身时时散发着泔水味儿，每天洗两次澡都洗不掉。他上课时不敢和同学们坐得太近，总是选择角落的位置，因此没有任何朋友。但他偏偏就是不能早毕业，一年只能读两个学期，另外两个学期全用来打工，这才勉强付得起学费。如此拖拖拉拉，本科竟然读了五年，仿佛做了五年的苦行僧。好不容易熬到毕业，硅谷却已不再是1999年的硅谷，美国也不再是"9·11"之前的美国。华尔街的两座摩天楼不见了，硅谷的大气泡也破了，满街都是失业的编程师。

陈闯的大学成绩并不理想，但计算机专业课程相当优异。仅凭这一点点优势，同时还有诸多中国留学生常有的劣势——英语会读会写不会说，开口就要脸红；穿得像非法移民，发型则像是死里逃生的难民；还有更糟糕的，不懂棒球和橄榄球——陈闯好歹找到一家华人老板开的软件公司，不要求英语好，但编程技术必须非常好，每天工作十几个小时却没有加班费，自然也没有周末。华人老板最会剥削华人，笃定了员工们不会捧着劳工法去告发，因为换个角度而言，是他给了那些眼看没饭吃的家伙一条生路。陈闯欣然接受一切条件，只要能搬出中餐馆的地下室，能不再吃中餐馆每晚那顿由卷心菜唱主角的大锅饭，不再满身异味儿地睡在油腻的床垫上，即便年薪只有三万五千块——还不到2005年硅谷编程师平均工资的二分之一——他也心甘情愿。而且老板还答应给他办绿卡，那可是多少中国人的梦想。

陈闯的新老板很会"体谅"员工，在公司附近租了一栋三室一厅的旧房子，再转租给六名员工住。陈闯和另一位同事分享一小间，房租每人每月五百，除了两张床就再也容不下别的家具。但总比中餐馆的地下室强，至少没有老鼠和蟑螂。然而好景并不长。2005年的硅谷尚未从低迷的经济中缓过劲儿来，很多小公司苟且熬了几年，也到了走投无路的地步。陈闯工作不到半年，同屋便被老板炒了鱿鱼，只因为程序出了点儿小差错，外加上班总迟到十几分钟。这两条对软件工程师本来都不是事儿。大家都心知肚明，人人自危。闯爸就是这时候来美国探亲的。

闯爸并没主动要求到美国探亲，是陈闯主动邀请的。陈闯硬着头皮租下单间，庆幸自己工作了也并没买汽车，当时犹豫了很久，实在舍不得，所以又找了辆旧自行车骑着，因此多少有一点点积蓄。他咬牙付给老板一千块的月租，那是他税后月薪的一半。他骗闯爸说自己涨了工资，很有能力租下一个单间。他总有种预感，闯爸现在不来美国看看，也许永远来不了了。

闯爸在美国一共住了三个星期，既没旅游也没下馆子，因为陈闯没有汽车，所以连周边的景点也没去，每天只在住处附近遛弯，或者躲在屋子里看中文报纸，给陈闯做饭，顺手打扫整栋房子，客气得像个远房亲戚，完全不像是当年的暴君。但陈闯并不因此觉得舒服，反而越发别扭。闯爸说这房间太小，放不下两张床，自作主张地搬出去一张床，又不知从哪儿捡来一张给小孩子睡的小床垫，硬塞进壁柜里，自己从此睡在一堆从二手店买来的旧衣服下面，腿伸不直，只能向左弯得酸了，再换成向右弯。陈闯坚持自己睡壁柜，闯爸终于发了脾气。那是闯爸在美国三周里唯一一次发脾气，陈闯却感到了短暂的平静。闯爸很快又捡来一套旧桌椅，是用超市的手推车硬推回家的，手上划了个大口子，流了不少血。可闯爸不许陈闯小题大做，连创可贴都没用，只到厕所里扯了些卫生纸给自己包扎，因为卫生纸是几个房客平摊的。闯爸边包扎边对陈闯说："这桌子是给你学习用的。人到了多大年纪都得学习。以后我搬过来常住，也是可以用的。"

可陈闯并没机会用那张桌子学习。他很快就不得不搬出那套公寓，桌子是带不走的。他在父亲回国后的第二天接到老板通知，他也被炒了鱿鱼。老板说是看在闯爸的分上，不然两周前就炒了。

陈闯的工作签证瞬间失效，绿卡梦也跟着破灭了。这种事在"9·11"后几年的美国并不稀奇，发生在很多中国人身上，多少黄粱变成了槁木，多少劳燕不得不分飞。想得开的索性回国发展，落魄不了几年，也都凭着美国学历和经验跟着祖国大富大贵了；想不开而又赚了些钱的，转而移民澳大利亚或者加拿大。陈闯是既没钱又想不开的——其实是闯爸想不开，当然也多亏了闯爸的鼓舞——说是鼓舞不如说是命令，或者以死相逼——陈闯重新换回学生身份。既然丢了工作，只有做回学生，才能维持在美国的合法身份。

陈闯在十几公里外的一所三流大学申请到数学系读博士。博士而非硕士，因为长久。硕士顶多读上一两年，博士却能读上五六年，也就等于能在美国合法待上五六年。多待一天，就多一分留下的希望。读博士还有另一个好处——迟早能拿到奖学金，尤其是一所三流学校的数学博士，明摆着毕业找不到工作的，愿意读的人实在太少，所以总要多一点儿鼓励。但奖学金并不是一入学就能有的，总要熬上一年半载。所以陈闯还是要自己负担一阵子学费。用光了工作积蓄，剩下的又要靠打工。读博的第一个暑假，陈闯搬回中国城的中餐馆。转眼已过了六七年，一切仿佛从头再来。其实也不能说"再来"，因为七年间很多事都维持着原状，比如没有存款，没有汽车，没积攒下任何家当，没去任何地方旅游，甚至没去过酒吧和电影院。当然也有好处，比如没有嗜好烟酒之类的恶习，就连啤酒都没喝过几听。

所以，当浓妆艳抹的 Wanda 递给陈闯一根香烟，他其实非常纠结，不知是不是应该如实说不会，还是装模作样地接过来。他刚把三大袋子印着长城的快餐纸盒放在桌子上，手指油乎乎的。他是来送餐的，只想要结账，并不想要香烟。但 Wanda 的架势让陈闯很不舒服，熊猫似的烟熏妆也无法掩饰她眼中的傲慢，像是皇后丢给弄臣一点儿施舍，然后等着看他出丑。"皇后"背后是一客厅红男绿女，在沙发和地毯上横七竖八，跟着摇滚乐摇头晃脑，吐雾吞云。同是旅美的中国人，他们却像是来自另一个星球。2006 年，美国的中国富二代正渐渐多起来。

陈闯接过烟含进嘴角，抬手指了指桌子上的打火机，故意摆出自以为又跩又酷的表情来。"皇后"似乎有些意外，扬了扬细长的眉梢，捡起打火机丢给陈闯，转身去取钱，长发和衣摆都夸张地一荡，送来一阵甜香，在陈闯心头一撩。

陈闯不禁偷看了一眼"皇后"的背影，长发又直又亮，彻底染成金色，非常耀眼也非常昂贵——中餐馆的越南妹说过，这样直的长发需经常护理，一次就要一个礼拜的薪水。"皇后"身披的真丝睡衣就更显价钱不菲——也许并不是睡衣而是什么很流行的大牌时装也说不定。还有脚上那双镶着水晶的高跟鞋，不仅奢侈，而且妖艳，简直无法直视。

这还是陈闯头一次看见中国人在家里不换拖鞋。客厅里那帮富二代都没换鞋，有人把黑皮靴架在沙发扶手上，油光锃亮的，简直比陈闯的脸都干净。夏天是旅游旺季，中餐馆特别地忙，别的员工都是老油条，面子上过得去即可，只有陈闯闷头苦干，为了报答餐馆再次收留之恩，夜夜干到凌晨打烊，有时晚饭也顾不上吃，下了工连煮泡面的力气都没有，洗漱就是敷衍敷衍自己。

陈闯莫名地一阵沮丧，五脏六腑都彼此较着劲儿，一心盼着赶快拿钱走人。他点燃了烟，试着吸了一口，顿时呛得眼冒金星，涕泪都咳出来，心想这回"皇后"完胜，"小丑"彻底现了原形。以后再有这里的外卖，誓死也不能送了。还好这里并没熟人，这里的人以后也不会再记得他。

可陈闯又错了。当他好不容易喘过气来，却发现眼前正站着一个熟人，而且无论如何是他不想见到的——宋镭，S大机械工程系的博士生，杜思纯的准男朋友——至少陈闯是这么以为的。

陈闯有大半年没见过杜思纯，自然也没见过宋镭。自打丢了编程师的工作，他就彻底没理由去S大找杜思纯了。

杜思纯是陈闯的高中同学，班花儿加学霸，全国奥数冠军，当年从不曾正眼看过陈闯的。在陈闯埋头备考托福和SAT时，人家保送了北大生物系，四年后照样来美国读博士，拿着世界名校S大的全额奖学金，衣食无忧且前程似锦。陈闯本不好意思跟这样的同学联络，偏偏是杜思纯辗转着主动联系到他，并且力邀他到S大做客，仿佛变了个人似的。陈闯去了才知，那并不是杜思纯做东的小聚会，而是S大中国学生会组织的烧烤派对，派对的客人不是名校学霸就是公司精英，只有陈闯这一个在小公司里卖苦力的廉价编程师，学历和工作完全放不到台面上。陈闯一心想要藏在角落里，杜思纯却硬把他拽到人群中央，高声介绍说："这是我高中同学陈闯，硅谷一家新锐公司的CTO（首席技术官），已经Pre-IPO啦！公司叫什么？对不起！暂时保密！"杜思纯说得理直气壮，洋洋洒洒。陈闯窘得面红耳赤，心想着同学之间不常联络，也许有些信息讹传了，又想着杜思纯这样的人尖儿竟然如此看得起自己，不禁暗自感激，硬撑着向四周点头微笑，见到很多既羡慕又怀疑的目光，不禁又无地自容，心想着以后不再来S大，也就不必再见到这些人了。

可陈闯毕竟又去了很多次S大，为了帮杜思纯写程序。杜思纯明明是生物系的研究生，竟也选了一门"Java编程"。Java编程是开发网站所必需的。只要是S大的学生，不跟互联网沾点儿边就可惜了。但对于缺乏编程基础的人而言，Java并不是一门容易的课，即便是计算机专业的学生，编程也是极费功夫的事。杜思纯把电话打到陈闯公司，带着哭腔抱怨，第一个作业是编图书馆检索系统，她在机房里熬了好几个通宵也没一点儿眉目，实验室里辛苦培养了几个星期的细胞都污染了。杜思纯没说细胞污染了会有什么后果，但陈闯听出了后果的严重性，推开键盘从工位上站起来，把电话线扯得老长，像是立刻就要飞奔出公司似的。

S大距离旧金山六十公里。陈闯搭短途火车，单程一个小时，再步行二十分钟。陈闯虽然会开车，但那是为了便于送餐，用中餐馆的旧皮卡学的，他并没有属于自己的汽车。即便是一部二手车，起码也要四五千美金，那就差不多是他全部的存款了。

陈闯总是在下班后坐火车到S大，拿着杜思纯的学生证一头钻进机房，编整整一个通宵的程序，第二天一早把学生证送还杜思纯，再赶火车去上班。编程对陈闯并不是难事，一个学期跑上八九回，四个大作业都能完成了。

陈闯每次到S大编程，杜思纯只蜻蜓点水地来机房看看他，不过三五分钟。杜思纯虽然很吝惜时间，却并不吝惜美食，每次都给陈闯带来丰盛的晚餐——从中餐馆外卖的米饭炒菜，或者从越南店打包回来的猪排河粉，还有一次竟是她亲手包的饺子，虽然并不十分可口，而且煮破了好几只，还是让陈闯受宠若惊，言不由衷地说："以后不用那么麻烦，麦当劳就可以的。"杜思纯却绷起脸来，娇嗔道："饺子很难吃吗？"陈闯拼命摇头，连声说好吃。杜思纯又嫣然一笑，温言细语道："那我下次再给你包！"边说边从陈闯的衬衫肩头拈下一根二手外套遗留的线头，又用指尖轻抚了两下。陈闯心中一阵乱撞，连忙专心去吃饺子，连皮带汤地一口气吃完，洒了不少在白衬衫上。幸亏杜思纯已经走了，并没看见什么。

陈闯每次都指望着杜思纯能多坐一会儿，却从没开过口。他心里很清楚，这毕竟是作弊，杜思纯不想让别人发现他们在一起。陈闯总是在角落里找个座位埋头编程，尽量不在机房里走动。可他还是被杜思纯的熟人认出来了。那人就是宋镭。S大当然不止一间机房，杜思纯带陈闯去的自然也是最偏僻的。而且陈闯只在两个月前的聚会上短短地露了个脸，谁会记得他呢？可是宋镭偏偏就在某天深夜去了这个机房，并且一眼就认出了陈闯，万分诧异道："你不是那位已经'Pre-IPO'的'CTO'？"

陈闯对此人并无印象，但猜到是杜思纯的熟人，只好硬着头皮撒谎说公司的电脑太慢，他请杜思纯帮忙，借用S大机房里的UNIX机来完成一些工作。宋镭半信半疑地点头，在陈闯身边的机位上一屁股坐下来。陈闯不好意思换座位，悄悄把编程的窗口开得极小，让这不速之客看不出自己在编什么。宋镭倒是大开着窗口打MUD游戏（多人联网游戏），让陈闯看得清清楚楚的。宋镭一边让游戏里的"宋飞剑"练着内功，一边没话找话跟陈闯聊天，自我介绍说是在读机器人专业的博士，又问陈闯是不是经常和杜思纯见面。陈闯渐渐明白过来，这男生大概对杜思纯也有好感，于是仔细偷看了他几眼，见他个头儿虽然和自己相仿，身材却粗壮不少，方脸宽额，浓眉大眼，皮肤白皙，如果出现在老电影里，必然是个正面角色。陈闯不禁自惭形秽，心中有些沮丧，又一转念，杜思纯并没求这位"机器人博士"帮忙编程。陈闯略感宽慰，多少找回些自信，略带不屑地问宋镭在打什么游戏。没想到宋镭却用更不屑的口吻回答："你不知道这游戏？这是《武林风云》！是MIT（麻省理工学院）的一个华人大神编的武侠MUD，已经流行七八年了！剧情和人物都是按照古龙小说设计的，基本都是留学生在玩儿，当然，也不是一般学校的学生，而是像S大或者麻省这类学校的学生！哦对了，您是上市公司的CTO，肯定没时间玩儿游戏的！"

陈闯并不是要强的人，从没想过要跟S大或者麻省理工的高才生比个高低。可宋镭的语气却让他心里硌硬。他没上过名校，也不是CTO，连最普通的编程师工作都难保，可他至少能编些程序，也懂一点儿互联网。也许他并没资格喜欢杜思纯，可他不该连玩儿网络游戏的资格都没有。陈闯赌气登录《武林风云》，注册了个玩家，给自己起名"陈一刀"，仔细研究了一番，是个基本款的图形网络游戏，虽有简单的图形界面，但交流还是以文字为主，后台无非是个加强版的聊天室，技术上已有些落后了。只不过由于历史悠久，又顶着所谓"世界名校"的光环，依然玩家众多，保持着很高的活跃度。

宋镭见陈闯也登录了游戏，更来了劲头，好像瞬间变回了孩子，兴冲冲跟陈闯解释："新注册的是'初学乍练'级，得练到'驾轻就熟'才能完成最简单的任务！起码得练几个月！"陈闯问："你是哪级？"宋镭得意道："'出神入化'！比你高八级！我拜的师傅是叶孤城！我的天外飞仙剑法，一次能连出五剑！一般人来不及出手就完蛋啦！"宋镭迫不及待地给陈闯演示，找了个没武功的平民NPC（游戏程序中事先设置的人物）比试，屏幕上立刻翻出一行行叙述剧情的文字。宋飞剑果然一连出了五剑。其实第一剑就把对方杀死了，后四剑都捅在尸体上。

陈闯问："你玩儿了多久？"宋镭答："一年半！算很快了！"陈闯又问："你上面还有几级？"宋镭答："一共还有三级！'一代宗师'，'天下无敌'，'深不可测'！只有NPC才能'深不可测'！玩家顶多练到'天下无敌'！"

陈闯听着宋镭侃侃而谈，心中已经有数。他索性关了编程窗口，一心一意研究网游。杜思纯的编程作业本来也差不多完成了，耽搁一点儿没什么。陈闯从此放慢了帮杜思纯完成 Java 作业的速度，因此又多去了几趟 S 大，花了不少时间在《武林风云》上，并不是自己打游戏，而是编了个程序替自己打游戏——陈闯发明了一个能够自动练功的"机器人"。当然也不是一帆风顺。起先程序编得太简单，不是不小心丢了水和干粮渴死饿死，就是让 NPC 或者别的玩家 PK（杀）了，每死一次降一级，武功和内力都要损失一半；后来陈闯改进了程序，总能躲开 PK，却没能躲开"巫师"——游戏管理员派来的"警察"。"陈一刀"被永久封了号，两个多月的工夫付之东流。其实早有很多玩家想到用机器人练功，游戏管理员就设计了"机器人警察"来执法，见谁联机时间久了就自动上前搭讪，始终不回答的，必是机器人无疑。有了这些"机器人警察"，用机器人练功的道路基本堵死了。

陈闯并不介意，重新注册了一个玩家叫"陈小刀"，也拜叶孤城为师，武功从头练起。多来几趟 S 大无妨，起码还能多见几回杜思纯。陈闯重新设计了程序，不只练功、做任务和躲强盗，还要小心提防"巫师"，还有别的玩家的举报。一旦有人主动搭讪，总得应付一两句，不能驴唇不对马嘴。为了实现这个功能，陈闯拿着杜思纯的学生证到 S 大图书馆里查阅了不少有关人机对话的论文，发现了一个叫作 ALICE 的聊天机器人，诞生于 1995 年，到了 2005 年，貌似已是人机对话技术里最先进的。陈闯颇费周折地弄到 ALICE 机器人的开源程序，用它给自己的"陈小刀"增加了"抗搭讪"功能，竟然成功骗过了"机器人警察"。不仅如此，陈闯在 S 大图书馆查询人机对话论文时，还发现了几篇有关机器智能方面的论文，讲的是如何利用统计学算法预估结果的不确定性，并以此提高操作的准确度。陈闯又把这些算法融会贯通，让"陈小刀"拿出一半时间，在武林世界里四处乱跑，看 NPC 和玩家们比武，把他们的一招一式和出招顺序都记录在案，同时收集比武结果，并加以分析，计算出概率。比如：对手的武功级别虽然同是"驾轻就熟"，"貌若潘安"的却多半比"凶神恶煞"的更难取胜；又比如，李寻欢的弟子虽然只有 35% 的概率获胜，但一旦获胜就有 70% 的概率会置对方于死地。"陈小刀"每次找人比武前都先算概率，赢的概率大才出手；比武的时候则要根据自己的记录预判对方要出的招式，攻还是躲事先做好准备；比武结束后再收集新数据，跟之前的预判做比较，修正预判算法的准确度。

"陈小刀"每天24小时自动执行着程序，经验越战越多，渐渐胜多败少，即便落败也损失不大，因此晋级越来越快。杜思纯的最后一个Java大作业完成之时，"陈小刀"的武功已经"深不可测"，颠覆了宋镭所说的"只有NPC才能'深不可测'"。陈闯最后一次到S大，最后一次登录《武林风云》，直接让"陈小刀"找到"宋飞剑"，瞬间雪了前耻，然后丢下一行字符串："没上过名校，亦能'深不可测'！"

陈闯本想着下个学期还能来S大，因为杜思纯曾经说过，修完了Java还要再修C++。可新学期还没开始，陈闯接到杜思纯的电话。杜思纯感激不尽地说："你真是太认真了！居然是A+！全班就只有一个A+！"陈闯开心得不得了，忙说等你修C++的时候我再帮你。杜思纯却话锋一转："不修了，再也不修计算机的课了！"陈闯正自糊涂着，杜思纯又补了一句，"这回他们倒是信了，你的确是CTO！"陈闯问"他们"是谁，杜思纯答："跟我一起上Java的人呗，宋镭他们。"

陈闯仿佛当头挨了一棒。原来杜思纯是跟宋镭一起修的Java。宋镭在机房里见过陈闯，杜思纯又得了全班唯一一个A+，宋镭必定猜到是陈闯替杜思纯完成的编程作业。杜思纯这是在埋怨他作业完成得太好，反而露了马脚。

陈闯本想找个机会向杜思纯道个歉，可又不知如何开口，说不清错在何处，反而显得虚伪做作。过了没多久，陈闯被公司炒了鱿鱼，也就更没脸再去见杜思纯。好在杜思纯也没再打电话给他。想打也打不了——陈闯当然不会把中餐馆的电话留给她。尽管那时候人人都有手机，陈闯却没有。两人就这样断了联系。

可是这一晚，陈闯却在这挤满了中国富二代的高级海景公寓里见到了宋镭。其实这也并没什么稀奇的，因为宋镭看上去本来也不像是穷人家的孩子。稀奇的是宋镭也见到了陈闯，扶着公寓大门狂咳，瘦长的身体弯成了一张弓。陈闯穿着旧T恤、旧牛仔裤和更旧的运动鞋，头发油腻地贴在脑门上，好像是一路从农贸市场里跑了来的。这和先前在S大机房里的印象又不同。那时陈闯至少还穿着白衬衫，虽不高档却很合身，而且烫得笔挺，很有几分体面。可今晚怎么落魄至此了？

宋镭过了半晌才明白过来，这是陈闯的庐山真面目——这位杜思纯口中的"已经Pre-IPO的CTO"，原来只不过是个中餐馆送餐的伙计。

宋镭还真不是富二代。他的父母都是大学教授，不是很好的大学，也没什么外快，所以家境并不阔绰，除了会读书的脑子，没什么能给儿子的。然而仅凭着会读书的脑子，宋镭一帆风顺地考上清华，出了国，拿着全奖进入 S 大，算得上是学霸里的学霸了。

但学霸未必是富二代，富二代也未必是学霸。美国名校里的中国留学生大体分为两类。一类是真学霸，一类是真富贵，也有两类的交集，那算是造物主的恩宠了。宋镭显然只属于第一类，和第二类并无瓜葛。他之所以能参加这豪华公寓里的富二代聚会，是因为公寓的主人 Wanda 邀请了他。

Wanda 的中文名叫文丹丹，据说是国内某大型企业老总的女儿，高中时就到美国来了。宋镭只知道这么多，别的不便过问。他其实算不上是 Wanda 的朋友，顶多算是合作伙伴，而且这合作关系并不平等，因为 Wanda 是投资人，而除了 Wanda，没别人愿意给 Jack 贾和宋镭投资。Wanda 也是在 Jack 贾的"忽悠"下才投了五万美金，基本是冲着宋镭这块"S 大高才生"的招牌才投的，估计也分不清机器人技术和互联网技术有什么区别。

Jack 贾本名贾云飞，是宋镭真正的合伙人。Jack 贾读的并不是 S 大，而是附近一所二流学校，但他非常喜欢在 S 大校园里出没，认识了一大半 S 大里的中国人。Jack 贾读的是电机工程，但似乎更适合读商学院，或者公共关系学院之类。不只性格适合，就连长相也适合——Jack 贾是个慈眉善目、能说会道的胖子。Jack 贾一口气参加了旧金山湾区所有能允许他参加的华人组织，进而认识了许多"重要资源"。一起开互联网公司这件事，也正是 Jack 贾忽悠宋镭入伙的。

宋镭受家庭的影响，原本一心做学问，看不上从商和从政的人。Jack 贾摊开双手，把一双小眼睛瞪得溜圆："不想创业？那你到 S 大干什么？到硅谷来干什么？这里可是创业者的天堂呢！您还别小看创业，能当科学家的未必当得了企业家，可要是没有企业家，科学家的成果就只能永远留在实验室里。你想想，现在尽人皆知的企业家有多少，出名的教授又有几个？就一个霍金，也要靠着身残志坚的梗儿，再写几本通俗的科普书。你要是认屄，就在实验室里躲一辈子，倒是也挺舒服的。"宋镭被最后这两句戳中了心窝，却仍嘴硬道："又要上课又要做科研，我可没时间弄别的。"Jack贾立刻拍着胸脯打保票："你只管编程，其他我都包了！有我的人脉资源，加上你这块S大学霸的金字招牌，咱们的网站准能成！"

宋镭的确算得上是S大学霸。宋镭的博士生导师霍夫曼教授是著名的机器人和AI专家，只不过在2005年，"AI"这个词远不如现在时髦。霍夫曼实验室里有八九个博士生，分管十几个科研课题。有传统的工业机器人和自动化生产线项目，也有很超前的人脸和语音识别、仿生机器人和虚拟现实的项目。宋镭在清华读的是机械制造，在霍夫曼实验室里参加的是自动化生产线的项目，专门研发能够模仿人类手部运动的机械手，也有五根手指，关节也跟人手类似。操作者戴上一只贴满传感器的手套，随意运动手指，机械手就同步做出一模一样的动作。宋镭研发了一年多，已进入第二阶段——在手套上装上许多压电马达，让手套对操作者的手也产生反压力。也就是说，机械手不但能模拟人手的动作，还能把感受到的阻力精确地传回给操作者，这样一来，操作者就能控制自己的发力，通过机械手完成更精细的操作。这项技术被称为"有触觉的机器人"，在业内算是很先进的。

但宋镭不能用"有触觉的机器人"做一个实用的网站。机械手完完全全是在现实中的，而互联网却是虚拟的。互联网并没有触觉神经，也不在乎自己展示的内容到底是真是假。正因不在乎真假，互联网才无所不能。就连宋镭玩儿了快两年的《武林风云》都能让他武功绝世，杀人如麻，一只能分辨是桃子还是鸡蛋的机械手又有什么稀奇？

Jack贾对此并不担心，满怀信心地说："别管什么机器人了，咱们就做个求职网站吧，帮大学生找工作。"宋镭疑惑道："能行吗？很多这样的网站呢！"Jack贾又拍胸脯："正因为需求量大，所以才会有很多。你想想，谁最爱上网？肯定是大学生啊！大学生最需要什么？当然是毕业要找工作！就这么定了，就叫'雷天网'，帮大学生找工作！"Jack贾忽然降低了音量，得意地说，"放心，这个创意，我已经跟投资人说过啦！没问题的！"

宋镭以为投资到了位，对Jack贾有些刮目相看，并不知道所谓的"投资"就是Wanda的五万美金；更不知这五万美金也是Jack贾打着"S大计算机学霸"的招牌忽悠来的。但宋镭仍有些犹豫：求职网站跟机器人根本没关系，而他也并不会做网站。Jack贾仿佛看穿了他的心事，再用激将法激他："能在S大拿着全奖开发机器人尖端技术，难道还写不出一个网站？那可是专科生都能做的活儿！"

Jack 贾的激将法屡试不爽。宋镭上了一个学期的 Java，又读了些别的参考资料，果然也做出一个求职网站来，看上去虽然简陋，基本功能倒是有的。下一步就是添加招聘和求职信息。Jack 贾雇了两个"intern"（实习生），每天把报上刊登的招聘信息录到网站上。折腾了一个多月，连新带旧的不过几百条。Jack 贾在附近几所大学里张贴了许多广告，又到不少网络论坛里发了帖子，却并没多少人到雷天网注册和上传简历。算上那些被 Jack 贾和宋镭强拉硬拽的朋友和同学，不过也只有几十个注册用户。Jack 贾无论如何再也找不到第二个投资人，Wanda 的五万块投资也所剩无几，眼看就要交不出服务器租金了。

Jack 贾倒是临危不乱，再次展现出一名东方企业家的潜质——他四处调研，昼思夜想，三天后一拍脑门："从别的求职网站扒！招聘信息、求职信息，先扒过来再说！只要门面壮大了，不愁没人来的！"宋镭皱着眉问："这算不算偷？"Jack 贾笑道："咱们注册成他们的用户，如果下载信息需要交钱，咱们就交钱。怎么能算是偷？"宋镭不置可否。Jack 贾摇头晃脑道："都是为了做生意，君子爱财，取之有道！"

然而事实并不像 Jack 贾想的那么简单。大多数网站即便对自己的注册用户，开放的信息也有限；还有的网站干脆就把联系信息都隐蔽了，只能通过网站链接自动发邮件。Jack 贾转眼又有了新的对策：破解网站！

宋镭的网络技术只能算初学乍练，确实没本事破解别人的数据库，Jack 贾再使激将法已无用，也雇不起更专业的软件工程师，雷天网从此停滞不前。唯一的投资人又偏巧出了问题。Jack 贾向宋镭抱怨说，Wanda 好像突然能掐会算，料定雷天网要出问题，三天两头追着要撤资。Jack 贾当初拍着胸脯跟她保证过，未来的投资人排着队，她如果急着用钱，随时可以撤资。Jack 贾被 Wanda 追得走投无路，只好支支吾吾地坦白："网站需要更新技术，才能找到新的投资。可没有投资，就没钱更新技术。您那五万块租服务器啥的没剩多少。"Wanda 问 Jack 贾，还有什么技术是 S 大的机器人学霸也搞不定的？Jack 贾只好辩解道："再牛的学霸也得有帮手，就像比尔·盖茨再牛，微软也不是他一个人建起来的。"Wanda 气得脸色发白，知道自己被套牢了，这才专门搞了个"留美富二代"的派对，把 Jack 贾和宋镭也请了来，让他们借机从富二代里找投资的。这些都是 Jack 贾告诉宋镭的，可谓声情并茂，好歹说服了宋镭跟他参加 Wanda 的派对。

派对上 Jack 贾自是眉开眼笑，妙语生花，在一群富二代里游刃有余。而宋镭原本已对开发求职网站兴味索然，又天生不会表演，拘束得宛如一尊泥塑，心想这一屋子纨绔子弟里有几个懂历史，懂哲学，懂微积分？凭着爹妈显贵扬富，满嘴的名牌，满腹的草包。宋镭正自无聊，没承想竟然见到了杜思纯的同学陈闯，更没想到他竟是给中餐馆送外卖的。宋镭大出所料，却并无鄙夷之意。至少这"送外卖的"写出了能得 A+ 的 Java 程序，还能在《武林风云》里练成"深不可测"——他知道陈闯注册过一个玩家叫"陈一刀"，因此猜测游戏里那个突然从天而降并一口气连出了十四剑的"陈小刀"也是陈闯。宋镭特意查了"陈小刀"的注册信息，注册不过两个月就"深不可测"，一口气能出十四剑。这游戏宋镭已经打了快两年，一次也只能连出五剑。宋镭这辈子第一次深深体验到了挫败感，游戏里的挫败感反倒比考场上的强烈了百倍。

但挫败感有时又是颇为复杂甚至暧昧的。有嫉妒，有怨愤，可能也有羡慕，甚至有点儿崇拜，像是打翻了一桌子化学器皿，桌面上湿滋滋冒着白烟，也不知到底混成了什么。宋镭本想跟陈闯打声招呼，可他稍一犹豫，Wanda 已拿了钱出来。陈闯接了钱，逃难似的掉头跑了，在楼道里留下一串咳嗽声。宋镭猜到陈闯也许在躲他，心里不禁有些失落。Jack 贾看出了他的反常，凑上来低声问："你认识那个送餐的？"

宋镭不假思索地回答："认识，他是个编程天才。有了他，雷天网肯定没问题了。"

4

宋镭找杜思纯要到陈闯的电话号码，打过去才知那是公司的电话，陈闯早离了职，并没留下新的联络方式。Jack 贾又找 Wanda 要中餐馆的电话，告诉她那个送餐的是编程高手。Wanda 一句不答就挂断了电话。Jack 贾只好带上宋镭拜见 Wanda，把陈闯如何帮着杜思纯编程并且得了全班唯一的 A+，又如何在联网游戏里轻易就"深不可测"说了一遍，然后又解释说，最近很多编程师都失业了。也许中餐馆只是过渡，或者是帮亲戚的忙，又或者，也许餐馆本来就是他开的。Wanda 冷笑着说："我跟老板娘很熟的，没听说她有个儿子。"

三天后，陈闯在旧金山中国城的中餐馆里见到宋镭和一个陌生的胖子。陈闯一手托着老火例汤，一手捧着炸春卷，腋下还夹着临时摆汤用的折叠架子，像是在表演杂技。他很后悔不该这时候出来，想假装没看见却已来不及。宋镭朝他笑道："你真的在这儿！"陈闯只好硬着头皮跟他打招呼。不料那胖子赶到宋镭前面，热情似火地要跟陈闯握手："我是 Jack，我们见过的。"陈闯只得放下老火例汤跟他握手，却想不起在哪儿见过。胖子忙说："见过两次呢！第一次是在 S 大的中国留学生聚会上，是杜思纯带你来的，第二次就是几天前的 party，你来送餐，我也在，你不记得了？"

　　陈闯勉强点点头，其实并无任何印象。他向来记不住人脸，两次又都是人多的场合。可人家偏偏记得他，也就必然记得他曾经是"Pre-IPO 的 CTO"，不禁脸上发烫，随手整理领结，像是要故意挡住它似的。陈闯今天穿了侍者的制服，白衬衫、黑西裤和黑皮鞋，每一样都浸着汗渍和油烟；还有一件旧马甲紧箍在身上，让他觉得自己像个小丑。

　　幸亏老板娘在后厨里用广东话骂街，也算给陈闯解了围。陈闯讪讪一笑，端起老火例汤继续上菜。胖子却紧跟其后，小跑着跟进后厨又跟出来，一路说着前来拜访的缘由，也不在乎陈闯爱不爱听，更不在乎老板娘防贼似的瞪着他，倒是飞速说完了。最后一句是"我们非常希望您能跟我们一起干"，并没说出具体条件。

　　Jack 贾笑盈盈看着陈闯，两手交叉着放在肚子上，两根大拇哥彼此亲热着。陈闯只好站定了，一脸无奈地对 Jack 贾说："杜思纯搞错了，我不是什么 CTO，我就只是个中餐馆打工的……"

　　陈闯话没说完，突然有个女的搭茬儿："就知道你们在忽悠我！"

　　陈闯忙转头看，不知何时走进一个戴墨镜的时髦女郎，一头金色笔直的长发。陈闯心中一动，心想这不是那天晚上叫外卖的"皇后"吗？ Jack 贾看见时髦女郎，立刻多添了些笑容，脊背也不由得弯了，笑吟吟地说："哪能呢，你不信我的，怎么也该信宋镭，科学家是不会撒谎的。"说罢又转向陈闯，"你别谦虚了，宋镭都告诉我了，你替杜思纯写的 Java 作业，全班一百多人就你 A+，还有那个什么什么……风云？"

　　Jack 贾扭头去看宋镭，宋镭却并不接茬儿，忙侧目去看窗外，从头到脚都窘着，像是心里有老大的不情愿。陈闯心想又不是我送上门的，明明是你们主动来请我，何必做出这副样子？于是也沉下脸说：

"会 Java 的人很多，对面餐馆里的 busboy（杂工）在 City College 读专科，他也会 Java 的，你们去找他吧。我这会儿很忙，不好意思。"

Jack 贾见陈闯要送客，忙说："在这里打工能挣多少？给我们工作，年薪四万，外加 option（股票期权）。"陈闯苦笑着摇头："多谢了，可我什么都不会，省得到时候再被炒。"

陈闯说罢要走，那长发女郎却绕到他面前，摘掉了墨镜，露出熊猫眼似的烟熏妆。正是那晚开派对的"皇后"，穿一件立领皮衣，足蹬高跟皮靴，依然颐指气使的，但毕竟在光天化日之下，即便隔着浓妆，看上去也不过二十多岁，并没有印象中那么老成。她拦住陈闯的去路，却并不跟他说话，只对 Jack 贾嘲讽道："你刚给人开的价，付得出吗？"

Jack 贾难堪道："有了他就能写好网站，写好了网站，不就有人愿意投资了吗！"

"还是别瞎忽悠了。""皇后"白了 Jack 贾一眼，又瞥了陈闯一眼，仍像那晚瞥着送餐伙计一样，转而又对 Jack 贾说，"我也不觉得他像你说的那么有本事，不过呢，我倒是想试试。"

Jack 贾和宋镭都满脸意外，"皇后"却似乎并不是开玩笑，用力捋了一把长发，一本正经地继续说："既然我已经被你们套牢了，索性就再多投一点儿。"

Jack 贾大喜过望，笑逐颜开道："那太好啦！您投多少？"

"皇后"指指陈闯："我就投他。他的工资我付，年薪五万，作为回报，再给我雷天网 20% 的股份。"

Jack 贾为难道："上次您投了五万，就只拿走 10%，这就翻倍了……"

"不讨价还价，不成拉倒！""皇后"打断 Jack 贾，转身作势要走。Jack 贾赶忙拦住，又要继续磨叽。陈闯忍不住说："对不起，我不打算换工作。我得干活了，不然老板要生气的。"

陈闯正要走，却见老板娘疾步从后厨里走出来，早已转怒为喜，满面春风地要和长发女郎握手，用生硬的国语叫着："文小姐，怎么亲自来了？要订餐，打个电话就好喽！"

陈闯心想原来是餐馆的常客，自己离开餐馆不到一年，新添一些"大主顾"也是自然。这么有钱的富二代，自然也只吃最贵的粤菜馆。陈闯很了解老板娘的脾气，若不是频繁订餐且出手大方，也不可能对她这么殷勤。文小姐索性把老板娘拉过来拥抱了一下说："我不是来订餐的，我是来挖您的墙脚的！"说罢又转身向着陈闯说，"老板娘是不会生气的。只要我说要你，她肯定不会留的！"

陈闯见文小姐就像奴隶主在向另一个奴隶主采购奴隶，不禁心头火起，却又发作不出，只好铁青着脸站着。老板娘跟他相处了多年，多少了解他的脾气，满脸堆笑地点头："那当然了，一年挣五万，在我这里做，顶多挣两三万，还辛苦得要命！小陈啊，你可是遇到贵人了！"

老板娘说罢哈哈笑起来，笑得花枝乱颤——满头鸡窝和一身花格衣服都跟着颤。这个广东女人如果是在广东，看上去不过是个菜贩子；在旧金山中国城却是身家百万的饭馆老板。文小姐笑而不言，就那么高高在上且略有怜悯地冷笑着。恰巧此时有人开门，一股焚香气味飘进来，大概来自隔壁的古董店，裹挟着男女合唱版的《大悲咒》，伴奏是 90 年代台湾流行小调的风格。另一边的菜店也助兴似的吵吵起来，当然是用广东话，大概因为芥蓝或者菜心吵着，像是在吵一件生死攸关的事。

文小姐就在此时突然朝陈闯斜了一眼，又转向 Jack 贾和宋镭，高高吊起眉毛说："本来都肥头大耳的，突然多了个瘦子，不大和谐。"

Jack 贾反应最快，立刻笑指着宋镭答："只有我是胖子，人家是健壮。"宋镭却仍紧绷着脸，越发下不来台。文小姐全然不在乎宋镭，继续把玩笑开下去："反正你们俩看上去，跟这位彻底两个阶级。"她指了指陈闯，把眼睛眯成两条缝，"这样也好，省得让人家以为，你们公司里只有饭桶！"

陈闯莫名地消了些气，不禁也低头一笑。隔壁渺渺的流行版《大悲咒》突然被另一首流行歌压过：那一年我们正迷惑，日子在无知中滑过。

陈闯暗暗吃惊，心想中国城的唱片店常放邓丽君、韩宝仪、叶倩文的老歌，不知今天怎么突然放起了伊能静的，也不知是巧合还是听错了，心中瞬间充满了惆怅，仿佛又回到六年前，自己二十岁生日的前夜，独自躺在餐馆地下室的床垫上，抱着唯一的一件"奢侈品"——从北京带来的爱华随身听。随身听里有一盘六十分钟的 TDK 磁带，混录了他精挑细选的十几首歌，当时他恰巧听到这一首，使劲儿睁大了眼睛，眼前却漆黑一团。地下室里如果不开灯，是绝无一点儿光源的。他并不知过没过十二点，因此也不知是不是已满了二十岁，只知自己像只老鼠似的藏在不见天日的地下，这就是他的青春。他很想骂街，却坐到地板上抱头痛哭起来。他这辈子最恨的人，竟然是自己的父亲，满腔的恨即刻化作委屈，滚滚地流下来。

> 是否可以选择
> 一次无悔的梦
> 十九岁的最后一天
> 阳光！阳光！阳光似乎也被带走

陈闯挣扎着从歌声里醒过来，周围的几个人都诧异地看着他。他腹中翻江倒海，心想时隔六年，自己仍睡在同一间地下室的同一张肮脏的床垫上。无论如何不能再这样继续下去了，他是得离开这里，是得变一变，哪怕睡大街也在所不惜。

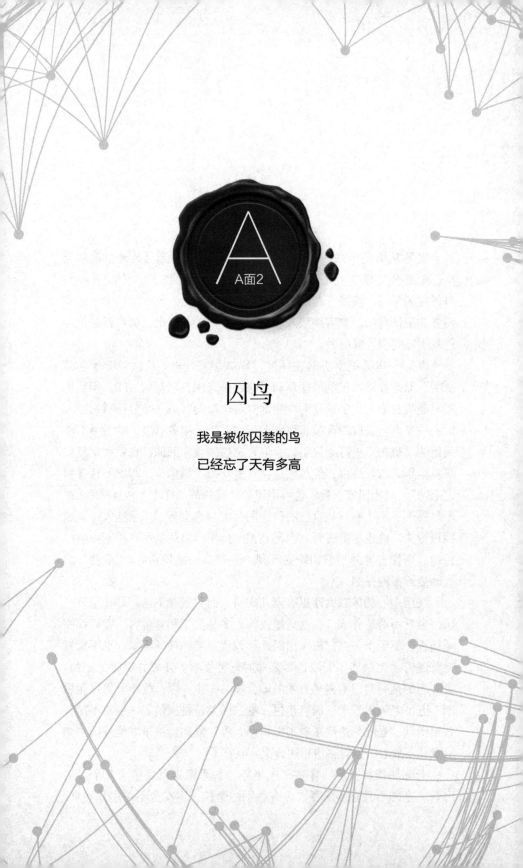

A面2

囚鸟

我是被你囚禁的鸟

已经忘了天有多高

1

　　老陈从医院出来，整夜没回家。他在街上漫无目的地乱逛到天黑，地铁公交都坐了几趟，确定没人跟踪，这才找了一家洗浴中心，最便宜的那种，洗澡汗蒸加大厅过夜，每晚四十八元。洗浴中心是不需要登记证件的。拿着护照入住酒店，不仅不是躲藏，简直就是把自己双手捧到别人眼前去。

　　老陈一宿都把手机抱在怀里，耳中塞着耳机，这次没听爱华随身听，而是收听家里的风吹草动。这也是老陈自己写的 APP，用手机随时监听自家公寓里的动静。一部分是他写的，另一部分还得用别人的——麦克风获取的音频总要先上传到某个云服务器里，然后再下载到他的手机里。老陈心里明白，但凡是他能收集到的，也就注定是要暴露给别人的。所以，他虽然也在家里安装了摄像头，却绝不让视频"上网"，只能回家查看。他可不想把公寓内部的样子上传到网络；更不想哪天一不小心，把自己的脸连同公寓一起上传了。就连大街上那些摄像头，他也尽量避开。但凡是被上传到网络的信息，再不由自己控制。即便普通的搜索引擎找不到，总有办法被找到的。"暗网"的概念最近很流行的。

　　洗浴中心的休息大厅里有点儿拥挤，而且气味不佳，好在漆黑一团，也看不清楚什么。在这里过夜的大多是民工和背包客，怎样都能睡得香。不到十一点，鼾声已经此起彼伏。老陈却睡不着，也不肯轻易就睡着。他虽然闭着眼，耳朵却时刻警惕着。还好并没听见别的。老陈租的是一套四十多平方米的旧公寓，一室一厅。按市价每月能租四千五，老陈出五千，而且年付。唯一的条件是换锁芯，房东不能有备用钥匙。老陈只给房东看了看护照，没让复印。房东看见外国护照有点儿不放心，但看在房租的分上也就算了。

　　老陈屈指算了算，才住了大半年，如果搬走就要损失几个月的房费。老陈不只心疼房费，也有些别的牵挂，实在舍不得离开北京，所以更认真地听耳机，像是要说服自己不必搬的。耳机里并没什么反常之处，很久没任何响动了。大概是因为听得太认真，反倒有了困意。

渐渐地，远处隐隐似有雷声，温暾暾的海风变得凉爽而凶猛，加勒比海的风暴就要来了。老陈心想不能再站在沙滩上了，反正台风来了，飞机也就不会来了。得赶快回家去，把窗户关好了。上次窗没关严，泡坏了一片地毯，让他分外心疼。房子虽然很小，却非常珍贵，不能有丝毫损坏。可他浑身发软，就是动弹不得。滚滚的雷声，逼得更近了。

等等，怎么会有雷声？老陈突然想起来，自己已经回到北京了。北京的初冬哪儿来的雷声？难道果然有人闯进公寓里了？老陈心中一抖，瞬间惊醒过来。"雷声"是周围此起彼伏的鼾声，自己正躺在洗浴中心的休息厅里，四周漆黑一片，空气污浊不堪。刚才不知不觉睡着了，这一醒过来，倒像是从一个梦境跌进另一个梦境里了。

耳机里依然一片沉寂，让老陈怀疑，是不是网络出了问题，拿出来看看，并没有问题。老陈又想，自己是不是太神经过敏了？那胖丫头一直在咖啡馆打工，老陈第一次去就在了，看上去粗粗笨笨，无论如何也不像是做侦探的；那黑衣女子的外表又太出众，让人过目不忘，也不大可能是调查人员。只是不知胖丫头为何要故意尾随着他，也不知她捡到的手机又是谁的，怎会偏偏掉在他座位底下？当然很有可能只是别的客人掉的。至于胖女生为什么要尾随他，也可能只是好奇，要不要明天去咖啡馆找她问问？

老陈想着这些，再无半点儿睡意，索性起身去冲淋浴。刚刚走进浴室，却听背后一阵密集的脚步声。转身去看时，只见三个穿戴整齐的男人冲进休息厅，两个守着门，另一个进去开了大灯，老陈隐约看见个侧脸，是个矮胖的中年男人，两腮泛着红光，头发油腻腻地贴在脑门上。那张脸立刻就让老陈联想到三个字——"体制内"。那人眯着小眼睛，粗声大气地喊道："都起来！都起来！"

大厅里顿时怨声四起，夹杂着几声国骂。那三个男人里有一个高声喊："都他妈闭嘴，警察办案，不老实就都带回去调查！"

大厅里顿时安静了，有几个跳起来骂街的裸体男人又都躲回被子里。老陈顿时魂飞胆战，反身贴住墙，不敢再往休息厅里偷看。只听厅里又在喊："都起来，站起来！"又是一阵窸窸窣窣，又听那人大声问，"谁是陈闯？"

　　老陈险些背过气去，心想这下彻底完了！十二年了，他再没用过这个名字。真是躲到头了！然而，即便像老陈这样的人，在绝境时也会铤而走险。也不知哪儿来的勇气，他竟踮起脚尖走进更衣室，找到他的柜子。手抖得太厉害，半天才打开柜门，不管三七二十一，抱起衣服背包出了更衣室，当然不敢往前门去，幸亏昨晚他已仔仔细细在洗浴中心里逛了几圈，知道走廊拐角有个窗户外面的铁条断了一根，大概勉强能钻出去。老陈慌手忙脚地找到那窗户，被冷风一激，才想起自己正光着，连忙胡乱套上衣裤，裹上羽绒服，把背包扔出窗外，自己从铁条缝子里拼命往外挤，多亏了人本来就瘦，到了中年也不曾发福，好歹挤了出去，光脚踩到冰冷坚硬的水泥地上，这才想起没穿鞋子，鞋子进浴室的时候被收走了，肯定拿不回来的。

　　老陈看了看周围，天蒙蒙亮，四周都是楼，有一两个早起遛狗的人。大概是在某个居民小区里。千万不能让保安看见，还得尽量避开中老年人，以及所有的女性。一个光着脚的陌生中年人，绝对是万分可疑的。

　　老陈猫腰贴墙一阵疾走，终于来到大街上，这才略松了一口气，自己都不敢相信，竟然真的逃出来了。只是不知这里安不安全。刚才浴室里那几个真的是警察？看上去倒是更像强盗。他躲了这些年，只不过是在躲调查公司和私家侦探，他早知道警察是躲不过的。那案子是在美国，又是在十几年前，当初似乎并未惊动国际刑警，不然他哪能藏到今天？现在怎么又兴师动众起来？也许是最近中美在跨国追逃上加强了合作？但只听说把逃到美国的中国人抓回来，难道还有把逃回中国的中国人抓回美国的？

　　当然也许那几个人并不是真警察。但他们又是谁派来的？怎么发现的他？无论如何也够神通广大。老陈又是一阵心悸，心想街上绝对不安全，光着脚又实在走不远，不禁翘首瞭望，并没看见计程车。光脚搭地铁会不会有问题？一阵冷风吹来，直灌进老陈的裤筒和羽绒服里。他狠狠打了个寒战，猛听见一阵急促的脚步声。老陈顿觉不妙，果然从街角闪出三个人，明明就是闯进洗浴中心的三个人！

　　老陈一阵绝望，耳边却突然响起刺耳的刹车声。一辆黑色小轿车急刹在几米开外，前排车窗里露出一个黄澄澄的"蘑菇头"，外加一条白萝卜似的胳膊，拼命向他挥舞："欧巴，快上车！快点儿啊，来不及啦！"

2

大叔怒冲冲走出医院的一刻，小白暗下决心，以后再也不跟大叔说话了。她管大叔要手机号码，是为了让燕姐帮忙定位找手机的。没丢不是更好？为什么气哼哼的？是谁把他送到医院的？谁花钱给他挂的号、做的检查？好心被当成驴肝肺了。

小白整晚都郁郁的，不只因为大叔，也因为丢了不知是谁的手机。她当然也可以假装不知道手机的事，反正她并没告诉任何人。如果失主到咖啡馆来找，也没人会说曾经捡到又丢了。可小白心里就是不踏实，连直播的心思都没了。好在也没人等着要看。

小白一共有五百多个粉丝。在"亿闻直播"里，算是最不起眼儿的。但即便这点粉丝，也是她两年来一点一点积累的。都是真粉，对做咖啡感兴趣，偶尔给她留言的。她偶尔也直播街上的新鲜事，可她难得碰上新鲜事。所以主要还是直播做咖啡。在咖啡馆里播，回家也播，试着用各种设备和各种材料，一边做一边播，没人看也播。她相信只要她认认真真把咖啡做好了，粉丝一定会越来越多。反正书上是这么说的。

小白最喜欢的书叫作《在人生的每一个低谷，请不要忘记仰望顶峰》。作者是亿闻网的总裁荣凌峰先生，家喻户晓的年轻企业家，也是小白最崇拜的偶像。小白虽然学历不高，也没去过多少地方，但相信自己是有些与众不同的。起码跟同事、同学、邻居们不太一样。她从来不崇拜歌星影星，对家长里短也不感兴趣。她虽然也梦想着能"红"，但并不是为了当明星，而是为了创业的。如果有朝一日，她也能有几十万上百万个粉丝，就可以开一家咖啡馆，开成连锁店，然后上市。她也能成为企业家的。

小白没直播，也就早早上床，一时睡不着，心中又懊恼，好不容易碰上摩的撞人，却没来得及直播。还有大叔，似乎学识很渊博，很懂得网络，本以为能跟他学点儿什么。小白并没辗转多久，便昏昏睡去，也不知睡了多久，却被手机吵醒了。竟是燕姐打来的，忧心忡忡地说："你的那位大叔，好像有麻烦呢！"

小白想说那关我什么事，可又实在好奇，忍不住问："出了什么事？"

燕姐说："下午在医院，你不是把他的手机号码发给我，让我找手机吗？我当时就把号码发给同事了，刚刚同事跟我说，他的手机号码被人监控了！"燕姐委婉地说，"也不知你和他有多熟，反正赶快告诉你，看你要不要提醒他。"

小白早知燕姐"神通广大"，对燕姐的话毫不怀疑，不由得精神一振，急着问燕姐："别人为什么要监控他？"燕姐沉吟了片刻，轻描淡写地说："谁知道，也许是寻仇，也许是绑架。"

小白忙问："是不是得去救救大叔？"燕姐说："我在你楼下呢。"

小白一骨碌爬下床，心想着这次也许能直播到很精彩的事了。她一把扯开窗帘，天正蒙蒙亮。

3

老陈上了车，只顾着扭头往后看，见那三个自称警察的人没了踪影，暂时松了口气。胖女孩从前排回过头来，小心翼翼地说："您的手机，可能被他们跟踪……"老陈立刻会意，从衣兜里掏出手机，拆出SIM卡，却见胖女孩问司机："SIM卡拆出来就可以了吧？"

老陈看不清司机的脸，故意往旁边挪了挪，这才看见个侧脸，是个女的，似乎有些面熟。又从后视镜里看见一双眼睛，不禁大吃一惊：这不是昨天在医院里横刀立马的黑衣女子吗？

老陈心中懊悔，怎么糊里糊涂上了她的车？但又一转念，不上又能如何？反正也正被人追着，不由得更加惶然无措，胖女孩又回过头来，怯怯地说："我姐说，你有危险！让我姐帮你吧？"

老陈满怀戒备地问："你们怎么知道我有危险？"

小白一时语塞，不觉揉搓起双手来。那司机主动开口道："我查了你的手机号码，发现有人在监控你。"

老陈吃了一惊，惶惶地问："你是干什么的？"

"我是做商业调查的。"开车的女子平静地回答。小白有点儿紧张，插话道："欧巴，我姐真不是坏人，你别担心。"

老陈不理小白，正颜厉色地问："你在调查我？"

小白慌忙解释："没有没有，燕姐她没调查您。是我昨天求她帮忙，她才查了您的手机。我也没想调查您，我只是以为把您的手机弄丢了，想把它找回来，所以才找燕姐帮忙的！我说的都是真的，绝对没撒谎！"

小白有点儿语无伦次，急得要哭，并不像是在撒谎。然而老陈心里毕竟没底。开车的女子又说："我可以帮你，不过是要收费的。"

这一句，反倒让老陈略微有些放心。又想起那三个冲进浴室的男人，自己本来也大难临头，现在只能听天由命了。

4

燕姐的办公室在金融街，写字楼是极其富丽堂皇的，公司门脸儿却非常低调，隐在楼道拐角后面，连个招牌也不挂。老陈误以为是后门，看见门厅里坐着个衣着笔挺的女秘书，才知这是前台。那女人原本阴沉着脸，见到燕姐立刻笑逐颜开，很有几分讨好的意思。

老陈偷偷打量燕姐，见她其实年纪不大，比自己至少小着七八岁，举止打扮倒显老成，穿深蓝色套装和高跟鞋，颈上绕一条黑色细白点的丝巾，头发都拢在脑后，又比那天在医院更显沉稳干练。

老陈和小白跟着燕姐穿过两道玻璃门，经过一条狭长的通道，再经过一间开阔的办公大厅。老陈心想这公司门脸儿虽小，倒是别有洞天。燕姐终于停在一扇门前。老陈瞥了一眼，门上有个小牌子：

Yan，Xie   Managing Director[①]

老陈尾随着燕姐进屋，小白也紧跟着，生怕被关在门外。

这是一间单人办公室，正中是一张巨大的写字台，后面有一张大皮椅。可见这位燕姐年纪虽轻，职位却极高。老陈正想着，燕姐已关了办公室的门，请老陈和小白就座，不冷不热地说："其实我不应该邀请你们到公司里来的。按照公司的规定，我不能向一个身份不明的人提供服务，您也未必就肯花那么多钱聘用我们。"

老陈闻言，感觉她仿佛又不像是积极推销生意，心又悬起来。谢燕又说："我是看在小白的面子上，才想多管一点儿闲事。"小白连忙冲谢燕讨好地笑了笑。

谢燕绕到写字台后，坐进皮椅子里，对老陈说："我请你到这里来

---

① 谢燕，执行董事。

谈，也是希望让你放心，我并不是骗子。这是一家全球知名的商业调查公司，您可以随时查证，我就不多介绍了。"

"骗子"一词让老陈听着刺耳，不知是否另有所指。说话间，燕姐已从名片夹里取出一张递给老陈："谢燕，GRE北京办公室的负责人。"

老陈不禁愕然，他早听说过GRE，那是世界上最尖端的跨国商业调查公司。可他却没想到，这家让他闻风丧胆的国际调查公司在北京的一把手，竟然是个年轻貌美的女孩子。

谢燕看看小白，像是有什么不便开口。小白慌道："我不碍你们的事吧？我嘴很严的！"

老陈心想，小白似乎跟谢燕并不是一伙的，而且她早就在咖啡馆工作，也不可能是专门派来针对自己的。

谢燕沉吟了片刻，问老陈："能不能告诉我，你的真实姓名？"

老陈犹豫着该怎么回答。他隐约记得医院里拍CT的医师叫他"陈明"，知道瞒不过这位谢小姐的，从背包里掏出一本护照递给她说："陈明。"

谢燕接过护照，翻开看了看，微微点头道："你是荷兰籍？"

老陈点头答是。小白在一旁发窘，心想自己昨天还故意说大叔是美籍。但美国和荷兰都是发达国家，大概也不算太离谱。

谢燕又问："是谁要找你的麻烦？"

老陈摇头道："不知道。"

"是我问得不准确，我该问，你有什么麻烦？"谢燕顿了顿，又缀一句，"或者，曾经有什么麻烦？"

老陈心里一抖，又想起昨天下午在医院里，谢燕问的那句：你到底是谁？谢燕分明话里有话。老陈心中懊悔，怎能相信GRE呢？并不是不相信GRE的专业地位，只是不相信专业而大牌的调查公司会为了他这个落魄的潜逃者服务。正相反，GRE应该为他的"对手"服务，帮忙把像他这样的人抓出来！

谢燕见老陈不语，皱眉说："你不说，我也不知该怎么帮你。"

"帮不了就算了！"老陈嘟囔了一句，起身要走。小白急道："您要去哪儿？外面有人想抓您呢！"

老陈闻言，怔了一怔。谢燕说："先别急着走，看看这个。"

谢燕拉开抽屉，取出三张照片递给老陈。老陈看一眼照片，不禁浑身一栗，那是三张大头照，正是今早闯进浴室里的三个男人。

谢燕说："你大概很想知道，我为什么要帮你，这就是答案。"

老陈摇头说："我不明白。"

谢燕微微一笑，说道："这么说吧。我们对这三个人感兴趣，最近一直在观察他们。我们发现，他们好像很喜欢去一家咖啡馆。我们很好奇，他们的目标是谁。直到昨天下午，我们才确定，他们的目标是您。"

老陈若有所悟。这是螳螂捕蝉，黄雀在后。老陈是蝉，那三个男人是螳螂，这位谢燕就是黄雀。现在黄雀直接勾搭上蝉了。小白却仍懵懂地问谢燕："你是说，那几个想要绑架欧巴的人，也常去咖啡馆？我怎么没见过？"

"你当然见不到。因为他们不进去，就只在门外转悠。"谢燕把目光转向老陈，"不过昨天下午，有一个进去了。而且，丢下一只手机。"

小白似懂非懂地问："你是说，我捡的手机，是那几个人丢的？"

谢燕摇头道："不是丢的。是故意扔在那儿的。"

老陈恍然大悟：丢在咖啡馆座位下的手机，其实是为了窃听的。像老陈这样隐藏了多年的人，如果发现座位底下有个貌似窃听器的东西，肯定要十万火急地采取措施。但是如果只发现了一只手机，多半会以为是别的客人遗落的。老陈不禁毛骨悚然：自己果然早就被盯上了！也不知被盯了几天，是被谁盯着，更不知自己到底是如何泄露了行踪。

小白却更加迷茫："好好的，干吗把手机扔了？"

"可以窃听啊。听听你'欧巴'都说了什么。"谢燕朝小白眨眨眼。

"噢，这样啊！"小白顿时精神倍增，睁大眼睛问，"可要是被别人捡走了怎么办？不是就被我捡走了？"

"再从你那儿偷回来呗。"谢燕又微微一笑，"即便偷不回来也无所谓，那个手机里除了录音，大概也没别的东西。"

小白恍然大悟道："我想起来了，那天，在给明哥送手机的路上，我让人撞了一下。我还说呢，好好的怎么突然撞我，肯定就是为了把手机偷走的。撞我的人，肯定就是那伙人里的呗！"

小白一阵长吁短叹。老陈这才猛地想起来，那天假装系鞋带时发现的年轻瘦子，似乎也正是闯进浴室的三个人之一。顿时又冒了些冷汗，小心翼翼地问："他们……是警察？"

谢燕扬了扬眉，反问道："您觉得呢？"

老陈摇头："我想也不是。"隔了片刻，又试探着问，"能告诉我，这些人在为谁工作吗？"

谢燕耸耸肩："我也正想弄明白呢。"

老陈又问："你们为什么要调查他们？"

谢燕并没立刻回答，饶有意味地看了老陈一会儿，才说："对不起，我只能说这么多。"

老陈点点头，低头蹙着眉沉思。谢燕耐心等了一阵，又说："你当然不必信任我，我们也不必非得互相帮助。大不了，我交一份不够好的报告。可对于你，大概就没那么简单了。"

老陈终于抬起头，疲惫不堪地说："你需要我怎样呢？"

谢燕朝小白抱歉地笑道："你介不介意，到外面等我们一会儿？"

5

小白其实非常介意。她正听到兴头上，就像电影正演到高潮，却被赶出了电影院。可她只能乖乖出去，生怕燕姐让她回家，从此就没她什么事了。小白还从没遇上过这么精彩的事。可惜刚才又忘了直播，也根本来不及，明哥生死攸关呢！

小白决定不再叫"欧巴"，而是改叫"明哥"，感觉更亲切。小白还真有点儿可怜明哥。看得出是个老实人，不会装，也不会撒谎。倒是燕姐很精明，而且有点儿乘人之危，让小白有点儿失望，也有点儿怕她，不过也更好奇，不知还要发生什么更精彩的事情。

还好燕姐并没让小白回家。正相反，燕姐希望小白陪着明哥一起"躲几天"。燕姐告诉小白，明哥以前有过一点儿"麻烦"，最近不知怎么被仇家发现了。燕姐给明哥找了一处安全的住处，就在金融街的酒店里。燕姐建议也给小白订一间，也暂时躲几天。那几个男人已经在咖啡馆附近出没了一阵子，恐怕早认识小白，今早小白又从车里探了头，不知是不是被他们看见了。

小白连忙表示同意，打电话去咖啡馆请假，又隐隐有些失落，一连几天都不能直播做咖啡了。

小白和明哥住同一家酒店，房间同在十二层，不过并不挨着，中间隔着好几个房间。两个房间都是用别人名字订的，当然也是用别人的身份证入住的。燕姐特意嘱咐过，不要接房间的座机，如果有人敲门，千万不要开，立刻通知燕姐。燕姐还说，酒店里的餐厅、酒吧、桑拿都可以消费，直接签房间号就好，就是千万不要离开酒店。

明哥似乎完全服从，不仅不出酒店，连房间都不出。小白从中餐等到晚餐，几个餐厅都转了几遍，也没看见明哥的影子，先是失望，然后是担心。又不好意思去敲门，打电话更行不通。燕姐早嘱咐过，酒店的座机不能接，手机除了燕姐打来的也不能接。小白在明哥门口徘徊了一阵子，左思右想了半天，只能回到自己房间，看电视又觉得无聊，好歹熬到十点多，正打算洗澡睡觉，突然看见电视里几个老男人在酒吧喝酒聊天。小白灵机一动，又穿衣下楼，去酒吧碰碰运气。

酒吧在酒店的二层，面积并不大，小白进了门，一眼看了个遍。根本没几个人。吧台上坐着两个老外，墙角有个穿白色帽衫的小伙子，并没有明哥。小白正沮丧，却瞥见那小伙子的鞋，是一双蓝色耐克，那不正是她给明哥买的鞋吗？早上谢燕把车开到停车场，没让明哥光着脚下车，派小白去买了双鞋，她故意挑了一款显年轻的。小白赶紧凑近几步细看，那不是明哥还能是谁？明哥不知从哪儿弄来一身时髦行头，白色帽衫，细腿牛仔裤，再加上蓝耐克，看上去至少年轻了十岁。

小白一阵欣喜，快步走到明哥身边，正要开口，却大吃一惊——明哥正低垂着头，满脸都是泪水。

6

老陈独自坐在墙角的一张小桌子边，已经喝得半醉。

就像许多满腹心事的中年人，老陈也喜欢每晚喝几杯，宽一宽心，也更容易入睡。但最近怪事连连，让他总是提心吊胆，即便失眠也不敢贪杯，时刻准备着应变。今天和这位谢小姐谈过了，倒似乎踏实了一些。并不是高枕无忧，听天由命罢了。

谢燕把小白请出办公室之后，对老陈提了三条要求。她说："GRE虽然是商业调查方面的专家，但毕竟只是一家企业，不是万能的。我们只能尽力帮你隐藏，却没办法阻止别人找你。所以，我们需要你的全力配合。"

谢燕提的第一条，是在行动上严格执行 GRE 的指令。谢燕直截了当地说："既然要藏，最关键就是你的位置。总不能让别人发现你在哪儿。所以，我必须随时掌控你的位置。"谢燕取出一只精致的白金戒指递给老陈，"可松紧的。戴哪个手指都行。"

老陈喃喃道："我不习惯戴首饰。"谢燕答："别担心，只是个 GPS

定位器。对体温敏感，一旦脱离皮肤就会立刻通知我们。"老陈冷笑道："那就是手铐了。"

谢燕正色道："当然不是。我们是合法经营的企业，又不是警察，无权限制你的自由。你随时可以摘掉的。只不过，只要你把它摘下来，就证明你不再需要我们的服务，我们的合作也就立刻终止了。"

谢燕提出的第二条，是严格控制任何形式的通信。这一条不仅包括打电话、发短信，也包括一切互联网信息传递，不论使用手机还是电脑。这条老陈能够理解：只要使用任何通信设备，不论打电话还是上网，随时可能暴露行踪。老陈早已拆掉了自己手机的 SIM 卡，此时谢燕又拿出一张新卡让老陈插上，以便随时保持联络。老陈心想，这新的号码自然也是被谢燕监控的，说不定就连手机上的一切其他操作也都监控了。

谢燕看老陈把 SIM 卡装进手机，又问："我们想在你的电脑里安装防火墙，保护你的通信安全，你看可以吗？"老陈苦笑道："我能说不可以吗？"谢燕更坚定地说："我强烈建议你同意，恶意木马程序能够通过 Wi-Fi 或蓝牙自动入侵，防不胜防，我们的防火墙要更安全些。"

老陈暗暗冷笑，心想你要在我电脑里装的，多半本身就是木马，偷偷复制和转移我电脑里的一切信息，同时监控我的一举一动。你们的防火墙、手机 SIM 卡，都是安插在我身边的间谍。老陈迅速回忆了一遍电脑和手机里都有什么。电脑之前使用过网银和电子邮箱，但每次用完后，老陈都会仔细清除一切痕迹。而手机里除了他自制的反跟踪 APP，并没什么别的。既然连"戒指"都戴上了，也就不必担心被 GRE 掌握了行踪。老陈从背包里取出电脑："请便吧！"

谢燕给老陈的电脑装好了防火墙，似笑非笑地看着老陈，半天才开口说："这第三条，就是财务方面的了。"

老陈心中一抖，仿佛被点了死穴。钱！这可是他的最后一道防线。失去了对钱的控制，也就彻底失去了自由。谢燕仿佛看透他的心思，语气变得柔和委婉："对想要'消失'的人来说，金钱交易是很危险的。你一定听说过，有多少人因为使用 ATM 机、信用卡和旅行支票而暴露行踪。银行转账就更不安全。"

老陈沉默着，并没立刻开口。他当然听说过。有人逃到新地点不到一个月就被找出来，只因为逃亡前用信用卡购买了一本旅行指南，暴露了将要逃往的地点；还有人逃到了新的城市，却使用以前的银行账户付房租交水电费，立刻就被侦探找上了门。对于那些擅长找人的

"专家"来说，冒充目标人打电话到银行或信用卡公司套出地址、电话、交易记录，简直易如反掌。老陈坚决地说："我很清楚应该怎么控制这方面的风险。我已经躲了十几年了！"

"你别误会。我只是建议，在目前的特殊时期，为了你的安全，暂时不要再使用你自己的任何账户。我们将为你建立一套全新的账户，供你随意支配。包括一个海外的美元账户，一个国内的人民币账户，一张银联信用卡，和一张可供境外消费的 VISA 卡。这些账户和信用卡都不在你名下，因此不可能反查到你。不过，银行卡、信用卡、所有相关的交易密码都由你自己设置和保管，可以随时在国内外消费或提现。但我们不建议你使用微信、支付宝、亿闻钱包、Apple Pay 这类移动支付平台。因为这些平台的后台数据由第三方企业控制，更容易被泄露，也容易暴露你的精确位置。"

谢燕稍微顿了顿，见老陈并没有继续反驳的意思，又说："不过，虽然在合作期间，你所有必要的衣食住行费用都由我们负责，一分钱也不需要你出，但是，公司并不容许我拿出一笔钱来给你随意支配。这不符合公司规定。所以，我需要你转给我们一部分资金，供我们放进这些供你使用的账户里。反正银行卡都在你手里，你可以随时把这些钱转走的。这些都会写进你和 GRE 的合作合同里。"

老陈心中一紧，猜到会有这样一招，忐忑地问："多少？"

谢燕答："这要看你最近打算花多少。如果没什么特别开销，我们至少需要你转五万美金。不要人民币，只要美金，三天之内到账。"

"啊，太多了！"老陈叹了一声，呻吟道，"一万可以吗？"

"最少五万。这是公司规定，公司风控需要。"谢燕坚定地说着，又狐疑地问，"又不是向您收取费用，这些钱是由您自己支配的。有什么可讨价还价呢？"

老陈沉吟了片刻，愁眉苦脸道："手头没这么多钱，还有外汇管制。"

谢燕微微一笑说："您可以从境外汇款，直接支付到 GRE 在香港的账户。"

老陈本想回答境外没钱，自知是没人信的。能够在海外藏匿多年，必定是把大部分钱存在海外的秘密账户里的。老陈暗自叫苦：这招够狠！给你转了款，我的账户也就暴露给你了。一旦暴露了账户，随时有可能被冻结的。五万美金不算很多，可也绝不算少。老陈虽然也有几个用来日常开销的小额账户，为了跟核心账户不存在任何交易记录，钱都是取了现金再存进去，或者找别人帮忙转账的，因此余额都不多，都不到五万美金。而且，因为这些账户不够安全，也舍不得多放钱进去的。

老陈在海外一共有两个核心账户，一个在新加坡，一个在瑞士。两个账户里的钱是平均分配的。如果暴露了一个，就等于损失了一半的积蓄。后半生还要躲躲藏藏，很难再有稳定收入的。老陈暗下决心，绝不能暴露这两个账户。钱是绝不能转的。不过嘴上却说："我试试。"

老陈到了酒店，进了自己房间，仍心烦意乱，也精疲力竭，毕竟一夜没怎么睡。他索性拉上窗帘蒙头大睡，梦到一群人站在海滩上跳舞，也分不清晨昏。他挤在人群里，并没跳舞，只看着海面发呆。突然，水面上升起一个人，因为逆着光，所以看不清脸，只能看到婀娜的轮廓，细长的腿插在白浪里，一头长发纷纷扬扬。老陈顿时心里乱了，拼命睁大眼睛，却越发看不清，正急着，突然天昏地暗，沙滩上的人四散奔逃。一头巨鲸从天而降，向着沙滩直撞下来。老陈就在此时惊醒，浑身冒着冷汗。忙起身拉开窗帘，天早黑了，对面大厦上又是那张粘满了人头的白网。老陈又是一骇，过了片刻，才想起那只是亿闻网的广告，这城里到处都是那广告，仿佛布下天罗地网。就在此时，他霍地想起一张脸，大概就是梦中站在白浪里的人。

老陈心乱如麻，再也睡不着，索性下楼到酒店的专卖店里买了袜子穿上，又买了帽衫和牛仔裤，想着换一换形象，多一层伪装，然后又按照他到了陌生地点的习惯，在酒店里转了一圈，走到酒吧面前，莫名地就进去了。

老陈转眼喝掉一瓶红酒，有点头晕目眩，正自煎熬着，恍惚中看见一个满头金发的人，朝着自己走来，不禁大惊失色，想着她果真从梦里走出来了？一时悲愤交加，眼前瞬间模糊了一片，却听她忧心忡忡地问："明哥，您怎么了？"

老陈连忙抬手在脸上一抹，不知抹下多少鼻涕眼泪，眼前豁然开朗。是咖啡馆的小白，并不是梦里的人。老陈大为不解：小白虽然也染了发，却是个圆头圆脸的蘑菇头，身材又是矮胖的，自己怎会看错了？心中对自己有些怨憎，不过倒也大松了一口气，浑身轻飘飘的。

小白见明哥泪眼婆娑、咬牙切齿地看着自己，不禁惊慌失措，坐也不是，走也不是，正不知如何是好，明哥却突然笑了，一把从耳朵里扯下耳机，向她招手道："过来坐吧！"

小白这才小心翼翼地在对面坐了，偷眼再看明哥，确实是满面泪痕，可又不敢多问。

"唉，喝多了！"明哥叹了口气，苦笑着低头，两排睫毛垂下来，颧骨和鼻梁上郁郁地发着微光。小白看得发怔，被酒吧侍者一句叫醒了："小姐要喝点什么？"小白忙摆手。明哥却抢道："再来一瓶红酒！"又对小白笑道，"客气什么？替你老板省钱吗？"

小白愣了愣，半天才反应过来，涨红了脸说："燕姐可不是我老板，就只是……"小白想说"是朋友"，可又想起最近对燕姐的不满，讪讪地改口道，"其实连朋友都算不上！"

老陈也猜她跟谢燕不熟，只不过被谢燕利用，但还是不太放心，故意冷笑着说："你当我傻吧？"

小白顿时急得百口莫辩，忙不迭地说："真的不熟。才认识了两个礼拜，她也是来买咖啡的客人。"小白怕明哥不信，忙把怎么跟燕姐认识，后来怎么在医院里碰上，再后来又怎么一早给她打电话，都一一告诉了老陈。其间侍者送来红酒和杯子，给她斟满一大杯，她也完全没留意，不知不觉，边说边喝下大半杯，身体也轻飘起来，索性把今天在燕姐办公室里如何觉得她太精明，有点儿乘人之危，又怕被她赶回家都说了。

明哥却突然问："可你为什么不想回家？"

小白再次涨红了脸说："我……我想帮您啊！"

"为什么要帮我？"

"您……您有学问啊！看您读的那些书……而且……"小白搜肠刮肚地找借口，明哥眯眼看着她，仿佛充满了怀疑。小白也觉得自己解释得很牵强，终于心一横说："我只是……想请您教教我，怎么才能让更多的人看我直播。"

老陈一时不解："看你直播？什么直播？"

小白借着酒劲儿，一口气说下去："就是网络直播。不管我想什么办法，就是没人看。我见您在读一本书，好像是说怎么用大数据成为网红的，大数据现在可火了，我也常听客人提到的。还有什么……人工智能，什么都能办到的。也许学会了大数据，就能让更多人看到我直播。所以，我本打算管您借那本书的。"

老陈终于听明白了，不禁仰头大笑着说："你想当网红？"

小白感觉受到了鄙视，借着酒劲儿愤愤地说："我为什么不能当网红？就因为我有点儿胖？明星里也有胖的啊！"老陈赶忙忍住笑，连连摇头说："不不不，我不是这个意思。我是想说，网红有什么可当的？让大伙儿都盯着你？不害怕吗？"

小白不服道："那有什么可怕的？网红有人气，能赚钱啊！成功有什么不好的？"老陈又忍不住要笑，小白委委屈屈地说，"只许你们精英有梦想，不许我们屌丝也有梦想？"

老陈一时哭笑不得，心想"蘑菇头"就像一张白纸，正被那叫作"时代"的熊孩子在上面乱涂乱画。但起码她很单纯，说的也是实话。老陈瞬间冒出一个主意，尽收了笑容，认真看着小白说："我可以把书借给你，你有读不懂的地方，也可以问我。不过，我有个条件。"

小白惊喜道："真的？什么条件？"

老陈压低了声音，用手半遮着嘴说："把手机借我用用。"

小白连忙点头，掏出手机递给明哥说："不用解锁的。"明哥却并不接，瞥了一眼桌面。小白忙把手机放在桌子上，好奇得不得了。明哥却皱了皱眉，问道："不设密码，不怕被偷？"

小白回答："哪个贼偷手机的时候，先看看有没有密码？"

老陈倒是被小白的回答逗乐了，想想又觉得不能掉以轻心，于是又问："那你不怕手机里的东西被别人看？"

"我手机里什么秘密都没有的，谁看都可以。"小白知道明哥看不起直播，没好意思提方便随时直播的事儿。还好明哥话锋一转，问起小白是哪儿人，多大了，有没有男朋友，又把小白问得有点儿不好意思，但也分外开心。小白也问明哥："您是不是做教授的？"明哥笑着摇头。小白又问："那是做什么的？作家？做研究？做顾问？"明哥把头摇成了拨浪鼓，苦笑着接上一句："坐牢的！"

小白茫然不解，正要再问，明哥起身说要上厕所。边走边把耳机又塞回耳朵里，双手插进帽衫衣兜，小声哼着歌，走得轻飘飘的，和哼出来的歌词并不相符。

　　我是被你囚禁的鸟
　　已经忘了天有多高

小白想不起这是哪首歌，但想起明哥那只缠满胶布的随身听。大概都是一样古老的，不禁暗暗感叹：真是谜一样的男人！小白再瞥一眼桌面，自己的手机已经不见了。

加州阳光

California 的阳光
赶快治疗我的忧伤
好让我更坚强
不要在乎遗憾的过往

1

　　2006 年夏末，陈闯读博的第一个暑假结束前一周，雷天网举行了首届"股东扩大会议"。

　　"扩大"的部分除了新入职但并不是股东的陈闯，自然还有 Wanda，也就是文丹丹小姐。Wanda 虽然早就持有雷天网的股份，却从来没参加过"股东会议"。其实 Jack 贾和宋镭也没正经开过会，但现在不同以往，眼看财大气粗的 Wanda 也提枪跃马地加入，Jack 贾就必须做出些仪式感，伺机各处宣扬。Jack 贾在 S 大校报上发了新闻，还在许多网站上发了帖子，标题就是"中国留学生硅谷创业传捷报"。就像他自己常常说的：优秀的创业者是不能不会作秀的。

　　会议是在雷天网的"global headquarters"（全球总部）里举行的。所谓"全球总部"其实只是一套又旧又小的公寓，在一栋貌似汽车旅馆的三层小楼的第二层，上下左右都住着入不敷出的墨西哥人。这里距旧金山城三十多英里，地处硅谷边缘，是典型的"城乡接合部"，被低收入的蓝领阶层所占领。一百八十年前加州还是墨西哥领土，现在却成了美国最富裕的地方，常年有大批墨西哥老乡北上打工，变成廉价劳动力。雷天网的"总部"就在这"廉价劳动力"的大本营里。前几年硅谷经济膨胀，这里的房价也大涨了，但房子和街道还没来得及升级改造，互联网泡沫又破了。房价也紧跟着跌下来。穷人变得更穷，犯罪率立刻回升，房租也就相对便宜些。

　　雷天网"全球总部"大约四十多平方米，是一间不大的开间，外加微型厨卫，月租七百五十刀。Jack 贾伶牙俐齿，竟然说服 Wanda 支付了一年的房租，并不算在对雷天网的投资里。陈闯不清楚 Jack 贾是如何做到的，也并不十分好奇，在他眼里，Wanda 本来也挥金如土。反正有了这雷天网"总部"，也就有了他的栖身之地，而且是免费的。虽说楼下整日飘着墨西哥大婶晾的床单，墨西哥民歌也是一刻不停，但总比中餐馆地下室里强了百倍。就是家具有点儿太多，晚上起夜总要磕磕碰碰——开间里塞了一张沙发床、一张办公桌和几把椅子，已难有下脚的地方。

"股东扩大会议"就是在这颇为局促的开间里召开的。一共四人参加：Jack 贾、宋镭、Wanda、陈闯。三位男士一人坐一把椅子，Wanda 则独自歪在沙发里，坐不是坐躺不是躺，把金色长发铺泻在沙发背上，半闭着一双涂成熊猫黑眼圈似的眼睛，百无聊赖地听 Jack 贾长篇大论地分析 IT 市场大趋势，听了不足两分钟，忽地掀起两排长睫毛，斜睖着 Jack 贾说："我不关心这些，我只关心雷天网，有没有近期目标？"

Jack 贾连忙点头说："有有，当然有！目标就是三周之内，有效招聘广告过百，有效求职简历过千！"Wanda 像猫似的朝 Jack 贾眯了眯眼睛，Jack 贾立刻重新立下目标，"三个月，有效注册用户超过十万！"

Wanda 坚决地说："一个月。"

"两个月？"Jack 贾可怜巴巴地看着 Wanda。

"到时候达不到怎么办？"Wanda 反问 Jack 贾。

"把您投的都退给您，外加利息。"Jack 贾指天为誓。Wanda 点点头，从沙发上一跃而起，掀起一阵香风："会议可以结束了！"

陈闯正目滞神离地坐着，不论大趋势还是小目标都与他无关，Jack 贾和 Wanda 的对话全当耳旁风，倒是 Wanda 掀起的一阵香风让他心中一荡，忙抬眼看时，Wanda 又转回身来，大睁着熊猫眼说："哦，对了，诸位最好别忘了，这公寓是我租的，并不是雷天网租的。是我无偿借给新员工居住和办公用的。因为你们说这位新员工非常重要，没他不行。"Wanda 把目光飘向陈闯，有几分讥讽地说，"所以呢，我希望这位非常重要的新员工不要懈怠，努力工作！"Wanda 又扫视 Jack 贾和宋镭，"你们二位，也请共同努力，互相监督！"

Wanda 说罢，挽着皮包走出公寓去，金色长发一摇一摆，瞬间消失在门外。紧接着是一串清脆的鞋跟敲击水泥地面的声音——楼道里是没有地毯的。没有反而更好。公寓里的地毯散发着淡淡的霉味儿，不知藏纳着多少细菌和螨虫。

Jack 贾显然很重视 Wanda 的讲话，尤其是"互相监督"这一句。但他并不亲自监督，而是逼着宋镭监督。S 大距离雷天网"总部"只有三英里，宋镭住得最近，原本又是雷天网的技术骨干，陈闯入职后似乎就更有必要证明这一点。宋镭毕竟持有雷天网 35% 的股份，也是两大创始股东之一，总不能徒有虚名。宋镭从此不得不天天光顾"总部"，总是晚饭后来，到夜深才走。房间本来就小，宋镭又人高马大，仿佛施展不开，也无可施展——陈闯默默地编程，也不需要他的帮助。他只是个监工，又或者是狱警，只好用自带的手提电脑忙课业，偶尔也打打《武林风云》，既怕被陈闯发现，又幻想着"陈小刀"能突然出现，两人在现实中难堪至此，也许在网络虚拟世界里能融洽一些。

"陈小刀"却始终不出现。陈闯整日忙得焦头烂额，一时把键盘敲成雨打芭蕉，一时又悄无声息，对着电脑凝眉深思，就像是在研究宇宙飞船。可宋镭心里很清楚，陈闯研究的只不过是设法黑进别的招聘网站，弄来一百个有效的招聘广告和一千份有效的求职简历。但不论是求职者还是招聘者，都压根儿不知道雷天网的存在，说到底只是个幌子。这在宋镭眼里和偷并没什么区别，况且偷来的也不是什么有用的东西。陈闯倒似乎很无所谓，让干什么就干什么，对得起四千块的月薪。这和在《武林风云》里侠骨豪情的"陈小刀"颇为不符，宋镭再一想，两个月就练到"深不可测"自然也要靠些"手段"的，又能替杜思纯写编程作业，本来也不是多诚实的人。

宋镭不由得愤愤的，心想陈闯三观不正，却让 Jack 贾求贤若渴，就连文丹丹都要特意出钱为他租房子。就凭他会编程？大概也不尽然。宋镭自己也能感觉到，陈闯的确有些特别之处。宋镭又想起那天在中餐馆，陈闯穿一套油腻腻的侍者制服，是最低档的面料，又常年在餐馆烟熏火燎，又黑又瘦，活脱脱成了个广东仔，只不过个头儿比一般广东人更高，骨架子也更宽大，被白衬衫和黑马甲勾勒出一副宽肩细腰，挽起的袖口里露出黝黑的小臂，竟还有点儿英雄落魄的悲壮。

宋镭若有所悟，不禁偷看陈闯，见他正手握着下巴，愁眉不展地凝视着电脑。一双眸子黑亮亮的，几根细长的手指把清瘦的脸捏变了形，薄唇陷进指缝里，隐约露着新生的胡楂儿，细如秋毫，绒绒地泛着薄光。宋镭心中一动，顿觉微微意乱，心想难怪人人看重陈闯，于是更愤愤的，正要就此告辞，手机却响了。电话是 Jack 贾打来的，他说他正巧在附近，可以顺便过来看看他们。他还给他们准备了一个"surprise①"。

Jack 贾是十五分钟后到达的，还没进门就大呼小叫："两位帅哥，我把你们的仰慕者带来了！"陈闯充耳不闻，仍死盯着电脑发怔。倒

---

① 惊喜。

是宋镭不由得抬头张望，只见 Jack 贾捧着一大杯星巴克咖啡走进来，身后忸忸怩怩跟着一个人，羞羞答答地接话说："Jack，我可不只仰慕他们，我更仰慕你呢！"

陈闯仿佛从梦中惊醒，循着声音望去，只见杜思纯从 Jack 贾背后闪出来，笑盈盈看着陈闯，手提着一只塑料袋，两颊绯红地说："我听 Jack 说，两位夜夜加班，辛苦得不得了，赶快弄了消夜，来慰问慰问两位帅哥！"

陈闯本以为杜思纯还在因为 Java 作业的事责怪自己，没想到今晚却主动跑来送消夜，多半是为了宋镭，并不是为了自己。但最起码，她并不讨厌见到自己。陈闯不禁又悲又喜，连忙站起身来，却又一时语塞，谢也不是，不谢也不是，毕竟不知那塑料袋里的消夜是不是给自己的。杜思纯却早把塑料袋直递过来。陈闯只好接了，心中一阵窃喜，又有些隐隐的不安，不禁偷看宋镭。宋镭果然拉长了脸，翻着眼皮说："我可不是帅哥！这里只有一个帅哥。也只有他才配吃消夜！"

宋镭话一出口，陈闯手提着塑料袋进退两难，留也不是，让也不是，还给杜思纯更不是。杜思纯虽然看上去羞涩，其实比陈闯更能应变，嘻嘻笑着说："就你最谦虚。你不是帅哥，方圆百里都没帅哥了。" 边说边从陈闯手中取回塑料袋，从里面掏出一个餐盒，走过去摆在宋镭眼前说，"我自己包的饺子，科学家赏脸多吃几个？"

宋镭反倒更下不来台，涨红了脸说："我可不是科学家。"

杜思纯在宋镭肩头轻推了一把："嘿！谦虚过分了啊！在全美国最牛的人工智能实验室里研究机器人，还不是科学家？"

宋镭却并没打算就此下台阶，仍绷着脸说："研究机器人有什么用？能从别人网站偷数据才是真本事，有资格拿工资，白吃白住。"

陈闯顿时满面怒容，一屁股坐回去，把椅子坐出一声巨响，瞪着电脑一言不发。这下子杜思纯果真下不来台，尴尬地僵在原地。陈闯本不是冲着杜思纯的，见此于心不忍，却一时不知如何化解。杜思纯反倒以为陈闯也不给面子，心里颇有些不快。Jack 贾忙上前解围道："宋镭，你小子吃枪药啦？你是股东要什么工资？公司都是你的。我不是也没工资？"Jack 贾一手仍捧着咖啡，另一只手打开餐盒，捏出一只饺子塞进嘴里，边嚼边说，"好吃，真好吃，你们俩真是有福不会享。"

杜思纯也瞬间活转过来，笑着轻拍 Jack 贾的手腕子："洗手了吗？脏不脏啊！塑料袋里有叉子，用纸巾包着呢！"Jack 贾灌下一大口咖啡，顾不上立刻回答，杜思纯又说，“这么晚了喝咖啡，不怕睡不着？”Jack贾梗了梗脖子说：“我这人有点儿反常，晚上喝咖啡，越喝越困！哎呀，饺子配咖啡，实在是赞啊！”说罢又喝了一大口咖啡。

杜思纯果然从塑料袋里取出一把塑料叉子，叉了一只饺子送到宋镭嘴边，宋镭不好意思不给面子，勉强张嘴接了，热乎乎咸腻腻地占满一嘴，倒是一时没法儿再说话。杜思纯又看了一眼陈闯，犹豫着要不要给他也喂一只，见他仍死盯着电脑屏幕，怕他不解风情，没敢轻举妄动。Jack贾看杜思纯的心思，另拿了把叉子叉了只饺子，踱到陈闯身边说：“你也别客气！”

陈闯接过叉子，把饺子一口吞了，只觉咸得发苦，却又不能吐，愁眉苦脸地去看电脑屏幕。陈闯和宋镭的嘴都被饺子占着，Jack贾也就更加从容，把手搭在陈闯肩头，面向宋镭说：“咱们公司要开发网站，当然需要能写程序的人。不过要说真正的科学，这屋里可真的没人能跟你比。就看你平时上的那些课吧，什么高级控制理论、高级信号处理、高级人工智能……啧啧啧！”Jack贾连咂了几下嘴，又转向杜思纯说，“那天我去宋镭实验室找他，听他跟人聊天，聊什么‘拉普拉斯转换’，什么‘一切能用时间表达的运动轨迹都能换作频率表达’。天啊，简直不是人话！嘿嘿！总之，跟这两位比起来，我才是白痴。”

“也不能这么说。”杜思纯一本正经地抢过话头，“他们两个虽然懂机器人，懂编程，就像我懂基因学，懂分子生物学，听上去也很前沿吧？可我们都不懂创业，不懂开公司、做生意。在这方面，你才是专家！”

杜思纯目光流转，殷殷勤勤地看着Jack贾。Jack贾谦虚地微笑，圆满的胖腮上飞起了红云，连连摆手说：“哪里哪里。算不上，算不上。”

杜思纯却并不罢休。她自作多情地来送消夜，却没见着宋镭和陈闯的好脸子，心中原本不快，这时趁机发泄出来：“第一个发明电脑的并不是IBM，第一个发明Windows的也不是Bill Gates。你可以发明比人还聪明的机器人，我可以发明攻克癌症的基因技术，但是，如果没有成功的企业家，我们的发明就都只能停留在实验室里，永远改变不了人类！”杜思纯双眸闪亮，看看Jack贾，又看看宋镭，偏不看陈闯，声情并茂地说，“一个成功企业家不仅仅需要智商，更需要情商。需要明白别人要的是什么，而不是自己最擅长什么。需要明白怎么让更多人满意，而不是让个别人满意，或者只让自己满意。有时候考一百分未必最好，用最少的精力考到需要的分数反而更好，那样才能把更多的精力放在更有价值的事情上。Jack 虽然不如你们会考试，会编程，可他懂得把时间用在更有价值的事情上。比如去跟有用的人社交，去了解市场、了解别人的需要，去思考公司的未来——也就是你们大家的未来，这才是真本事！如果没有他，你们都还在原地打转呢！"

杜思纯字字铿锵，字字戳进陈闯心窝里，戳得他面红耳赤。杜思纯分明是在说他只会编程，没有情商，永远只能在原地打转！

Jack 贾飘飘欲仙，不觉把双手都摆在陈闯肩上，语重心长地说："思纯实在是过奖了。不过，兄弟们，能为大家做一点儿事情，我真的很开心，呵呵！"Jack 贾借着笑声运足了气，长篇大论起来，"我们中国人在美国，从来都很难融入主流社会。你们看看中国城那些到美国打拼了大半辈子的老华侨，不是干餐馆，就是干零售，还不是做着最低级的工作，在那一点点中国人的小圈子里打转？再看看硅谷的那些中国工程师，白天在公司打工，晚上回家唱卡拉 OK，整天只跟几个中国朋友厮混，跟美国同事老板都聊不上几句，八百年也当不了经理，倒是让印度阿三们骑到头上指手画脚。再看看学校里那些中国留学生，还不是只会闷头读书、做科研，没事儿只跟中国同学一起爬山、烧烤、打拖拉机？有多少人关心外面的世界——不，不是外面的世界，而是门外的世界！就在你们宿舍门外，眼皮子底下！看看硅谷在发生什么？硅谷在用高科技改变人类！高科技又是什么？就是无限商机！硅谷培养了多少举世闻名的超级公司、超级企业家？我们有机器人专家，有人工智能专家，有分子生物学专家，都是多么令人仰慕的精英！我们还……"Jack 贾突然卡了壳，仿佛发现自己遗漏了什么，忙抱歉地笑了笑，又说，"还能编程，能写网站，我们还等什么？等着把青春浪费在实验室里？还是浪费在中……"

Jack 贾低头看一眼陈闯的后脑勺，硬把"餐馆里"三个字咽回肚子里，在陈闯双肩轻轻捏了捏，算作道歉和安抚。Jack 贾干咳了两声岔开话头，想着如何给这一番气宇轩昂的演讲来一个完美结尾。

陈闯却霍地站起身，顶开肩头的两只胖手，闷声闷气地说："马上就要开学了。我明天就搬回学校去。反正工资还没发，我不要了。"

陈闯并不是个十分固执的人，也不是那种只要自己打定了主意，九头牛也拉不回的犟种。他是个得过且过，随遇而安的人。可偏偏这一次，他确实显得有点儿固执。Jack贾一直劝到拂晓，苦口婆心，说尽了道理。可天一亮，陈闯还是拖着箱子走人了。别人都是科学家、商业家，只有他是个编程的，靠着"精英们"蹭吃蹭喝，蹭杜思纯送来的饺子。这样的日子，还是算了吧。

陈闯八点出门，背着双肩背包，拖着从中国带来的旧箱子——本来有两只的，另一只实在破得不能用了。陈闯一路从公寓走到火车站，大约两三公里的路，他走了整整一个小时，顶着加州夏季的朝阳，走得呼哧带喘，大汗淋漓。他就像是一只蜗牛，背着全部家当。在美国七年，一切家当仍装在一只旧箱子里。他花了六美元，买了一张前往旧金山的单程车票。他实在无处可去，只能先到中餐馆落脚。老板娘未必肯长期收留他，但一两个晚上总是说得过去的。

陈闯坐了一个小时早班火车，拖着行李步行两公里，一路爬上中国城的陡坡，精疲力竭地走进中餐馆，却一眼看见文丹丹，正泰然端坐着等他。陈闯环视四周，就只有文丹丹，没有宋镭和Jack贾。餐馆还没开张，没有其他客人。

文丹丹仍是一头金丝长发，脸上仍化着浓烈的烟熏妆，宛如皇后般微扬着下巴，就连她坐的位置也是餐馆里最"高贵"的——她并没坐在任何一张餐桌边，而是堂堂地坐在柜台后，正对着收款机。老板娘赔笑站在一边，倒像是她的跟班。

文丹丹从容地把双臂在胸前交叉，对着气喘吁吁的陈闯说："可真够慢的。让我等了一个小时！早知就多睡会儿了。"

陈闯很想掉头就走，可实在再没半点儿力气，也就不管三七二十一，丢下行李直冲到吧台，拧开水龙头猛灌了一气，灌得满脸是凉水，额角的发梢也淌着水柱，半睁着眼说："我已经向Jack辞职了。"

文丹丹扬了扬眉毛："那又怎样？"

陈闯站直了身子，猛甩了甩头，水珠四溅着说："我自由了，你管不着我了。"

老板娘赶忙插嘴："你可真不识好歹！放着体面工作不做，你要去哪里？"陈闯说："要开学了，我得继续读书，不然没法儿合法留在美国。"老板娘说："说得轻松！用什么交学费？"陈闯答："您不留我，我再找一家餐馆。"老板娘又说："再找一家，能让你白吃白住，一边打工一边读书？"陈闯不答，老板娘又问，"即便人家愿意，你做餐馆工能挣出那么多学费，让你把博士读完？"陈闯答："不能我就回国。”

老板娘噘嘴说：“能耐得你！”又转向文丹丹，赔着笑说，“能不能让他在您公司也 part time，一边读书一边工作？他确实需要学生签证的，不然没法留在美国。”

文丹丹一直冷眼旁观。也许是妆化得太浓，看不出有任何表情。听老板娘这样问她，哼了一声说：“这恐怕也不是问题的关键。”老板娘一头雾水，看看文丹丹又看看陈闯：“不是吗？不就是开学了，你要读书，所以没那么多时间工作，但不读书，你又没有合法身份留在美国？”

文丹丹冷笑道：“可他之前为什么就同意了？那时不也要读书，也没身份？”

陈闯一时无语，随便找了个座位坐下。满腹的冷水在起作用，一路狂奔的燥热渐渐退去，不禁也觉文丹丹的话确实在理。自己几天前才接受雷天网的工作，原本想着找机会和 Jack 贾说明，自己需要边工作边读书的。第二年的博士生本不需要选多少课，如果不必争取奖学金，也就不必给哪位教授义务劳动，业余时间其实不少，耽误不了雷天网的工作。可昨晚他却跟 Jack 贾咬定，读书就不能工作，工作就不能读书。这就是他必须离职的理由。雷天网在 start-up[①]里也算是最小的，一没办公场所，二没正式员工，而且连一个美国人都没雇，不可能有资格给外国人办理工作签证的。但陈闯心知肚明，他辞职也不只为了这个，只好支吾着说：“和同事处不来！”

文丹丹眯着眼问：“宋镭到底怎么你了？”

陈闯心想，Jack 贾自然是早跟她通了气，大概把一切都推在宋镭身上了，硬着头皮回答：“他看不起我的工作。觉得我不配拿工资，住公寓。”

文丹丹点点头，站起身，几步踱出柜台，靠近陈闯，冷不丁来了一句：“你配吗？”

陈闯没料到文丹丹会这么问，愣了愣，讪讪地说：“我说了也不算。”

“那谁说了算？”文丹丹咄咄逼人，陈闯只觉像是在受审，心中颇不情愿，却又不能不答。文丹丹虽然看上去和陈闯年龄相仿，却自带强势气场，令人敬而生畏。陈闯道：“你呗！工资你开的，房租你付的！”

① 刚开办的创业公司。

文丹丹反问："那你干吗在乎宋镭说什么？"

"人家是名校博士，读的是'高级人工智能'，我就只会写网站，满大街都是我这样的人。"陈闯自知这几句有点儿牵强，而且颇没骨气，可还是忍不住说出来。他脑子里闪出杜思纯，心想自己就因为这个才被她看不起，不禁又悲愤交加。

"没出息！"文丹丹轻蔑地吐出三个字，直戳陈闯心窝。他猛抬起头，虚张声势地瞪着文丹丹，却又实在无言以对。文丹丹冷笑着摇头，"唉，还是爷们儿呢！你怎么知道你不如他？我要是你，就也去修一门儿'高级人工智能'，看谁比谁厉害！"

陈闯心想文丹丹并不了解理工科，所以才会说得这么离谱，可听上去却又似乎有几分道理，让他不好意思反驳，恼羞成怒地说："反正马上开学了，我得继续读书！"

"这与我无关。"文丹丹耸了耸肩，动作很西化，像个标准的美国人，"我就只关心咱们的雇佣关系。既然你已经入职，就得正规一点儿。我要开除你，得提前一个月通知你，你要辞职，也得提前一个月通知我。"

陈闯只觉胸中气堵，却又不知如何辩驳。心想文丹丹不是皇后，而是妖后，仿佛会念咒语，轻易掌控别人的命运，负隅顽抗道："我现在通知你。"

"很好，我接受了。不过，你还得为我工作一个月。"文丹丹越发趾高气扬，变魔术似的掏出一张支票，举到陈闯眼前，竟是一张四千美元的支票。文丹丹把支票硬塞进陈闯手里，朗朗地说，"我也不是不近情理的人，你不喜欢跟宋镭工作，就别跟他工作，你也不用跟 Jack 工作。从今天起，你不再是雷天网的人，那间公寓也跟他们无关了，你是我的人，就为我工作。"

不知为何，这最后一句竟让陈闯面红耳赤。他偷偷四顾，见餐厅里只剩他和文丹丹，老板娘不知何时早悄悄走掉了，这才微微松了口气，点头说道："反正就一个月，到时候，我是一定要离职的。"

"随便。"文丹丹随口一答，拔腿往外走，"走吧！我送你回去。"陈闯胸中仍郁郁着，一时并不动弹，可支票毕竟是捏在手里的。文丹丹在门外刹住步子，猛一回头，舞起金色长发，搅乱了泼泻在长发上的金色阳光，晃得陈闯也跟着一怔。

文丹丹不耐烦道："怎么着？还要我替你把箱子搬进车里？"

3

陈闯打定了主意，就在文丹丹租的公寓里再住一个月，每天听她使唤，做牛做马都无妨，反正只一个月。把支票存进银行，心中又有些不踏实，不知文丹丹葫芦里卖的什么药。如果不给雷天网写程序，也不知自己究竟还有什么用处，哪儿值四千刀的月薪？除此之外，上课也是问题。本来工作只是写程序，一周回校上几节课不会是大问题，大不了通宵熬夜把工作补上。可现在，谁知文丹丹打算怎样使唤他？文丹丹这次不但让他住免费的公寓，还给他一部免费的手机。不可以不用，也不可以关机——文丹丹说了，我必须随时找到你，你必须随叫随到。学校在几十英里之外，去学校上一节课，来回起码大半天，显然是文丹丹不能接受的。一切只能听天由命，头一个月能上几节就上几节，上不了也没办法，只能一个月后再补。反正一个学期不止一个月。

陈闯却没料到，文丹丹第一次打他的手机并不是为了使唤他，而是催他赶快选课。文丹丹例行公事似的通知他，你们学校和 S 大有个课程交换项目，两校学生皆可到对方学校选读两门课程，无须另付学费，学分也可算作本校的，只是名额有限，必须尽早选。陈闯明白，这就意味着这学期他只需就近在 S 大选几门课，也能算作本校的学分，省得来回跑了。文丹丹冷笑着在电话里说："倒是天遂人愿！"

陈闯并不清楚"天"到底遂了谁的"愿"，反正并不像是他的。有关本校和 S 大的交换项目他早有耳闻，但印象中备选的课程很有限。S 大以高科技著称，是硅谷半导体和 IT 行业的摇篮，因此 S 大开放给外校理工科研究生的课程也都与这两个行业相关，而且大多偏重应用，并不偏理论，似乎和数学博士没什么直接联系。当然，任何专业都会容许研究生选修一些看上去和本专业并不直接相关的课程，用来开阔眼界、激发灵感。这样的课程虽不能多修，但这个学期选上一门作为主课，再选两门自主科研之类无须到校的，也就算混过去了。反正陈闯读书也不是真为了尽快得到博士学位，而是维持在美国的合法身份。能在 S 大上课，当然要方便得多。只不过，他打定主意一个月后就离职的，如果真把这学期的课选在 S 大，离职后还是要常来 S 大，和 Jack 贾、宋镭等人也许还要碰面，纠缠不清。而且，如果碰上杜思纯呢？这是最让陈闯纠结的。不愿见，也没脸见，却又心存侥幸地想着，要是真的见了，或许就能发生奇迹，冰释前嫌呢？

陈闯上网查了查，这学期 S 大为外校研究生提供的可选课程只有六门："互联网技术入门""基因工程入门""东亚文化研究""亚太政治概论""互联网金融""初级人工智能"。陈闯对基因工程、东亚文化和政治都不感兴趣，"互联网技术入门"对他实在太浅，"互联网金融"似乎更适合 Jack 贾，只剩一门"初级人工智能"，更是让他哭笑不得。人家宋镭学的是"高级"，偏偏给他个"初级"，竟然连备选课表都故意来羞辱他。陈闯心头火起，却又不知向谁发泄，细看"初级人工智能"的课程介绍，是 S 大机械工程系开设的，于是出门直奔 S 大，要去跟负责交换课程设置的人理论理论，看能不能再给几个选择。

陈闯上午十一点多出门，到了 S 大正赶上午餐时间。虽然只有三英里路程，步行再快也要四五十分钟。加州的阳光原本就世界闻名，正午的太阳更是名不虚传，把整个校园照成了绿荫里的温床，照得人人懒散，学校的行政人员也不例外，午休拖拖沓沓，陈闯等了许久才见上，胸口的闷气已经消了，暗暗懊悔着为什么要跑这一趟。接待陈闯的白胖女人倒是非常和蔼可亲，而且颇有耐心，刨根问底把陈闯的来意问明白，满面春风地说："就这点儿小事？我喜欢愿意挑战自己的人！"

陈闯回到公寓已是下午三点。一进门，却见文丹丹和 Jack 贾双双坐在客厅里。文丹丹穿一身黑色套装，俨然是个威严的女老板，脸上依旧妆容过剩表情不足。Jack 贾却显然表情过盛，见着陈闯就立刻站起来，满脸堆笑地问："去选课了？选了哪门？我觉得'互联网金融'很不错！了解些宏观的行业知识，对开发雷天网肯定有用！"

陈闯摇头说"不是"，心想这胖子肯定是文丹丹叫来的，原来文丹丹并没打算脱离雷天网，这倒是说得过去，陈闯本来也只对雷天网有用。可她不该撒谎骗他，陈闯心生反感，有钱人到底都是口是心非的。Jack 贾又问："哦？那选的什么？'互联网技术入门'？那对你肯定是小菜儿！哦！明白了！你是怕上课耽误工作，所以选了最容易的？"

陈闯越发烦闷，说道："我选的'人工智能 IV'。"

Jack 贾虽然并不是 S 大学生，却对 S 大了如指掌，又是宋镭的朋友，自然也知道"人工智能 IV"是 S 大开设的人工智能课程中最难的，比"初级人工智能"整整高了三级，就连本专业的研究生也望而生畏。

Jack 贾不禁吃了一惊，半信半疑地问："交换课程里没这门儿吧？"

陈闯答："我去找负责选课的秘书了。她说只要我能过，随便我选哪门，都给我算学分。"

Jack 贾咂咂嘴说："能过吗？过不了，可是白浪费学费啊！"

陈闯心说："那和你有关系吗？"出口毕竟客气了些："浪费了我也认。"

陈闯说罢，偷看了一眼文丹丹，却见她正冲着自己微微点头，浓墨重彩的熊猫眼里竟透出些深奥的笑意。陈闯心想这"妖后"不知又有什么坏点子了，"妖后"却对 Jack 贾摆摆手说："你说这么多废话干吗？叫你来是让你还钥匙的。这公寓以后跟你没关系了，放下钥匙赶紧走吧！"

陈闯本以为这又是什么把戏，Jack 贾却果然放下钥匙，垂头丧气地走了。文丹丹对陈闯微微一笑："你现在可以开始工作了？"

陈闯不知她打的什么主意，心中不禁忐忑，可又想反正都答应她了，随她的便吧！于是昂首挺胸地点头，竟有些英勇就义的意思。

文丹丹站起身，从沙发上拎起包，用手捋了一把长发，兴致勃勃地说："走吧，陪我逛街，Union Square①的专卖店这两天打折呢！"

4

联合广场是世界驰名的名店街区，短短几条街区，密布着高级奢侈品店，装修奢华，霓虹耀目，有穿黑西服系黑领带的保安站在门口，为有钱人开门，也为穷鬼们挡路。联合广场就在中国城的山坡脚下，不过三四个街区，不到半英里的距离。陈闯在旧金山生活了七年，从这里经过了无数次，不但从没进过任何一家店，就连橱窗也不曾多看一眼，省得不小心看到个天价，触目惊心。招牌上那些夺目的店名对他自然也是毫无意义。Gucci、Burberry、Armani……在他看来只是字母的排列组合，组合来、组合去，总归只有一个意思：买不起。衣服买不起，鞋子买不起，箱包买不起，恐怕就连一双袜子、一副手套，也还是买不起。

可今天文丹丹偏偏就是冲着这些店去的，而且选了一家最为堂

_____
① 联合广场。

皇方正的大店，昂首挺胸往里走，像是要撞破玻璃门。店门却自动开了，穿黑西服的保安替她开的，毕恭毕敬地朝她点头。陈闯尾随着文丹丹进门，心中不免惴惴的，见保安也朝他恭恭敬敬地点头，反倒更觉拘束难堪，像是在当众裸奔。

文丹丹进店并不看衣服，直奔付款台。一位亚裔女职员立刻满脸堆笑地迎上来，用台湾腔的中文和文丹丹打招呼，随即把两人引进另一间小房间落座，又端来两杯香槟，并不多言，转身出去了。陈闯见小屋里只有沙发和茶几，并没摆放任何衣服，不禁问文丹丹："你不是来买衣服的吗？"文丹丹爱答不理地答："我是 VIP。"

陈闯并没完全明白，可文丹丹太过傲慢，让他不想再问，只有沉默着喝香槟。冰凉的气泡在嗓子口碎裂，别提有多爽了。陈闯不觉把一杯都干了，顿时浑身轻松。这时那女店员拉着挂满衣服的车子走进来，身后又跟了个身材高大的白人男店员，也拉了满满一车衣服，有正装、晚装、礼服、套装、各式的裙子，飘飘摆摆，琳琳琅琅，几乎把半间店的衣服都装了来。女店员倍加殷勤地对文丹丹说："文小姐，您有一个多月没来喽！这一车是新款，那一车是新近打折的，我特意按照您的尺码留下给您过目的噢！"

文丹丹点点头，敷衍了一声谢谢，起身绕着两架车子踱了一圈，随手翻了三四件，并不细看就说："这几件我要了。"女店员连忙取下衣服，问文丹丹要不要试试，文丹丹摆手说不必。女店员忙转身去算账，却又被文丹丹叫住说："我还要两套西装。男士的。"文丹丹指指陈闯，"就按他的尺寸。"

陈闯吃了一惊，忙说："我不要！"文丹丹白了陈闯一眼说："我又没说是你的。"陈闯顿时哑口无言，面红耳赤。文丹丹又说，"一套深蓝，一套浅灰，要瘦版，今年最新款的。另外要四件衬衫，两件白，两件浅蓝；还要三条领带，两双皮鞋，这些要经典款的，你替我搭配就好。"

女店员去选西服，男店员又给陈闯加满香槟。陈闯喝掉半杯，女店员已取了衣裤鞋子回来。文丹丹让陈闯试穿，像是皇后颁旨，完全不由分说。陈闯满心不情愿，可既然文丹丹说了不是给他的，也就没什么可说的，只能一套套都试了，倒是颇为合身，只是裤腿太瘦，胯间似乎有点紧，束手束脚的。对着镜子一照，不禁吃了一惊。镜中人西服服服帖帖，西裤严丝合缝，勾勒出宽肩细腰和一副长腿，处处恰到好处，竟没一寸布是多余的。白衬衫细白如雪，在袖口各露出半寸，一双白金袖扣莹莹闪闪，再看脚上一双皮鞋，修长油亮，几乎映出人影来。陈闯这辈子还从没见到过这样的自己，怔怔地对着镜子看了半天，也不知是不是香槟起了作用，全身轻飘飘的，恍如做梦一般。

文丹丹看见焕然一新的陈闯，倒是颇不以为然，只说还凑合，让店员包了一套，另一套就让陈闯穿着。陈闯又要提问，文丹丹抢白道："让你怎样就怎样，怎么那么婆婆妈妈的？"陈闯心中火起，赌气要脱掉西服，边解扣子边跑回更衣室，自己脱在里面的衣裤鞋子却不见了。陈闯出来问店员，文丹丹抢着回答："我让他们扔了。"

陈闯气得发抖，怒冲冲问："凭什么把我的衣服扔了？我就那么几件衣服！"女店员神色紧张，不敢多言。文丹丹冷笑了一声，对女店员说："请你再去找一条牛仔裤、一件T恤衫、一双运动鞋。"女店员急忙转身去了，陈闯仍气哼哼地说："我不要！就要我自己的！"

"我扔了你的，所以赔给你，这很合理。"文丹丹轻描淡写道，"再说了，这个月你也不需要牛仔裤。"

陈闯若有所悟，心中更火儿，有种再次被戏弄的感觉，斩钉截铁道："反正我不穿你买的！"

文丹丹闻言，转身正对着陈闯，立直了腰，像是一只迎战的母老虎，虎目圆睁着说："陈闯你听好了，西服和衬衫都不是你的，只不过这个月，你必须穿，就算你的工装好了！"

陈闯也不甘示弱道："我只干一个月！没必要这样，太浪费了！"

"这不关你的事。"文丹丹瞬间已收了架势，扭脸不看陈闯，扬着下巴得意道，"你还不了解。如果我租一间房，哪怕只住一个月，我也要重新刷墙，换成我喜欢的家具。"文丹丹顿了顿，这才又斜了陈闯一眼说，"你答应做一个月我的雇员，就该穿我的工服。这很合理。你想要反悔吗？"

陈闯一时无语，只有默默生着闷气，心想无论如何，一个月后必定离职，到时把衣服全都还给她。女店员趁机小跑着捧上账单和POS机，男店员手提着七八个巨大的购物袋跟在后面。男店员不懂中文，并不知发生了什么，毫不犹豫地把购物袋向陈闯递过来。陈闯只好沉默着接了，重得有点儿吃不消，只能强忍着。文丹丹嘴角翘了翘，飞速签了信用卡对账单。女店员问她下面还打算去哪家店，文丹丹却耸耸肩说："没兴致了。不逛了，去吃饭喽！"

5

　　文丹丹和陈闯是在游艇上共进晚餐的。

　　旧金山三面环海，海面常年泛滥着各色船只。从树叶儿似的小帆船，到载货的万吨巨轮，有漂在海湾里的，也有泊在船坞里的，反正都跟陈闯没有关系。就如同联合广场商店橱窗里的礼服，巨大广告上璀璨的珠宝，满街时髦的红男绿女，都跟他完全没关系的。

　　但这个傍晚，海湾里有一架白色小游艇，毕竟还是跟他有点儿关系。

　　陈闯也见过文丹丹租的这种白色小艇，比帆船略大，比普通游艇小，既不能运多少货，也不能载多少人，却小巧自在，就像阔太太的小坤包，不是为了装东西，却能显示身份和品位。陈闯从来也没想过，有朝一日自己竟然也能登上这样一艘小艇，即便登上了，也是来伺候别人的。可今晚，有别人伺候他。

　　小艇看样子能搭二三十人，却一共只有五个人。除了文丹丹和陈闯，还有一名船长、一名水手、一名厨子。厨子兼顾上菜倒酒。船离了码头，陈闯才愕然意识到，这船竟然被文丹丹包下了。

　　小艇从渔人码头起航，向东进发，穿过海湾大桥，熄了火，在夕阳铺洒的海面上漂漂荡荡。引擎的声音小了，爵士乐顿时清晰起来，女歌手的声音慵懒沙哑，和一支变幻莫测的萨克斯管厮厮缠缠，连海浪都听得半醉，懒散得不成样子了。

　　餐桌就摆在甲板上，两旁各立着一盏火炬，不仅照明，也发挥着暖气的功效——虽然是在夏末，旧金山湾上的风却有些清冽，黄昏时分，气温不过十五六度。冷风被火炬烤热了，热烘烘滚到陈闯脸上，烘得两颊像是在发烧。这"烧"又像是从体内发出来的。自从登上小艇，陈闯心中越发别扭，不知文丹丹又在打什么鬼主意。租了一艘游艇来吃晚餐，未免太夸张了。莫非她平时就是这么吃饭的？这一顿饭得花多少钱？不说饭本身，光是一条游艇加三个人力，要不要大几百刀？如果天天这样吃，一个月光是晚饭就得花几万，一年就是几十万，能在美国南部买一座方圆几十亩的大豪宅了。若不是天天如此，今晚又是唱的哪一出？陈闯偷眼看文丹丹，她显然从容得多，旁若无人地瞭望海面，眯着一双熊猫眼，像是刚睡醒，又像是快睡着了。倒是一头金发被海风吹得洋洋洒洒，生机无限。

厨子托着冷盘走出来，陈闯赶忙移开目光，去看厨子上菜，这才发现餐桌上摆着一根蜡烛。厨子要划火柴，文丹丹摆手说不必了。陈闯暗暗松了口气，意大利厨子却耸了耸肩，满脸的诧异。夕阳下的海湾、孤男寡女包船共进晚餐，竟然不需要点蜡烛？他恐怕还是头一次遇上。

冷盘是焗蜗牛和法式鹅肝。厨子为两人各斟半杯红葡萄酒，故意磨蹭着不肯走，像是要看看这一对不需要蜡烛的男女需不需要碰杯。文丹丹大方地举起杯，陈闯只好也举杯，两杯轻轻一碰。文丹丹说："祝我们合作愉快。"陈闯补了一句："一个月。"文丹丹眉头微微一蹙，随即很洋气地耸了耸肩，满不在乎地饮下一口红酒。陈闯也喝了一大口，竟然很是酸涩。那乌黑烫金的酒瓶虽然华丽，瓶子里的酒却并没想象中甜美。陈闯不禁又偷看了一眼文丹丹。这个年轻女子正被名牌衣服包裹着，还有金色长发和浓烈的妆容，如果她是一瓶酒，包装必定是最上等的。可那酒，似乎也是有些酸涩的。

文丹丹突然抬眼，目光猛撞向陈闯。陈闯吃了一惊，连忙躲闪了视线，只听文丹丹用英语不耐烦地催促那厨子："不用按照程序了。把主菜和甜点都一起上了吧！"

不一会儿，大大小小的盘子已经摆满了餐桌。主菜是烤成三分熟的牛排，带着丝丝鲜血。甜点是巧克力奶酪蛋糕。厨子紧赶着给两人添了酒。文丹丹不再跟陈闯碰杯，自己喝了一小口，拿起刀叉去切牛排，见陈闯并不动手，冷笑了一声说："大男人，还怕见血？"

陈闯被她一激，立刻拿起刀叉，切下一大块塞进嘴里。味道倒是绝佳，香嫩无比，又和那血淋淋的外表所造成的料想不同。陈闯没吃午饭，此时早已饥肠辘辘，不一会儿就吃光了牛排。文丹丹却只吃掉一个角，大块牛排还摆在盘子里。她放下刀叉，正要让厨子收盘子，瞥了一眼陈闯，把盘子往他面前一推："不介意吧？ 你要不吃，也是倒掉。"

陈闯三下五除二，把文丹丹盘子里的牛排也吃光了，忽然听见一串笑声，是文丹丹笑了，竟然十分清脆悦耳，和她说话时低沉老练的声音截然不同。陈闯猛然意识到，这还是头一回见文丹丹开怀地笑。文丹丹笑着把自己面前的甜点也推给陈闯说："饿死你得了！"一缕金发垂在眼前，她仰脸去看晚霞，顺便用食指挑开了头发，粉亮的指甲在额角一闪。陈闯并不喜欢那指甲的颜色，也不太喜欢金发，更不喜欢烟熏妆，全是假的，都是伪装，远不如杜思纯清新动人。可那些"假货"却又吸引着他，让他很想再看一眼。文丹丹却突然侧目看过来，烟雾缭绕的两只黑眸子里，仿佛落进了粼粼的波光。

陈闯一阵心慌，赶忙低头吃东西，飞速清光了桌上所有的盘子。这游艇上的夕阳晚餐通常是从黄昏吃到夜深的，可现在天还大亮着，晚餐已经结束了。

文丹丹让厨子收了餐具，变魔术似的从挎包里取出一台手提电脑，比一本杂志还略小一些。文丹丹打开电脑，摆在陈闯面前，说道："吃饱喝足了，可以干正事了？"

陈闯瞥一眼电脑，看到自己正编了一半的"挖掘机"程序，立刻明白了大半，心中一阵不快，仿佛再次落入了圈套——文丹丹兜了这么大的圈子，威逼利诱，还不是为了让他继续帮雷天网从别的求职网站扒信息？既是如此，何必找 Jack 贾演出一场还钥匙的戏？还是假。从头到尾都假，就跟她的头发和妆容一样假！陈闯愤愤道："你不是说，我和雷天网没关系了？"

文丹丹耸耸肩说："没错儿啊，你跟那家公司没关系了。"说罢又去看海面，坦然得就像桌子上的手提电脑并不存在。陈闯越发恼道："那我为什么还要为那个网站写程序？"

"因为那个网站也和那家公司没关系了。"文丹丹把头猛转向陈闯，"我花了二十万，把那个网站买过来了。现在，那网站是我的，跟他们俩没关系了！"

陈闯大吃一惊，双目圆睁着高声说："你疯了？那个破玩意儿，哪值二十万？！"

文丹丹见陈闯起急，反倒平静下来，甚至略带得意地微微扬起下巴说："反正我已经买了，那网站现在是我的，你是我的雇员，请你继续把它完成了。"

陈闯把电脑一推："我完成不了！"

文丹丹却并不发怒，只斜了陈闯一眼，鄙夷地从牙缝里吐出两个字："骗子！"

陈闯心中火起，文丹丹却并不看他，仰头闭眼吹海风，看上去很是惬意，让陈闯有火发不出。陈闯灵机一动，也抱起胳膊，赖唧唧地说："不信你自己去雷天网的后台看。自从我入职，一个用户也没多，一条信息也没多。没多一条求职信息，也没多一条招聘信息。"

陈闯本以为这回能把文丹丹激怒了，没想到她只冷笑了两声，像是根本不屑于应付似的。陈闯急道："真的啊！不信你问 Jack，或者问宋镭！"

"问过了！要不是问过了，我才不会这么死皮赖脸地求你。"文丹丹撇了撇嘴，又扭头去看海面。陈闯非常诧异，不明白 Jack 贾为何如此坚定地看好自己，不禁说道："可 Jack 跟我并不熟，他根本不知道我会不会编程。"

"我又没说是问的 Jack。"文丹丹不屑道，"是宋镭看了你写的程序，说你很厉害，正在写个特牛的木马程序，能够自动从别人网站挖信息的！"

陈闯又吃了一惊，完全没想到会是宋镭，不禁更加不解，为何宋镭只要见面就满怀敌意，背地里却又一直说好话？看他长得方方正正，难道还真是个不会撒谎的直性子？陈闯不禁脸上发烧，是自己小人之心了，也就更觉得自卑，心想不论学历还是人品，自己原本都比不上宋镭，自然也远配不上杜思纯。正自卑着，又听文丹丹说："不过，他说他也看不太明白你写的程序，所以不知道能不能搞成，可我愿意赌一把。"

这一句把陈闯的思绪扳回正轨。他问："这有什么可赌的？就算我给你弄来很多的公司招聘广告和个人求职简历，又能怎么样？值二十万美金？"

文丹丹却瞬间阴沉了脸道："这和你没关系，你的职责，就是给我弄到这些。"陈闯心中不平，正要反驳，文丹丹抢先道，"我知道，就一个月！你不用再提醒我了！只要你能做到你刚刚说的那些，我一天都不多留你！"

文丹丹说罢，再次眺望海面，两只烟熏雾绕的大眼睛里竟有几分悲愤。这下子陈闯也没话说了，心想那华丽装束里果然藏着些苦涩的，不禁心生怜悯，也不知到底有什么可怜悯的。文丹丹却又突然放松了表情，悠悠地看了陈闯一眼，半开玩笑似的说："现在可以继续写你的'木马'了？"

陈闯怔了怔，两颊蕴蕴的，讪讪道："我写的不是木马，木马是要植入别人的电脑，像间谍那样不停从人家电脑里抓取信息的。我写的只是一个普通的挖掘机程序，只挖掘公开的部分，也不会赖在人家电脑里……"

"行啦！"文丹丹打断陈闯，"这些我可不懂。你懂就够了。"说罢举杯，朝陈闯浅浅一笑，也不等他回应，就把杯中的红酒一饮而尽。晚霞把海面染成一大片金黄，也把金色反射到文丹丹的侧脸和脖子上，红酒下肚，镀金的细长脖颈微微起伏。陈闯心中一阵悸动，赶忙也把自己杯子里的酒喝光了，硬把目光也转向金色海面，脑海里无端地响起一首歌：

> California 的阳光
> 赶快治疗我的忧伤
> 好让我更坚强
> 不要在乎遗憾的过往

这也是陈闯曾经常听的歌，只不过是在漆黑的地下室里听的。可这会儿他正在波光粼粼的海面上，四处都是被海水散射的金色阳光，加州的阳光。他嗓子口还有一丝微甜，这又是他没想到的，那红酒酸涩的后味儿里，竟然有些甘甜。

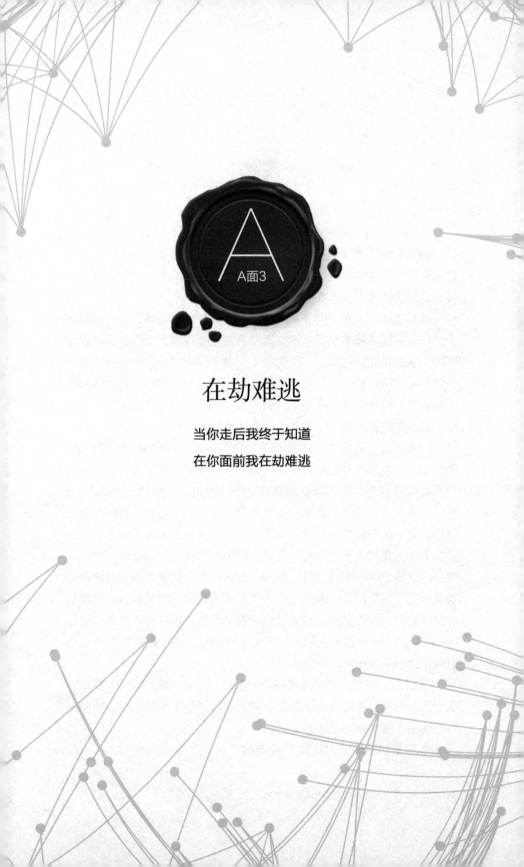

A面3

在劫难逃

当你走后我终于知道

在你面前我在劫难逃

老陈后悔不该喝掉那么多红酒，把自己搞得晕晕乎乎。可谁承想竟拿到了胖丫头的手机，还是不需要解锁的，神不知鬼不觉，几乎算得上是天赐良机，就算喝得再多也不能错过的。

当然也不是真的"神不知鬼不觉"，至少小白知道老陈借过她的手机。老陈赌的就是小白并不在谢燕的密切监视里。小白的手机没设密码，这总是有些可疑的。但老陈很仔细地检查了小白的手机，并没获取 root①权限（相当于没有"越狱"），所有安全设置都还是出厂设置，手机最近并没更换过 SIM 卡，也似乎没被植入木马。小白用的也是安卓手机，老陈这些年对安卓手机是颇有研究的。

除此之外，老陈也飞速检查了小白的手机通话记录、短信记录、微信记录。微信没有任何有关"燕姐"或"谢燕"的记录，似乎两人并不是微信好友。电话簿里倒是有一个"燕姐"，小白给"燕姐"只发过一条短信，内容是老陈的手机号码。小白和"燕姐"有两次通话记录，第一次并没接通，时间是昨天下午，大概是两人在医院里互留手机号码。第二次就是今天一大早，电话是"燕姐"打来的，大概是叫小白去洗浴中心附近"救"老陈。通话和短信记录都和小白的叙述吻合。为了保险起见，老陈还检查了手机深层隐藏的通话日志，那日志虽不能记录对方号码，却能够记录通话次数。小白的手机并没获取 root 权限，通话日志无法修改，因此老陈确定，这手机最近四十八小时内并没删除过任何通话记录。

所以小白确实只是个咖啡馆的招待，并不是 GRE 的人，和谢燕也不熟。谢燕只不过利用小白做诱饵，好让老陈更容易上钩。即便小白不就范，估计她也有别的法子。

老陈是在酒店的后花园里检查的手机。他以上厕所为名，一路

---

① 根权限，即改动手机核心系统文件的权限。

走到这小花园里，藏在一堆石头后面，飞速检查了小白的手机，用它给一个叫作苏菲的女子打了个电话，又拨通了一个海外手机银行的号码，一切都在二十分钟内搞定了。老陈顿觉心定，再也不怕暴露自己的命根子——海外银行账户了。

苏菲是个五大三粗的北京大妞，老陈一共见过苏菲两次。第一次是十几年前，在中国银行的营业厅里。苏菲身穿白底碎花连衣裙，戴一顶宽边贵妇遮阳帽，挽一只相当时髦的手包，看上去像是归国华侨，可她并不是华侨，她是老陈同学的姐姐，专门帮人换外币的。每天在银行的外汇柜台外面转悠，打扮成华侨显然更安全些。老陈当年出国需要换美金，为了一美金少花两分钱，找到同学的姐姐帮忙。老陈一共换了一千美金，节省了二十块人民币。苏菲原本是不屑于做这种小生意的，看在弟弟分上做了，还给了中间价。老陈记得听同学说过，他姐姐做的都是几十万的生意。老陈回到北京，试着给那位同学家的座机拨了一通电话。竟没搬家，电话也没换。就这样，老陈第二次见到苏菲，还是在中国银行的营业厅里，苏菲的帽子不见了，花裙子换成了牛仔裤，黑发也剪短了，烫成许多碎花。身材更胖了，俨然是个大妈。老陈自然也不似当年，两人互不能认，靠手机才接上头儿。苏菲自嘲地解释说，现在不做陌生人的生意，不用天天到银行瞎转悠，穿得也随便了。

苏菲的生意主要有两个方向：把人民币换成美金，或者把美金换成人民币。她在香港和美国开设了一些账户。为了省去跨境汇款的麻烦，每一笔都在两边分别操作：如果客户想把美金汇进国内并换成人民币，她就让客户把美金直接打到她在境外的账户上，同时再从境内的账户把人民币转给客户。如果客户想用人民币换成美金汇出境，她就让客户把人民币打进她在境内的账户，再从境外的账户给客户在境外的账户汇款。总之资金并不出入国境，既能省去跨境汇款的手续费，还能赚取买入价和卖出价之间的差价。后来外汇管制严格了，还能收取一大笔服务费。对于客户也颇有好处，不但避开了外汇管制，还能隐蔽资金的来龙去脉，使自己国内、国外的账户之间并无资金往来，来无影去无踪，让人无从查起。

这些年全世界都在反洗钱，这种交易自然是各国政府都要严防的，苏菲也只能加倍小心，不再跟陌生人做生意。好在最近外汇管制很紧，许多人要到国外投资买房子，钱却汇不出去，苏菲算是一条捷径，所以从不缺少客户。她只是发愁，想要往外汇款的人越来越多，往国内汇的却越来越少。老陈恰恰是要往国内汇，虽然金额不算多，只有几万美金，也足以让苏菲热情相待，给出比银行牌价高出不少的汇率，让老陈多挣几千块人民币。老陈图的倒不是这个，他图的是不从自己海外的账户里直接把钱汇进中国。他本人生活所在地的银行账户肯定是最不安全的，一旦发现了他，也就发现了他的账户。只要藏在海外的主要账户不被发现，他至少还有一线逃跑的希望。

可现在谢燕以提供保护为由，逼着他从海外转五万美金，也就等于逼着他至少暴露一个主要账户。这会儿再调动资金已来不及，手机和电脑都被监控着，做什么都逃不出谢燕的眼睛。尽管谢燕真正的目标并不是他，而是试图绑架他的人，但无论如何，他也不想把主要账户暴露给任何人，特别是暴露给一家调查公司。谁知哪天他就成了目标了。

可如果他拒绝转钱，GRE 也就不再保护他，他更是凶多吉少——早晨冲进浴室的三位凶神，到现在还让他不寒而栗。但天无绝人之路。他拿到了小白的手机，一切问题迎刃而解了——他用小白的手机给苏菲打了电话，然后把自己在新加坡的银行账户里大部分资金转给苏菲，再由苏菲把同等的资金转进他在瑞士的账户里。苏菲使用了两个不同的境外账户操作，一个在香港，一个在美国。于是，老陈就不留痕迹地把新加坡的钱转到瑞士去了。

老陈用电话银行转了账，立刻删除了几个通话记录，心想小白大概也不懂如何查系统日志，即便查出今晚曾经打出过两个电话，也查不出是打给谁的，随即放了心，顿觉一阵头晕目眩，酒劲儿变本加厉涌了上来。他硬撑着走回酒吧，却一眼看见小白身边多了一个人，正是谢燕，大概是深夜来"查岗"的。老陈心里发慌，趁没被发现，赶忙回了房间，用房间里的座机打电话到酒吧，请服务员跟小白打一声招呼，就说他实在困得厉害，先回房睡觉了。

第二天上午，老陈昏昏沉沉醒来，头疼欲裂，硬撑着冲了个澡，倒也就清醒了，想起昨晚解决了大问题，心中一阵轻松，大大方方用自己的手机操作手机银行，从新加坡的账户里给 GRE 转了五万美金。转完了款，那账户里一共还剩十点一五美金，暴露给谁都无妨了。

老陈长出一口气，对小白心生感激。小白确实是个既热心又单纯的丫头，只是单纯过了头，一心想当网红，让人哭笑不得。老陈并不怎么了解网络直播，也没目睹过，只知是人人都可以发布视频实况的平台，给无聊人解闷的东西。

老陈有些好奇，上网搜索"网络直播"，第一个跳出来的就是"亿闻直播网"。老陈不禁苦笑：这公司当年不顾一切地四处收购，也不知上了多少当，糟蹋了多少钱，终于长成了巨无霸，社交、网游、网络视频、互联网金融无所不为，被"双规"的原总裁文刚的"疯狂扩张"策略倒似乎是有些远见的。只不过，就连网络直播这种低俗的东西也要独占鳌头，互联网公司做得越成功，就越是没底线的。

老陈点开"亿闻直播"的主页，网页顶端是个巨大的视频窗口，有个妖艳的女孩子正在搔首弄姿地唱歌，看上去还不到二十，身材瘦小得像只猴子，下巴尖得能戳死人，皮肤过于惨白，声音也过于甜腻，表情动作就更是做作。老陈再细看屏幕上密密麻麻滚动着的观众留言，竟然都在夸她长得漂亮，嗓音甜美，更有不少不堪入目的轻薄调戏之词。老陈不禁嗤之以鼻，联想到胖丫头小白也直播，浑身顿时起满了鸡皮疙瘩，赶快斩断念头，再去看在线观看人数：十八万！

老陈正愕然着，突然听到手机铃声，却不是自己熟悉的。他四处翻找了一阵，从牛仔裤兜里摸出一只手机，果然不是自己的！老陈顿时胆战心惊，以为又被什么人盯上了，过了片刻才想起来，这是小白的手机。昨晚匆忙跑回房间，忘记还了。手机铃声又响，老陈赶忙接听，果然是小白用房间里的座机打来的，怯怯地管老陈要手机。

老陈到了大堂的咖啡厅，小白已在坐等，满脸堆着笑，倒像是她给老陈添了多少麻烦。老陈忙把手机还给小白，想起昨晚承诺过要借书给她的，可书还在楼上房间里，忘记带下来，又想那书小白多半也看不懂，也就不急着取，笑着问小白："你昨晚是不是说，你也直播？"

小白点点头，沮丧地说："可没人愿意看我。"

老陈又想起那搔首弄姿的女孩子，顿时又起了一身鸡皮疙瘩，然而又生出些好奇来，不禁问道："你直播什么？"

小白两颊绯红，讪讪笑着说："还能直播什么，我啥都不会，就播做咖啡呗！"

老陈松了一口气，随口应付道："你直播自己做咖啡？挺有意思嘛。"

小白一阵欣喜，睁大眼睛说："真的？那我给您看看！"

小白打开手机摆弄一番，递到老陈手里，老陈只好接过来看，只见视频里一只胖手正在操作咖啡机，想必是小白一手举着手机，拍另一只手做咖啡，手机举得不够稳，画面颤颤悠悠，像是在五级地震。

老陈问道："是你在做咖啡吗？这是在哪儿？"小白答："是我，

就在咖啡馆啊！"老陈说："我怎么从没见你直播过？"小白讪讪地笑着说："我都是找人少不忙的时候啊，哪能让客人看见！这是上礼拜播的，那天您也没来！"

老陈硬着头皮继续往下看，心想这视频可真无聊，难怪没人要看。又过了半天，拿铁终于拉好了花儿，镜头猛一抬，小白的大圆脸冒出来，满怀成就感地笑着，说了句什么。视频声音很小，也听不清。小白背后俨然就是咖啡馆，空荡荡的没几个客人，门外倒是有两个人影，一晃就没了。老陈一愣，仿佛发现了什么，似是而非的。他连忙把视频倒退，定格在小白的大脸上，又用两指放大了画面，小白耳朵后面那两个人影放大开来，模模糊糊，勉强还能辨认。一男一女，正在咖啡馆门外交头接耳。老陈定睛细看，不禁大惊失色：女的好像就是谢燕，而男的，不正是昨天早上带头闯进浴室里的那个油腻腻的矮胖子？

老陈顿时恍然大悟：谢燕跟那几个凶神根本就是一伙儿的！医院、浴室、GRE 公司、酒店，全是谢燕一手导演的好戏！她的目标就是老陈，是从人间蒸发了十二年的陈闯！

老陈顿觉天旋地转，两眼发黑，心脏在胸腔里乱撞。老陈强撑着做了个深呼吸，硬逼着自己压低声音，咬牙对小白说："她是个骗子！"

小白见明哥突然面如死灰，着实吓了一跳，以为他突发了重病，正要起身找人求助，却被明哥拽住手腕。小白赶忙坐回来，全神贯注盯着明哥。等了半天，明哥才颤巍巍地开口，声音特别低，小白费了好大的劲儿，才勉强听明白明哥的意思。

明哥告诉小白，燕姐所说的一切都是假的。她的调查目标并不是那几个想要绑架明哥的人。他们跟她其实是一伙儿的，有视频为证——被小白直播时无意间拍到了，只不过太不醒目，她之前并没注意。小白仔细看了定格的画面，咖啡馆门外的女人果然像是燕姐，可那男的她不认识。昨天早上她并没看清楚追赶明哥的人。反正既然明哥说是，她也就信了。明哥不会把要绑架自己的人都记错了。

按照明哥的分析，是谢燕——小白决定不再叫她"姐"了——派人到咖啡馆监视明哥，还故意往他座位底下放了监听手机；手机不巧被小白捡到了，所以谢燕又派人偷走了手机。谢燕跟踪小白和明哥到了医院，发现小白对明哥很关心，趁机诱导小白弄到明哥的手机号码，以此跟踪他的位置，第二天一早，谢燕又派人到浴室里假冒警察惊动明哥，使他方寸大乱，然后再利用小白做诱饵，让他自投罗网地找谢燕帮忙。

说到这里，明哥突然哑住口，半张着嘴，好像电脑死机了。小白听得惊心动魄，急着问："所以，她的目标是……你？"

明哥却并不回答，依然怔怔的，过了半天才喃喃道："还好有你的手机！"

小白迷惑不解，不知此事和自己的手机何干，正要再问，只见明哥低头去看右手，目光又是一惊，把手狠狠一甩，好像手背上趴着一只毒蝎子。可他手上什么也没有，只有一只闪亮的白金戒指，仍稳稳戴着。明哥深深叹了口气，用双手捂住脸，像是走投无路了。小白不禁又同情起明哥，心想尽管他以前得罪过人，可他未必就是坏人，不然警察干吗不来逮他？到底还是姓谢的不地道，明明要害明哥，反倒假装是帮他，还骗自己当了帮凶，不禁一阵懊恼，满怀歉意地说："明哥，您别着急！如果有用得着我的地方，您尽管说！"

明哥放开了脸，仍是怔怔的，也不知听没听见小白的话，过了片刻，突然凑近小白耳语道："跟我回房间！"

明哥并没直接回房间，而是带着小白从大堂走进花园，又从花园走到停车场，再从停车场走回大堂，这才进了电梯，一路游游荡荡，还和小白拉了些家常，脸上竟有些笑意，只是前言不搭后语，倒把小白听得心惊肉跳，担心明哥是不是精神出了问题。两人出了电梯，明哥立刻变了个人，特务似的左顾右盼了一阵，扯起小白快步走到房间，进屋反锁上门。小白不禁有点儿紧张，正要开口提问，明哥却竖起手指，让小白别出声儿，两人蹑手蹑脚走进浴室，尽管房间里并没别人。

明哥拧开水龙头，在洗脸池里放满了温水，抓过小白的手，缓缓往水里送，气氛凝重得宛如某种宗教仪式。小白大气儿也不敢出，手入水的一刻，不禁打了个寒战，还好水温很舒服，比明哥的手还暖些。明哥把小白的手按在水底，用另一只手脱下无名指上的白金戒指，套到小白的食指上，竟然也算合适，这一切都在水下进行。小白发现，那戒指上有个极小的绿点，始终幽幽地亮着。小白百思不解，想问又不敢问，看明哥放开自己的手，这才小心翼翼把手从水里抽出来，湿淋淋悬在眼前，也不敢用毛巾擦。

明哥再次拧开水龙头，用哗哗的水声做掩护，低声对小白耳语道："就待在这房间里，明天再出去。饿了可以打电话叫酒店送餐。千万别摘戒指！拜托拜托！"

明哥双手合十，朝小白拜了拜。小白猛然醒悟，瞪圆了眼睛，故意把手伸得远远的，好像拇指上捆着一枚定时炸弹，忐忑地问："这是窃听器？"明哥却摇头说："这是跟踪定位用的。"随即又朝床头柜努努嘴，"窃听器在那边！"

小白也跟着看过去，床头柜上只有明哥的手机，并没别的东西。明哥的手机怎么成了窃听器？小白似懂非懂的，可明哥已没工夫多解释，早奔向自己的背包，把东西胡乱塞进去，偏偏就不动手机，仍把它留在床头柜上。

小白见明哥提着背包匆匆走向大门，想要提醒他没带手机，又想起明哥说手机是窃听器，连忙住了口，心中仍有些不甘。明哥却像是后背长了眼睛，突然停住脚步，转身走回来，对小白惨然一笑，低声说："也不知什么时候再见了……谢谢！"

明哥朝小白很正式地鞠了个躬。小白心里一慌，也朝着明哥鞠躬说："不用！"

明哥点点头，转身出门去了。小白本以为明哥还有话要说，可他并没说。明哥小心翼翼地开门，踮着脚尖侧身挤出去，再从外面把门缓缓掩上，没弄出一点儿声音。

小白怔怔地盯着那扇门，总怀疑明哥也许并没走，就在门外站着。她也踮着脚尖走到门前，从猫眼里往外看，楼道里空无一人。

小白长叹了一口气，这才猛地想起来，如果姓谢的发现明哥逃走了，换作自己在这里顶包，会不会把自己怎么样？小白发了慌，很想也立刻逃跑，又想既然自己曾经做过帮凶，害明哥落进谢燕的圈套，这点儿忙还是要帮到底的。再说他们要抓的是明哥，并不是自己，自己又不知道明哥要去哪儿，待在这房间里也不犯法。她去过谢燕的公司，看上去也很体面，并不像是黑社会，总不能滥用私刑的。不然的话，早把明哥直接关起来了，干吗还花言巧语骗他住在这酒店里？

小白下定决心，就在房间里待到明天，转身走回屋里，却见桌子上扔着一本书，正是那本《大数据时代的网红文化》。小白知道这是明哥故意留给她的，鼻子有点儿发酸。

3

　　老陈是从地下车库溜出酒店的。他昨晚就把酒店里里外外研究清楚了。他每到陌生之地，第一件事就是把各条通道都走一遍。尤其是那些能够离开的通道。搭电梯到酒店的地下二层，穿过一条长长的走廊，就是地下停车库。停车库是酒店和隔壁购物中心共享的，停满了社会车辆。从那里很容易神不知鬼不觉地混进购物中心，再从购物中心直接进地铁，逃之夭夭。不论电梯还是走廊都是狭窄封闭的空间，如果有人跟踪，是很容易发现的。老陈很幸运，电梯和走廊里都没别人，因此能断定没人跟踪。除非谢燕能够随时监控酒店的闭路电视，否则就不会知道，他已经离开了。

　　老陈搭地铁穿城而过，在秀水市场买了件大衣穿上，又买了顶帽子戴上。口罩和墨镜是现成的，之前那件羽绒服没地方放，只好扔了。他在国贸的一家银行把账户里的几万块人民币都取光了。

　　老陈在附近的一家旅行社用三千七百块买了一张当晚飞往曼谷的单程机票。自然是花的现金，如果用信用卡或者银行卡，就等于把自己的旅行计划昭告天下了。

　　老陈本打算去香港，可又担心香港毕竟也是中国，谢燕轻易就能呼风唤雨。其实 GRE 是跨国公司，在泰国自然也有办公室，只不过换作另一个地区团队，还得熟悉案情，部分资料也需要翻译，至少能拖延几天时间。

　　曼谷只是老陈的第一个落脚点，最多耽搁一两天，就得马上转移。必须马上找好最终的栖身之处。按照一本专门教人"消失"的书——《教你怎样消失》里谈到的"消失法则"，他已经犯了大忌——"消失"是需要花时间准备的。行踪需要隐藏，最好再设置一些误导别人的线索；钱就更需要隐藏——关闭所有老的账户，秘密开设安全的新账户；未来的一切都需要事先安排妥当，衣食住行样样都不能马虎。所有这一切，没有一两个月是做不到的。如此匆忙地一天就"消失"，除非非常幸运，十有八九要露马脚。老陈这辈子已经"幸运"过一次，想要"幸运"第二次，也不知胜算能有多少。

　　老陈的"第一次幸运"是在十二年前，一夜之间让自己"消失"，不但毫无准备，甚至连如何准备都不知道。可他竟然就成功了。从旧金山飞到迈阿密，再从迈阿密飞到加勒比海的某个小岛上。一切都太过顺利，以至于让他非常怀疑，那会不会是个陷阱。他后来研究过有关"如何消失"的书籍，才知道自己曾经露了多大的马脚——他用信用卡买了飞往迈阿密的机票。还好从迈阿密到那岛上的机票是用现金买的。加勒比海里的岛有很多，但一个一个找下来，总有一天会找到他。

老陈本打算直接打车去机场的。虽说此时还不到中午，飞机又是晚上八点的，可他不想再生事端。多走一步，就多一些暴露的可能。谁知小白能坚持多久？说不定现在已经露馅了，谢燕正满城里找他。最好尽早赶到机场，在登机口附近找个隐蔽的地方，一直藏到登机。反正也没有别的事了。公寓肯定是不能回的，公寓里的东西也不必拿了，最重要的他总是随身带在背包里。

老陈站在国贸立交桥下，看着穿梭的车流，莫名地想起十九年前，他出国的那天，也曾拉着两只大箱子，在这附近搭乘机场大巴。箱子里塞满了外衣、内衣、内裤、线衣、线裤、毛衣、毛裤、手套、帽子、袜子、拖鞋；还有牙膏、肥皂、洗发水……还有几卷卫生纸，都是闯爸塞进去的。他临行的前晚，闯爸装着箱子，反反复复说了许多遍："美国什么都贵！以后，都得靠自己了！"他则默默坐在父亲身边，怔怔盯着箱子，猜不出在遥远国度的未来将会发生什么。他就像一只迎风而起的风筝，线却断了。是父亲亲手剪断的。父亲要他飞出去就再也别回来。他心中顿时充满了恐惧，父亲放进箱子里的每一样东西都让他感到恐惧。他想恳求父亲让他留下，可他不敢开口。他知道只要吐出半个"不"字，父亲一定会暴跳如雷，在他后脑勺狠狠扇上几巴掌。父亲在养老院里干了大半辈子，不愿意自己也死在那座养老院里。他想靠着儿子，让自己老死在外国的。但那显然不可能了。他的儿子在十二年前突然失踪了，连同他的移民梦一起，人间蒸发了。

老陈回到北京半年了，并没想要回家看望父亲。他可不是为了父亲才回来的，他都不敢想起父亲。他不敢想，父亲和他失联之后曾经怎样地暴怒，曾经暴怒过多少回。他该尽量躲得远点儿的。

其实他本来不想回北京的。在加勒比海的小岛上安安稳稳住了许多年，虽然寂寞，却也习惯了。然而突然有一天，他无意间发现，他常去的酒吧里的年轻酒保——一个不大会说英语的当地土著，竟然在读一本英文书，而且书名叫作《教你怎样消失》。加勒比的小岛上藏龙卧虎，到处都是窥视的眼睛。老陈心慌意乱地回到家里，却又发现家里也有些异样。他第二天就用现金买机票回了北京。

回北京的确是一步险棋。一个潜逃者的老家，必定是搜寻者的首要目标。倒不是去那里抓人，而是去寻找蛛丝马迹。一个人可以"消失"，但从小建立的人际关系无法消除。谁都会有不忍割舍的关系。但"老家"也是有好处的。首先，在这里他不会被当成异类。而在加勒比海的小岛上，他是个极显眼的外国人。其次，中国和美国本来就没有签署过引渡协议的。

这样说来，选择藏在中国并不是个太差的主意。但选择藏在北京，风险就更大了一些。所以，他必须做到一点：不去接触任何以前曾经认识的人，不论是亲人还是朋友，当然也包括闯爸。可今天他就要走了，彻底离开北京，一辈子都不再回来了。

闯爸今年七十九岁，如果依然健在的话。

老陈浑身猛地一凛，仿佛被劈头浇了一桶冰水。尽管他曾经不止一次地想到过这个问题。

老陈终于朝着一个方向迈开步子。尽管这很有些风险，仿佛面前是万丈深渊，可他还是忍不住要继续往前走。这辈子最后一次了，他总得去看一眼的。他心怀侥幸地想，也许那座楼早就不在了。北京拆了多少老楼？又是寸土寸金的地区。他于是加快了脚步，走得虎虎生风，急着要去证实老楼的消失似的。

然而那栋五层的老筒子楼偏偏没有消失，孤零零地立在一条狭长的胡同里，也不知怎样成了拆迁的漏网之鱼。这城市早已掘地百尺，四周的建筑都拔地而起。这老楼就像是一群年轻巨人脚下的老侏儒，孤孤单单地站着。老陈一眼就认出了它，尽管原本暗红色的楼面已经刷成了灰色；楼门外的土地上也覆盖了洋灰；单元门前本有三级台阶的，如今只剩一级半，其余的陷进洋灰地面里。

老陈一阵心酸，想起自己小时候。他本来不善交往，又缺少交朋友的自由，家中只有一个非常严厉却又无微不至的父亲，把他的每一分钟都安排好了，也顺便把他和世界隔离了。他天天听着楼下小朋友们的吵闹声，心痒难耐，终于有一次，趁着父亲不备偷跑下楼去，却只坐在单元门前的台阶上，在土地里挖泥巴，和别的孩子远远保持着距离。就这样耗了一阵子，猛一抬头，见父亲正在阳台上恶狠狠地瞪着他。他连忙飞奔上楼，家门却被锁得死死的。他听见父亲在门里咆哮着说不要他了，永远也别回来！无论他如何拍打那厚重的防盗铁门，如何声嘶力竭地哭喊，门是再也不开的。直到邻居跑出来，帮着他拍门，门内还是毫无反应。邻居怀疑他家并没有人，打算暂时带他回自己家,他哭得更狠,踮着脚尖抓住铁门上的细铁栅,死也不肯离开那扇门。从那以后,他再没偷偷跑出去玩儿,只趁着闯爸外出时溜到阳台上,从一排栏杆里看着楼下那三级台阶和一方土地。如今都没了。这里已不是他的家,也早没人期待他回来。

老陈走进楼门,楼道里一片漆黑。他记得灯是声控的,跺跺脚就能亮的。可他不敢跺脚,生怕弄出一点儿声响,像个贼似的摸索着前行。黑暗反而让他觉着安全。他的双脚记得每个台阶,走得竟然很顺利,上到他家的那一层,眼睛已经适应了黑暗,隐约看到防盗铁门的影子,门上开着一扇铁窗,窗上竖着一排细铁栅栏,仿佛里面是一座牢房。他一时有些诧异,记得当年曾经拼命踮起脚尖去抓那铁栅,那时他就要上小学了,似乎个子不该那么矮的。不记得趴在这铁门前哭了多久,铁栅里突然亮了,父亲开了门,门神似的站着。他赶紧死死抱住父亲的腿,嗓子早哭哑了。父亲默默地抱起他进屋,放在餐桌边的椅子上,拧亮了灯,把一碗热滚滚的面条摆在他眼前,面条里卧着一只温润的蛋。

老陈在那铁门前站了很久,既没勇气敲门,也没勇气离开。直到背后突然一片明亮,是邻居开门出来了。老陈吓了一跳,还好是个陌生的妇人。妇人警惕地看他,他连忙点头哈腰地笑。她操着某种北方口音问:"你是来找老陈头的?"老陈点点头,害怕她过来替他敲门,却又多少有点儿期待。她却说:"老头儿不在,早上下楼时摔了,街道的人叫了120,送医院了!"

老陈大吃了一惊,正要问是哪家医院。妇人已关上门,哗哗地拧上锁。好像本打算出门的,又突然改了主意。楼道里立刻恢复了黑暗,老陈在黑暗里怔了一会儿,摸索着铁门缓缓地跪下去,从包里摸出不知多少钞票,顺着门底的缝隙一张张塞进去。

老陈不记得自己是怎么走下楼的,只记得走出楼门的一刻,前胸突然冰凉刺骨。抬手一摸,胸前的两层衣服都已湿透了。

4

老陈到达机场时已是黄昏。他提起背包,抢着第一个下了车,步履如飞地往航站楼里走,超越了许多人,像是在赛跑,又像是在赌气,直冲进航站楼,在巨大的航班信息牌子前站定了,心中却突然一片茫然，一时想不起自己是要去哪儿。

突然间，他听到背后有人悠悠地说："陈先生，我等你很久了。"

老陈浑身一抖，猛转过身，看见一个年轻貌美的女子，穿一身橘色套装，挽一只红色手包，浓密的黑发在脑后绾成一团云，好像准备出门度假的贵妇，可她并没有行李。她是 GRE 北京公司的负责人谢燕，她是专门在等他的。

老陈瞬间认出了谢燕，顿时心惊肉跳，两腿发软，半天才看清楚，其实谢燕是在冲着他笑——只有嘴角在笑，脸上其他的部位都没有，尤其是那双杏核眼睛，正射出逼人的光。

谢燕身边并无他人。老陈四处张望了一圈，四周的人都行色匆匆，并不像跟他俩有关，可又都像是在故意伪装。谢燕却仿佛看出他的心思，直截了当地说："只有我自己，没有别人。"

她这样一说，老陈心里反而更没底，谢燕一直都在骗他。就算真的只有她自己，老陈也并不敢转身就走，不知她有什么神通。这是首都机场，大庭广众的，还有武警巡逻，总不能在这里动用武力的。老陈试探着说："那我告辞了。"

谢燕敛起那一点点笑，正色道："请您等一等，有件事我想说清楚。"

老陈心里又是一颤，很想拔腿就跑，又觉得那样大概是不行的，硬撑着说："如果我不想听呢，你怎么样？"

谢燕动了动嘴角，像是要笑，老陈突然想起前一阵子读到的新闻，有人就在机场的大庭广众之下，拿出喷雾剂对人一喷，也就把他谋杀了，不禁心惊胆战，两腿发软。谢燕却并没拿出喷雾剂，就只无可奈何地说："我一点儿办法都没有。我早说过的，我们又不是警察，无权限制你的自由。"

"既然如此，那我就走了，我赶时间。"老陈讪讪地说着，掉头要走，却听谢燕又说："到曼谷的飞机八点才起飞，你有的是时间。"

老陈立刻骇然，心想自己的行踪早就被她掌握了。只听谢燕又说："我只是来奉劝你，别在曼谷住太久。我们会向美国检方通报你的藏身之处，美方会要求泰国政府先逮捕你，然后等他们完成引渡程序。"

老陈强作镇定地说："你别吓唬我了！要求别的国家警方逮捕一个在逃犯可没那么简单，引渡就更复杂，我又不是美国人，泰国政府未必会同意引渡的。"

"为什么不同意呢？你又不是泰国人。"谢燕果然是在笑了，笑着说，"就算你说的是对的，我们顶多需要更多的时间。如果你一直待在泰国，迟早是会被逮捕和引渡的。所以你得尽早再换个地方。但我泰国的同事一定会告诉我，你又到哪儿去了。然后，我们再到那儿去启动引渡程序。反正不论你到哪儿，我们都会跟着你的。"

老陈绝望道："你们到底想怎么样？我一点儿用处都没有的！"

"反正有人付钱让我们跟着你，客户似乎很有钱呢。"谢燕顿了顿，狡黠地一笑，"你好像也挺有钱啊！"

老陈顿时有种不祥的预感，惶惶地摇头道："我的钱，都已经给你了。"

谢燕挑了挑眉，说道："就五万美金？不止吧？"

老陈心中一颤，心想昨晚用小白的手机倒钱，难道真的被谢燕发现了？莫非，谢燕果然在小白的手机里安装了木马，而自己没检查出来？又或者，谢燕只不过是在唬他？哪个逃亡十几年的人就只有五万美元？老陈放心了些，说道："账户里还剩十块一毛五，不信你就去查。"

谢燕冷笑着说："现在查肯定晚了，昨晚还差不多。"

老陈顿时一阵绝望，料定小白的手机里被谢燕安装了木马，因此发现他昨晚拨打了苏菲的手机，和新加坡某银行的电话，甚至发现他通过手机银行功能，从账户里转走了一百一十三万美元，转到某个在香港的账户里去了。还好是苏菲提供的一个不相干的账户，并不是他在瑞士银行的账户。苏菲又用另一个在美国的账户，往他瑞士银行的账户里转了一百一十三万美元，这部分操作和小白的手机彻底无关的。

老陈正想着，还来不及措辞回答，谢燕却突然改变了话题："你和那位苏菲女士，合作多年了？"

老陈听见"苏菲"两字，立刻两腿发软，心想谢燕既然在小白的手机里装了木马，说不定已经监听到了他和苏菲的对话，他叫过"苏菲"这个名字的。老陈拼命回忆昨夜在电话里都说了些什么，还好他并没提瑞士银行的账号，他连"瑞士"两个字都没提，就只说"转到上次那个账户里面"。这样说来，谢燕大概还只是拿着"苏菲"这个名字来唬他，强作镇定地说："那好像和你也没什么关系。"

谢燕说："我只是想提醒你，苏菲做的生意，似乎不太合法。"

老陈心想你也配说这个？怎么监控小白的手机，监听人家打电话的？不禁鄙夷地说："还说别人不合法，也不照照镜子，看看自己！"

谢燕反倒坦然地说："我们从来不做违法的事。"

老陈气得发昏，心想这女人道貌岸然，竟然这么厚颜无耻，愤愤道："偷偷监控别人的手机违法不违法？小白又不是你们的调查对象，凭什么在人家手机里装木马？"

谢燕摇头说："我们可没在小白的手机里安装过任何东西。"

老陈见她死不承认，怒得抓狂，骂道："骗子！你没安装过东西，怎么知道我用她的手机给苏菲打过电话？除非你是在暗中跟踪监视我们！就像狗特务一样！你们一定还对人家小女孩严刑逼供了是吧？"

谢燕却一脸鄙夷地说："现在想起'人家小女孩'了？你把她留在酒店房间里做你替身，没想到她会被'严刑逼供'？"

老陈顿时面红耳赤，怒道："你们把她怎么了？"

谢燕却冷笑一声说："没怎么，我们才不会做那种事。告诉你，我们既没跟踪你，也没往小白的手机里装过任何东西。只不过，我刚才就像你一样，也借她的手机用了用。"

老陈怒道："骗人！要是没装木马，你怎么知道我给谁打过电话？我把通话记录删掉了的！"

谢燕一点儿不激动，淡然道："小白的手机上有个 APP 叫'手机营业厅'，那里面也有通话记录，下次别忘了，只删手机的通话记录是没用的，电信公司的记录也得删了，如果你有那么大本事的话。"

老陈顿时一阵懊恼，昨晚只顾检查小白手机里有没有木马，却忘了检查正常下载的 APP，嘟囔着说："就算知道我给谁打了电话，又能怎么样？"

"知道你跟苏菲合作，那就好办多了！"谢燕故意顿住，得意地看着老陈，老陈只觉汗毛倒竖，呼吸都有点儿困难。仿佛过了很久，谢燕才又开口，"做我们这一行的，也得时常做一些功课。比如了解一下各行各业的'资深人士'，特别是那些不太光明正大的行业。自从国家收紧了外汇政策，外汇交易越来越难做了，苏菲可是业内有名的，她的号码我都认得。"

谢燕看看四周，好像周围走动的人她都认识，都是她做过的"功课"。老陈只觉大难临头，又听谢燕说："我猜你也许知道，苏菲为了做买卖，要用到很多账户。那些账户就像公用电话——谁想用都能用。"谢燕又顿了顿，好像要故意引起老陈的重视，"苏菲有时自己也不清楚，钱是转给谁的，或者是谁转给她的。"

谢燕故意放慢了语速："我们调查过很多骗子，因此也掌握了一些线索，比如某些来路不正的资金，曾经在哪些账户之间流动过。当然，一般情况下，我们是不会把这些汇报给警方的。因为我们心里很清楚，那些账户只不过是'公用电话'，并不代表什么。我们只会提醒我们的客户，尽量避免和使用过这些账户的人合作。但如果我们真的把这些账户提供给警方，警方肯定不会善罢甘休的，至少要把账户冻结一两年，细细查一查的。我恰巧知道，苏菲正在使用的好几个账户，是曾经跟一些不太'正经'的人有过金钱往来的。比如外逃的贪污犯、诈骗犯，也有像你这样，骗了一笔就人间蒸发的。"

谢燕微微一笑，老陈顿时打了个寒战，来不及辩解，谢燕已经继续说下去："我们要是把苏菲女士的这几个账户举报给警方——好几个国家大概都会感兴趣——至少账户里的钱是要被冻结的，而且，跟那些账户有过资金往来的许多账户里的钱，也都会被冻结的。比如你账户里的二百五十八万美元。"

老陈仿佛被人当头一棒，顷刻间地动山摇！这并不是他昨晚用小白的手机从新加坡账户里转走的数字。他昨晚从新加坡账户里只转走了一百一十三万。但他在瑞士银行开设的账户里原本有一百四十五万，加上苏菲昨晚转进去的一百一十三万，恰恰就是二百五十八万！谢燕是怎么知道的？这不可能！瑞士的账户虽然设立多年，但一直非常隐秘，自设立之后，一共只操作过两次。第一次是在半年前，他请苏菲帮忙，从里面取出五万美金换成人民币，供他在中国生活；第二次就是昨晚，他请苏菲把一百一十三万转了进去！难道是苏菲向谢燕交代了他的瑞士账户？

谢燕仿佛再次看穿了老陈的心思，故意轻描淡写地说："苏菲很担心，如果那些账户都被冻结了，她的客户会很不开心，也许会找她的麻烦的！所以，她愿意帮我们一点儿小忙，比如告诉我们一个瑞士银行的账号。其实，我们也很理解她，她只不过是在帮大家转钱而已，她也并不知道是在帮谁。她说她如果知道，是绝不会帮助携款潜逃的诈骗犯的。"

谢燕说完了，仍保持着微笑。老陈早已魂不附体，心中只有一个念头：完了！可他还是茫然地转身，也不知向着什么方向走着，喃喃道："你去冻结那个账户吧！我又不是只有那点儿钱……"

谢燕并不阻拦，只缓步跟着，慢条斯理地说："客户说，你当初拿走了三百万。减掉这二百五十八万，还剩四十二万。减掉你昨天转给我们的五万，就是三十七万。这十二年来，就算把三十七万都花光，也算是挺节省的了。"

老陈继续走了几步，越来越蹒跚，两条腿根本不听使唤。可他还是咬牙说："我就算身无分文，沿街乞讨，也绝不会受你们摆布！"

　　谢燕却在他背后冷笑了两声说："有骨气！那我就只能把你在瑞士银行的账户通报给警方了。不过，警方不会只冻结那一个账户，他们也许会顺藤摸瓜地找到苏菲的那些客户的账户，她做的事情本来也不太合法。她也许会因此得罪很多人的。而且……"谢燕又顿了顿，老陈那早已虚弱的心脏也很有先见之明地颤了颤。谢燕说，"而且，也许连小白也会被牵连的。因为她的手机曾经跟苏菲联络过，还操作过境外的手机银行，反正你不在中国，也没法替她解释。当然，她总归会清者自清的。只不过，也许会受一点儿惊吓，或许也会吸取教训。下次当她又打算助人为乐的时候，就要多想一想，那个人会不会是个潜逃的骗子。"

　　老陈终于走不动了，他吃力地转过身，凄然道："你是在威胁我？"

　　谢燕却再次尽收了笑容，郑重地说："我只是想告诉你，也许你用不着非得去曼谷，也许，我们还是可以合作的。"

　　老陈充满怀疑地看着谢燕。

　　谢燕更认真地说："这次你可以完全相信我，只要你同意跟我们合作，你的银行账户就不会被冻结，苏菲的也不会。还有小白，没人会去打扰她。而且……"

　　谢燕又顿住了，这次老陈的心脏没再颤，他似乎听出一线希望，怔怔地等着谢燕说下去。

　　"而且，只要你跟我们合作，以后就再也不必到处躲躲藏藏了。"谢燕迟疑了片刻，又轻缀了一句，"你可以光明正大地到医院去看望你爸爸，以后还可以带他去美国。"

　　谢燕说完了，安静地看着老陈。老陈又怔了半天，喃喃道："怎么合作？"

　　谢燕压低了声音，凑近老陈说："你以前是不是有两个合伙人？一个叫贾云飞，还有一个，叫文丹丹？"

　　老陈心中一悸，隐隐听到两句歌声：

　　　　当你走后我终于知道，在你面前我在劫难逃。

　　他不禁把手伸进衣兜，摸到了随身听和一堆耳机线，才知并不是用耳朵听到的。

　　谢燕满怀期待地看着老陈，老陈却并不回答，甚至不看她，呆呆地凝视着远方，眼睛上起了一层雾。这并不是谢燕所预期的，可她还是有种预感：老陈是会和她合作的。

一无所有

这时你的手在颤抖

这时你的泪在流

莫非你是正在告诉我

你爱我一无所有

陈闯第一次到 S 大上课，穿着文丹丹买的白衬衫和牛仔裤。并没穿西服，哪有人穿着西服去上课的。他也没穿 T 恤，显得太随便，而且也冷。旧金山四季如春，春天总是有些冷的。还是穿衬衫更舒服，也帅，尤其是新买的阿玛尼的白衬衫，面料好，又合身。其实，他是很想穿着西服打着领带去上课的。他觉着自己穿上西服，就像换了一个人。万一要是在 S 大的校园里遇见杜思纯了呢？

陈闯并没遇见杜思纯，倒是毫无悬念地在"人工智能 IV"的教室里见到了宋镭。

陈闯走进教室时，宋镭已经坐在第一排，似乎并没看见他。但那是一间极小的教室，一共只有六排，一排八个座位。教室大门和宋镭坐的位置相距不过三五米，还好他一直低头看教科书。陈闯松了一口气，不声不响地坐到最后一排，也拿出"教科书"——他的和宋镭的可不一样。宋镭的教科书是一本硬壳的大厚书，陈闯的却是一摞更厚的打印纸。那是他花二十刀，到 Kinko[1]店复印的。先把书买出来，复印好了再拿去退，穷学生都这么干的。一本教材要一百多刀，陈闯可舍不得。他银行里一共只存着五千多刀，是在美国七年的全部积蓄。眼前倒是有一份月薪四千的工作。不过还差三个礼拜零四天，他就要离职了，到时候也不好意思回中餐馆的，也就彻底失业了。

讲授"人工智能 IV"的霍夫曼教授是个瘦高的白人老头儿，棕发，蓝眼睛，一米八几的个子，脊背挺得笔直，表情非常威严，讲一口浓重的德国味的英语。这完全出乎陈闯的预料——陈闯早知道霍夫曼教授是 S 大最资深的教授之一，也是全世界非常有名的人工智能专家，没想到真人看上去并不像爱因斯坦，倒是有点儿像纳粹军官。

霍夫曼教授并不做自我介绍，也没任何其他引言，直接进入正

---

[1]　一家美国连锁复印店。

题，在黑板上写下斗大的一排字"机器学习"，然后就唐僧似的开讲，再不做任何板书，直接把陈闯送进云雾里，只能盯着教授的一双蓝眼睛发呆，心想教材的第一章并不是"机器学习"，而且听上去又不像是跟机器有关系，跟智能似乎就更没关系，倒像是在讲统计学？

陈闯在美国生活了七年多，差不多一半的时间是在中餐馆里打工，而且并没建立任何英语的社交圈子，英语听力始终不太过关，大学能毕业，其实靠的是自己啃教科书，而且霍夫曼教授浓重的德国口音，又是陈闯完全不熟悉的，更像是听天书一般。还好别的学生也都皱着眉，面无表情地听讲。研究生们就是比本科生沉稳，或者是对霍夫曼教授怀有敬畏之心，不敢肆意提问或接下茬儿。

陈闯正对着宋镭的后脑勺，因此完全看不见他的表情，只见他始终低着头，唰唰地记着笔记。陈闯心想宋镭肯定比自己明白得多，但无论如何也不可能去请教他。他对自己充满了敌意，不但不会帮忙，说不定还要幸灾乐祸。

陈闯不由得倍感沮丧，懊悔着为什么要一时冲动地来选这样一门根本不可能完成的课，这几个学分的学费真要白费了。不仅如此，如果真的挂了这一科，计划中的奖学金也就无望了。但这仅仅是开学的第一节课，应该还有机会申请换课的。可他不久前才牛 × 烘烘地跑到 S 大的机械系办公室里去要求换课，现在哪有脸再去？陈闯如此胡思乱想着，后半节课更没听到什么。

下课之后，霍夫曼教授并没立刻离开教室，顺势坐在一张空课桌上，和宋镭闲聊起来。陈闯这才明白，宋镭和霍夫曼教授本来就很熟。说不定，宋镭在 S 大的机器人和人工智能的圈子里，已经小有名气了。

陈闯不好意思从宋镭和教授的身边走出教室去，只得继续坐着看书，耳朵却支棱着，听到霍夫曼教授像是在问宋镭，有没有选那门"人脸识别"的课程。宋镭说："选了，不过担心会有困难，我一直在搞机器人设计，从没接触过机器识别或者图像技术。"霍夫曼教授轻拍宋镭的肩膀说："不必担心！'人脸识别'这种课只是时髦而已，因为研究刚起步不久，这门课也难不到哪儿去。你上学期修过的'高级控制理论和信号处理'，比它难多了！"

陈闯猜教授说的是"高级控制理论和信号处理"，但并不太肯定。这种技术词汇他本来就很陌生。陈闯越发沮丧，心想着自己竟然要跟宋镭这样一个实实在在的超级学霸在人家的专业领域里一见高低，可也真是昏了头了！陈闯进而又迁怒到 Wanda 身上，心想都是被那自以为是的"妖后"害的！她懂什么人工智能？可自己竟然中了她的激将法，说到底还是自己最蠢。这时教授终于起身走了，宋镭却偏偏仍不走，反而转身朝着陈闯走来，满脸都是傲慢。看来宋镭早知他也选了这门课，上课前故意假装没看见他，这会儿终于要来嘲讽他了。

宋镭并没跟陈闯打招呼，直截了当地说："Jack 告诉我了，你也选了这门课。"陈闯窘得一时无语，心想着本来就是要跟人家挑衅的，也没什么可狡辩的。宋镭就侧目去看陈闯的笔记本，连半页都没写满，胡乱记着几个词组："机器学习""寻找联系""统计学""约会"……竟然还有"约会"这个词。但陈闯的确是听教授反复提到了，只是不知为什么要反复提。陈闯羞愧难当，宋镭却并没说什么，随手把自己的笔记本摆在陈闯面前。陈闯立刻说不要，宋镭就当没听见，只说了句："下次上课还给我。"说罢飞快地走了。

陈闯这下子两难了，想追上去把笔记本还给他，又觉怪怪的，想把笔记本就摆在这里，又怕真弄丢了就太不厚道。陈闯一时不知如何是好，随手把笔记本翻开，却见密密麻麻整整齐齐地记了十几页，不禁细读起来，竟然一下子读了进去，渐渐茅塞顿开，霍然想起自己当年给游戏里的"陈小刀"编写的练功程序。那程序虽然简陋，原理却跟宋镭笔记里记录的"机器学习"有些相似之处。所谓"机器学习"就是采用统计学的方法，利用已有的数据，得出某种模型，并利用此模型预测未来。得到的数据越多，模型也就越理想，预测也就越准确。"机器"就是这样"学习"的。在很多情况下，一件实际中的事情到底会不会发生，并不能够通过公式精确地计算出来。比如，一个人约会会不会迟到，是没有数学或物理公式能推算的。但是，如果采集了此人之前每次约会的数据，比如上班日他迟到了多久，休息日他迟到了多久，天晴或下雨他又迟到了多久（这些就好比函数里的自变量），并把这些数据都进行统计分析，建立模型，那么下次当此人又要约会时，只要输入约会是在工作日还是休息日、是天晴还是下雨，统计学模型就能预判此人这次会不会迟到（这就是函数里的因变量）。而且，等此人这次约会完了，获得了新的数据，又可以验证之前的预判是否准确，从而进一步调整模型，增减自变量的数量和权重（也许迟到与否和上班日的关联不大，但和交通状况更有关），进而增加预判的准确度。简而言之，对此人约会的数据收集得越多，预判也就越准确。这就是机器学习！

陈闯正读得津津有味，手机突然响了。他仿佛从梦中惊醒，半天才反应过来，自己现在也是有手机的人了。陈闯这才发现，有人正陆续走进教室，下一堂课就要开始了。他赶忙收拾东西走出教室，一边掏出手机接听，立刻听见文丹丹冷若冰霜的声音："不是一个小时前就该下课了？怎么现在还没回公司？"

文丹丹所说的"公司"，自然就是她租的那套四十多平方米的小公寓，也就是之前被Jack贾称为雷天网"全球总部"的地方。文丹丹用二十万美元买断了雷天网，这公寓自然就和Jack贾、宋镭都无关了，仅供陈闯一人使用。陈闯却比以前更不自由。文丹丹时刻用电话监督着陈闯，总是先打公寓里的座机，无人接听就打手机，一遍一遍地打，直到有人接听为止，比之前Jack贾和宋镭盯得紧多了。

按照文丹丹的要求，除了上课、吃饭、睡觉、上厕所，陈闯的全部时间都应该用来工作。陈闯曾经反抗说："这不符合劳工法的。"文丹丹回答："你是按照劳工法在中餐馆打黑工的？"陈闯顿时哑口无言。他想说中餐馆是包吃住的，但Wanda也是包吃住的——不仅让他白住在公寓里，一日三餐也都齐全。早餐是备好的牛奶、面包、果酱、麦片、香蕉；中餐和晚餐都是从餐厅叫来的外卖，比中餐馆的员工大锅饭强多了。不但包吃包住，还给配了手机、置办了阿玛尼的"工服"，可这只不过是交换条件，是无形中的压力，是要以工作结果作为回报的。文丹丹用电话反复追问工作进度，一天打来三四次，连着打了三天。陈闯抱怨道："你老打扰我，我怎么编程？"文丹丹说："你可别偷懒。"陈闯说："怕我偷懒，就解雇我好了。"陈闯话音未落，文丹丹已经挂断了电话，反倒让陈闯一口气堵在胸口。他每天工作到两三点，"挖掘机"程序已经写得差不多，他还见缝插针地修改雷天网的界面——之前宋镭写的那个实在有点儿寒碜。可这一通电话，倒仿佛他是在偷懒。陈闯心中郁闷，只等文丹丹再打来，好好跟她理论。

可文丹丹一连三天都没再打电话，第四天下午突然破门而入——也不敲门，直接用自己的钥匙开锁进屋。陈闯正坐在沙发里读一本图书馆借来的有关机器学习的书，被文丹丹逮了个正着。陈闯忙从沙发里跳起来，坐到电脑旁边去，可笔记本电脑正合着，也不像是在工作状态。陈闯索性破罐破摔，继续翻开书读着，默默等着文丹丹发作。

文丹丹却并没立刻发作，仍是歪进沙发里，斜着熊猫眼看了看陈闯，颇为不满地问："怎么没穿工服？"陈闯正穿着牛仔裤和T恤，心想这里就我自己，为什么要穿西服？但他并没辩解，立刻到厕所里换好西服出来。文丹丹又问："怎么不打领带？"陈闯又把领带也打好了。文丹丹却又说："怎么穿着拖鞋？"

陈闯忍无可忍，终于嘟囔着说："哪有在家里穿鞋的？"文丹丹却用两肘撑着沙发，高举起一条腿，把高跟皮靴在陈闯眼前晃着说："怎么没有？这不是吗？"陈闯心想你就是个神经病，却见文丹丹只穿了牛仔短裤，露出细长的玉腿从皮靴直到裤根，腹内顿时一阵躁动，连忙把脸扭开。文丹丹却从沙发上一跃而起，双手抱在胸前，逼问陈闯："美国人都是穿鞋进屋的，你没去过美国人家里吗？"

陈闯摇头。他是真没进过美国人家里，这让他有点儿自卑。他给美国人送过外卖，但也只是站在门口。文丹丹白了他一眼，又说："就算没进过美国人家里，也没看过电视吗？"陈闯没吭声。电视里的美国人的确穿鞋进屋，有时还穿着皮鞋直接上床呢。可他怎知电视里是不是真的？文丹丹见陈闯不说话，越发咄咄逼人："再说这是你家吗？这是公司的办公室！只不过，我容许你在办公室里留宿而已！"

"我可以立刻搬出去的。"陈闯故意装成毫不在乎，其实很想立刻就转身出去。文丹丹知道话说重了，却又不肯服输，哼了一声说："这个你随便。反正每天早上八点得到这里上班，扣除吃饭和上厕所的时间，必须做满八个小时。还有，要扣除去上课、去图书馆借书的时间。"

陈闯火冒三丈，却又无言以对。文丹丹说的其实也没啥错的。文丹丹却并不见好就收，步步紧逼道："还得扣除像现在这样偷懒、磨洋工、和老板顶嘴的时间！"

陈闯终于找出了文丹丹的漏洞，冷笑着说："软件工程师又不是按摩师，弄个计时器上钟得了！"陈闯从没做过按摩，但中国城里有几家按摩店，他常常去送餐，知道按摩店的师傅是怎么上班的。文丹丹反倒被他逗得要笑，硬绷起脸说："那好，就说工作效率。自从你搬进这里，这一个多礼拜你做出什么了？"

陈闯沉默着翻开手提电脑，摆在文丹丹眼前。他正怒火中烧，本想不做任何解释，干脆让她当自己游手好闲，立刻炒了自己算了。可刚才文丹丹忍不住一笑，倒又让他没那么愤怒了。

文丹丹勉为其难地瞥了一眼电脑，不禁吃了一惊。那是个全新的求职网站，看上去非常整齐专业，和之前的雷天网截然不同，看看域名又是雷天网的，而且雷天网的 logo 就在网页的右上角挂着呢。文丹丹一阵欣喜，依次点击首页上的分类：IT、金融、教育、工程类、社会学、文化出版……每点开一项，下面都排列着长长的招聘广告，随便点开一个，招聘内容、公司介绍都很详尽，并不像随便乱写的。再看时间，也都是最近一两个月才发布的。

"一共有多少招聘广告？"文丹丹边看边。陈闯说："硅谷本地的 1895 条，全美其他地区的 8425 条，一共是 10320 条。"文丹丹一脸惊讶地问："都是真实的？"陈闯回答："都是'挖掘机'从别的招聘网站上挖来的，是不是真实的，得去问他们。"

文丹丹闻言更是惊喜，扭头看着陈闯说："你那个木马程序写好了？"陈闯苦笑着说："再说一遍，'挖掘机'不是木马……"文丹丹却急着打断陈闯，娇嗔着说："干吗不早点儿告诉我？看你挺老实，还会耍花枪呢！"

陈闯看着文丹丹半喜半嗔的样子，仿佛突然小了好几岁，从"皇后"变成了"公主"，心中不觉也愉悦起来，也嘟起嘴说："你又没问！"

文丹丹并没跟陈闯抬杠，又忙不迭地问："挖了多少求职简历？"

"86357 份。"陈闯说，"其实，挖掘机还正在工作呢。全美所有的求职网站和 BBS 论坛，它就只挖了三分之一。你要是有耐心再等两天，也许还能翻两倍！"

文丹丹欢呼了一声，朝着陈闯跨了一步，陈闯只觉一阵香风迎面而来，金色的长发在眼前乱舞，一时怔住，心脏突突地跳。文丹丹也一怔，忙刹住步子，双手在空中悬着，终于插进头发里，从上往下一梳，身子也顺势挺起来，瞬间恢复了"皇后"的气势，拿起手提电脑说："我出去一趟。今天下午，给你放假！"

文丹丹转身往门外走，到了门口又停住脚，回头说："只是放假，不要多想。还没到一个月呢。"

下午陈闯心情很好。他打开窗户，把墨西哥民歌放进来，自己似乎也要跟着起舞。他并没脱西服，索性把皮鞋也穿上，像文丹丹那样仰进沙发里，把脚架在沙发扶手上。沙发上还残留着文丹丹的气味，不只是香水味，还有一些温润的气息，仿佛沙发也有了体温似的。

文丹丹是傍晚回来的，带回很多东西，除了外卖的饭菜，还有好几只巨大的时装袋子，由陈闯帮忙才勉强拿进屋里。陈闯看见那些时装袋子，心情莫名地有点儿紧张。果然，文丹丹让他一件件拿出来试，皮夹克、运动衫、休闲长裤、牛仔短裤，还有一件薄款滑雪服，四季竟然都凑齐了。陈闯不试，文丹丹还是那句："不是送你的，只是借你穿穿。"陈闯说："我没机会穿的。"文丹丹又说："这不是你说了算的，这些也都是工服。"陈闯没办法，只好一件件地试了，竟然都很合身，穿起来也很精神，不亚于西服，不禁暗想：文丹丹其实很有眼光，但她又打什么主意？按说"挖掘机"已经把她需要的信息都挖来了，雷天网的界面也改善了，陈闯该做的已经做完了，对她还有什么用呢？

陈闯试衣服的工夫，文丹丹已把饭菜摆满了一桌，是从粤菜馆叫来的葱姜大蟹、沙汁蜜桃虾、清蒸鲈鱼、黑椒牛仔骨，外加一瓶香槟酒，用冰袋裹着。文丹丹见陈闯无措地站着，把酒瓶子塞给他，让他帮忙打开。酒瓶子冰凉，倒让陈闯定了定心，砰的一声开了瓶子，白色的泡沫汩汩地往外冒。文丹丹拿了一只酒杯来救援，泡沫又溢出杯子，她就伸出舌头去舔杯子外壁上的酒，粉红色的舌尖一掠而过，仿佛掠在陈闯心尖上。陈闯心中一酥，仿佛有些邪恶，忙又低头，试着把塞子塞回瓶口里，看上去几乎不可能，木塞子比瓶口粗那么多。文丹丹不屑道："塞不回去的！"陈闯却跟塞子较起了劲，咬牙瞪眼地果真就塞回去了，得意地抬起头，却见文丹丹正捏着两只酒杯含笑看着他。陈闯心中又是一动，赶忙去接酒杯，文丹丹却并不给他，非要让他先落座。

两人隔着一桌大餐，面对面坐好了。文丹丹举起酒杯，脸上瞬间溢满了笑容，不同于平时惯用的冷笑，也不是偶尔忍不住的大笑，在一副烟熏彩染的妆容里，笑得有点儿发腻。文丹丹举杯看着陈闯，似乎忘了要说什么，尬了半天，收了笑容，放下酒杯说："假笑可真累人！"

陈闯也松了一口气，顿时舒坦多了。文丹丹恢复了平时的表情和语气，照本宣科似的说："我本想请你去外面吃的，但是上次请你去船上吃，看你不是很 enjoy①，那就不如叫外卖，但菜还是最好的，这个

---

① 喜欢。

不打折扣。"陈闯回答："谢谢，但没有这个必要。"

"当然有。你修改了雷天网，还挖到那么多招聘信息和求职简历，我应该感谢你。"文丹丹说罢，再次举杯。陈闯也忙举杯说："还是没必要。你付我工资，我理应完成工作的。"

文丹丹皱眉说："你怎么那么爱抬杠！我说有必要就有必要！"说罢也不等陈闯回答，把杯中的香槟酒一饮而尽。陈闯心里微微发堵，这倒是他熟悉的感觉，因此反而更自如了。他也立刻把自己杯中的酒干了，小声嘟囔说："反正，你不弄这些，我也照样会完成的。"

"那最好了。"文丹丹立刻接过话茬，郑重其事地说，"那就请你赶快完成吧！"

陈闯不解，抬头看文丹丹，见她很是一本正经，不禁更加意外，心想难道是自己哪里做错了，试探着问："你的意思是，还需要更多的简历？"文丹丹却摇头说："不是。我的意思是，为什么几乎所有的招聘和求职信息里都没有联系方式？既没有电话，也没有 E-mail？"

陈闯解释说："猎头网站一般都会屏蔽这些，不让用户直接互相联系。"

文丹丹把熊猫眼瞪大了一些，说："可是，你写的木马程序不就是能绕过屏蔽，把不让拿的信息拿出来吗？"

陈闯无奈地说："我早说过了，我写的不是木马程序。我的'挖掘机'并不试图破解那些网站的后台管理密码，它只不过检索域名下所有能够打开的文件，从中搜取有用的信息……"

文丹丹翻着白眼打断陈闯："那还用得着它？"

"为什么用不着？"陈闯理直气壮道，"且不说我的程序能挖到在正常网站页面里并没有链接的网页，即便都能通过正常页面打开，如果要人工地一页一页检索这些求职网站，再收录一万多份招聘广告和八万多份简历的信息，再把这些信息都输入雷天网，你起码得雇五个人，连着干三个月！我的'挖掘机'就只用了三个小时。"

"但是只要没有联系方式，就全都没用了！"文丹丹急道。陈闯说："以前你又没说必须要联系方式的。"

文丹丹急得抓狂，耐着性子说："是这样的，我刚刚去找了一个朋友，是个投资人。人家看了咱们的网站，说这些广告和简历里都没有联系方式，一看就是从别的网站上扒下来的！所以，咱们必须得有联系方式！电话和 E-mail！"文丹丹顿了顿，又说，"咱们辛辛苦苦地做这个雷天网，不就是为了创业，为了赚钱吗？如果找不到投资，上哪儿赚钱去？”

陈闯心想是你要创业要赚钱，我只是个临时工。忍住了没说，只摇头道："不明白。有联系方式又能如何？你又不能去联系人家。明明没往你这儿投简历，联系了，不等于自己揭发自己？"

"唉！我跟你说不明白！"文丹丹忍无可忍地站起身，掏出手机说，"我让别人跟你说！"

文丹丹拨通了手机，气急败坏地抱怨道："我就知道，他不肯的！"手机里隐隐传出侃侃的声音，文丹丹没有耐心听，气冲冲说："你自己跟他说吧！"文丹丹把手机硬塞给陈闯。陈闯不情不愿地接听，立刻听到Jack贾的声音："陈闯，你听我解释。"

陈闯顿时心中火起，心想不是说把雷天网买断了吗？原来还是骗人。Jack贾像往常一样地长篇大论："是这样的，为什么需要电话号码和E-mail呢？你看一般的求职网站都是要用电话或者E-mail来注册的，因为这样才能确定用户真的存在，而且也便于联系这个用户。如果一个用户没有联系方式，那有什么用呢？特别是求职网站，招聘的人不留联系方式，应聘的也不留，这个网站还有什么意义？"

陈闯没好气地说："可是人家本来就没在雷天网发过任何东西，他们都不知道雷天网上有他们的简历，如果知道了，可能还会惹麻烦的。要他们的联络方式干什么？"

Jack贾说："没关系啊！我们不需要他们知道的。我们只是拿到他们的联系方式，这样就能把他们做成是注册用户的样子，投资人看到我们有这么多的注册用户，也就愿意给我们投资啦！再说，有了联系方式，以后可以给他们推送广告嘛！推送适合他们的职位，说不定，也就真的成了雷天网的用户了呢？"

"可这不是骗人吗！"陈闯愤然说着，瞥了一眼文丹丹。她已坐回椅子里，从牙缝里不屑地喊了一声。

"陈闯啊，你真是完全不懂创业！你们这些工程师、科学家啊！不明白商业也是一门学问，呵呵！"Jack贾笑了两声，暗示着他将要发表演讲了，"你看，现在硅谷有多少创业公司？多少人抢着拿天使投资、风险投资？都抢红眼了！如果没有一点点优势的话，你靠什么跟人家竞争？再换个角度，从投资人的角度来说，这么多的start-up，你投哪个？其实他们并没那么在乎把钱投给谁了。他们本来就是赌博，是遍地撒种，就指望着长出一两棵大树就成了。他们也并没那么在乎你给的东西到底是不是非常精准。一开始需要的并不是数字，而是信心和冲劲儿！他们需要的并不是你现在的这一点点用户，他们需要的，是你不惜一切代价的决心！"

陈闯只觉一阵反胃。他并不是很有原则的人，但他就是讨厌 Jack 贾的长篇大论。他固执地说："可那还是骗人！"

Jack 贾沉默了片刻，深深叹了一口气，又说："我打个比方吧！好比有个很聪明的人，是个公认的超级学霸，可她偏偏选了一门她很喜欢但并不熟悉的课，所以一开始学得很吃力。如果，她找到一位很擅长这门课的好朋友，辅导她完成作业，让她花费最短的时间通过了这门课，再用节省出来的时间，去学习更多知识，让自己更有价值，这算是欺骗呢，还是更高效的投资？"

陈闯知道 Jack 贾是在暗示自己帮助杜思纯完成 Java 编程作业的事儿，更是怒火中烧，冲着电话低吼了一句："是作弊！还是欺骗！"不由分说挂断了电话，冲着文丹丹又说一遍，"还是欺骗！都是骗子！"

文丹丹直眉立眼地质问："你说谁是骗子？"

陈闯反问："不是说买断了吗？他怎么还在管雷天网的事儿？"

"我又聘用了他。就像聘用你一样，不行吗？"文丹丹白了陈闯一眼说，"我需要有人帮我谈融资。你行吗？"

陈闯愤愤道："你又没让我去谈。"

"我让你把那些电话和 E-mail 都给我弄过来，你什么时候开始弄？"文丹丹傲然昂起头，就像皇后在向小丑发号施令。陈闯怒道："那是违法的，我不弄！"

文丹丹鄙夷地眯起眼问："你当你是谁？守法好公民？你没打过黑工？你没帮人作过弊？"

陈闯只觉血脉偾张，高声反击道："你当你是谁？慈禧太后吗？凭什么你说做就得做？"

文丹丹一拍桌子站起来，恶狠狠瞪着陈闯问："再问你一遍，弄不弄？"

陈闯见文丹丹气得打战，心里也有点儿发虚，可嘴上还是硬撑着说："不弄。"

文丹丹却并没动粗，只从牙缝里挤出几个字："不弄就滚！"

文丹丹提起皮包，猛转身，长长的金发在空中撑开一把伞，狂风般冲出公寓，砰地摔上了门。

紧接着又是砰的一声巨响，然后是哗啦一声。这意外的响动把陈闯吓了一跳，茫然四顾了半天，发现是香槟酒瓶的塞子从瓶子里自动弹出来，直击在房顶的吊灯上，打碎了一只灯泡，薄薄的玻璃碎片落进摆着一整条清蒸鲈鱼的大餐盒里，好像鱼鳞般闪闪发着光。

陈闯本想当晚就"滚"的，可他有三个难处：第一，太晚了没公交车；第二，他确实也没地方可去；第三，也是最主要的，他不能让灯泡碎着就走。他不能让文丹丹以为，是他一气之下砸了灯泡，然后一走了之。他从来不会因为生气砸东西，因为他根本没有多余的东西可砸；他更不会砸别人的东西，因为他也没多余的钱去赔人家。

陈闯打定主意，等明天去超市买灯泡换好了再走。他饥肠辘辘地收拾箱子，并没碰桌子上的菜。并不是因为担心玻璃碴子。除了清蒸鲈鱼，别的菜似乎也没什么问题。他只吃了冰箱里的面包，连果酱都没碰。他想既然要走了，没道理多占人家的便宜。他把西服、衬衫都脱下来熨过一遍，皮鞋也擦干净装回鞋盒子里，所有的新衣服只要还有包装袋的都放回包装袋里，实在没有的就在壁柜里挂好了，这才关了灯躺到沙发上。他并没费事把沙发里的折叠床拉出来，反正就只一夜了。

陈闯躺在沙发上，瞪着黑黢黢的房顶，心想也不知明天能去哪儿。中餐馆大概一时回不去了，他也不想回去，他不想让文丹丹知道他去哪儿了。他进而又想，他已经对她彻底没用了，她未必还会关心他去哪儿。他于是愤愤的，心想文丹丹其实只是和 Jack 贾合伙在利用他，人人都在利用他，杜思纯也一样，就连他爸都一样！把他养这么大，无非是想要靠着他让自己移民。他之所以存在，似乎就是为了给别人利用的。他妈也许是个例外，大概是从没想过要利用他，从来就没打算要他的。

陈闯哭了。反正周围一片漆黑，哭也不会被发现的。就像在中餐馆的地下室里。哭着哭着，也就睡着了。

第二天早上陈闯在沙发上醒过来，已经日上三竿。他猛然想起来，上午有一节"人工智能IV"。他想今天当然是要"滚"的，但课总是要上的。上完了课，买好了灯泡，再滚也不迟。按照文丹丹的性子，大概不会昨晚才摔门而去，今天就又跑回来的。他有充足的时间慢慢地"滚"。

陈闯急匆匆赶到教室，霍夫曼教授已经在讲课了。好在美国教授一般是不在乎学生迟到的。陈闯溜进教室，往最后一排走，却赫然看见宋镭正坐在最后一排。这让陈闯很意外，心想宋镭跟教授那么熟，上次不是坐的第一排？陈闯稍稍迟疑，还是在宋镭身边坐了，从书包里掏出笔记本，放在宋镭面前。

宋镭没吭声，也没看陈闯，一边认真听讲，一边翻开笔记本开始做笔记，就像陈闯并不存在，又像是两人很有默契。

霍夫曼教授继续讲机器学习。陈闯认真读过宋镭的笔记，又专门借了有关机器学习的专业书自学，早已大大开了窍，教授的德国口音似乎也不那么难懂了。教授今天主要讲的是机器学习的具体编程算法，从基础的逻辑回归算法一直讲到高深的神经网络、SVM（支持向量机），陈闯不但都听明白了，而且听得津津有味，毕竟编程本来也是他的老本行，他又事先读了一些有关机器学习的书。霍夫曼教授在下课前讲了个实际应用的例子，把某所高中的学生们在图书馆搜索引擎里输入的关键词当作自变量，把该高中每年升入各名牌大学的人数当作因变量，通过高中生们平时在图书馆里检索的书，来计算该校升学率的。讲完了例子，霍夫曼教授说："你们每人也要编写一个机器学习的程序，并且要通过实际测试的。这就是本学期唯一的大作业。"

教室里立刻开始小声嗡嗡，学生们或茫然无措，或愁眉苦脸，陈闯却突然生出一个灵感：既然能够通过高中生搜索的关键词来推断这些学生将被哪些高校录取，为什么不能通过求职者简历里的关键词来推断求职者将被哪家公司录用呢？

陈闯不由得跃跃欲试，直到下课还兴奋着，正急着收拾东西走人，猛然想起身边还坐着宋镭呢，扭头看时，见宋镭正皱眉凝视着笔记本，用门牙啃着圆珠笔，像是在跟笔和本子较劲。陈闯再看那笔记本，倒是又记了很多，可越记字越稀，也越潦草。陈闯猜到宋镭并不太明白教授讲的算法，他虽然是机器人专业的博士生，在编程上却并不如自己。陈闯话到了嘴边，想说你不是跟教授很熟吗，找他问问呗？又想起人家前几天还把笔记本借给自己，硬把话咽回去，羞愧地想，自己果然是个心胸狭隘的小人，于是默默地去收拾东西，却听宋镭说："不好意思，今天不能借你笔记了。我也没听明白。"

陈闯有点儿感动，想说我听明白了我给你讲，又怕会伤宋镭的自尊心，只好讪讪地笑着说："谢谢！没关系的，我去图书馆找点儿书看看，然后找你一起探讨！"

宋镭当了真，疑惑地问："你有时间吗？不是得给他们编程？ Jack 说，Wanda 看得很紧的。"

陈闯这才想起来，自己已经跟文丹丹闹翻了，今天就要搬出公寓去，雷天网跟他没关系了，刚刚让他跃跃欲试的机器学习编程项目也就没什么意义，而且也编不成了——都要"滚"了，总不能求着文丹丹让他用"挖掘机"挖来的数据完成作业吧？陈闯无限沮丧地说："我跟雷天网没关系了。"

"什么意思？"宋镭疑惑道，"你 quit①了？"

陈闯懒得多加解释，点了点头。

"我说呢！"宋镭立刻恍然道，"昨晚 Jack 来找过我，说你写的木马程序弄到了超多的招聘广告和求职简历，就是没有联系方式，问我能不能修改一下你的木马程序，把电话和 E-mail 也弄出来！你是不愿意给他们弄？"

陈闯苦笑道："我写的并不是木马程序，我也根本没想要入侵别人的网站，我只是写了个搜索和搬运程序，搜索那些猎头网站并没设限的数据，所以本来也抓不到联络方式的。"

"可你要是真想抓，一定能抓出来的，对吧？"宋镭问。陈闯看得出来，宋镭坚信他在互联网编程方面是无所不能的。陈闯心中感激，也想不起还有谁曾经如此看得起他，不禁又有些惭愧，讪讪地岔开话题："你没帮他们改吗？"

宋镭撇嘴道："我哪有那个本事！"

陈闯问："那他们还能找谁？"

"谁也不用找。"宋镭满脸鄙夷地说，"Jack 说了，买点儿假的也行！电话号码是可以买的，东南亚的什么黑市，什么 IP 电话，一美元一个，看上去都是美国号码。E-mail 地址就更便宜，一个才几毛钱。"

陈闯惊道："这样也行吗？不是犯法的？"

"Jack 说，这叫'灰色地带'！他说国内的公司都靠这些，雇水军、注册假用户，都是 IT 行业的'标配'。"宋镭愤愤道，"可这其实就是犯法。在美国，绝对是犯法！我立刻跟他说，我现在就脱离雷天网。从现在开始，我跟雷天网没关系了！"

陈闯心中疑惑，文丹丹不是早说买断了雷天网，宋镭怎么又说是昨晚才主动和雷天网"断绝关系"的？也许是文丹丹撒谎，也许文丹丹的

---

① 辞职。

确买断了雷天网，但钱都让贾云飞独吞了。陈闯说："文丹丹早就告诉我，她把雷天网从你们手里买断了，花了二十万呢！你难道不知道？"

"不知道啊！从来没听说过！" 宋镭愕然了一阵，冷笑道，"怪不得我说退出雷天网，Jack 一点儿都不反对！他还说：'我提醒你了啊，这样退出是分文皆无的。'原来他早把公司卖给 Wanda 了！可一分钱也没分给我！"

陈闯顿时感觉好似跟宋镭同病相怜，问道："那你打算怎样？"

宋镭鄙夷地哼了一声说："谁稀罕他的臭钱。"

陈闯暗暗吃了一惊，心想二十万的一半可是十万，说不要就不要了？忙说："可你明明是合伙人的，贾云飞不是说过好多次嘛！"

宋镭叹了口气说："说过有什么用，又没合同。"

陈闯顿时明白了，宋镭和 Jack 贾的合作也只是口头上的，从没落在合同里。不禁苦笑着说："Jack 说我不明白'商业'这门学问，看来你也跟我差不多。"

宋镭嗤之以鼻道："人家的爹是谁？亿闻网的总裁，管着好几万人呢！这哪儿比得了！"

陈闯知道亿闻网是国内近几年崛起的 IT 企业，规模日益壮大，不禁吃惊道："Jack 的爹是亿闻网的总裁？"

宋镭却摇头说："不是。是 Wanda 的爹！"

陈闯惊异之余，倒是也觉合理。难怪文丹丹出手如此阔绰，原来是大公司总裁的女儿。只不过，IT 公司大老板的女儿，却对互联网一窍不通，竟然给雷天网这么个垃圾网站投了二十万，也是叫人大跌眼镜。转而又一想，人家有的是钱，二十万根本不算什么。哪像你，连两块钱的汉堡包也吃不起的。心中不禁又愤愤的，忽听宋镭又说："还好你不是他们那种人。"陈闯愕然道："我爸可不是大老板！也差太远了！"宋镭倒红了脸，解释说："我不是说那个。我是说，本来以为你也是个趋炎附势、见利忘义的人，可你不是。"

陈闯顿时羞愧难当，微微有些反胃。他有什么原则？如果有人立刻给他一张绿卡，让他干什么都可以的。

5

陈闯从 S 大出来已是中午，搭公交车去买灯泡，由于那灯泡是超薄玻璃制成的，形状又有些特别，跑了好几家才终于买到，太阳已经偏西。陈闯自从昨晚就没正经吃饭，肚子实在饿得厉害，却舍不得去吃快餐，因为马上又要失业了，栖身之地也还没着落，哪敢多浪费一块钱？他就近在超市里买了一条隔夜打折的法棍面包，本想只吃一半的，忍不住把整条都吃了，硬邦邦一坨堵在胸口，好歹不饿了。这才坐公交车往回走，到公寓时天都快黑了。

陈闯一边从车站往公寓走，一边发愁今晚去哪儿落脚。一公里以外有个汽车旅馆，大约六十美元一晚，实在不行，也只能先去那里"奢侈"一晚，明天一大早就回旧金山，厚着脸皮去求中餐馆老板娘，就算她不好意思收留，至少可以求她帮忙再介绍个地方。

陈闯打定了主意，心里踏实了一些。一路快走到公寓楼下，却发现自己的窗户正亮着灯，心中不禁诧异：难道是出门忘记关了？可上午出门时天早亮了，没道理开灯的。难道是文丹丹又回来了？陈闯赶忙回头去看停车场，果然看见文丹丹的红色保时捷小跑车正停在停车场正中央，在一群穷人开的破车中显得霸气十足。陈闯上次被文丹丹从中国城"请"回来，坐的就是这辆小红车。陈闯顿时不好意思上楼，心想人家都让我"滚"了，可我竟然又回来了，这是有多厚的脸皮？可又一想，自己的箱子还在屋里，而且灯泡也还碎着，无论如何也得换了灯泡拿了箱子再走的。而且——陈闯低头看看自己——也得换掉衬衫、西裤和皮鞋。他今天的确仍穿着文丹丹买的"工装"去上课，幻想着也许能遇到杜思纯的。过了今天，他就再也不会穿着"阿玛尼"被她遇到了。

陈闯幡然醒悟，原来自己那么虚伪，心中一阵绝望，索性破罐破摔，硬着头皮走上楼，推开公寓大门，果然看见文丹丹身穿黑色皮衣，跷着玉腿坐在桌边，举着筷子夹那鲈鱼。陈闯大惊失色，高喊了一声："别吃！里面有碎玻璃！"

文丹丹却只无动于衷地斜了陈闯一眼，并不放下筷子，撒娇似的说："临时救个急嘛！利息翻倍，好不好嘛！"

陈闯吃了一惊，他还从没听文丹丹用这种口气说话。他往前快走了几步才发现，文丹丹并没在吃，只是用筷子从盘子里往外捡碎玻璃，一边捡一边打手机，因此并不是在跟陈闯撒娇。文丹丹的表情却突然僵住了，无精打采地说："哦，都在 CD①里啊，那就算了。"

---

① 定期存款。

文丹丹把手机丢在一边，脸拉得老长，继续用筷子挑拣碎玻璃。陈闯顿觉忐忑，不知出了什么问题，小心翼翼地凑近餐桌，从书包里掏出灯泡放在桌子上说："不小心打碎的。我买了新的。"

文丹丹不理陈闯，继续百无聊赖地用筷子夹碎玻璃。陈闯也无话可说，只觉窘迫不堪，走过去拖起自己的箱子，心想身上的衣服是来不及换了，以后再寄给她就是。

文丹丹却突然开口说："坐下。"

陈闯忙扭头看文丹丹。她仍在用筷子扒拉那条早已冰冷僵硬的鲈鱼，扒了几下，放下筷子，擎起酒杯一口干了。陈闯这才发现，昨晚那瓶香槟已见了底。陈闯一阵反感，继续拖着箱子往门口走。

"坐下！"文丹丹又叫了一声，声音提高了许多，吓得陈闯一颤，不敢再往前走，可又不肯就坐下，站在原地僵持了一会儿，嘟囔着说："你让我滚的，我只是去买了个灯泡……"

文丹丹一把抓起灯泡，丢进垃圾篓里，气急败坏地喊："让你坐下！"

陈闯见那花了好几块钱外加公交车费才买到的灯泡进了垃圾篓，瞬间被激怒了，丢了箱子，大步跨到桌子边，并没坐下，双手撑着桌面质问文丹丹："我凭什么听你的？"

文丹丹从鼻孔里哼了一声，又拿起筷子扒拉那条死鱼，眯眼看着筷子尖说："别给脸不要脸，当我求你呢？"

陈闯气得发狂，灵机一动，也阴阳怪气道："我就是一餐馆打黑工的，哪配让您这位大老板的千金小姐求？"

文丹丹丢下筷子，狠狠瞪了陈闯一眼。陈闯有些意外，文丹丹并没还嘴，就只抛来一个眼神，像是有些哀怨似的。皇后怎么可能哀怨呢？可她早把目光转开，拿起酒瓶子，把剩下的香槟酒都倒进酒杯里，一饮而尽。陈闯明白过来，文丹丹大概是喝多了。

文丹丹放下空酒杯，又拿起筷子，像是刚才的对峙并没发生似的，又用筷子扒拉死鱼，黯然道："你一定以为，我就是传说中的傻大款吧？根本不懂IT，就因为IT时髦儿，就把好几十万都投给雷天网这个垃圾网站？"

陈闯吃了一惊，心想难道她缺钱了？刚才那通电话像是在借钱，显然并没借到。可她说得没错，她就是个傻大款，就算破产了也不值得可怜的。可陈闯毕竟还是有点儿可怜她，只是不知该说什么。

文丹丹冷笑了一声说："不用这样看着我，我又不需要你的同情，我买的跑车，一辆就顶别人一座房子，我租的公寓，顶人家一个月薪水！"文丹丹越说越激动，音量渐渐高涨，"还有买衣服，买名牌儿就像买白菜！花十几万买成VIP，就特么为了多喝一杯香槟！你说，我是不是傻大款？"

文丹丹死命瞪着陈闯，他确实从她眼睛里看到了哀怨，自己的怒气莫名地少了一半，讷讷地说："也没有了……"

文丹丹啪的一声把筷子拍在桌子上，喊道："没有个屁！别撒谎了！你不是挺有原则的吗？你没见着我是怎么吃饭的？为了吃顿晚饭，还特么包条船，再请个意大利厨子，一瓶红酒好几百，就为了请一个'餐馆打黑工的'！"

文丹丹满脸通红，胸脯剧烈起伏。陈闯见她真醉了，已没刚才那么愤怒，可那一句"餐馆打黑工的"还是分外刺耳，不禁愤愤地嘟囔说："你是为了利用我，想让我帮你从别人的网站偷数据罢了。"

文丹丹却像是没听见似的，木然怔了一会儿，突然笑逐颜开，嗲声嗲气地对陈闯说："今晚，能不能再让我利用一下？带我出去兜兜风？"

陈闯疑惑不解，不知又是什么陷阱，说道："我没车。"

"开我的啊！"文丹丹从衣兜里掏出汽车钥匙拍在桌子上。陈闯还是不肯，绷着脸不说话。文丹丹借着醉意撒娇说："帮人家一次嘛！人家喝多了嘛！不然干吗还求你！"

文丹丹拧着腰身，白色背心包裹的胸脯从黑色的小皮夹克里呼之欲出。她用筷子夹起一块硬币大小的玻璃片，举到眼前，眯起一只眼睛透过玻璃片看陈闯，一缕金发悄然流到桌面上，流出万般风情。陈闯慌忙扭开目光，嘟囔着说："莫名其妙。"

文丹丹闻言，终于又瞪眼说："有什么可莫名其妙的，我又没想白用你！替我开一次车，给你一百美元！成吗？"

陈闯顿时怒气上涌，却也立刻舒服自在，不禁也觉得自己贱，是不能好言相对的，自嘲地说："你刚刚不是说了，我是有原则的。"

文丹丹却醉得听不出，愤愤道："请您替我开车，又不是让您去偷去抢。您倒是说说看，您的原则是什么？"

"我？"陈闯一时无言以对。每次跟她吵架，他总是要占下风的。于是气急败坏地说："我的原则就是，不帮你开车！"

"哦？"文丹丹扬起眉毛，若无其事地问，"如果我快死了，你帮不帮我开车？"

陈闯很是诧异，满怀警惕地说："我看你挺好的，没有那个风险。"

文丹丹却突然狡黠一笑，把嘴一张，用筷子把碎玻璃片丢进嘴里。

"你疯了吗？快吐出来！"陈闯大惊失色，可为时已晚，文丹丹脖子一梗，已经把碎玻璃咽进肚子里。陈闯顿时目瞪口呆，不知是该打急救电话，还是干脆背起文丹丹往外跑。

可文丹丹看上去并没什么异样，就只微微皱了皱眉，好像碎玻璃的味道有点儿不佳。她扬扬自得地对陈闯说："现在，可以开车送我去医院了？"

文丹丹等陈闯把红色保时捷小跑车开上高速公路，时速加到七十英里，这才张开嘴，把玻璃碎片吐到手心里，得意扬扬地告诉陈闯：这玻璃的材质很特殊，即便碎了也并不锋利。

陈闯长出了一口气，也再度火冒三丈，心想居然又被文丹丹耍了，立刻就要踩刹车，文丹丹提醒他：这可是在高速公路上，不能乱停车，更不能掉头的。陈闯放开刹车，改踩油门，没好气地说："下一个出口在哪儿？"却说得不够响，立刻被轰隆隆的马达声盖过了。

小跑车果然劲头十足，仿佛要助跑起飞。文丹丹兴奋地尖叫，声音穿透了马达的轰鸣："哈哈，快啊，再快点儿！"陈闯这才发现自己开得太快了，赶忙松了油门，也暗自惊叹，这小跑车小得像只火柴盒，马力却大得惊人。刚才心急如焚地送文丹丹去医院，这时才注意到车的性能。陈闯正想着，车顶篷轰然而开，狂风从头顶泻下来，文丹丹高举起双手，亢奋地尖叫，她的金色长发也蓬然而起，仿佛火炬上的金色火焰，在黑夜里熊熊燃烧。

陈闯高喊着把那玩意儿关上！文丹丹却全不理会，抬手点开汽车音响，热辣的摇滚乐就在呼呼的风声里响起来。文丹丹扭动腰身，跟着女歌手沙哑粗犷的声音高唱起来：

Love is，love is，love is，a BIG SCARY ANIMAL！^①

那是一首早已过时的摇滚，文丹丹却唱得非常投入，浑身都在剧烈扭动，就像是要拼命挣脱安全带，从车里飞出去。陈闯满面怒容

---

① 爱情，爱情，爱情，是个又大又恐怖的野兽！

地抓紧方向盘，心中却并不像刚才那么愤怒。车顶打开的瞬间，他竟然有种错觉，仿佛自己也飞起来了，和向后飞奔的黑色山峦融成了一体。他这辈子还从未有过这种感受。他侧目看一眼还在拼命扭动的文丹丹，安全带斜陷入前胸，反倒把白背心勒出两座山丘，不安分地颤动着，像是要摆脱皮夹克的束缚。陈闯心中一阵乱跳，慌忙扭回头，脑海里却仍留着那一片起伏的白色。他使劲儿摇摇头，这才看见前方出口的指示牌，连忙减速向着出口驶去。文丹丹并没阻拦，身子一软，陷进座椅里说："你不喜欢摇滚？"

陈闯并不理会。文丹丹自问自答道："我知道了！你是不喜欢老外的摇滚吧？这个你一定喜欢！"她话音未落，手指又在中控上戳点起来。陈闯把小跑车驶出高速，却并没看见反向高速的入口，只能沿着一条蜿蜒的山路开下去。摇滚乐戛然而止，耳边突然安静下来，四周都是黑黢黢的山峦。公路转了个弯，前方突然跳出一大片海湾，像是一面黑铁铸成的盘子，盘子上镶了几颗钻石，是对岸山坡上几点灯火的倒影。沙哑的男声，突然声嘶力竭地吼起来：

> 我曾经问个不休，你何时跟我走，可你却总是笑我，一无所有。

陈闯吓了一跳，片刻后才反应过来，这是崔健的《一无所有》，是从小跑车的音响里放出来的。文丹丹满意地倒回座椅里，任由金色的发丝在脸上肆意舞动着。这回她并没扭动腰身，只全力跟着崔健的声音高唱：

> 脚下这地在走，身边那水在流，可你却总是笑我，一无所有。

陈闯不敢再去细看文丹丹，扭头去看那沉默的海湾。海湾仿佛被施了魔法，正跟着他向前飞奔。他心中有些不安，高声问道："怎么才能掉头回去？"

文丹丹转过头来，疑惑地看着他："回哪儿去？"

陈闯不知文丹丹到底是醉了还是故意装傻，可又一时不知如何解释。总不能说"回家"，也不能说"回你家"，那套小公寓并不是任何人的家。文丹丹却抬手一指，说："往前开！"

陈闯只好继续往前开，不久看到一片灯火，竟是一家 24 小时超市。文丹丹要陈闯把车开进停车场。陈闯不肯，说道："我要回去取箱子，再晚就找不到住处了。"文丹丹闭眼高喊道："我要上厕所！"

陈闯只好把车开进停车场。停车场很大，也非常空旷。陈闯把车停在距超市大门最近的位置。文丹丹不等熄火就打开车门，一只脚迈出车子，又转回身来，醉眼蒙眬地说："你就等在这儿，一会儿有个朋友要过来。"

陈闯听得糊涂，忙问："你不是去上厕所吗？怎么又有朋友过来？"

"是个男的，中国人，姓荣！他要是来了，你就到超市里来找我。"文丹丹答非所问，自顾自地往下说，"你可别让他进来！你自己进来就好！"

"你什么意思？你等等……"陈闯更是费解，想要追问，文丹丹已经摇摇晃晃地走向超市了。

陈闯又气又急，心想已经浪费了大半个晚上，等回公寓取了箱子，恐怕要到后半夜，到哪里去找住处？想要追进超市里去，可车子还没熄火，车顶也还敞着，摇滚乐还兀自播放着。陈闯四处找不到车钥匙，这才想起来，小跑车是感应式的钥匙，并不需要插进引擎里的，刚才开车时也不知如何发动，还是文丹丹斜过身来在某个按钮上按了一下，车子才启动了。陈闯低头去找那按钮，却无法确定是哪一个，斗胆试着按了一个，引擎果然熄了火，摇滚乐也停了，可车灯还亮着，顶篷也大开着。试了几个按钮都不对，心想总不能就这样把车子丢在停车场里，正着急着，一辆出租车突然驶进停车场，在小跑车边上停了，从后座下来一个男人，果然像个华人，三十多岁的样子，身材高大，戴一副眼镜，文质彬彬的，还穿着西服，打着领带，像个刚刚下班的公司中层。

出租车立刻就开走了。陈闯心想，难道此人就是文丹丹说的"朋友"？而且要跟文丹丹坐同一辆车？那自己是不是要就此下车？心里不禁一沉，那人已走到小跑车边上，对陈闯上下打量了一番，皱了皱眉，问道："你就是 Wanda 的朋友？"

陈闯见此人并不十分友好，也就冷冷道："你姓荣？"

"我是荣凌峰。"那人微微仰着脸，颇有些傲慢似的。陈闯愤愤地想，还真是文丹丹的朋友，跟她一副德行。也就不想多废话，下车去超市里找文丹丹，走了没几步，却突然听见小跑车轰地启动了。陈闯慌忙转身，见那姓荣的竟然开动了小跑车，赶快拔腿猛追，边追边高喊着:"停下!停下!有人偷车了!"

那人果然停了车,等陈闯气喘吁吁地追上来,隔着车窗对陈闯说:"Wanda 没告诉你?她托我卖掉这辆车的,不信你给她打电话问问。"

陈闯半信半疑,掏出手机一看,竟有一封短信,是文丹丹刚刚发来的:"让他把车开走!"

陈闯气急败坏地把手机塞回裤兜里。那人却诡异地一笑,阴阳怪气地说:"做她的 boyfriend 可不容易,什么都是她说了算的!"

陈闯心中诧异,正要追问谁是她 boyfriend,那人却突然又板起脸来,一本正经地说:"我提醒过她的。不过,也许她更愿意听你的。"那人顿了顿,脸色更加凝重,神神秘秘地说,"请你再嘱咐她一遍。最近有人在找她,所以最好换个地方住,别跟任何熟人联系,也别随便上街。"

陈闯越发莫名其妙,问道:"你什么意思?"

那人却不多解释,再次发动了跑车,只冲着陈闯喊了一句:"good luck!"微微一笑,仿佛跟他心照不宣。小跑车一阵咆哮,绝尘而去了。

陈闯看着小跑车消失在夜幕里,心中却是万分疑惑,不知"good luck"指的是什么,也不知"她的 boyfriend"指的是谁,更不知是什么人在找文丹丹,为什么要找她,只觉她似乎真有些危险,后背正隐隐发寒,肩膀却被人猛地一拍,顿时吓得浑身一颤,猛转回身,只见文丹丹似笑非笑地看着他说:"没想到啊,你还挺够意思的,跑那么快,能追上汽车!"

陈闯恼道:"车没了,怎么回去?"

文丹丹指指黑乎乎的公路说:"走回去呗!月色很美呢!"

陈闯抬头看了看,头顶果然有个月牙儿,可怜巴巴地发出一点白光,心中更火儿:"你干吗不让他直接到公寓取车?干吗不亲自把车给他?干吗又耍我?"

文丹丹立刻拉长了脸,厌恶地说:"不想见他。讨厌死了!"

陈闯若有所悟,原来文丹丹是因为讨厌那人,所以才故意躲着,竟隐隐有些快意,又想起那人刚刚说的什么"做她的 boyfriend"的话,心中一动:莫非那人错把自己当成文丹丹的男朋友?又或者是文丹丹故意这么告诉他的?陈闯顿觉脸红心跳,想问却又不好意思,就只问出一句:"他是谁?"

"关你什么事。"文丹丹白了陈闯一眼,却并不像平时那么强硬,似乎有点儿心虚。陈闯灵机一动,掏出手机假装要打电话:"那我得报警，不明身份的人把你的车给开走了！"

"你神经病吧！"文丹丹骂了一句，可还是勉为其难地说，"是我爸的秘书。"

"哦，原来是亿闻网的总裁秘书！"陈闯脱口而出，心想难怪那么跩呢。文丹丹却惊诧道："你怎么知道的？"

陈闯暗暗地有几分得意，故意卖关子说："您这么高调，还有谁不知道吗？"

文丹丹翻了个白眼，却并没继续追问，仿佛突然意兴阑珊，偃旗息鼓了。陈闯倍感意外，心想跟她吵了几回，这还是头一次略占了上风，不禁得寸进尺道："人家总裁秘书那么年轻有为，还仪表堂堂的，你为什么讨厌人家？"

文丹丹果然火儿了，瞋目切齿着说："这可真的不关你事了！"

陈闯有点儿发怵，可并不甘心，又举起手机说："那我还是得报警！一个你很不喜欢的人，把你的车给偷走了！"

文丹丹竟哧地一笑，忙又沉下脸说："还真没想到，你竟然这么八卦！"

陈闯心中一喜，脸上却装得越发正经："当然得问明白了。他是从我手里把车开走的，当时你又不在场，赶明儿你赖我把你车弄丢了怎么办？"

文丹丹又白了陈闯一眼说："我有那么卑鄙吗？"

陈闯撇了撇嘴说："那谁知道呢！这一晚上，都不知让你要了多少回了。最后还突然冒出个男的，也不知和你什么关系。"

文丹丹又斜了陈闯一眼，仿佛并不是生气，当然也不是赞许，反正有些让陈闯说不清的意味。她捋了一把在夜风里肆意飘洒起的长发，娇嗔着说："不是告诉你了？他是我爸的秘书！"

陈闯大受鼓舞，心想今晚两人竟然似乎有些平等，大着胆子追问道："你爸的秘书，为什么不好好待在你爸身边，跑到美国来找你？"

"我爸让他来帮我处理点儿事，顺便照顾照顾我。"

"那你还不见人家？"

"不想被他管着。他对我爸可忠诚了，要是被他缠住了，就等于被我爸看牢了！那就烦死了！"文丹丹举目眺望海湾，心事重重地又缀了一句，"我爸最近有点儿神经质。"

陈闯猛然想起那人最后的提醒，忙说："对了，他让我提醒你，换个地方住，别跟熟人联系，也尽量别出门。他说有人在找你？这是怎么回事？"

文丹丹尽量做出若无其事的样子说："别大惊小怪的。其实也没什么。简而言之呢，就是亿闻网越做越大，我爸的敌人也就越来越多。为了让他'听话'，自然就要打我的主意。明白了？"

陈闯明白是文丹丹父亲的敌人想要拿文丹丹做筹码，也不知是要绑架还是要伤害她，立刻感觉事态严重，忧心忡忡地问："那些人在美国还能下手？"

"就是在美国才更容易下手呢，美国警察不爱管中国人的闲事儿！"文丹丹说得轻描淡写，好像在说别人的事。陈闯急道："那你干吗不赶紧回国？"

"因为雷天网啊！不是还没弄完呢！"

"都性命攸关了，还想着投机呢？"陈闯心急火燎地说。文丹丹骂了一句："呸！你舌头出毛病了？是投资！"

文丹丹不等陈闯回应，转身拔腿就走，双手插进兜里，仰头高声唱起来：

　　　　我要给你我的追求，还有我的自由，可你却总是笑我，
一无所有！

陈闯知道文丹丹是故意不想再聊，不满地嘟囔了一句："你可不配唱这个。"

文丹丹倒是止住歌声说："怎么不配了，我可穷了，卖车呢！"

陈闯想起亿闻网总裁秘书是来帮文丹丹卖车的，不禁又问："为什么卖车？"

"唉！因为您坚持原则呗！"文丹丹叹了口气，见陈闯一脸莫名其妙，又说，"别装蒜啦！你不愿意帮我们弄电话和 E-mail，Jack 不得找别人弄？得花好多钱呢！卖了车都不一定够！"

陈闯又想起宋镭说过，贾云飞要去东南亚的黑市买电话号码和 E-mail，这都是因为自己写的"挖掘机"程序没能挖出联系方式来。陈闯微微有些愧疚，随即又想，反正自己跟雷天网和文丹丹都已经没关系了，悻悻地说："我回去拿了箱子就走。这个月的薪水我也退给你。"

文丹丹却愕然说："你去哪儿？还没到一个月呢！"

陈闯说："我对你已经没用了。"

"谁说没用了？你得保护我！没听说亿闻网总裁的大小姐有危险

了吗？"

　　文丹丹说罢立刻转身，果然拿出"亿闻网总裁大小姐"的派头，昂首挺胸地往停车场外走，像个领军出征的女皇，可她的军队就只有一名士兵，那就是陈闯。陈闯默默跟在文丹丹身后，小心翼翼地观察着漆黑的四周，果真像个保镖似的。停车场被路灯照得雪亮，停车场外却是漆黑一片，那条在黑暗中蜿蜒的公路上没一个人影，隐约有几盏车灯，都离得非常遥远。看上去的确埋伏着很多危险似的。文丹丹却似乎并不怎么在意，迈开大步沿着公路往黑暗里走去，边走边放声唱着：

　　　　　这时你的手在颤抖
　　　　　这时你的泪在流
　　　　　莫非你是正在告诉我
　　　　　你爱我一无所有
　　　　　噢……你这就跟我走
　　　　　噢……你这就跟我走

　　歌声一句句钻进陈闯耳朵里，仿佛是在时刻提醒着他，你就是个穷光蛋，你一无所有。他的心情却豁然开朗，甚至微微有些自豪，也大步流星地赶上文丹丹，和她并肩向着那铁黑的海湾走去。

棋子

想走出你控制的领域

却走进你安排的战局

我没有坚强的防备

也没有后路可以退

1

老陈从没想到过，他这辈子竟然能够走进亿闻网的全球总部——亿闻大厦里。大厦一共四十层，由亿闻网投资修建，全部归亿闻网使用。据说亿闻网并不需要这么大的地方，但出于实体安全和网络安全的考虑，即便有办公室空着，也绝不租给外人使用。

看着巨大的"北京亿闻网络科技有限公司"的招牌，老陈不禁有些恍惚，像是在一个梦里，多半是个噩梦。美丽的女前台把夹着访客登记表的夹子递给他，他怔怔地接了，忽听谢燕小声说："老王，填公司的电话就好！"

老陈仿佛如梦初醒，按照谢燕事先嘱咐好的，在访客登记表上填写了如下内容。

姓名：王刚。公司：GRE（北京）风险管理咨询有限公司。职位：项目经理。

王刚是谢燕为老陈设计的新名字。和老陈在领取荷兰护照时给自己起的名字"陈明"道理相同——同名同姓的人越多，也就越容易隐蔽。只不过，这次谢燕要他隐蔽得更彻底一些，把姓都改了。之前入荷兰籍，按规定可以改名，但姓氏就难改了。而这次只是为了跟亿闻网打交道，也不涉及证件问题。

老陈填好了登记表，从衣兜里掏出印着"GRE"的名片。那也是加急做的。谢燕说，尽管你并没办理入职手续，但你完全可以把自己看成是 GRE 的临时雇员，在协助完成一个调查项目。你对项目背景已经非常了解了。

谢燕的确已经在前晚，在 GRE 公司的办公室里，把这项目的背景都详细地讲给老陈了。这是一个从纽约发来的项目。有客户聘用了GRE 纽约办公室，寻找十二年前从美国失踪的三个诈骗嫌疑人。谢燕很严谨地使用了"嫌疑人"这个称谓，因为警方始终没能抓住那三个人，因此无法下定论。其实根本没人怀疑，这三个人就是诈骗犯。三人消失了十二年，显然早已离开美国。这个本来不算太大的案子，已在 FBI 的文件柜里"冬眠"多年，但受害者显然不想善罢甘休，因此聘用 GRE 这家顶尖的跨国商业调查公司试试运气。

由于三个骗子都是中国籍——至少当年犯案的时候是中国籍——GRE 纽约办公室首先联系了北京办公室的负责人谢燕，准备从三人的老家开始搜集蛛丝马迹。不想没到一个月，谢燕就已经找出一个老陈。尽管老陈并不是三个人里最重要的，但他毕竟也消失了十二年。尽管谢燕早在 GRE 里小有名气，可还是让纽约办公室的同事们刮目相看。

但毕竟还有两个没找到。即便是被找到的老陈，也面临着商业调查公司常常面临的困难——逃匿者并没违反所在国的法律，因此无法通过报警限制人身自由，只能经由美方出面走司法程序，中美两国又并未签署引渡条约，因此正规程序既费事又费时。谢燕本打算在暗中跟踪老陈，尽量不打草惊蛇。没承想咖啡馆的小白翻动了老陈的书，又发现了 GRE 调查师偷偷放在老陈座位下的监听手机，并且一路跟踪被老陈发现。老陈立刻成了惊弓之鸟，随时都有可能逃之夭夭。谢燕为了稳住他，反使了一招激将法——派人到洗浴中心吓唬他，然后再以提供"保护"为借口，一步步控制住他——并非控制他的人身自由，GRE 又不是警察，不能控制任何人的人身自由；谢燕想要控制的，是老陈的财务自由。每个长期潜逃的人都不能没有钱，银行账户就成了命门。虽说狡兔三窟，藏匿者是没办法大大方方到处开设账户的。因为开户本身就会留下踪迹，多一个账户就多一分风险，所以"命门"也是有数的。老陈一共就只有两个"命门"，一个开在新加坡，一个开在瑞士。谢燕略施小技，就把两个命门都抓住了，无论他再去哪里开户，只要把钱转过去，总能根据汇款记录找到的。老陈其实已经无处可逃了。

但聘用 GRE 的客户显然不满足于只抓住陈闯，所以向谢燕提出了一个大胆的建议：利用陈闯寻找贾云飞和文丹丹。老陈发誓说多年和那两位毫无联系，谢燕也相信亡命天涯的同案犯是不会彼此联络的，但出于三个理由，她也认为老陈是有价值的。第一，老陈曾经非常熟悉那两人，尤其是思维方式和生活习惯。曾有不少潜逃者通过整形手术改变了容貌甚至指纹，却还是被细微的习惯动作和口头语出卖了。第二，老陈本来是个互联网编程师，又经历了十二年的隐居生活，应该比较了解在当前的网络环境里如何潜伏。第三，也是最关键的：老陈似乎对另外两位"同伙"耿耿于怀。当然，老陈并没在谢燕面前对二人破口大骂，他根本就不愿意提起那两个人，但直觉告诉谢燕，老陈心中隐藏了怨恨。他是不该拒绝用背叛同伙来换取自由的。

谢燕也通过纽约办公室的同事向客户提出了建议：如果老陈愿意协助寻找贾云飞和文丹丹，并且起到重要作用，就放弃对老陈的追责。她并不确定客户会不会接受这个建议，但大概不会彻底否决。也许还是会要求老陈赔偿一部分损失，但坐牢多半不必了。谢燕把这些都如实告诉了老陈，并且建议他立刻开始行动。就算客户不接受免责的建议，美国检方和法官都会因为他的积极协助而减轻处罚的。

老陈听谢燕说罢，也觉句句都很合理，最近几天的各种疑点都纷纷解开。最关键的是自己根本也无路可逃，所以只有点头同意，变成谢燕手中的一颗棋子。谢燕却竟然微笑着跟他说："从现在开始，我不再派人跟踪你了，也不会再监控你的手机，你可以把手机里之前下载的东西都删掉。我从来不监视我的同事，哪怕只是临时同事。"

老陈沉默着点点头，侧目眺望窗外的夜色。即便不再跟踪他，难道他还跑得掉？谢燕从巨大而庄严的皮椅里站起来，微笑着对老陈说："早点儿回酒店休息吧，明早一起去亿闻网。"

老陈倍感意外，心想虽然文丹丹曾经是亿闻网总裁的女儿，但那已是十几年前的事了，亿闻网的管理层多年前就被彻底洗牌，难道还能在那公司里找到什么线索？谢燕似乎看出老陈的疑惑，笑道："你不是 IT 技术专家吗？亿闻网的数据技术，也许你能用得上。"

在亿闻大厦的员工咖啡厅里接待谢燕和老陈的，是个看上去三十出头的男士，个子很矮，微微有点儿胖，皮肤白嫩，戴一副黑框眼镜，乍看像个书呆子，细看才能发现，镜片后的小眼睛里闪烁着精明的光。他用双手为谢燕和老陈捧上名片，满脸堆笑地鞠躬说："福来得，请多关照，请多关照！"

那人带着浓重的南方口音，老陈一时有点儿糊涂，不觉得听到了一个正常的人名，接过名片看了才明白，此人叫费小帅，英文名字叫"Fred"，被他读成了"福来得"。交换过了名片，费小帅并不立刻请大家落座，而是满怀骄傲地环视员工咖啡厅，铿锵有力地介绍说："六米的挑高，是国家级宴会厅的设计，这里能同时容纳三百人喝咖啡，这是全中国最大的员工咖啡厅，这也是亿闻网的许多个'全国之最'里的一个！每个销售都喜欢带客人来这里，让客人们感受到亿闻网卓越的团队精神！"

老陈只觉此话有点儿耳熟，好像十几年前的贾云飞又回来了。费小帅情绪激昂，无须别人配合，自顾自冲上高潮："正是我们的团队，缔造了一个互联网时代的奇迹！这些！"费小帅忽又肃然起敬，无限崇拜地指着大厅的液晶环形墙壁上显示出的一圈头像说，"这些，都是亿闻网的历届高管，也是中国 IT 届的传奇！他们为亿闻网立下汗马功劳！"

老陈不禁抬头仰视那些浮现在墙壁上的人头，高高在上，非常威严，也有些阴森。他莫名地想起两部小时候看过的电影——《新天方夜谭》里被魔法囚禁在墙壁里的国王，还有《超人》里氪星球的长老会。这些人头显然不是囚徒，而是亿闻网的"长老会"。文丹丹的父亲文刚会不会也在其中？肯定不会的，那是早被"双规"的领导，也不知现在是不是还在坐牢。可老陈从没见过文丹丹的父亲，即便见了也不认识。

可老陈偏偏就认出了一颗人头，而且，是正面最中央的一颗。虽然他只跟此人在硅谷的某个停车场里见过短短一面，而且是在十几年前，可他还是一眼就认出来，那正是荣凌峰。当年的总裁秘书，现在却成了总裁，家喻户晓的成功企业家。

墙壁上的荣凌峰胖了不少，看上去也更有派头，两腮和嘴角都已微微下垂，头发却高高耸起，露出大片饱满而光洁的额头，像是要被里面的智慧撑爆了。陈闯暗暗冷笑：大概这就是造化吧！当年文丹丹看不上他，却没想到他不但取代了她的父亲，而且比她父亲当年还要显赫百倍。可文丹丹呢？这么多年，她到底藏在哪儿？老陈不禁心潮起伏，想起昨晚在谢燕的办公室里，谢燕曾非常认真地问他："你想不想找到文丹丹，把她送进监狱？"那时正是夜深人静，他能听见血液在自己血管里流动的声音。他会把她送进监狱吗？不，他不会的。他拼命咬了咬后槽牙，喃喃着回答谢燕："我是真的很想找到她。"

"可不可以介绍一下你们的服务？"谢燕甜美的声音把老陈从自己的思绪里拉出来。她正微笑着提问，顺便打断费小帅的那一大套鸡血式的演讲。她从进门就这样微笑着。老陈知道那微笑并不代表任何意思。

"当然当然！"费小帅连连点头，小跑着去取咖啡，谢燕要拿铁，老陈要美式，他却取回来四杯，两杯是给谢燕的。费小帅讨好地说："一杯是榛子口味的，一杯是焦糖口味的。也不知您更喜欢哪种？"谢燕忙赔笑说："我本想要原味的，但哪种口味都好，可我喝不掉两杯！让你破费了。"费小帅却又兴奋道："不破费不破费！这里的咖啡都是免费的！只要用手机扫码，就会自动调制好！而且，还会根据个人喜好调节口味呢！我平时喜欢甜，所以，这几杯应该都很甜。"费小帅边说边尝了尝自己那杯，非常满意地点头说，"很甜，真的很甜！"

老陈见费小帅不仅啰里啰唆还要挤眉弄眼，顿觉一阵厌恶，谢燕倒是饶有兴致地问："公司的咖啡机怎么会知道你的口味呢？"费小帅赶忙解释："我们公司内部有个应用 APP，我们都叫它'亿闻大妈'，每个员工都可以登录进去设置自己的喜好，比如咖啡甜度、工位的光线、空调的温度、下班准备搭乘几点的班车，甚至还可以给食堂的饭菜投票呢！设置好以后，不论到了工位、食堂、咖啡厅，只要用手机扫码，系统就会自动为你调节一切！在工位扫码，就会自动调成最令你满意的灯光和温度，在咖啡厅扫码，就自动调制出你最满意的咖啡！"

谢燕称赞道："亿闻大妈这么人性化啊！对员工真好！"费小帅却突然压低了声音，神秘地说："其实也跟朝阳大妈差不多！"谢燕好奇地抬了抬眉毛，费小帅忙不迭地解释，"收集员工的各种兴趣和习惯呗！当大数据算一算，也许就能预测出员工行为呢！比如，喜欢甜口味的员工离职率更低，或者喜欢灯光暗一点儿的员工更有可能舞弊什么的。"

"真的吗？"谢燕把眼睛睁圆了。

费小帅见果真吊起了谢燕的胃口，故意信誓旦旦地顿了顿，才突然又笑着说："谁知道！我就是随便打个比方！不过呢，我猜公司的确是有这个用意的。你想想，亿闻网在全国有十几万名员工，而且每天都有新人入职，如果能够收集到所有员工的习惯爱好，完全可以通过大数据算法，推算员工在工作上的表现，而且随着时间的推移，这种推算会越来越精准。"

费小帅清了清嗓子，坐得笔直，郑重其事地宣布："其实这就是我想跟两位介绍的，亿闻网的全方位大数据算法。借助亿闻网强大的算法和全方位多平台的数据共享，精准地向贵公司的潜在客户推送广告！"

老陈也不由得有些佩服，费小帅虽然年纪不大，但的确有些销售技巧。费小帅显然也对自己的开场白很满意，侃侃地讲下去："举个例子。如果您希望推广一款洗发水，那么我们就会从亿闻网的一亿五千万个可识别用户里挑选最有可能购买洗发水的用户，向他们推送您的广告。您一定会问，我怎么知道哪些用户会购买洗发水呢？别急，首先，请容许我向两位介绍一个强大的概念：uni-ID——统一用户。"

费小帅又故意停顿，专心致志地看着谢燕。老陈早已料到他要说什么，所以并不怎么好奇，只在暗中冷笑：这位销售果然很有眼力，看出谢燕是领导，把劲儿都使在她身上。

"所谓'统一用户'，就是把不同平台上的用户都整合到一起。比如，我们有亿闻视频、亿闻旅行、亿闻医疗、亿闻教育、亿闻直播……最关键的，我们还有亿闻商城、亿闻外卖和亿闻地图。每个应用平台都有几千万的注册用户，每个注册用户都必须提供真实的电子邮箱和手机号码，这意味着什么？这就意味着我们能够把不同网站上的用户都联系起来！也许有人会在不同网站上使用不同的注册名，但是，他们没法儿一直使用不同的手机号码。所以我们能够把所有网站上的相同用户都找出来，合并成一个'统一用户'。然后呢，我们的跨平台算法，就能根据这些用户在所有平台上的行为习惯来判断，他们会购买哪种产品或服务。比如，我们的算法会告诉我们，喜欢看《我的前半生》的用户更倾向于购买进口护肤品，而喜欢看《乡村爱情》的用户就更在乎价格一些。"

老陈暗暗点头，心想这的确就是全世界每个互联网巨无霸公司想做的事情——把对着电脑或者拿着手机的那些人彻彻底底地挖出来，扒光他们的衣服，让他们暴露在互联网公司的全面监控之下，不仅了解他们曾经做了些什么，还要预测他们将要做些什么。

费小帅见两名听众都默然不语，也不知演讲有没有奏效，赶忙又说："当然，护肤品是消费品，而两位是……"费小帅低头看看两人的名片，"全球咨询公司！超牛哦！"费小帅夸张地朝两人竖了竖大拇哥，"对于提供服务型产品的客户，我们同样有办法的！您一定会问，亿闻商城里又不出售咨询类的产品，怎么统计哪些用户会购买这些服务呢？您可别忘了，我们还有一个非常强大的'武器'——亿闻地图！我们知道用户们都去了哪里，停留了多久！我们知道谁去过美容院，也知道谁去了律师所！我们还知道谁在地图里搜索过美容院和律师所！我们可以根据贵公司的产品和业务，找出每个光顾或者搜索过类似或相关公司的人，直接向他们推送贵公司的广告；我们也可以通过大数据计算，找出那些并没去过类似公司但是有潜力成为贵公司客户的人。比如，也许经过推算会发现，经常乘坐商务舱、从来不使用打车软件，又很少叫外卖的客户，更有可能成为您的客户呢！对了……"费小帅机灵地眨眨眼，补充说，"还有，喜欢看《我的前半生》的客户！"

"我们的客户，大概很少有时间看电视剧的。"谢燕趁机发言。费小帅讪讪地笑了笑，连忙解释说："我只是打个比方！具体和什么关联，有多大关联度，都是算法算出来的，而且，算法本身也需要时间，这就是'机器学习'，机器也得学习嘛！哈哈哈！所以我们的客户都会发现，使用我们的服务时间越长，广告推送就会越来越精准！再打个比方，比如我们一开始通过亿闻地图找到了最近一年里有几万人去了和贵公司类似的咨询公司，我们只能收集这几万个潜在客户的行为特征，计算出来的结果自然误差大一些，如果您持续使用我们的服务，用上三五年，我们就会收集到十几万甚至几十万潜在客户的行为特征，计算出来的关联性就会更加精准……"

"可是我们这个行业，不可能有那么多客户的。"谢燕终于打断了费小帅，"一年里也不可能有几万个客户寻求类似的服务。"

"哦？"费小帅显然有点儿意外，试探着问，"全国都没有？"

"全世界都没有。"

费小帅有点儿愕然，毕竟仍不死心："那么，一万个总有吧？"

"没有。"谢燕摇摇头。

"几千个？"

"没有。"谢燕斩钉截铁地回答，"我们一年也就做两三百个项目，全中国也就两三家和我们市场定位类似的公司，但他们比我们的规模都小，所以全国每年也就四五百个项目，潜在客户不会超过几百人的。"

"那也太少了！"费小帅彻底绝望了，垂头丧气地说，"几百个，怎么用得上大数据？"

"当然用得上了。"谢燕朝费小帅眨眨眼睛，费小帅疑惑不解地看着谢燕，两人身份仿佛突然对调，费小帅成了懵懂的客户，而谢燕成了经验丰富的销售。谢燕也故意顿了片刻，才说，"我需要的，并不是通过亿闻网的大数据系统帮我寻找客户。我们完全可以找到足够多的客户，不需要你的帮助。"

"那你需要我们帮你做什么？"费小帅一脸迷茫，终于也看了看老陈。老陈并不吭声。轮不到他吭声。尽管他心里很清楚，他们并不是来为 GRE 做广告的。GRE 这种顶尖的商业调查公司，当然不需要上街去找什么"潜在客户"。GRE 的客户不可能是普通人，而是基金、投行、律所、跨国企业的决策人，或者其他更重要也更神秘的"VIP"。反正不是开着亿闻地图满街找按摩店的人。GRE 需要的，是借助亿闻网的大数据去寻找两个潜逃了十二年的骗子。可那是合法的吗？

谢燕却并没急着回答，只浅笑着说："我们可不是第一次使用亿闻网的服务了！"

谢燕说罢，意味深长地看了老陈一眼，让老陈一头雾水，不知这一眼是何用意。费小帅倒是如梦初醒，立刻打开随身携带的手提电脑，有点狼狈地说："哎呀！是老客户？实在对不起！我怎么没搜出来？以前跟谁对接的？我再搜搜看！"

谢燕不再多说，安静地等着费小帅搜索电脑。费小帅有点儿手忙脚乱，边搜边喃喃着："GRE 英语，GRE 补习，GRE 留学……都不是啊！"谢燕淡淡地说了一句："搜'风险管理'。"费小帅连忙换了关键词，果然两眼一亮："GRE 全球风险管理专家！这是你们公司？"

谢燕点点头。费小帅如释重负，仔细看了看电脑，又有些意外："您两个礼拜之前刚刚定制过的，的确是个广告推送项目啊！您不是说，不需要我们帮您营销？"

老陈心中一动：两个礼拜以前？

费小帅仍皱眉盯着电脑，满脸费解地喃喃道："怎么没有对接的销售？好像是一个内部生成的订单？是亿闻网的哪位销售接待的您？"

谢燕耸耸肩说："这我就不清楚了。是我同事联系的。"

费小帅却顾不上回应，仿佛又发现了更奇怪的问题，大惑不解地说："贵公司没有购买我们的'统一账户'推送套餐？竟然连任何关联度计算都没采用？不用关联度计算，怎知该把广告推给谁？"费小帅疑惑地抬头看看谢燕，谢燕笑而不语。费小帅只好再去看电脑屏幕，突然把眼睛睁圆了，惊异地问："咦？推送的都是'准僵尸用户'？"

老陈越发有些紧张，忍不住问："什么是'准僵尸用户'？"

费小帅虽然仍疑惑不解，可还是很专业地解释说："'准僵尸用户'就是那些的确存在却又毫无作为的用户。比如这个用户的电话号码或者 E-mail 的确是真实存在的，并不是假号或者僵尸号，但是他们几乎没有任何的网络行为：不网购任何东西、不登录视频网站、不使用社交媒体，甚至不使用搜索引擎，完全无法从他们身上得到任何'关键词'，也根本没办法建立统一账户，这些人往往是几乎不会使用互联网的人，比如年纪很大的人。其实，我们也并不太在乎他们。因为他们不使用互联网，所以通过网络向他们推送任何广告也都没什么意义。"

老陈心中已明白了八九分，费小帅却显然还糊涂着，茫然地问谢燕："可你们为什么要给这些'准僵尸用户'推送广告？这不是浪费钱吗？"

"我们的推送比较特别。"谢燕随口应付道。费小帅赶忙又去查销售记录，却更加迷惑不解："找人网？你们推送了找人网的广告？那是什么？"

老陈脑海里立刻闪出一句广告语："大千世界，茫茫人海，那个人，他去哪儿了？"老陈心中豁然开朗：原来，那个所谓的"找人网"就是谢燕专门设计的"鱼钩"，谢燕猜到像老陈这样的潜逃者，多半是要提心吊胆，不敢随便使用互联网，尤其是老陈，因为他懂得互联网，所以会非常刻意地避免在网络上留下蛛丝马迹。所以，谢燕故意把找人网的广告通过亿闻网的平台发给那些极少使用互联网的"准僵尸用户"，老陈果然就是其中之一，也果然上了钩，到找人网的网站上"找"了自己。谢燕在找人网的后台看到有人搜索了"陈闯"这个关键词，自然就猜到搜索这个关键词的人就是陈闯，或者至少是和陈闯密切相关的人。按照 IP 地址一查，也就能找到地点。老陈是在小白上班的那家咖啡馆里搜的，所以谢燕顺藤摸瓜地找到了咖啡馆。老陈就是这么被发现的！

老陈追悔莫及，愤愤地去看谢燕。谢燕大大方方地用目光迎着他，脸上仍是一成不变的微笑。老陈却突然觉得，那笑容里是颇有一些得意的。

谢燕却突然收起笑容，把目光转向费小帅，干脆利落地说："别管上次了。这次，咱们换个玩儿法！"

"换成什么？"费小帅一头雾水。

"比如，更厉害一点儿的，人工智能。你们有吗？"谢燕说罢，又瞥了老陈一眼。老陈心想你哪懂什么是人工智能？费小帅却松了一口气，像是多少找回了一点儿自信，给谢燕科普说："大数据算法、机器学习、区块链，这些本身就是人工智能呢！现在哪家互联网公司离得开人工智能？"

老陈不禁嗤之以鼻，心想你们网站用到的那点儿算法，顶多只是机器学习里最初级的小儿科，也就跟当年自己在霍夫曼教授的课上写过的作业程序差不多，也好意思叫人工智能？如今是个公司就说自己做的是人工智能，真是把这个词给毁了。

谢燕却正色道："我是说，除了大数据和机器学习，还有没有别的？比如语音识别、人脸识别什么的。"

老陈心想这两人半斤八两，果然都不懂人工智能。语音识别、人脸识别都离不开数据分析和机器学习的，一个是目的，一个是手段而已。

费小帅面露难色道："这些嘛，技术是有的，但都在开发中，只在亿闻网的某些平台上做试验，目前是不会开放给客户的。"

"没关系。我们是比较特殊的客户。"谢燕向费小帅挤了挤眼，原本严肃的脸瞬间活泼灵动起来。费小帅立刻又一脸懵懂，说道："可是，您说的这几样，公司从来没给我做过培训，我都不明白到底能用它们做些什么。"

谢燕眼波流动地朝老陈一瞥，对费小帅说："老王会帮你弄明白的。"

谢燕为老陈在 GRE 北京办公室里安排了一个工位，并不要求他坐班，但必须使用公司电脑，另外还为他配备了一部崭新的苹果手机。一切有关调查项目的信息都只能储存在 GRE 公司的电脑和手机里。这是 GRE 公司绝不可违反的原则。"猎人"项目当然也不例外。

"猎人"就是最近从 GRE 纽约办公室转到谢燕手中的寻人项目，目标是十二年前曾经在美国硅谷运营过雷天网的三个中国人。其中一人当然就是老陈，但他已经摇身一变，从调查目标变成调查师。

然而谢燕并没让老陈按照普通调查师的方式开始工作。一般来说，每当调查师拿到一个新案件，首先要查阅大量的公共信息和数据库，谢燕却并没让老陈做任何类似的调查。她递给老陈两张 A4 纸，轻描淡写地告诉他："能做的我们都做了，就这些。"

两张纸一共有五段话。贾云飞一段，文丹丹四段。贾云飞的一段是这样的：

姓名：贾云飞。曾用名：Jack。出生日期：1984 年 11 月 7 日。籍贯：北京。2002—2006：北京××大学电机工程系（本科）。2006 年：美国圣塔克拉拉大学工程学院电机工程专业（Santa Clara University）。2006.1—2006.8：雷天网创始人、

CEO。2006 年 12 月之后再无任何信息。

这段文字下面附了两张贾云飞的证件照，一张显得很稚嫩，还是个半大孩子，大概是高中时初次办理的身份证照；另一张跟陈闯印象中更接近，大概是出国前拍摄的证件照。老陈一阵紧张，忙去看另一张纸，却并没有看到文丹丹的照片，只在末尾有一句"photo pending①"。老陈松了一口气，心中却有些悻悻的。谢燕遗憾地解释说，文丹丹出国太早，在国内的系统里找不到照片，十几年前社交平台又不如现在发达，网络上也找不到她的照片。谢燕紧接着又补了一句：据客户说，她消失前的那段日子，就是跟你接触最密切。所以，我们才更需要你的帮助。

第二张纸上的四段文字里，只有第一段是关于文丹丹的：

姓名：文丹丹。曾用名：Wanda。出生日期：1984 年 6 月 16 日。籍贯：北京。1998—2002：美国纽约州圣约翰中学。2002—2006：美国纽约大学（本科）。2006.1—2006.8：雷天网股东。2006.8—2006.12：雷天网 CEO。2006 年 12 月之后再无任何信息。

另外三段都是有关文丹丹父亲文刚的。第一段是文刚的简历：籍贯湖南长沙，1954 年出生，1982 年清华大学电子工程系毕业并留校任教，1995 年任清华某电脑公司副总经理，1999 年亿闻网络有限公司成立，文刚任副总经理，2003 年任总经理兼党委书记，2006 年被撤职。剩下两段是有关文刚因贪污被"双规"的新闻报道。并不长，都是老陈早就读到过的。

总而言之，这两页纸就是针对贾云飞和文丹丹的全部公共信息调查结果。这些都是老陈早就知道的，对搜寻贾云飞和文丹丹毫无用处。谢燕也直截了当地告诉老陈，除了这些，GRE 北京办公室的调查师还做了更多，比如针对文丹丹和贾云飞的几位直系亲属所做的调查，并无任何收获。

谢燕把现有的调查结果向老陈和盘托出，是不希望老陈做任何无用功。谢燕建议他运用自己的特长另辟蹊径——比如做个网站或者

---

① photo pending：照片待定。

APP 什么的，并以此"引蛇出洞"，就像两周之前，用找人网把老陈引出来那样。

但具体做个什么样的网站或者应用，老陈和谢燕都不清楚，只知道不能跟找人网类似。找人网只对老陈产生了效果，对于贾云飞和文丹丹并未奏效。也许因为两人并不在中国（亿闻网虽然规模巨大，但用户主要还是中国人），或者比老陈警惕性更高，又或者两人根本就不是"准僵尸用户"。如果他们既不在中国，又不接触任何中国人常用的网络应用，那就多半不在 GRE 北京办公室的调查能力范围之内。纽约办公室已向全球其他办公室发送了协助调查的请求，但并未查到任何蛛丝马迹。所以谢燕只能姑且假设目标人的确在中国，或者至少和国内保持着某种联系。如若果真如此，通过网络下手，恐怕是最有效的方法。

谢燕让老陈在纸上罗列贾云飞和文丹丹的"关键词"，包括兴趣爱好、着装特点、语言风格、口头语、生活习惯，还有任何通过他们能联想到的东西，哪怕是天气、风景或者某种动物，都可以写出来。老陈对着白纸皱了半天眉头，半张 A4 纸都没写满。有关贾云飞的就只写下"胖、随和、精明、创业、投资、励志、咖啡、宋镭"八个词。他愕然发现，自己和贾云飞见过那么多面，竟然对他一点儿也不了解，即便曾经了解的那一点点，比如开什么车、平时爱穿什么衣服，也都不记得了。

有关文丹丹的关键词，老陈一个都没写，并不是想不出，他脑子里源源不断地冒出许多词：烟熏妆、美甲、高跟鞋、长腿、皮夹克、金色长发……可他没好意思写，仿佛写出来反倒是在揭发他自己。这些印象仿佛都是他偷窥来的，像个狗特务或者变态狂。况且天下留着金发、画着烟熏妆的人多了，而文丹丹大概早就改了发色和妆容——这大概对于潜逃者是最基础的吧？

谢燕显然并不满意，问老陈，难道文丹丹连朋友都没有？老陈说大概有吧，不过我没见过。老陈故意隐瞒了他和文丹丹的初次见面——送餐服务。那次他的确见到一屋子人，可除了宋镭和 Jack 贾，他并不认识任何人，后来也不记得再见到过谁，因此说了也是废话。

"难道她也从来没提起过任何朋友？"谢燕继续追问。老陈心中烦躁，顺口答道："就提过一个。"

谢燕两眼一亮："谁？"

"Shera。"老陈知道这也是废话，可既然谢燕步步紧逼，他就干脆说下去，"文丹丹说过，Shera 是她最好的朋友，和她一起长大，一起上小学、中学。"

谢燕立刻拿起笔，在老陈那页只写了一半的 A4 纸上做起了笔记，边写边问："文丹丹不是去美国读的高中？这个 Shera 也去了？"

老陈摇头："没有。"

"她还在中国？"

老陈又摇头。

"那她去哪儿了？"

"死了。自杀了。"

谢燕眉头一皱，又问："她的父母、家人呢？说不定跟文丹丹还有联系。"

老陈再摇头："Shera 是个孤儿。父母都在一次地震中去世了。就因为这个，她才自杀了。"

谢燕把笔一丢，脸上颇有些不快，但瞬间恢复了平静，又把另一张纸拿起来看了看，问道："这个宋镭呢？"

老陈把宋镭的事情大概讲了一遍。谢燕立刻又提起兴致，问道："也就是说，其实宋镭才是雷天网最早的发起人之一？他和贾云飞的关系很好？"谢燕又来了兴致。

老陈又摇摇头说："其实也不怎么好。他不喜欢创业，所以早早离开雷天网了，也没拿到任何好处。他现在是大学教授，既没从商也没从政，和贾云飞不是一路的。他现在是人工智能和机器人专家了，专门研究仿生学机器人的多维度运动控制。比如，人身上的肌肉就相当于机器人身上的马达，"老陈伸出胳膊，用另一只手指着自己的肱二头肌，不管谢燕要不要听，自顾自地讲下去，"人的一条手臂上就有几十块肌肉，如果想要机器手臂完全模仿人的手臂运动，就要安装几十台马达，并且让这些马达都精准地相互配合……"

"够了。"谢燕霍地站起身，气急败坏地说，"这就是浪费时间，还是在亿闻网上下功夫吧！"

老陈又低垂了目光，双手放在两侧，老老实实地站着，心中却有一股子作恶作剧的快意。谢燕并没跟他计较，直起身子，朝着办公大厅的另一侧喊道："老方！老方？"

"哎！来了，头儿！"是个中年男人的声音。老陈循声望去，看到一个胖头圆脸的中年男人正小跑着过来。这不是几天前冒充警察到洗浴中心"抓"他的胖子吗？老陈心中一惊，差点儿夺路而逃，又一转念：自己现在也成了谢燕的"手下"，他们现在是同事了。

按照谢燕简短的介绍，老方是 GRE 北京公司的高级调查师，也是 GRE 中国区最出色的实地调查员。老陈早就领教过了。尤其是在洗浴中心的那场戏，直接让老陈魂飞魄散、自投罗网，那就是由老方领衔主演的。只不过，在这金融街高大上的外企公司里，老方却显得格外不和谐。他手捧一只大号玻璃杯子，半杯子都是茶叶，可眼睛还像是困得睁不开，头发和笑容都有点儿腻，衬衫邋邋遢遢，裤子又肥又皱，裤裆坠在大腿根上。

谢燕并不跟老方寒暄，不多浪费一个字，把费小帅的名片递给他说："查这个人。我们需要他帮忙。"

老方很有默契地接过名片，脆脆地说了声："明白！"脚步却微微迟疑，笑嘻嘻地朝老陈鞠躬说，"陈先生，之前多有得罪！"老陈局促着回礼说："没有没有！"老方伸出手，老陈赶忙上前握了握，只觉蹭了一手油汗，也没地方能擦。

老陈看着老方矮胖的背影，琢磨着谢燕给老方下的命令——查查费小帅，因为需要他帮忙。老陈不禁背后发凉，心想这是打算抓住费小帅的软肋要胁迫他？不禁又想到自己，其实也正在被胁迫着，不禁偷看一眼谢燕，却见她正不错眼珠地盯着自己，像是要读出他的心思。

老陈一阵惊惶，谢燕却突然说："明天咱们再去见见费小帅。"

这回费小帅并没邀请谢燕和"老王"到亿闻大厦见面，而是约在燕莎附近的一家偏僻的小酒吧里。半下午的，酒吧里几乎没有客人，却并不安静，照样播放着激烈的摇滚乐，虽然音量很克制，却仍显得比深夜里听到还聒噪。

"那个，谢总，我回去仔细查过的，上次您说的那些服务，我们公司实在没有。至少是没提供给普通用户的，所以我是真的帮不上忙。"费小帅看上去很是为难，嗓音已完全不如上次那么洪亮，在摇滚乐的覆盖下，几乎听不清楚。

"可我们并不是普通用户。"谢燕虽然仍保持着微笑，却在暗中用力，使自己的声音穿透摇滚乐。

"我知道，这个我也查了，您上次的那一单是从公司内部下来的，没通过任何销售。"费小帅使劲儿揉搓着一双胖手说，"要不，您还像上次那样，直接找上面的人？他们总比我们有办法的。"

谢燕沉吟了片刻，说道："上次不是我接洽的贵公司，是我们纽约办公室的同事接洽的。这次，他们可能帮不上忙了。"

费小帅失望地"哦"了一声，也并不追问为什么这次帮不上忙，愁容满面地说："可我也帮不上什么忙的。"

只过了两天，费小帅的态度已一百八十度大转弯，完全不是前天那个打了鸡血的销售，倒像是个对着病人束手无策的庸医，万般沮丧地说："对不起啊！这一单，我可能真的接不了……"

就在这时，费小帅的手机响了。他如获大赦，抱歉地冲谢燕弯腰，转身一边往酒吧外走，一边掏出手机，并不立刻接听，在手机底端抠着什么。谢燕低声对老陈说："他把手机的麦克风贴上了。"

老陈也感到意外。尽管他知道一个 IT 公司的员工为什么要把手机的麦克风贴上。没人比他们更清楚智能手机的危险——任何 APP 都有可能成为随时窃听的间谍。可老陈分明记得，上次见费小帅，他也接过电话，那时并没贴住麦克风的。老陈对谢燕说："他有什么麻烦了？"

"咱们。"谢燕低声吐出一两个字，警觉地看了看四周，才又继续小声往下说，"你知道纽约办公室为什么不愿意再帮我们接洽亿闻网吗？"老陈摇摇头。谢燕又说，"纽约那边通知我，亿闻网这边出了点儿麻烦。昨天咱们到亿闻网的总部，被亿闻网的人脸识别系统识别并报警了。"

"怎么会报警？！"老陈大惊失色，立刻想到是自己上了各国政府共享的黑名单，就像恐怖分子或者超级黑客一样，连一家中国的网络公司都要提防着他！

谢燕却颇为镇定地安慰老陈说："不是你，是我。商业调查公司的高级员工，大概都被他们收录在案了。他们也许会以为，只要我一出现，就是要来调查他们的，或者是要窃取商业机密的。我今天约姓费的，就是想看看纽约那边的情报准不准。看来还挺准的。"

老陈暗暗松了口气，问道："能跟他们解释一下吗？"

"跟费小帅解释，大概没用吧！他的领导，领导的领导，未必肯听他解释。再说，他也犯不着为了咱们去跟领导解释，惹领导多心。"谢燕低头沉思了片刻，又说，"可这正说明，亿闻网不但启用了人脸识别系统，而且还很管用呢！其实每部智能手机、每台电脑，都是能够采集视频的。还有那么多别的设备，比如中央监控、防盗系统、行车记录仪……只要这些设备安装了亿闻网的任何一款应用，理论上来说，亿闻网就有可能通过它们采集视频做人脸识别的，这可是全中国无死角了！"

谢燕越说越起劲儿，老陈却说："但是，就目前来说，还没有哪家公司能够有这种全面搜索的能力。主要是图像数据的采集和处理，对计算量的要求还是很大的。所以只能事先锁定目标，有针对性地进行图像收集和人脸识别，不能大海捞针的。"

谢燕见老陈泼凉水，倒是并不恼，可也不服输，说道："谁知道呢？也许亿闻网有更好的办法呢！"

老陈也知道网络技术日新月异，自己的知识结构也许早过时了，可还是不肯在谢燕这个外行面前服输，正想着如何反驳，费小帅接完电话回来了。

费小帅仍愁眉苦脸，也不就座，尴尬地站着，像是想要马上结束会面似的说："那个，真不好意思，我还有……"

"看来，亿闻网的人脸识别系统很好用呢！"谢燕打断费小帅，朝他从容地微笑。费小帅吃了一惊，问道："您的意思是？"

"贵公司的大厦里一定安装了很多摄像头吧？不停采集着公司里出现的人脸？如果突然出现了陌生人，或者即便不是陌生人，却在不应该出现的地方出现了……"谢燕故意顿了顿，却抢在费小帅之前开口，"当然，如果是一般的陌生人，大概也不会有什么问题吧！你们销售不是都很喜欢向客户展示你们的咖啡厅吗？所以，经常会有陌生人被监控拍到吧？如果有一张脸，恰巧和贵公司数据库里记录的某张脸吻合，系统是不是就会向公司的安保部门或者更高层的什么人报警？"

费小帅目瞪口呆，半天才说："您怎么知道的？"

"我猜的，反正也不是头一回了。"谢燕随口一答，仿佛理由太显而易见，懒得多费口舌。

"哦？"费小帅似乎更是诧异，看看谢燕，又看看老陈，怯生生地问，"在别处也遇到过？"

谢燕点点头，越发漫不经心地说："干我们这一行的，总归会惹人多心的。谁都害怕成为调查目标的嘛！我的这张脸，大概本身就是危险信号吧！"谢燕自嘲地笑了笑，"不过这次你完全可以让你的领导放心！我们是真的来寻求合作的，绝对没打别的主意。我可以签保密协议，或者保证书。你应该知道，外企是很害怕打官司的。"

费小帅半张着嘴，好不容易等谢燕说完了，忙说："您一定是误会了！我上次见您之前，就已经把您和贵公司的信息都上报了，我是得到了许可的，不然我也不可能请您到公司里来。但这次报警，是因为……"费小帅怯怯地看了一眼老陈，让老陈心里一惊。费小帅左右为难地说，"总之，这是很麻烦的，我真的帮不了您。"

谢燕也颇为意外，看了一眼老陈，立刻又恢复了镇定，突然板起脸来，神秘兮兮地说："费先生，你是不是刚刚接了一个很重要的电话？"

费小帅顿时一怔，半天才仿佛恍然大悟："哦！！那位方先生说，有人要……那人就是你？"

谢燕点点头，说道："我必须提醒你，那件非常重要的事情，也许未必会发生的。"谢燕死死盯着费小帅，费小帅赶忙连连点头，谢燕又说，"所以，最起码，你得把实情告诉我们。"

"实话跟你们说吧，是因为这位先生的脸被识别报警了！"费小帅勉为其难地用下巴指了指老陈，"我求一个安保部的哥们儿帮我查了，也没弄清楚人脸识别系统为什么会报警，就只说这是'上面'设置的，会不会……"费小帅又偷看了老陈一眼，吞吞吐吐地说，"是这位先生因为某种原因，在'上面'的黑名单里？"

老陈已吓得脸色发白，惶惶地问："什么人会在黑名单里？"

"这……我也不清楚，比如商业间谍、黑客、恐怖分子……您别急！我并不是说您是黑客或者恐怖分子！"费小帅见老陈脸色煞白，赶忙又解释，"我哥们儿也说了，还有一种情况，也许是什么 VIP 客户，或者跟'上面'很熟的公司，在利用我们的人脸识别系统，做他们想做的业务。比如……找人。"费小帅又怯怯地看了一眼老陈，转向谢燕说，"你们来找我，说要利用亿闻网的人脸识别系统，是不是也要找人？"费小帅等了片刻，见无人回答，有几分尴尬地自问自答道："人脸识别系统，也没别的用处吧？"

老陈听明白了。费小帅是说，也许有人正在找他，所以通过亿闻网高层的关系，使用了亿闻网的人脸识别系统！老陈一阵眩晕，求救似的去看谢燕，却见她眼睛里也正掠过一丝惊愕，顿时无比绝望——那个正在利用亿闻网找他的人，和谢燕、GRE 都没有关系！可除了 GRE 的客户之外，又有谁在找他？为什么突然间那么多人在找他？

谢燕却已迅速恢复了常态，非常从容地反问费小帅："也就是说，亿闻网的人脸识别系统，的确是可以为客户服务的喽？"

5

为了让老陈安心一些，谢燕给他换了一家酒店。严格来说，其实不能算是酒店，而是酒店公寓，比普通酒店的管理严格得多。访客是严格限制的，没有事先备案的人员绝对不能入内，没有事先备案的电话号码也不会被总机接听，更不会被转接给住户。

谢燕还派人做了全面的检索，然后向老陈保证，他绝不在任何官方的"黑名单"里，而且也并没有证据证明，有人在利用亿闻网的人脸识别系统寻找他。老陈是进入亿闻大厦才被识别的，而装有亿闻APP的移动设备无处不在。如果真的有人要利用亿闻网寻找老陈，无论如何也不该只限定公司内部的监控摄像头的。

但老陈并不因此感到安稳，心里反而更是七上八下的。他被亿闻网的人脸识别系统"抓"出来，这是事实。他为什么被"抓"出来，就连谢燕也一无所知。这怎能让他感觉安稳呢？

谢燕倒是善解人意，见老陈每天忧心忡忡，终于交给他一个信封，里面有一张飞往曼谷的单程机票。老陈一阵欣喜，可又有点儿难以置信，再细看机票，乘机人竟然是"CHEN / CHUANG"，也就是他的本名。老陈已经十几年不用这个名字，不禁心惊肉跳，万分不解地看着谢燕。谢燕解释说："用你的中国护照订的，有时最真实的反而最安全。"老陈的确有中国护照，也悄悄延过期，但那只是以备不时之需的。一个想要"消失"的人，怎么可能随便使用印着真名实姓的护照呢？这不等于把自己的行程公之于众？老陈恍然大悟，问谢燕："你是想做出我去泰国的假象，没想真的让我去泰国？"

谢燕却说："不，我的确是想让你去泰国。"

老陈顿时心惊肉跳，立刻找到了一个非常合理的借口："我去不了的。我进中国的时候不是用的中国护照，我拿着它出不了海关的！"

"我帮你安排，出得了。"谢燕却仿佛有十足的把握。

"出不了的！"老陈又说。谢燕说："你试试就知道了。"

"我不去！"老陈有点儿歇斯底里地喊。谢燕却并不着急，悠悠地说："你要不去，我怎么知道是谁在找你？"

老陈突然明白过来，谢燕是要用自己做诱饵！他正要再喊不去，谢燕却抢先说："这件事，没得商量！"老陈一愣，谢燕却又轻描淡写地缀了一句，"听我安排，保证你没事。"

老陈乘坐的航班于傍晚起飞，到达曼谷已是午夜，跟随同机的中国旅客办理了入境手续，惴惴地走出海关，看见站在接机人群里的胖子，这才多少松了口气。是 GRE 北京办公室的高级调查师老方，也就是前几天冒充警察闯进洗浴中心的那个人。

谢燕只告诉老陈到了曼谷会有人接应他，并没说具体是谁，如何接应，反正一切听她的安排。可谢燕并没说到底是怎么"安排"的。还好下了飞机就见到老方，不然都不知这一晚该去哪儿过夜。

曼谷的空气潮湿闷热，人人都汗涔涔油腻腻的，老方反而不显得更加油腻，脸上始终笑眯眯的，而且十分自信，这让老陈也踏实了些。然而老方带着老陈去了曼谷市中心的假日酒店，让老陈直接用自己的中国护照入住，丝毫没有要伪装的意思。老陈迟疑着不肯，老方笑眯眯地低声说："听我安排，不会有事的。"

这话似曾相识，是谢燕说过的。老方就连眼神也跟谢燕有几分相似，弯成月牙儿的小眼睛里，闪着凌厉的光。老陈别无选择，只能照做，惴惴地住了一夜，还好没人破门而入。

第二天一早，老方已等在酒店大堂，见老陈拉着手提箱下楼来，立刻用英语跟大堂经理说需要预约一辆出租车去机场，声音大得半屋子人都能听见。大堂经理说门口就有，不需要预订。老方朝着酒店大门外眺望了几眼，出租车分明就在排队，这才抱歉地朝大堂经理哈哈腰，然后带老陈出门搭出租车。老陈一路纳闷，心想昨晚刚到曼谷，又让我坐飞机去哪儿？但毕竟此行是在亲自做诱饵，能离开曼谷就是最好的。两人下了出租车，老陈立刻问老方要飞哪儿，老方只嘻嘻笑着说："到了你就知道了！"

老陈知道再也问不出什么，只好跟着老方走进机场大厅，三绕两绕，却又从另一扇门走出机场。两人上了返回市区的机场大巴，老陈这才明白过来，老方并没打算让他离开曼谷，从酒店叫出租车去机场，只不过是个障眼法。怪不得从订票到入住酒店都公然使用"陈闯"这个名字，刚才在酒店还那么大声地说要去机场，生怕别人没听见似的。莫非他真要在曼谷藏一阵子？可这真的保险吗？如果对方没上当，留在曼谷找他，那可怎么办？

老陈忧心忡忡地跟着老方下了出租车，竟是火车站。老陈知道自己又弄错了。到底还是要离开曼谷，只不过不坐飞机。这就更合理了：在泰国买火车票不需要使用证件，不会留下任何记录，没人能追查他到底去了哪儿。可他到底是要去哪儿呢？车站和列车上显示的站名虽然有泰文也有英文，但老陈并不知道那一串字母代表着哪里。他跟老方上了火车，居然是卧铺车厢。老陈知道这是远路，心中略感轻松。反正离曼谷越远越好。

　　老陈和老方坐了一夜的火车，第二天上午终于下了车。老陈通过英文路牌判断，这里大概是个边境小镇，对面就是老挝。所谓的"海关"就像农村国道上的收费站，过关的大多是当地人，夹杂着一些背包客。老方带着老陈找了个导游模样的当地人，耳语了几句，像是讨价还价，然后塞给他一沓钞票。那人一挥手，让两人混进一群游客，老方这次没让老陈使用中国护照，而是用了荷兰护照。泰国的海关警察找不到入关的章子，那"导游"跟警察交头接耳了一阵，警察一脸烦躁地挥挥手。老陈过了关，猛然看见一根石柱，上面赫然印着三个中文大字——"昆明市"，下面还有一行阿拉伯数字——813。大概是说这里距离昆明有 813 公里。老陈这才恍然大悟：老方这是要带他神不知鬼不觉地返回中国。也是，谢燕交给他的任务还没完成呢，哪能把他放走？老陈的心情又有些沉重。

　　果不其然，两人进了老挝国境，竟然就是首都万象的郊区。老方叫了一辆计程车，和司机谈好了价，一路往北穿山越岭，整整开了一天一夜，抵达中国云南西双版纳的边境口岸。过关的时候，老陈有点儿担心，悄悄问老方，人家会不会通过他的进关记录，发现他又回到中国了。老方诡笑着说："中国的进出境记录，比泰国的难查！而且按照泰国的离境记录，你现在已经飞往台北了！泰国那地方，弄本护照啥的不算太难！就是贵！我们头儿，为了你可是大手笔！"

　　老方彻底明白过来，谢燕特意让他从北京飞到曼谷，制造到达曼谷的记录，再让别人冒充他制造从曼谷飞往台北的记录。而他呢，却在老方的带领下暗度陈仓地返回中国。这计划的确周密，如果真的有人在找老陈，大概也能被误导一阵子。可他毕竟还是回到了中国，多半还得回北京。谢燕会不会让他继续利用亿闻网找人？那些特意把他的脸识别出来的监控摄像头，可还在亿闻大厦里呢！

　　进入中国境内，老方带老陈搭长途车，又坐了大半天，在一个几乎是荒郊野外的小火车站上了绿皮慢车。火车票是上车才买的，根本没人检查证件。列车走走停停，摇摇晃晃，在傍晚停靠了一个正规的大站。老方带着老陈下车，并不出站，到隔壁站台继续等车。等了两三个小时，终于等来了开往北京的 Z 字头列车。两人上了车，在餐车里坐到深夜，列车员来查票，老方点头哈腰地补了两张软卧票，列车员虽然看了证件，却似乎并没在任何地方做记录。就这样，老陈跟着老方，用了不到一个礼拜，从泰国经过老挝回到中国，再从云南不留痕迹地回到了北京。

6

列车驶进北京城，越来越慢，越来越安静。下午的阳光，从一排高楼的缝隙里斜钻出来，一个楼缝接着一个楼缝，像是楼缝里藏着许多个太阳，依次探头往车厢里窥望。

老陈本已疲惫不堪，被那许多个太阳轮番侦察着，多少警醒了些。突然，阳光没了，并排的铁轨被站台分割。老陈看见"北京西站"的吊牌，顿时惴惴的，仿佛又入了虎口。可又一转念，最坏不过就是坐牢，自己早已任人摆布，其实没什么两样的。

老陈跟着老方下了车，混在人流里出了站，一辆黑色轿车，几乎分毫不差地停在两人眼前。老方拉开车门，老陈顺从地钻进后座，并没看清楚司机是谁，却知道就是谢燕，因为车里正弥漫着谢燕的香水味。

老方也坐进后座，嬉皮笑脸地朝着司机说："头儿，劳您大驾！怎么亲自来了？我们坐地铁也成啊！"

谢燕像是没听见，头也不转，却开口说："来不及了。四点必须赶到朝阳大悦城。你抓紧时间！"谢燕把两张 A4 纸往后一丢，正好丢进老陈手里，"这些只是概要，还有更多细节，你都必须记牢了。"

老陈拿起纸，上面密密麻麻印满了字，都是他的"经历"和"爱好"。当然不是真的，是特意为他设计的。老陈心中有数：既然那个拿着中国护照的"陈闯"已经去了泰国，又从泰国飞往台湾，他这个真正的陈闯就要做更多的掩饰。不仅隐姓埋名，还要凭空制造出一套全新的历史。

谢燕边开车边解释："你叫王刚，出生地还是北京，因为你不会讲别处的方言，但户口所在区要改成崇文区，你是在天桥附近长大的。那里的房子拆得很彻底，以前的几乎都没了，所以不太容易穿帮。你的小学是一师附小，初中和高中都是九十二中。九十二中在永定门外，2006 年就改名了，又是很一般的中学，毕业生很少联系。不过你还是尽量不要提起小学和中学的名字，细节越多，越容易露馅。记住你从没出过国。你是职高毕业，学的计算机编程。那所职高早就停办了。后来参加成人高考获得了计算机专业的本科文凭。职高和成人高考都不是什么很光彩的事，所以没人会细问的。你在好几家互联网公司做过程序师，都是中关村附近的小公司，都倒闭了。最近大半年都在失业中，所以常常去泡咖啡馆。你性格内向，朋友不多。"

谢燕稍作停顿，像是猜到老陈有问题要问。老陈犹豫再三，还是支吾着吐出三个字："我爸他……"

"你父亲小腿骨折，做手术打了钢钉，已经出院了。我们雇了个保姆全天照顾他。老方每周去看两次。"

老陈本想求谢燕去看看闯爸，没想到她已经安排了，不禁心中感激，可还是不太放心，半天只憋出一声"谢谢"。谢燕却突然正色道："还有，你以后绝对绝对不可以去看他！"

老陈心想，自己偷偷往闯爸门缝里塞了不少钱，谢燕肯定是知道了。又想问她闯爸知不知道是他塞的钱，可毕竟没有勇气问。

谢燕把车开过一段拥挤不堪的路段，喇叭声此起彼伏。等四周终于清静了些，她清了清嗓子，说道："现在，最重要的来了。"

谢燕稍作停顿，像是特意要老陈加倍注意："你结过一次婚，持续了五年，没有孩子，两年前离婚了。你前妻很漂亮，是你高中同学，在酒店工作。她嫌你太内向、太无聊，跟别人好了。"

老陈无声地苦笑。他成了个既失了业又被老婆甩了的可怜虫，是个彻底的"loser"。然而实际上他不是吗？实际上，他是个既没工作也不能谈恋爱，根本不能见光的大写的"LOSER"。

谢燕仍在认真开车，却仿佛看到了老陈的表情，解释说："比较失败的婚姻经历，别人不好意思多问的。"

老陈点头以示同意，却实在没兴致说什么。他相信谢燕总有办法看到的。谢燕却趁着等红灯的工夫转回身来，神秘兮兮地看着他说："把你的手机拿出来，不是你自己那只，是我给你那只。"

老陈从兜里掏出谢燕给他的苹果手机，打开一看，竟然莫名地多了很多APP图标。谢燕已转回头去继续开车，说道："我们远程帮你更新了系统。里面多了微信、大众点评、滴滴这些常用APP，还有亿闻邮箱、亿闻旅游、亿闻求职、亿闻外卖。这些APP都是用'王刚'的名字注册的，绑定的手机号码也是登记在'王刚'名下的，就是这部手机的号码。这个'王刚'是真实存在的，只不过不是你。但这些手机号码和APP都给你用。你最好从心里觉得这些都是你的，那样效果就更好。"

"使用社交软件？"老陈忍不住问。他所读过的那些教人如何隐藏的书，都是三令五申地不让在互联网上社交的。谢燕却给他一部装满了各种社交软件的手机？

"当然。而且要经常使用，用得越多越好。"谢燕毫不犹豫地回答，"你可以打开你手机里的那些APP看看，其实你早就在用它们了。"

老陈有点儿不明所以，点开微信一看，果然有不少"好友"，还有很多聊天记录。他随便点开一条，竟然是两年前的。只听谢燕继续说："这些好友并不是真人，可他们存在于那些服务器里。在网络上有很多痕迹。你大概也知道，很多网络公司要制造'虚拟用户'的，为了营造假繁荣，给股东和投资商看的。"

老陈点点头，想起当年文丹丹和贾云飞为了雷天网购买假用户的事儿，心中五味杂陈。就像谢燕说的，"很多网络公司"都是这么做的。可偏偏就是雷天网翻了船。这就是雷天网的运气，也就是他陈闯的命运。

"不过，这些假用户也能帮上咱们的忙。"谢燕继续说，"比如，帮你制造一些看上去很可信的痕迹。我知道你看过的那些书都让你尽量不要在网络上留下痕迹。但现在时代不同了。一个像你这样年纪的人，如果在网络上没多少痕迹，其实反而是很可疑的。我们之前就是这样找到你的。"

谢燕说得没错。她就是通过给那些所谓的"准僵尸用户"推送找人网的广告，才把老陈"找"出来的。老陈在手机上点开"亿闻遇见"的APP，一颗巨大的红心在屏幕中间扩大，随即碎裂成许许多多照片，都是结婚照。老陈愕然意识到，这竟然是个相亲APP，连忙查看已发布信息，果然看到"王刚"发布的征婚广告：

> 姓名：王刚。年龄：38岁。身高：1.81米。体重：67公斤。
> 收入：保密。婚姻状况：离异。欲寻40岁以下女性，热情、
> 温柔、善做家务、微胖为佳。

还好并没有照片。老陈苦笑着喃喃道："如果真有人回复，难道要去约会吗？"

"当然了！"老方抢着回答，忍俊不禁地说，"您当咱们现在是去

干吗？就是去给您相亲的！"

老陈一时惊得说不出话来。老方还兴冲冲地继续说："就是这个'亿闻遇见'组织的线下相亲会，在朝阳大悦城，您马上就要见到好多单身女性了！我觉着吧，您这回一定能找到个'对眼儿的'！"

"不去！"老陈冲口而出，大脑是随后才跟上趟的，于是更加斩钉截铁地说，"绝对不去！"

"这也由不得你。"谢燕的声音很平静，却毫无商量的余地，"这其实不是你的私事，而是工作。"

老陈哼了一声，愤愤地说："大概上厕所也是工作？"

谢燕说："你误会了。老方，你没跟他说？"

"头儿，我嘴笨，怕说不明白！"老方嘻嘻笑着从后视镜里偷看谢燕，见她瞬间拉长了脸，赶忙清了清嗓子，正正经经地对老陈说，"亿闻网的费小帅同意让咱们使用亿闻网后台的一些并没开放给普通用户的搜索功能，只不过得偷偷地来，不能引起他们网管的怀疑。所以我们最好是以亿闻网注册用户的方式登录亿闻网，再利用他给咱们偷偷开的后门，去做我们想要做的事情。但新注册的用户是不成的，最好是非常活跃的老用户，而且一直在亿闻网的数据库里进行大量搜索的，比如使用征婚交友软件的老用户。征婚征了很多年都不成功的人很多，所以一直活跃也很正常。而且好多人也未必是要征婚的，只不过是想，嘿嘿，那啥，解决生理需求。你懂的！嘿嘿！"

老方笑得有点儿猥琐。谢燕故意清了清嗓子，老方连忙收起笑容，继续说："你手机上这个叫'王刚'的用户，就是费小帅找他们内部的哥们儿帮忙设置的，故意把注册时间设置成三年前，还添加了很多以往的搜索记录。但姓费的说了，如果只是在网上搜索，从来不参加任何线下活动，对于征婚的用户又不够真实。线下活动也会被记录到线上的。所以，你总归得参加几次的。"

"还要几次？"老陈惊呼。老方笑道："如果牵手成功了，那就不用第二次喽！"

老陈知道老方是胡说，也懒得再多问，冷笑一声说："反正没什么正经手段的。偷鸡摸狗，威胁恐吓，无非是这些。"

"嘿嘿，调查嘛，光明正大的谁给你查？"老方笑着摸摸头，又诧异道，"我说，谁威胁恐吓了？"

老陈说："姓费的本来躲之不及呢，这会儿就连后门都肯给开了？"

老方闻言，得意地晃了晃脑袋说："哦，你说他啊！嘿嘿，他还真费了点儿事！可我并没有威胁他啊？"

老陈撇了撇嘴。老方知道他不信，不平地说："我可没骗你！头儿！你替我做证，是不是没骗他？"

谢燕无奈，只好解释说："姓费的儿子今年六岁，快要上小学了。老方正好有熟人，能让他儿子上理想的小学。"老方立刻得意地补充说："在咱们这儿，光有工资可不够！门路更重要！儿子能上好小学，在丈母娘面前是很风光的！"

老陈恍然，原来如此！谁说只有用威胁才能控制一个人？用满足也许控制得更好。人人都有软肋，因为人人都有欲望，利益就像一张巨大的蛛网，人人都是粘在上面垂死挣扎的虫子。老陈正想着，车子停了，谢燕转过身来，扔过来一件西服外套说："到了，把这个穿上！"

下车的只有老陈一人。按照谢燕事先嘱咐好的，他走进购物中心，乘扶梯到三层，寻觅了一阵，果然见到"亿闻遇见"的巨大招牌。招牌下面有个中年女人正在做登记，看见老陈忙招手喊道："是'亿闻遇见'的吧？快来这边登记！哎呀你们这些男士，怎么都来这么晚！还让女士们等你们！真没绅士风度！哈哈，快来啊，这么大人了，还害臊？"

老陈唯唯诺诺地登了记，像犯人似的被那女人推进一间包间。包间里有个大圆桌，男男女女的几乎已经坐满了。老陈在离他最近的空位子坐下，浓烈的香气扑面而来，是许多香水混合在一起的气味。他赶忙低头，恨不得在脸上扣个罩子。他谁也不想看见，也不想让谁看见。这会儿他最希望的，就是变成一个隐形人。

但是显然有人看见了他，并且在低声叫他："明哥！明哥？"

老陈吃了一惊，连忙抬头去看，却见咖啡馆的胖丫头小白正朝着他笑。小白与他相隔两个座位，特意穿了一身黄裙子，像是一截丰收的玉米，两颊飞着红云，既兴奋又腼腆地说："还以为你不来了呢！"

老陈心里一沉，瞋目切齿地问："你怎么来了？"

小白吓了一跳，惴惴地说："是燕姐非让我来的！她说，让我帮你。"

小白说罢，脸已涨得通红，委委屈屈地低下头。老陈心软了，可还是郁郁的。心想小白这是来当"托儿"的。老方刚才并没开玩笑。如果牵手成功了，就不必一直参加相亲了。背景音乐突然放大了几倍，王菲那甜细空灵的声音骤然入耳："我记得有一个地方，我永远不能忘，我和他在那里定下了情，共度过好时光。"

老陈却莫名地想起王菲的另一首歌《棋子》，心中一阵茫然，脑子也发了木，仿佛果真变成了木头——一只木制的棋子。他举目四顾，一桌的男女似乎都变成了木制棋子，出自同一副模具，有着同样的面孔，被隐形的细线拉扯操纵，用同样的方式交头接耳。他莫名地想到人脸识别系统，而对面的每一张脸都一样，仿佛是同一张照片的复印件。老陈不禁幸灾乐祸地想，人脸识别系统大概要失灵了，他是安全的。他不由得抬手摸自己的脸，却并不是照片，而是立体的。心中又紧张起来，索性把两只手都捂在脸上，有个念头异常清晰：他希望这场相亲的闹剧能够早点儿结束。他希望这场持续了十二年的闹剧，能够早点儿结束。

B面4

靠近我

我要你靠近我抱着我

你要好好爱我

我会给你，我会给你

所有的快乐

$\triangledown$
1

宋镭第一次跟陈闯提起人脸识别技术，是在 S 大书店附近的咖啡厅里。宋镭给陈闯买了一杯卡布奇诺，问他够不够甜。陈闯只点了点头，没好意思告诉宋镭，这是他这辈子第一次喝卡布奇诺，实在好喝极了。

那是在"人工智能 IV"第三堂课的课后，宋镭打算向陈闯请教机器学习算法，执意要有所回报。

陈闯本以为宋镭死也不会向他请教的，即便真要请教谁，也该是霍夫曼教授。毕竟，霍夫曼教授本来就是宋镭的博士生导师，而且这门课的确有些难度。教授在第三堂课上声明："有人抱怨我不按教材讲。可是有关人工智能，只要印成了书，就已经太过时了。这是'人工智能 IV'，不是入门课程。我给你们讲的是最前沿的技术，所以根本找不到适当的教材。可是系里说必须有教材，我只好找了一本，你们当作参考书就好了。"

既然没有教材，向教授请教就理所应当。可宋镭并没找教授请教。他自作主张地给陈闯点了卡布奇诺，郑重地问："能不能请你帮个小忙？"

的确是个小忙，一共只花了陈闯二十分钟。宋镭毕竟是学霸，之前不理解机器学习算法，主要是因为对编程思路和统计学算法都不太熟，陈闯稍稍点拨，他就立刻开了窍，陈闯也不由得暗暗佩服。两人于是干坐着喝咖啡，气氛有点儿尴尬。陈闯知道宋镭是个极要强的人，所以故作好奇地问，霍夫曼教授让他修的"人脸识别"课程是不是很有意思？宋镭果然精神倍增，认认真真给陈闯讲了半个小时的人脸识别，从发展历史、技术流派到发展困境都提到了。陈闯其实对人脸识别并不感兴趣，不得不用另一个问题打断他："霍夫曼教授为什么要让你修这门课？"

宋镭这才告诉陈闯，他的博士研究项目是个具有触觉的机器手，能感受物体的硬度。如果感觉到硬的东西，比如鹅卵石，就要使足力气。如果感觉到软的东西，比如奶油蛋糕，那就必须尽量少用力。但是，如果遇上鸡蛋，那就有些麻烦。因为鸡蛋壳也是硬的，仅凭触觉分辨不出是鸡蛋还是鹅卵石。但力气稍微大一些，蛋壳就碎了。宋镭想到的解决办法，就是给机器手添加一只"眼睛"，让它先从视觉上判断要拿的是什么，然后再采取不同的施力策略。当然，这其实只不过是物体识别，和人脸识别差别很大。但霍夫曼教授认为，既然做了"眼睛"，最好能识别出人脸。想象一下，在学术会议上，如果机器人能识别每个走进房间的人，并且跟他们打招呼，那该多令人"眼前一亮"！

宋镭引用了霍夫曼教授用过的词，"eye opener"，自己的眼睛也跟着亮了亮。陈闯莫名地想起一句老话："人不可貌相。"然而在这个世界上，大部分人都是"以貌取人"的。不然也不会有这样一句说教了。那么，面试官们在挑选面试对象的时候，是不是也会"以貌取人"呢？

陈闯心里也跟着一亮，立刻想到上节课的灵感。上节课上，当霍夫曼教授提到本学期唯一的大作业，他就想到编写一个机器学习程序，根据求职者的信息特征，计算此人得到某个职位的概率。可他有点儿担心，求职者的信息特征不足——只有一份求职简历，里面基本上只有学历、成绩、特长，顶多再罗列几门上过的课，大概不足以反映求职者的个性。而是否面试成功，很大程度上取决于面试者给面试官留下的直观印象。如果能使用人脸识别技术，把面试者的容貌特征也作为自变量进行收集和分析，也许预测精度会提高很多！

陈闯立刻兴奋不已，急着把设想跟宋镭说了。宋镭也使劲儿点头说，"人脸识别"课正在讲有关脸部特征收集的内容，可以试试看的。陈闯更加热血沸腾，想起霍夫曼教授刚才在课上放松了关于大作业的要求，说可以两人一组，自由组合，每组出一个程序的，于是对宋镭说："咱俩一组吧？"宋镭立刻说好！摩拳擦掌的。陈闯又说："我写的那个'挖掘机'程序，已经收集了很多简历的。只不过，没有多少面试结果。"

宋镭却一怔，为难道："可我跟 Jack 说过的，我跟雷天网没关系了。凭什么用雷天网的数据呢？"

陈闯心想，宋镭果然是正人君子，自己并没想到这一层，仿佛被浇了一头凉水，也黯然道："我也一样，跟雷天网没关系了。"话一出口，又觉不够准确。他的确没再给雷天网写程序，可他依然在为文丹丹工作。文丹丹财务紧张，不仅把车交给荣凌峰去卖，也退掉了市中心的豪华公寓，把一堆家当卖的卖，送的送，只留了一张长沙发，搬到雷天网"总部"——贫民区的廉价公寓里，把公寓里的办公桌椅都找地方寄存了，在屋子中央挂了一张大帘子，两张沙发一边一只，变成两个卧室，就这样住了下来。陈闯这才确信文丹丹确实手头紧，而且身处险境，所以不惜屈尊搬到贫民区，跟他挤在狭窄的廉价公寓里。文丹丹不敢轻易出门，事事都由陈闯替她跑腿儿，简直就是她的全职私人助理。

宋镭闻言却又振奋起来，说道："那就好办了！既然你我和雷天网都没关系了，重新写个求职网站不就得了？只要不直接使用雷天网的源代码就可以。而且，咱们的网站也肯定不一样的。又不是为了用它骗投资！预测求职结果，是真的有用呢！"

宋镭神采奕奕地看着陈闯。陈闯却隐隐觉得不妥，感觉好像是要做叛徒。可主意本来是他出的，不好意思反对，沉吟了半天，终于找到了理由："可我们也没数据啊。机器学习，是需要海量数据的。就算再写个'挖掘机'程序，顶多只能挖到简历，也没有面试的结果，不知道哪些申请者成功获得了哪些职位，就等于不知道因变量，怎么机器学习？而且，咱们也没有应聘者的照片，也没法使用人脸识别算法的。"

宋镭闻言，一时愁眉不展。陈闯趁机道别，逃难似的逃离了咖啡厅，不仅仅是怕宋镭再想出新点子，也怕文丹丹又发飙。她精确掌握陈闯的下课时间，此时已经过了快一个小时，文丹丹可是几分钟都不能容忍的。

陈闯跳上自行车——这次不是二手的，是文丹丹掏钱，让他到沃尔玛超市买的新车，正巧赶上打折，只用了五十五美元。他需要经常出门，给文丹丹买药、买零食、买化妆品、复印或者快递文件，公共汽车一个小时才一趟。文丹丹是为了让他快去快回的。到 S 大上课也一样。他已经晚了起码五十分钟，文丹丹必定要大发雷霆的。

陈闯是在骑出 S 大华丽的圆拱形石头大门时接到文丹丹电话的。出乎陈闯的意料，文丹丹并没发脾气，只是让他去附近的一家中餐厅取外卖。陈闯每天都去这家餐厅取两次外卖，中午一次，晚上一次，每次都是两盒饭，四盒菜。文丹丹手头有点儿紧张。和游艇上的晚餐比起来，这已经是极为节俭了。陈闯往餐厅骑，心里突然有些歉意，担心宋镭还坐在咖啡厅里发呆，那个家伙大概是爱钻牛角尖的。

陈闯回到公寓，文丹丹像往常一样躲在帘子后面，发出窸窸窣窣的声音，也不知在做些什么。两人在同一个开间里住了一星期，一共也没见过几面。文丹丹隔着帘子发号施令，命令陈闯买这买那——上百块一盒的面膜一天一张，染发水一周用两瓶，护肤水更像是用来洗脸的，口红也买了两根，可她根本就没出过门。

买来的东西都放在厨房或者卫生间里，不用亲自交接。外卖的饭菜也分成两份，两人隔着帘子各吃各的。陈闯倒是很欢迎这种方式，自由自在的。只不过气氛有点儿压抑。还有文丹丹的香水味，帘子也隔不开的。并不难闻，但是闹心。尤其是在夜里。文丹丹睡得很晚，睡前要洗澡。陈闯面朝里躺在沙发上，听着哗啦啦的水声，然后是轰隆隆的吹风机声。他紧闭着双眼，却似乎还是看见被吹舞的金发。要是在平时，他早已做过一两个梦了，这会儿却睡不着，心里像是有藤蔓在错综生长。吹风机的声音戛然而止，脚步声从卫生间一路响到帘子另一边，把洗发水的气味混进弥漫的香水味里，两者就如藤蔓，从陈闯身体里穿入穿出，把他缠成一只密不透风的茧。他命令自己什么也不想，却发现那毫无用处；他索性放纵了思想，却又莫名地想起杜思纯，婷婷地站在沙滩上，乌黑的长发也在肆意飘舞。黑发确实要比金发好看得多。可他并没跟杜思纯去过海边，这情景必是在梦里。可他分明又醒着，耳边是嘤嘤低语。文丹丹总在睡前打一通很长的电话，仿佛把一天要说的话都积攒在这时说了。她把声音压得比蚊子还低，陈闯听不清内容，也听不到结尾，总是在若有若无的细语里沉入梦乡。

陈闯像往常一样，一边从塑料袋里取出外卖盒子，一边说着："要不要米饭？"文丹丹通常晚餐只吃菜，不吃饭，两盒饭都是陈闯的。文丹丹沉默不语。陈闯不敢再问，问多了必要挨骂，不问又不好意思直接把饭都给自己，心想还是先分菜吧，打开盒子，是一盒米饭，再打另一只盒子，又是米饭。再打开下一盒，竟然还是米饭！陈闯心中一抖，连忙再开剩下的三只盒子，都是米饭，根本就没有菜！陈闯懊悔自己没在取餐时检查一下，惶惶地朝帘子那一侧说："对不起，餐馆肯定是弄错了，给了六盒米饭，我这就回去找他们！"

陈闯拔腿要走，突然呼啦一声，帘子被扯开了，文丹丹披头散发站在屋子中央，胡乱披着一件大毛衣，穿着睡裤，妆也没化，仿佛洗脸洗得太猛，把眉毛嘴唇都洗掉了。陈闯吃了一惊，只听文丹丹气急败坏地喊："别去了，没给错！"

陈闯以为文丹丹是在说气话，默默地开门往外走，却听背后一声歇斯底里的怒斥："你聋了吗？我说别去了！"陈闯吓了一跳，停住脚，不禁心头冒火，又想的确是自己的疏忽，所以忍住了，低头说："对不起！我这就去，用不了多久的。"

"你怎么还不明白？不用去了！我说三遍了！"文丹丹眯起眼，把目光压成两把剑，朝着陈闯直刺过来，"我明白了！你是嫌只有饭没有菜？老实告诉你吧！我没钱了！"文丹丹转身拿出钱包，把信用卡一张张拔出来，"这张早透支了，这张被银行停了，这张也停了，全都停了！"文丹丹拔光了信用卡，又把一沓钞票拔出来，往天上一甩，天女散花般的，几张钞票在一头乱蓬蓬的金发上打着旋儿。她却仍不解气，怨道，"托您的福，只能花钱去买电话号码和 E-mail 地址！可车也卖不掉，钱也没凑齐！对不起，就这些了！从现在开始，有白饭吃就不错了！这六盒米饭都是你的，冰箱里还有酱瓜和腐乳罐头，您凑合几天吧！"

陈闯倍感惊愕，他早知文丹丹财政紧张，不然也不会托人卖车，可没想到这么快就弹尽粮绝了。陈闯不禁愤愤的，心想没钱就怪到他头上，几天前还在买上百块的化妆品。文丹丹颓然坐到沙发上，一把扯开窗帘，扭头去看窗外，眼睛里莹莹闪闪的。陈闯有点儿心软，不敢再提口红和润肤水，只嘟囔着说："我不是那个意思。"

文丹丹哼了一声，指指地上散落的钞票说："管你什么意思，反正这些全都给你，爱吃什么随你！不过我劝你最好就吃麦当劳，大概还能多撑几天！"

陈闯低头去看那些钞票，零零散散地看见五六张，最大面值二十块，最小的一块，加起来不过六七十块。陈闯默默地捡起那些钞票，规规矩矩摆在文丹丹面前，只从中拿了一张十块的，跟文丹丹说："一顿饭，用不了多少的。"说完就转身出门。他本以为又要听见文丹丹的怒吼，却只听见刺啦一声，是文丹丹用力把帘子拉上了。

陈闯是一个小时后回到公寓的。骑车往返最近的超市其实用不了这么久，可他选了个远的，因为价格便宜些。

他一路狂骑，热汗淋漓地带回一棵菜花、一把豆角、一头圆白菜、几只西红柿、一小把葱、一小块猪肉和一打鸡蛋。衣兜里还有一小块姜、半头蒜，是趁人不备偷偷掰的。还剩两块多的零钱，摆在厨房的台子上。文丹丹依然躲在帘子后面，一点儿动静也没有。最近这几天她都风声鹤唳，有人从楼下走过，她都会立刻屏住呼吸，更甭说有人开门进屋了。

陈闯为了让她放心，放声说："我回来了！"帘子里也还是没动静。直到厨房里响起炒菜声，帘子才被拨开一条缝，马上又放回去，可还是被陈闯发现了，心中无端地有点儿得意。他索性开始吹口哨，故意把油烧得滚烫，把葱蒜都炒得喷香。既然帘子隔不住香水味，自然也隔不住炒菜香。他知道文丹丹自早饭后就没吃过东西，也该饥肠辘辘了。

二十分钟后，三盘热菜上了桌。陈闯冲着帘子后高喊"吃饭了"，就像有一大家子人，要把屋里屋外都通知到了。然而并没有动静，屋子里仿佛除了陈闯再无他人。

陈闯也不知哪来的勇气，一把拉开帘子。文丹丹正举着小镜子抹口红，被陈闯一惊，猛转过头来，怒气冲冲地瞪着他。陈闯愕然发现，文丹丹已描了眉，也整理了头发。陈闯还是第一次看她化淡妆，竟仿佛换了个人，眉目非常清秀。陈闯不禁有些感动，心想这顿饭并没白做，随即又有些羞愧，后悔帘子拉得太猛。又一转念，文丹丹梳妆打扮，也许是为了出门，自己实在太自作多情了。

文丹丹对着陈闯怒视了片刻，并没发作，转回头继续抹口红，故意慢慢地抹，妥妥地抹了两遍。陈闯心想，怪不得口红用得那么快。

文丹丹起身走进厨房，从冰箱里拿出最后一罐啤酒，又从橱柜里取出两只香槟杯，走到餐桌边坐下。陈闯知道自己并没自作多情，反而一时手足无措。文丹丹翻了他一眼说："干吗不坐？还等我请你？"

陈闯这才在文丹丹对面坐了，倒好像饭菜都是人家准备的，他只是来蹭吃蹭喝。文丹丹开了啤酒，在两只香槟杯里各斟了半杯，把一只杯子递给陈闯说："就当是香槟吧！"

陈闯接过杯子，低声说了句谢谢。文丹丹并没搭理他，也没跟他碰杯，自顾自地一口干了，撅了一筷子菜花放进嘴里，眉毛扬了扬，似乎颇有些意外。陈闯暗暗得意，猜到文丹丹要夸他手艺好。其实他的手艺还不只这些。中餐馆菜单上有的，一大半他都会做。虽说他从没干过厨师，可看也看会了。文丹丹却轻叹了一声，郁郁地说："我都不记得，上次有人给我做饭吃，是什么时候了。"

文丹丹的声音难得轻细，却仿佛藏了内功，点得陈闯心里一酸。

他偷看文丹丹，见她肌肤稚嫩得像个孩子，眼睛里却又分明都是老成，看上去有点儿矛盾。这个高高在上的富二代，顿顿不是餐厅的山珍海味，就是游艇上的夕阳大餐，却偏偏吃不到专门为她烹制的家常饭菜。也不知她是多大离开中国的，她的父母想必都非常忙，也不可能陪她在美国生活。陈闯心中一阵惆怅，似乎和她有那么一点点同病相怜。

文丹丹发现了陈闯的目光，鄙夷地冷笑了一声，百无聊赖地用筷子在菜里扒拉，像是突然没了胃口。陈闯心里一凉：就算两人都背井离乡，远离亲人，人家和自己也还是天壤之别。陈闯沮丧地拿起筷子，默默吞下一口饭，却突然听文丹丹问他："你的理想是什么？"

陈闯急忙咽下口中的饭，却又一时不知怎么回答，喃喃道："理想？"

"是啊！理想！"文丹丹不耐烦道，"就是未来你想干什么，想成为什么！"

陈闯努力想了想，并没想好该怎么回答。他的理想是有份稳定的工作，让他能拿到绿卡。可他不想告诉文丹丹这些。文丹丹给了他一份工作，却很有些名不正言不顺的，而且显然也发不出工资了。他不想让她觉得自己是在抱怨什么。文丹丹正斜眼看着他，仿佛颇有些轻蔑。她为什么要问这个？是要拿他寻开心吗？陈闯不禁赌气说："要理想干吗？有吃有喝有地方住，不就挺好！"

文丹丹挑了挑眉，更加不屑地说："这就对了！会做饭的男人，都胸无大志！"

陈闯更气，心想好心给你做饭吃，反倒被你看扁了，闷闷地嘟囔说："要大志干什么？能长生不老吗？只要什么都不用干，天天还有饭吃，让我在哪儿都成！"

文丹丹撇了撇嘴说："那还不容易，去坐牢呗！"

陈闯噘嘴说："不知怎么去！"

"去抢银行！抢完你坐牢，把钱都给我！"文丹丹忍不住扑哧一笑，随手夹了块西红柿塞进嘴里。陈闯也想笑，又觉得实在可气，想说你都那么有钱了还这么贪，可又一想，她现在正缺钱呢，眼看就要天天米饭泡酱油了，也不知她那位在亿闻网当总裁的爹知道不知道。多半是不知道。文丹丹投资互联网公司，大概是背着父母做的。她往雷天网里投了多少美金？前前后后总有五六十万。拿这么多钱打了水漂，料她不敢告诉爹妈。陈闯不禁低声说："想要钱，管你爸要去！"

文丹丹立刻沉下脸来："我管谁要，关你屁事！"

陈闯心里一堵，嘟囔道："反正别管我要。我又没有有钱的爹！"

陈闯说罢，低头盯着饭碗，等着文丹丹发作，却半天没听见声音，心里不免有点儿发虚，在余光里搜索文丹丹。文丹丹似乎僵住了，一动不动的。陈闯偷偷抬眼，只见文丹丹正怒视着自己，心里一惊，赶忙垂眼去看筷子尖儿，心想她又要小题大做，却听文丹丹微微发颤地说："你凭什么就觉得，我是靠爹吃饭的？"

陈闯本想说"你本来就是"，勉强忍住了，心中突然领悟：文丹丹是个死要面子的人，投资雷天网，也许正是想要证明，她并不是"靠爹吃饭的"。然而事实却证明，文丹丹还不如一个"靠爹吃饭的"——她简直是个败家子！可不知为何，陈闯却心生怜悯，躲闪着文丹丹的目光，讪讪地说："我不是那个意思。"

"那你是哪个意思？"文丹丹柳眉倒竖，根本等不及陈闯回答，机关枪似的说下去，"既然有本事说出口，就别尿啊！你没说错，我从小到大，花的都是我爸的钱！我爸就是有钱！有钱给我交学费，给我租豪华公寓，还给我好多零花钱，我爸还给我买了豪车呢！你眼红了吧？眼红也用不着这么恶心人啊！不就是劳您大驾亲自下厨了吗？我就奇怪了，到底是谁求您做饭了？"

文丹丹越说越气，拾起筷子恨恨地朝着菜盘子一摔："你现在也用不着眼红了，没钱了，车也卖不掉！去年才买的，花了十万！现在就卖五万，都比 Blue Book①低两万了，还是卖不掉！不然也不会让您受累了！有本事，你把它给我卖了呀！说什么风凉话？"

文丹丹摔摔打打，胡搅蛮缠。陈闯瞬间火冒三丈，可听到最后几句，却也觉得意外。他知道 Blue Book 上刊登的二手车价格并不高，如果比那个还低两万，的确是非常贱卖了，怎会一直卖不掉？可他并没提问。人家文丹丹要卖的是豪华跑车，跟他曾经关注过的二手丰田怎么可能是一回事？他又哪有资格讨论呢？他就连二手丰田车还没舍得买呢。陈闯一下子泄了气，自言自语道："我要是有本事，就买了。"

文丹丹倒是倍感意外，吊起眉梢，嘲讽地问："你？想买我的车？"

陈闯猛然惊醒过来，自讨没趣地摇摇头："那我可买不起！去年，我爸来探亲，我本想买辆二手丰田的，想开车带他到处逛逛。得花两千，我没舍得。所以，他哪儿都没去。"陈闯深吸了一口气，又说，"也不知道，他还能不能再来了。"

---

① Kelly's Blue Book，美国车辆评估机构发行的二手车价格评估手册。

文丹丹张了张嘴，却并没说出什么。她突然也没兴致再斗嘴了。两人都泄了气，瘫进椅子里。四周一下子安静下来，仿佛窗外有一台巨大的收音机，电源突然被拔掉了。

只剩楼下的脚步声。

楼下确实有脚步声，急急躁躁，可又小心翼翼。天已经黑透了，但还不至夜深，应该扰不着谁的清梦。那脚步声穿过停车场，竟然走上楼梯来，木制楼梯一阵吱嘎，像是故意要报警似的。脚步声突然又没了。

文丹丹坐直了身体，警惕地盯着大门。她最近总是草木皆兵的。不过这次，就连陈闯也觉得可疑，不由得屏住呼吸。四周静得像是凝固了，只有心跳在怦怦作响。楼道里肯定有人，而且鬼鬼祟祟的。难道真是冲着文丹丹来的？是文丹丹父亲的敌人派来的？是来侦察的，还是来绑架的？文丹丹每天足不出户，怎么还是被发现了？

果然，脚步又响了，而且比刚才放肆了一些，在木制的楼道里踩出一片乱响，直冲这一间公寓杀来。

陈闯大惊，连忙起身要去关灯，却听文丹丹竭力压低了声音说："别关灯！"

陈闯连忙停住步子，扭头去看文丹丹，见她不知何时已到了窗边，脸上没有一点儿血色。文丹丹使劲儿摇摇头。陈闯猛地明白过来，现在关灯，就等于给楼道里的人报信。陈闯连忙转身，蹑手蹑脚地走向文丹丹。文丹丹正拉开窗户，窗外有一条逃生梯，旧金山湾区是地震高发区，超过三层的房子都必须配备户外逃生梯，而这座建筑的逃生梯恰巧经过那扇窗子。

文丹丹刚刚爬出窗户，敲门声就响起来，文丹丹脚下一滑，险些跌下梯子，还好被陈闯拽住了。又是一阵敲门声，文丹丹如惊弓之鸟，甩开陈闯的手，沿着逃生梯往下快爬。

陈闯也爬出窗户，衬衫却不知被什么挂住，一时解不开，正着急，却见文丹丹就快到地面了，仰起头急赤白脸地朝他招手。敲门声更急了，简直是在砸门。文丹丹冲着陈闯咬牙切齿，听不清说些什么。陈闯低吼了一句："别管我！"

文丹丹不知有没有听清，怒气冲冲地回身往上爬。陈闯心急火燎，死命一挣，刺啦一声挣脱了，脚下却失去了平衡，更糟糕的是，手也抓空了，身子成了自由落体。陈闯猛然意识到：他也许要摔死了。可他并没感到多少恐惧，也没多惊慌，时间似乎突然变慢了，由着他飘飘悠悠地下落。他甚至发现他正经过文丹丹，看见她向着自己伸出手。他猛地意识到，自己太重了，会把她也带下去。他使劲推开她的手，由于用力过猛，身体竟在空中翻了个儿。他看见一缕金色的发梢，在点点星光下摇曳。

然后是背后重重的一击，像是被一辆疾驰的火车撞上了。

陈闯眼前一片漆黑，可他知道自己并没死。他能听见文丹丹在轻声呼唤，或者并不是轻声，只是距离很遥远。

"陈闯！陈闯！"

他想睁开眼睛，可怎么也睁不开。

"陈闯！陈闯！"

带着哭腔的。像是真的，又像是梦。他突然很好奇，想看看文丹丹是不是真的在哭。不可一世的"皇后"，竟然为了他这个"小丑"而哭？可他还是睁不开眼。怎么用力都白费。然而，他眼前却突然有了影像。他以为自己有了特异功能，记得听中餐馆隔壁古董店的老板娘说起过开天眼的事儿。他也开了天眼，看到模模糊糊的星空。许多的星星，亮得耀眼。

不，应该不是星星。太亮了。好像是月亮，不知被什么分割成许多块，团团簇簇地移动着。这真是奇妙啊！当他下落的时候，时间突然变慢了；可当他安静地躺着，时间又突然变快了。不然，他是怎么看到月亮在动的？他大概已经躺了很久很久了。

"陈闯！你能听见我说话吗？"

陈闯又听见文丹丹的声音，可他并没看见她。他眼前——也许应该说，他的"天眼"前——就只有一个支离破碎的月亮。他不确定应不应该回答她。她的声音忽远忽近，也不知是不是幻觉。他试着活动身体，四肢和腰部似乎都还正常。他感到后脖颈子上湿漉漉的，后背也湿漉漉的。是躺在血泊里吗？他心里一沉，仔细闻了闻，并没闻到血腥味儿，只有一股浓重的水草清香。他恍然大悟：逃生梯下是草坪。是刚刚浇过水的草坪救了他。可他身边似乎并不是草坪，到处都是乱蓬蓬的枝杈。他像是正躺在原始森林里。也许他并没清醒过来，也许真的已经死了。

陈闯当然没死。而且没受重伤，自然也没开"天眼"。他只不过被落地时的重击敲昏了头，一时失去了视觉。他的眼睛本来就一直睁着，可半天才恢复视觉，所以产生了睁不开眼睛却又看见东西的错觉。他看见的也并不是月亮，而是路灯，但确实是被灌木的枝杈分割得支离破碎。他的确是落在草坪上的，但文丹丹把他藏进十几米以外的灌木丛里，为了不让入侵者发现。陈闯在灌木丛里躺了十几分钟，才渐渐把这一切都弄明白。可他始终没弄明白，文丹丹到底有没有哭。

文丹丹眼睛里的确水盈盈的，眸子上洒满了细碎的光。可那并不能说明她刚刚哭过。陈闯并不确定，夜色中女孩子的眼睛应该是什么样子的。可他很确定，文丹丹看上去一点儿也不友善——她一手撑着地，另一只手紧紧攥着手机，愤怒而鄙夷地看着他，像是看着战场上装死的逃兵。她说："我还以为你真死了呢！瞪着眼睛不说话，成心吧？"

文丹丹傲然扬起头，却轻轻咬了咬嘴唇。这动作出卖了她。她并不是皇后。陈闯试着用胳膊肘撑起身体，微微动了动手脚，确定自己并无大碍，也顺便确定文丹丹的确很狼狈——光着脚，脚上睡裤上都是泥，毛衣涌上肩头，在胸部胡乱纠缠着，像是刚刚跟色狼肉搏过。可她并没遇上色狼。她刚刚"肉搏"的对象是陈闯——也不知是拖还是拽，反正硬是把他弄进灌木丛里了。陈闯不觉有点儿得意，像是取得了某种胜利，故意又躺倒在地，闭上眼睛不出声音。文丹丹强作镇定地问："又装死？"陈闯不答，直挺挺一动不动，只把眼睛睁开一条缝，偷看着文丹丹。文丹丹果然又着了慌，手足无措了一阵，左右为难地举起手机。她原本一直握着手机，也许刚才就想打 911 求救的，只不过下不了决心。陈闯明白，对于文丹丹而言，报警也就等于暴露自己。她虽然并未说明，但她父亲的"敌人"似乎在美国很有办法，也许跟警察都串通了。陈闯连忙"醒"过来，皱着眉装模作样地哼哼："哎哟，不行了，我不行了！"

"你怎么……"文丹丹大惊失色，不过很快发现了他嘴角的笑意，长出了一口气，不屑地扭开脸，嗔怒着说，"怎么不赶快死了得了！还回光返照呢？"

陈闯越发得意，强忍着笑说："也太没人味儿了。就算不救死扶伤，总得有点儿同情心吧？"

文丹丹却又突然举起手机，愤愤道："我还是打 911 吧！赶快送你去医院，省得聒噪！"

"别别！"陈闯赶忙坐起身，顿时头晕目眩，又怕文丹丹担心，强忍着赔笑说，"别啊，去了医院，可就真破产了！"

"那不是正合适？"文丹丹仰起头，像是在用下巴指点着医院，"人家医院得先给你治病，然后再给你寄账单！破产了，就赖账呗！"

"那就得跑路了。"陈闯挤眉弄眼，好像跑路是一件极有趣的事。文丹丹没好气儿地问："你眼睛怎么了？摔出毛病了？"

陈闯连忙又把眼睛睁圆了，讨好地问："这样，好点儿吗？"

文丹丹扑哧一笑，连忙又绷起脸说："神经病！赶快跑路吧！快滚！"

陈闯却眨眨眼说："我说的不是我。是你！"

"什么？"文丹丹一时不明白。

"我是你的员工，我是因公负伤的。本来就该你出医药费。"陈闯做了个鬼脸。文丹丹这才领悟，白了陈闯一眼说："我还就是不出了。摔死你活该！"说罢把手一扬，就像她手里攥的不是手机，而是陈闯。手机却像有了知觉，瑟瑟颤抖着尖叫起来。文丹丹吓了一跳，手机险些落地。她手忙脚乱地静了音，惊惶地四处张望。陈闯也跟着张望，公寓隔着重重枝杈，两人刚刚逃离的那扇窗子还开着，屋里的灯也还亮着，看不见人影。也不知不速之客有没有闯进屋子。

手机仍在振动。文丹丹看了看，低声骂道："是 Jack! Ass^①！"

文丹丹边嘟囔边接听电话，听了没两句，愤愤道："你干吗把地址给他？不是说了谁都不许告诉吗……我换号码，不就是不想让任何人找我吗！我的命就不值钱是吧？"

文丹丹虽然愤怒，却并没挂断电话，安静听了一阵，脸上竟然出现了一丝喜色："车卖掉了？把支票给你不就得了！干吗非得给我？你这不是成心吗？明知道我不能见他……我知道是 cashier's check^②，放心，他会给你的！你这就给他打电话，就说我让你去找他取支票！"

文丹丹匆忙挂断了电话，兴冲冲地对陈闯说："是我爸的秘书！终于把车卖了！非要亲自把支票送来，所以管 Jack 要了地址。"

陈闯看出文丹丹心情大好，知道是因为卖了车，有钱购买假数据了。他可不想讨论这件事，又接着刚才的话题说："那我就白摔了？看看，这么贵的衣服都弄脏了，可别让我赔啊！"

陈闯边说边往灌木丛外面爬，文丹丹却一把拽住陈闯的胳膊说："等会儿！谁知道他走没走呢？"

---

① Asshole 的简称。笨蛋、混蛋。

② 现金支票。

陈闯猜到文丹丹不想见那姓荣的，微微有些开心，故意皱眉问："真是令人费解啊！你爸的秘书，怎么就像你的仇家，每次你都跟老鼠见了猫似的？"

文丹丹立刻骂道："呸，我怕他？我就是烦他！"

陈闯心里一沉，故意假装恍然大悟道："哦，我知道了，他是你男朋友！"

"放屁！"文丹丹又骂了一句，不耐烦地解释说，"我上大学的时候，公司派他到美国进修，他的确追过我，可我一点儿兴趣都没有。"文丹丹顿了顿，似乎觉得还不够彻底，又缀了一句，"就是个神经病，老是鬼鬼祟祟的！"

文丹丹朝着公寓的方向努了努下巴。陈闯暗自好笑。鬼鬼祟祟躲在灌木丛里的是文丹丹和自己，并不是文丹丹父亲的秘书荣凌峰。跑车卖了几万块，这么一大笔钱，人家自然要当面交付。文丹丹这么不愿意见，倒反而好像心中有鬼。天知道当年发生了什么，但肯定不是文丹丹说的那么简单。陈闯不禁又看了一眼文丹丹，她仍盯着公寓的方向，已没了刚才的惶恐，目光变得漠然而凝重，脊背也挺直了，虽然还在灌木丛里，却已恢复了一些皇后的做派。有一注穿过枝杈的路灯光，正打在她额头和鼻梁上，像是专为她加冕的。一时间，陈闯竟有些肃然起敬，转而又觉得实在可笑。哪有披头散发坐在灌木丛里的皇后呢？

突然间，文丹丹手中的手机又振动起来。文丹丹这次很沉着，拿起手机看了看，立刻接通了，问道："Jack，你拿到钱了？"

陈闯闻言也吃了一惊，心想 Jack 贾速度够快的，这才几分钟，已经和荣凌峰见过面了？然而文丹丹的表情告诉他，肯定没那么顺利。文丹丹皱着眉，脸上阴云密布。陈闯猜想也许荣凌峰不愿意把支票交给 Jack 贾，暗暗地有些幸灾乐祸，随即又有些自责，心想虽然他们要去买假数据，可文丹丹也够不容易了。陈闯尽量做出一脸关切来，文丹丹却突然把手机递过来。陈闯吓了一跳，一时不敢接，文丹丹没好气地说："接着啊！Jack 说宋镭急着找你，可他没你联系方式！你干吗不把手机号告诉人家？"

陈闯倍感不解。宋镭能有什么急事？陈闯的确有只手机，却并没把号码告诉过宋镭。按照他的理解，那是文丹丹给他配备的"工作手机"，并不是他的私人物品，电话费也不是他交，所以，他从来不用那只手机干私事。

陈闯怯怯地接过手机，正犹豫着，忽听文丹丹又说："你怕什么？难道被他骚扰了？"

陈闯疑惑地抬头，看见文丹丹正在那一束光下，朝着自己诡笑。

陈闯在走向霍夫曼教授实验室时，突然感觉非常紧张，心跳得连他自己都能听见。这实在出乎他的意料。大概是因为宋镭在走进大楼前突然说："知道吗？这座楼就叫'霍夫曼大楼'，专门为教授盖的！"陈闯不禁抬头仰望，并没看出特别之处，但的确是一座标准的工程院教学楼，总有五六层，容纳一两个系是没问题的。

但即便如此，即便霍夫曼教授是爱因斯坦，也轮不到他陈闯紧张的。他对科学并没多少兴趣，又不是霍夫曼的研究生，甚至并不是 S 大的学生。他就只是个选修了"人工智能 IV"的交换生，如果实在觉得不好学，前半个学期都可以退课的，并不影响成绩。那个利用机器学习做求职预测的程序，自然也就不用写了。

应该感到紧张的，其实是走在他前面的宋镭。宋镭不但不能退掉这门课，还必须取得优异成绩，因为霍夫曼教授就是他的博士生导师，而且也是全世界知名的科学家。霍夫曼教授不但能让宋镭顺利取得博士学位，还能为他一生的事业铺平道路。但宋镭看上去不但不紧张，而且还很轻松自如，走进教授的办公室，就像是走进自己的实验室去找同学闲扯似的。

这让陈闯非常羡慕，甚至有些嫉妒。他在美国生活了七年，还从没觉得自己和美国人是平等的。无论白人、黑人、拉丁裔、印度人，他都不如。可宋镭就和他们平等。不仅如此，就连世界顶级的科学家，似乎也能和他平等相处。霍夫曼办公室的大门敞开着，他就直接走进去，一只手还插着裤兜，抬手在额前比画了个敬礼的姿势，并不是士兵向军官敬礼，而是朋友之间打招呼，他说："嗨，教授！我把 Chuang 带来了！"

陈闯的确不需要紧张。霍夫曼教授微笑着向两人点头示意，和蔼可亲极了，和课堂上判若两人。宋镭早告诉过陈闯，霍夫曼教授非常喜欢他们的项目，并且打算鼎力相助。陈闯当然明白，"他们的项目"指的就是使用机器算法预测求职结果。他只是心血来潮地一提，宋镭就认真了。

当然，两人一组完成"人工智能 IV"的大作业，对谁都不是坏事。除了宋镭，陈闯也不知还能和谁一组。只不过，陈闯还在犹豫。他其实不希望这个作业和雷天网有任何瓜葛。他虽然还在给文丹丹工作，但雷天网和他没关系了。就算他不使用雷天网的数据，别人却未必相信的。瓜田李下。如果让文丹丹知道，还不定要说出什么尖酸刻薄的话来。

霍夫曼教授表示愿意帮助陈闯和宋镭完成这个程序。帮助的方式，就是提供原始数据——S 大的校园 BBS^①，有个求职主题的板块。学生们在论坛里上传自己的简历，以供校方提供给正在招聘的公司，作为回报，要在论坛里分享面试的经历和结果，为学弟学妹们支招，并且分享招聘单位的内幕等等。这个 BBS 板块的功能类似求职网站，因为是在校园内部，多了信任感，参与的学生也更活跃，积极分享面试结果，这正是陈闯和宋镭需要的。只不过，这网站是 S 大校园网的一部分，只向 S 大的在校生开放，而且很多用户选择不公开自己的简历，或者把有关面试结果的留言加密，只给自己的好友看。因此即便以学生身份登录，也无法收集足够的信息。霍夫曼教授已亲自接洽过校园论坛，以科研的名义索求部分后台数据。对方只答应提供 1999 年到 2004 年五年间的学生简历和应聘结果，而且还要掩去姓名和联系方式，把姓名都改成代号，以避免泄露个人信息。一般如果科研项目涉及学生数据的，都是如此操作。

宋镭果然和教授毫不见外，立刻就问，能不能拿到用户的照片？教授为难地说，虽然大部分 BBS 用户的头像都用了自己的照片，但既然要掩去身份信息，自然是不能提供照片的。教授随即安慰两人说，知道他们想尝试使用人脸识别技术，但这个大作业没有那么高的要求，程序运行结果的准确度也不需要很高，只要正确使用了机器学习算法，就能通过的。

霍夫曼教授的确是够仁慈的，担心宋镭和陈闯仍不满意，又补充说，S 大校园网是 1996 年建立的，1998 年开始大规模应用。虽说只能得到从 1999 年到 2004 年的数据，也有几千份简历，足够这个大作业用的。教授言罢，像是突然又想到什么，追问了一句："的确就是为了作业吧？"

---

① 网络论坛。

这问题让陈闯心虚，宋镭却底气十足地回答："当然！"教授似乎仍有些不放心，解释道："你们也知道大学的规定，学校的任何资源，都是不能随便用于商业的，要经学校批准，还要签合同。学校要分一杯羹的！"教授摊手耸肩，一副无可奈何的样子。这方面霍夫曼教授肯定最有发言权——明明是人工智能方面的世界级大咖，却不能自由创业，也不能随便接私活，一切商业收益都得跟学校分，每年被分掉几百万美元。

宋镭指天为誓："我保证，绝对没有商业用途！"

宋镭说罢，故意朝陈闯会心一笑。陈闯也只好强作笑容，暗下决心和雷天网一刀两断。反正当初说好的只为文丹丹工作一个月，现在只剩一周了。他本来也没打算继续为她工作的。想到此处，陈闯微微有些忐忑，不知文丹丹到时会不会反悔，又不让他走了。但是，留下他又有何用？跑车卖掉了，雷天网的数据问题解决了，文丹丹也搬走了，大概是受够了墨西哥邻居的民歌和被单子，又或者是受够了他，所以搬到哪家酒店去住了，好几天没有音讯，自然也再没支使他干这干那。他本来也已经没用了。可令他意外的是，这想法并没让他感觉轻松，反而有点儿失落。他越来越搞不清楚自己了。

霍夫曼教授满意地点点头，却又诡异一笑，挤挤眼说："赚钱这种事，不用太着急的！等离开了 S 大再说！反正我从来不留存学生的作业，也不记录那些作业里都写了什么！"

教授的这句话让宋镭有点儿激动，特别情真意切地说了谢谢，还好并没鞠躬，不然陈闯也得跟着鞠，那就真的好像是在发誓了。并不是发誓那作业和商业无关，而是发誓一定要在未来把它商业化了，而且要和宋镭一起的。

其实，只要他离开雷天网，离开文丹丹，这又有何不可呢？他甚至还"脑补"了一些 Jack 贾常说的话：当今最值钱的是什么？是 idea；brilliant idea！[①] idea 是最重要的！技术反而是次要的。有了好的 idea，自然会有人给你投资，可以聘用懂技术的人来帮你实现你的 idea！然后就会有更多的人给你投资！你就可以雇佣更多懂技术的人，懂营销的人，懂市场的人……

陈闯脑补着有朝一日，有人真的给他的求职预测程序投资。可他并不打算雇佣"懂技术的人"，他自己就能编程，他要把钱攒下来，

---

① 创意，杰出的创意。

租一套像样的公寓，不用太大，但要有自己的厨房和浴室，他还要买辆二手车。如果闯爸再来美国探亲，他可以带着闯爸四处逛逛，去金门桥，去迪士尼，去拉斯维加斯，然后再帮他办移民，申请一间老年公寓。欠的债还清了，以后也就再无瓜葛。

可他想着想着，竟又忐忑起来，像是犯了什么不可饶恕的罪行，比如背叛。并不是背叛闯爸，那到底背叛了谁呢？当他和宋镭并肩走出霍夫曼大楼时，这个问题一直挥之不去，像是一粒鞋里的沙子，不值得专注，却又不能完全忽视。他莫名地感到愤怒，想跟人发脾气。尽管他很穷，但他是自由的。如果美国对他曾有那么一丁点儿好处，那就是自由。可他为什么要感觉到忐忑呢？

人生的确充满了巧合。比如陈闯正在和自己较劲的气头上，手机响了，都已经好几天没响了，偏偏在今天的这个时刻响了，果然是文丹丹打来的。

"陈闯，下周五晚上七点，来参加庆功 party！"文丹丹的声音里透着兴奋。

"庆什么功？"陈闯莫名地有点儿紧张。

"雷天网啊！数据都搞定了，大功告成了！"

陈闯知道文丹丹说的是从东南亚买来的电话号码和 E-mail。现在的雷天网，不但拥有八万多份求职简历、一万多个招聘广告，还有相对应的联系方式，看上去已经是个初具规模的求职网站了。大概不久就会得到更多投资，然后就能聘用比陈闯更会编程的程序员，还有市场和销售，成为又一个硅谷的成功故事。而文丹丹呢，她能向所有人证明，她的确不只会花爹妈的钱，她也是能挣钱的。她能用自己赚的钱，住回豪华公寓，再买一辆更时髦的跑车，像以前那样举办几十上百人的盛大派对。不是下周五就有一个？

文丹丹毕竟还是成功了。

陈闯并没像以往那样愤愤不平，尽管文丹丹并没像他曾经预料的，因为傲慢和无知而弄个血本无归。他竟然有点儿欣慰，浑身上下一阵轻松，就像感冒突然痊愈：他再也不必因为没能从别的求职网站挖取联系方式而背负罪责了。所以，到了下周五，正满一个月，他正好可以向她告别了。

陈闯把手机凑近嘴边，用自认为平静而愉快的声音说："好的，我去。"

周五很快就到了。

在几乎是以光速运转的硅谷，一周本来就不能算久。而对于陈闯而言，过得就更快了。突然间，他和硅谷似乎发生了某种关联。遍地都是创业者的硅谷，好像一张大网，而他这条漏网之鱼，不知何时钻进网里来了。他的确不记得何时，就像犯了偏头疼的人弄不清楚头疼是从何时开始的。他倒是常常想起文丹丹的提问：你的理想是什么？

整整一周，陈闯都在编写求职预测程序，就像要在 S 大的机房里生根发芽。之前给雷天网写的程序虽然存在 U 盘里，可他一点儿也没借用，一个字母一个字母从头写起，仿佛这样就能跟雷天网彻底无关了。

宋镭几乎全程陪伴，帮陈闯调试模块程序。毕竟是学霸，没用多久，已基本能读懂陈闯写的程序，而且越来越喜欢"指手画脚"。陈闯写完了数据库，在开始写机器学习算法的时候，还跟宋镭有过一次小争执。陈闯打算采用最简单的线性回归算法，而宋镭则主张使用模拟人类大脑神经元的"神经网络"算法，两种算法都是霍夫曼教授在课堂上讲过的。

霍夫曼教授一共讲了四种机器学习算法。第一种线性回归算法，也就是统计学里常用的最小二乘法，是最简单明了的，也很容易通过编程实现。第二种抛物线算法，原理和第一种基本一致，只不过由一阶上升为二阶，因此稍复杂些。第三种逻辑回归算法，是在前两种算法的基础上，加上回归算法，再用概率处理。听上去复杂了许多，也更难以通过编程实现。而第四种神经网络算法，是模拟大脑神经元网络对数据进行分解和处理，对每个"神经元"进行逻辑回归处理，非常复杂烦琐，陈闯并没完全听明白，也并不觉得十分实用。

但宋镭显然最喜欢神经网络算法，坚持说使用最接近人类大脑的算法，才能写出最"智能"的程序。陈闯猜宋镭也并没真的弄明白什么是神经网络算法，甚至对机器学习的本质还不够理解，不禁有些轻蔑地说，机器学习恰恰跟人类的"智能"相反。人类是靠着因果逻辑来思考的，机器学习不需要逻辑，只通过统计学寻找关联度，是以量取胜的，并不是你说的那种"智能"。

　　宋镭一时下不来台，脸色不太好看，但终究没再开口，毕竟程序是要靠陈闯来写的。宋镭对着电脑百无聊赖地坐了一会儿，又开始打游戏。竟然仍是《武林风云》。陈闯想起去年为了跟宋镭赌气，也曾注册了"陈小刀"拼命练功，是何等的小肚鸡肠，两颊不禁隐隐发热，心想当时吃过宋镭的醋，可宋镭和杜思纯似乎也并没好起来。杜思纯到底喜欢谁呢？陈闯心中懊恼，人家喜欢谁跟你何干？他都很久没见过杜思纯了。他从来就没对她抱有任何幻想，现在就更不会了。只是时不时想起来，心中依然惆怅，就像做了个极美好的梦，醒来之后的那种惆怅。

　　线性回归算法果然简单，陈闯只用了两天就把程序写完了。陈闯把 S 大校园论坛提供的八千多份简历和两千多个面试结果输入程序，由程序计算某份简历应聘某公司职位的成功概率，并使用相应的应聘结果做修正，来来回回调试了一个通宵，结果并不令人满意——求职预测的准确度只有 28%，还不如抓阄来得准——应聘就只有两种结果：被录用，或者没被录用。就算闭眼瞎猜，也该猜中一半的。

　　宋镭陪着陈闯在机房里熬了两天一夜，早把之前的小争执忘了，因此并没责怪陈闯不听他的建议，反而安慰他说，校园网提供的应聘结果未必准确，也许有人同时得到了几家公司的 offer，而校园网只记录了他最终接受的那一家，其他都按照失败处理了。但陈闯心里明白，即便如此，预测程序也还是跟瞎猜差不多。

　　宋镭自告奋勇地要去找霍夫曼教授，请教授再度接洽校园网，求他们提供更多的论坛数据，也许能从学生们在论坛里的发言得到更准确全面的招聘结果。陈闯留在机房里又熬了一天，把线性回归算法升级成了抛物线算法，预测的准确度勉强提升到了 35%。正巧宋镭走进机房，见到这个结果，兴奋地说："提高了就好！说明思路是对的，准确度不高，是因为数据不够准确！"

　　陈闯对这个结果依然不满意，他猜宋镭也只是在安慰自己，不禁有些感动，也有点儿纳闷儿，两人都已经两天一夜没睡觉了，宋镭却神采奕奕的，两只通红的眼睛亢奋地圆睁着。陈闯问："霍夫曼教授答应再去联系校园网了？"

　　宋镭却摇了摇头，神秘兮兮地说："教授根本没联系过校园网，那些数据，本来就在他手里的！"宋镭拿出一只 U 盘，像是拿着什么宝贝似的，"教授本来就在跟校园网合作一个项目，合作两年多了，是我们实验室的韩国人在做的。所以，从 1999 年到 2004 年的所有论坛数据他都有。所有的帖子、留言和评论！只不过，教授之前给咱们的，是让韩国人处理过的数据，是他一直帮教授弄这个项目。"

陈闯大喜道："有照片吗？"

宋镭十分得意地点点头。陈闯心想，这下子可以使用人脸识别了。可又有点儿担心，问道："这数据，你是怎么弄来的？"

"韩国人啊！他欠我好多人情呢！再说了，之前给咱们的数据，就是因为他嫌烦，并没按照教授的要求做，而是瞎糊弄了一下，所以才特别不准确！他怕我去找教授告状，只好把原始数据都给我了。"

"可是教授又没让咱们用这些数据，咱们要是真的用了，他会不会很生气？"

宋镭凝着眉想了想，问道："你急着用人脸识别吗？"

陈闯摇头道："那倒不急！要用也得跟你请教！"

宋镭点头道："我也才刚学了一点儿，一时半会儿弄不明白的！而且，只要交给教授的程序里没有人脸识别算法，他就不会发现的！他又不可能去仔细对照数据里那些字符串的，对吧？"

陈闯想想也有道理。但这些话从宋镭口中说出来，总有点儿难以置信。陈闯好奇地看着宋镭，看了好一阵子，看得宋镭不好意思，避开陈闯的目光，顺势抬手在脸上乱摸着说："干吗？我脸上有东西？"

陈闯笑道："不是，我是好奇，你那么坚持原则，怎么会愿意从霍夫曼教授那里偷数据的？"

宋镭的脸更红了，问道："我什么时候坚持原则了？"

陈闯忙解释说："你那么坚决地脱离雷天网，本该归你的钱都不要，还不是坚持原则？"

"哦，你说那个！"宋镭苦苦一笑，又正色道，"雷天网是要买假数据，那是弄虚作假，完全两码事，我弄来的可是真实的数据！"宋镭又摇了摇手中的 U 盘，一本正经地说："为了提升程序的准确度，需要更多真实的数据！这是科学，是创新！为了科学，我是愿意冒一点儿险的！"

陈闯看宋镭表情严肃，不禁觉得好笑，可又有些不解。Jack 贾也常常义正词严地发表演讲，听上去令人厌烦。宋镭也在演讲，为何就不那么令人讨厌，甚至有点儿可爱呢？也许是因为宋镭真的相信自己所说的吧！或者说，宋镭是真的愿意为科学而"冒险"的，他也是真的非常鄙视雷天网的。陈闯猛然想起来，文丹丹的"庆功宴"不正是在今晚吗？陈闯连忙抬头看机房墙壁上的电子钟，竟然已经六点半了，显然就要迟到了。陈闯说："今晚 Wanda 要开 party，庆祝雷天网……"

陈闯本想邀请宋镭一起去的，可终于还是说不出，先前出口的半句话，无比尴尬地悬在空气里。

"我知道，Jack 贾邀请我了。"还是宋镭主动开口给陈闯解围，沉吟了片刻，冷笑着问，"大概是买到假数据了吧？"

陈闯沉默着点点头，自觉两颊发热，仿佛"买假数据"也有他的一份。

"我不去，你去吧。"宋镭摇摇头，低头去看手中的 U 盘，讪讪地说，"我把这里面的数据重新整理一下，在程序上跑跑看，结果会不会不一样。"

陈闯走出机房。旧金山湾区傍晚的寒风扑面而来，让他浑身一震。他暗暗下定决心，今晚一定要和文丹丹说清楚，从明天开始，他真的就和雷天网、和文丹丹，都没有关系了。

5

陈闯在通勤火车上打了个盹儿，仿佛也就睡了几分钟，可醒来时，列车正驶入旧金山终点站，这一觉居然睡了快一个小时。

站台上的电子钟显示 20:10，天早就黑透了。陈闯徒步走到酒店，已是晚上八点半，比文丹丹指定的时间晚了一个半小时。但他确信文丹丹的庆功派对离结束还早。因为立在他眼前的，是一家超级豪华的酒店。而派对的举办地点，就是酒店顶层的一家叫作"丘比特"的西餐酒吧。跑车卖掉了，数据买到手了，奢华成性的皇后文丹丹满血复活了。在豪华酒店的酒吧里举办的派对，哪有在午夜前结束的？

陈闯走向酒店大堂，脚步有些局促，不够理直气壮。门童果然有所动作，让他心里一慌。但门童并没阻拦他，反而为他开了门，并且微笑致意。他逃难似的进了电梯，从镜子里看见衣冠楚楚的自己，这才想起上身穿着阿玛尼的白衬衫和西装外套，下身是阿玛尼的牛仔裤，脚上也是锃亮的阿玛尼皮鞋，门童是不会阻拦他的。

电梯快速升至三十层，陈闯的耳朵堵住了。他使劲儿咽了一口唾沫，还没来得及确认耳朵是不是恢复正常了，震耳的摇滚乐已从徐徐分开的电梯门缝里钻进来，门外天昏地暗，电闪雷鸣。陈闯定睛细看，自己分明已经在酒吧里了。他后来才得知，这是餐吧专门为今晚派对设计的主题——"雷天万钧"。文丹丹把整个餐吧都包了。只要付得起，她能把整个宇宙都包了。

然而走出电梯的一刻，陈闯并不知道这些，就只感觉怪异——尽管摇滚轰鸣，霓虹乱舞，但整个舞池里一个人影都没有。不仅舞池里没人，吧台、卡座里也都没有客人。只有两名侍者，在吧台后面百无聊赖地擦杯子。

有个侍者终于发现了陈闯，从吧台后绕出来，告诉陈闯今晚包场，不对外开放。陈闯说他是受邀来参加派对的。那侍者指指角落里的一扇紧闭的门，表情有点儿怪异。

陈闯心中诧异，朝着那扇门走过去，打开门，是一间私密的小包厢。中间一条小茶几，围着半圈沙发，好像国内卡拉 OK 的小包间。沙发上坐了一男一女。女的高仰起脖子灌酒，虽看不清脸，也知必是文丹丹。那一头金发是不容忽视的。她身边坐着个胖墩墩的男子，当然就是 Jack 贾，面向文丹丹双手交叉，凑在耳边轻声细语着，像是说着什么重要而秘密的事情。

陈闯有点儿尴尬，不知该不该进，只好扶着门站着。Jack 贾发现了陈闯，一脸惊讶地起身要打招呼，却被文丹丹一把拽住。

"我不是让你给他们打电话，告诉他们 party 取消了，不用来了吗？"文丹丹愤愤地问 Jack 贾。

"打了打了！我一个一个打的！"Jack 贾诚惶诚恐地解释，"可客人名单上没有他啊！我也没邀请过他。"

陈闯心想，的确不是 Jack 贾邀请的他，而是文丹丹亲自打的电话。看样子，是文丹丹临时取消了派对，让 Jack 贾打电话通知客人们不要来，她却忘记了通知陈闯。可这是为什么呢？不让客人们来，自己却跑来一醉方休？

文丹丹大概也意识到这件事赖不到 Jack 贾，气鼓鼓地把空酒杯塞给 Jack 贾说："再给我倒点儿！"

Jack 贾小心翼翼地指指茶几上的空瓶子："没了。"

"再来一瓶！"

"少喝点儿？"Jack 贾问。文丹丹白了他一眼，恨恨地说："妈的钱都已经花了！还不让喝痛快？"Jack 贾又试探着问："要不要干脆把他们都叫来？反正钱也付了，就算是公关嘛！"文丹丹却更火了："party 已经取消了！哪个字没听明白？都取消了还来干吗？看我笑话吗？烦不烦啊！"

"烦不烦啊"显然是冲着陈闯喊的。陈闯知道自己只是"漏网之鱼"，根本不受欢迎，本想转身走出房间，可胸中冒起一股无名火，径直走到文丹丹眼前说："我不是来参加 party 的。我只是来提醒你，一个月已经到了。"

"Stop！"文丹丹猛举起手，挡在陈闯面前，"今晚别跟我提这个！"

"可是，我们之前说好了，到一个月就……"

"陈闯，别说了！"Jack 贾瞪了陈闯一眼，又觉过于唐突，起身赔笑道，"既然来了，一起喝一杯吧！"

陈闯反而更气，自顾自地说下去："从明天开始，我就不为你工作了。"

"滚！"文丹丹尖叫一声，怒目圆睁，像个泼妇似的浑身乱颤。陈闯强压怒火，说道："我这就回公寓去收拾东西。"

陈闯转身就走，只听文丹丹在背后歇斯底里地嘶喊："都他妈滚！"紧接着哗啦一声脆响。陈闯猜到是文丹丹砸碎了酒杯之类，并不回头，自顾自走出去，径直走向电梯，却听背后有脚步声赶上来，胳膊被人扯住了。

陈闯回头，见 Jack 贾正面色严峻地看着自己，刚才的笑容完全不见了。Jack 贾回头看看小包间，确认门已关上，又看看四周，确认几个侍者都离得够远，这才低声对陈闯说："她家出事儿了。"

陈闯心中一惊，站定了问："出什么事儿了？"

Jack 贾又四处看看，沉吟了片刻，叹了口气说："Wanda 的爸爸被'双规'了。"

陈闯早听过"双规"这个词，但并不真的完全明白，问道："是被警察抓起来了？"

Jack 贾迟疑了片刻，点点头："唉，也差不多吧。不是被警察，是被纪委！"

"因为什么？"陈闯问。

"贪腐呗！谁知道？总之是被关起来了，交代问题。"Jack 贾又叹了口气，摇摇头，"唉，Wanda 这回惨了，什么都没了。"

"什么时候的事儿？"陈闯忍不住又问。

"今天下午，突然接到的电话。关了一个礼拜了，新闻都报道了，这才通知家属。"

陈闯心中沉甸甸的，瞬间生出许多懊悔来。文丹丹取消了 party，自己在那里灌酒，分明是心情很差。他却偏偏要跟她对着干，的确很不懂事了。

"你……"Jack贾吞吞吐吐，"能不能去劝劝她？"

陈闯不解，Jack贾连忙解释："我是觉得，她也许更能听你的。"

"不会吧，她最看不上我了。"陈闯立刻反驳，却莫名地有些心虚，这让他十分恼火。傲慢的"皇后"本来就看不起他的。Jack贾却说："她看不上任何人的，她也看不上我，我只是觉得，你在她眼里，跟我们不太一样。"

"那肯定不一样，你们都是学霸、精英，我就一个穷打工仔。"陈闯虽然这样说着，可毕竟还是转身往回走，听见Jack贾在背后说："我说的不是这个。"他加快步子，把Jack贾丢开了些，三步并作两步，打开包厢门。文丹丹正喝光另一杯红酒，眼神已有些迷离，她把红酒杯当作武器指着陈闯说："你！你回来干吗？不是让你滚了？"

大概是因为酒精的原因，文丹丹的声音少了气势，却添了些妩媚。她冲陈闯瞪了瞪眼，可眼睛立刻又暗淡下去。她垂下头，又努力抬起头，像是要努力打起精神，金色的长发却从额前泻下来。她试图甩开眼前的长发，可没成功。她又朝着它们吹了口气，还是徒劳。她只能从发丝的缝隙里愤愤地看他，像是藏在荆棘丛后的猎人。不，也许这次不像是猎人，更像是绝望的猎物。陈闯大步走过去，夺下她手中的空酒杯，不容置疑地说："走吧！我送你回家。"

"我自己能回家，不需要你们送！"文丹丹拼命甩开陈闯的手，摇摇晃晃地站起来，走出包间，走向电梯，身体扭摆得仿佛正在走T台的模特。这是平时绝没有的。路过吧台时，她抓了一瓶香槟，因此又晃了晃。Jack贾上前搀扶，被她一掌推开，挥舞着香槟高喊："别碰我！"

酒吧的侍者们都在做观众，Jack贾只好退后一步，无助地看着陈闯。陈闯却也迈不动步子，像是被一只无形的手拉着，只能眼看着文丹丹扭进电梯，金色长发铺撒得满头满脸。她再次用双手擎起香槟瓶子，像是擎着一把宝剑，对着电梯门外，用低沉而绝望的声音说："别进来！别再让我见到你们！"

十分钟之后，陈闯在酒店附近的路边找到了文丹丹。他自告奋勇地跟 Jack 贾说，今晚他保证文丹丹的安全，让 Jack 贾放心回家。他并不知道凭什么能这么保证，但 Jack 贾也并没质疑，一切都似乎顺理成章。

文丹丹坐在一家店铺门前的台阶上，双手抱着腿，下巴抵在膝盖上，看着马路发呆。香槟已经被她打开了，还剩大半瓶。大概是喷了一些出去，瓶子外壁上淌着气泡，木塞子早已没有踪影。陈闯想起公寓里碎掉的灯泡，不禁有些后怕，怕那塞子伤到她的眼睛。好在那两只熊猫眼张得很大，虽然暗淡无神，却并不像是受过外伤的。

陈闯在她身边坐下来，她毫无反应，就像并没看见他。他默默地坐了一会儿，也看她看的方向，对面有一排护栏，露出几级台阶，是个地铁出入口，并没有北京的地铁站气派。台阶上坐着个流浪汉，身边放着一只酒瓶子。陈闯闻到了酒精的气息，大概不是从街对面飘过来的。他看看她，仍抱膝坐着，眼皮低垂下来，幽幽看着地面。不知她今晚喝了多少，竟然还没有醉倒。陈闯在餐馆里打工，见过不少喝醉的客人。有时醒着比睡倒了更糟糕。

文丹丹倒像是心灵感应一般，猛然抓起酒瓶子，双手牢牢抱着。

陈闯忙说："不能再喝了！"文丹丹扭头看他，满怀警惕地说："你想偷我的酒？"陈闯这才发现，她眼中正闪着泪光，心中一震，一时词穷了。文丹丹又把酒瓶子抱紧了一些，像是生怕它飞走似的："我什么都没有了，就只有这瓶酒。"

陈闯心中一酸，安慰她说："你还有雷天网呢。把它做起来，就什么都有了。"

文丹丹却触电般地浑身一抖，使劲摇着头说："没用了，都没用了！"

陈闯忙说："怎么会没用了呢？也许能找到投资呢？"

"晚了！就算雷天网再牛 ×，得到再多投资，也都晚了！"文丹丹说着，突然攥起双拳，狠狠看着陈闯，从牙缝里说，"你怎么那么蠢！你以为，我真想创业吗？"

陈闯心中费解。不是为了创业，又能为了什么？

文丹丹转开了视线，狠狠吸了一下鼻子，带着哭腔说："花了那么多钱，费了那么多事！可还是晚了！他还是出事儿了！妈的，就差一点点！"

陈闯听得似懂非懂，心想按照 Jack 贾所说，出事的是文丹丹的父亲。难道文丹丹投资雷天网，是为了她的父亲？可她父亲不是亿闻网的总裁吗？虽然中国的 IT 行业还不如美国发达，但作为国内首屈一指的互联网老大，亿闻网绝对拥有强大的开发实力，就算真的要通过收购占领美国市场，也不该收购雷天网这么个仅仅拥有几万用户的小网站的。

"为什么？"文丹丹扭头看着陈闯，睁大了眼睛问他，"为什么你们这些大男人，都要靠女人来擦屁股？"

陈闯一怔，有点儿不知所措。从来没人给他"擦过屁股"，不论男人还是女人。可他不忍辩驳。她正泪盈盈地看着他，很有些悲壮。他不由得躲开她的目光。她鄙夷地喊了一声，又举起香槟瓶子。他不知哪来的勇气，霍地站起身，从她手中夺过瓶子，昂首挺胸地把酒灌进自己喉咙里，好像士兵吹起战斗的号角。

他听见一串清脆的笑声，就像在那洒满夕阳的游艇上听到的一般。他受了鼓励，憋住气又灌了一大口，本打算换一口气的，却听见她笑着尖叫："一口，哈哈！是男人，就一口！"他暗暗发誓，一口喝光绝不换气，哪怕窒息得要爆炸了。

他终于喝光了香槟酒，肚子胀得像是要爆炸，脑袋也跟着涨大，飘飘欲飞，仿佛肚子里灌的并不是酒，而是氢气。他拼命喘了几口粗气，向她伸出另一只手说："都喝光了！一口气！现在，该你听我的了。"

她仰起头，懵懂地看着他，两颊因为兴奋而红润着。他心中一阵柔软，不由得弯腰拉住她的手说："乖一点儿。"

连陈闯自己也不确定，他们到底是怎么穿过那条马路，绕过流浪汉，走进地铁入口，来到站台上的。反正他们最终并肩坐在列车上了。也不知是不是末班车，车厢里空荡荡的，只有他们两个。

文丹丹住在三站外的一栋新建的高级公寓里。这是 Jack 贾刚才告诉陈闯的，并不是文丹丹说的。在为他灌酒而欢呼的亢奋过后，她终于失去了说话的能力，只把身子软绵绵地靠在他身上，仿佛那大半瓶香槟酒是灌进她肚子里的。车厢摇晃得很厉害，轮子跟铁轨铿锵作响，你死我活。这条运营了三十多年的地铁，老旧得仿佛随时会出轨翻车似的。文丹丹却并不在乎那些。她已在晃动中睡熟了，头枕着他的肩膀。他也头晕得厉害，可他坚持着不睡，不然不知要被这列车带到何处去。这空荡荡的车厢给人一种幻觉，仿佛是要开往地心深处去的。

突然，列车停了，车内的灯光忽明忽暗地闪了两下，竟然彻底熄灭了。四周一片漆黑，并不是夜的漆黑，而是地下几十米隧道里的漆黑。陈闯正着慌，听见列车长疲惫的声音从扬声器里传出来："线路故障，临时停车。"那声音像是梦呓，又像是电脑合成的，说明这种临时停车不知发生过多少次了。

陈闯稍稍安心了些，默默地坐在一片漆黑里。突然间，有一只冰冷而柔软的胳膊，绕上他的脖子。他听到她在耳边呢喃："相信我！我一定能搞定的！他们不会得逞……"

陈闯是第二天从新闻网站上弄明白的：文丹丹的父亲，亿闻网总裁文刚被带走调查，罪名是贪污。按照亿闻网的账务记录，文刚曾在2006年签署了一份收购合同，以三十万美元在美国收购了一家拥有十万名注册用户的招聘网站。然而经纪检部门调查发现，这家网站根本就不存在。也许以前曾经存在过一下，但很快就消失了——这笔收购是虚假的。

文丹丹投资雷天网，只不过是为了弄假成真——用雷天网来为那个早已不存在的网站顶包的。尽管雷天网上的数据也是"挖掘机"挖来的，用户也是假的，但至少看上去是存在的，能为父亲解燃眉之急。可她毕竟还是晚了一步。就在她终于卖掉了跑车，为雷天网买到了用户联系方式的当天，她的父亲被"双规"了。一切都晚了。

但是，当陈闯被她搂着坐在漆黑的地铁列车里时，他并不知道这些。他只是隐约觉得，他对她是有误解的。也许，她并不是个拿着爹妈的钱胡乱投资的"败家子"。他心中升起一些歉意，在她耳边低声说："对不起。"

他是笃定了她听不到的。因为她正熟睡着，刚刚还说了梦话。可她竟然轻声抽泣起来，身体在他怀中轻轻起伏。他心中慌乱，不知如何安慰她，半天才明白过来，她是在梦中抽泣。可他还是发慌，手足无措间，在自己腰际摸到一个硬物，是随身听，被他别在后腰的皮带上。他掏出耳机，摸索着塞进她耳朵里，按下播放键。在一片漆黑的寂静中，他能隐隐听到耳机里传出的苍劲而温柔的歌声：

> 我要你靠近我抱着我，你要好好爱我。
> 我会给你，我会给你，所有的快乐。

不知过了多久，文丹丹渐渐停止了抽泣，把他抱得更紧些。他什么也看不见，却能感觉到她手臂的力量，能闻到她身上的香水味。还有额前和颈上一丝丝的痒意，该是她的发丝。他任由那痒肆虐，强迫自己变成一座雕塑。她像个婴儿似的在他怀中睡着，他生怕吵醒了她。

他的手机却在黑暗中突然叫起来。他吃了一惊，慌忙用一只手掏出手机，另一只手仍扶着她，心想她就在身边睡着，还有谁能打那手机呢？

是宋镭，在手机里兴奋地说："我就说韩国人瞎糊弄，给的数据都不准吧！我把原始数据过了一遍，重新整理了面试结果，刚刚用新数据在程序里跑了一趟。你猜怎么着？"

陈闯来不及猜测，宋镭已抢先公布答案："55%！准确度55%！之前只有28%的，翻了一倍，而且超过50%了，证明预测程序是有效的！"

哐当一声，车身猛地一震。灯光豁然明亮，照亮了整个车厢。车轮和铁轨再度厮杀起来。文丹丹轻轻哼了一声，放开陈闯的脖子，翻了个身，趴倒在椅子上。耳机从她耳中脱落，滚到椅子下面去了。

狼 I

我是一匹来自北方的狼

走在无垠的旷野中

凄厉的北风吹过

漫漫的黄沙掠过

1

按照谢燕的指示，老陈不得不每周和小白"约会"两次。每次的流程都一样：两人一起看一场电影，老陈用手机买电影票，小白用手机买爆米花，看完电影一起到小白家，再看一个小时的电视。两人分别使用亿闻外卖点餐，都填写小白的住址，或者分别在亿闻商城买点儿啥，也都用小白的地址。总之要在网络上留下两人同时出现的痕迹。除此之外，还要时不时地"吵吵架"然后再"和好"，就像所有恋人会做的一样。还好只能用微信，不能随便打电话，这是老陈好不容易要求到的。

老陈曾经问谢燕："我能不能把她拉黑，或者索性删了？恋人之间也常那样做的。"谢燕回答："你别耍花招。"

老陈的确巴不得要个花招，结束这段"恋情"。这简直就是此地无银三百两，根本没人相信他会和小白谈恋爱的。

谢燕却认为，这个组合挺合理的。王刚——老陈的新名字——看上去像个老学究，小白则是一粒开心果。"老王"着装过于老气，小白则有点儿俗气，老气配俗气，天经地义的。当然，谢燕从没当着小白的面这么说过，她可不想打击小白的积极性。如果小白能更"俗"一点儿，那就更好了。

小白倒是真的积极，而且颇为兴奋，好像常年跑龙套的群众演员，突然得到了重要角色，迫不及待地把自己打扮得花枝招展，佩戴美瞳和假睫毛，用胖胳膊挽住老陈，把半拉体重坠上去，让老陈不仅驼背而且还侧弯，仿佛得了半身不遂。

但最让老陈别扭的，还是跟小白在家看电视，虽然并不会发生什么，但仍然非常尴尬。谢燕说过："你们需要在网络上留下约会的痕迹，但最好不要把脸也留在别人的摄像头里。人脸识别算法可不管你叫自己王刚还是李刚，所以私密的环境是最好的。"

小白租住一套一室一厅，不到四十平方米，盖好不止四十年了，不通煤气，所以要用液化气罐，马桶坏了一半，冲水时需要把手伸进水箱里。老陈并不在乎这些，但他不喜欢门后贴的海报。海报上是成功企业家荣凌峰，举着他的新书，嘴角微微上翘，似笑非笑的。在十几年前的某个夜晚，旧金山湾边上的某个停车场里，荣凌峰就曾用同样的表情对他说："做她的 boyfriend 可不容易！"老陈当时并不明白是什么意思，也不明白"她的 boyfriend"是指谁。但当他在小白家看见这张海报时，似乎突然明白了，荣凌峰早就料到他的结局，他是在嘲笑他。

老陈不能撕掉那海报，只好尽量专心地看电视，他和小白总是坐在一张旧沙发上看电视。小白看得有一搭没一搭，常常摆弄手机，突然说一两句和电视无关的话。她说："明哥，谢谢你！"老陈问："谢什么？"小白说："谢你送我书。"老陈想起那本毫无用处的书，更是觉得尴尬。小白又问："明哥，你是专家。帮帮我？"老陈问帮什么。小白说："直播啊！怎么能让更多人看？"老陈想起小白直播做拿铁，心中一阵绝望，说道："我不懂那些。"小白悻悻地说："没关系。"老陈又有点儿不忍，改口说："那我研究研究。"小白兴奋道："明哥你太好了，我怎么感谢你呢？"老陈心中一动，说道："你能不能去看看我爸？他骨折了。"小白使劲儿点头，两眼闪闪发光。老陈顿时又有点儿后悔，不该麻烦她的。

时间终于到了，小白依依不舍，一直送老陈到地铁口。老陈说："真的不用送了，他们不让我告诉别人，我要去哪儿。"

老陈要去的地方的确不太方便告诉小白。当然不是亿闻大厦，那里的摄像头显然对老陈的脸颇为敏感，也不是 GRE 在金融街的办公室，那里小白早就去过。老陈最近常去的，是南三环边上的一座很不起眼儿的写字楼，第八层有间公司，叫作"知天网络科技有限公司"，名字比亿闻网还大气，公司却小得可怜，比不上亿闻网的一粒头皮屑。

按照费小帅的介绍，知天是亿闻网的服务提供商，专门从亿闻网的服务器里收集用户数据，把数据进行整理，然后再把结果交还给亿闻网。也许会被打印在某些报表里，也许根本毫无用处。类似的依靠亿闻网生存的小公司有几百家，知天只是其中最不起眼儿的。全公司一共只有二十几名员工，办公室既不在中关村也不在 CBD，在令人不太瞧得起的南三环，租金倒是便宜，所以地方还算宽敞，工位也有富余，借老陈一个也无妨。

老陈——又或者该叫老王——只是在知天办公，并不能算是员工。基本没有哪家 IT 公司会聘用一个像他这么大年纪的编程师或者测试员。他是个"不速之客"，知天也没法拒绝。

亿闻网偶尔会派人临时进驻服务提供商的公司，和公司里的员工一起办公，说得好听是学习体验，说得不好听是审查监视。亿闻网是巨无霸客户，有绝对的话语权，小公司们只能服从。只不过，在王先生之前，知天里还从没来过亿闻网的人。就连商务访问都没有，更甭说入驻了。员工们难免会有些好奇，怎么突然就被巨无霸想起来了？而且以这位"老王"的年纪，怎么也该是中层以上，来头不小吧？

其实，知天网并非谢燕的最佳选择。按照商业调查的原则，调查师最忌讳引人注目，在众目睽睽之下编写和运行入侵亿闻网的程序，多少有点儿铤而走险。但是费小帅说了："这是唯一的办法，我可是冒着很大风险的！"

在老方为费小帅主动提供了"帮助"之后，费小帅勉强同意让老陈使用亿闻网某些尚未对普通客户开放的资源。费小帅和谢燕、老陈又在同一间酒吧见了一面。费小帅比第一次更加小心，根本就没带手机。尽管酒吧里并没别的客人，音乐声音又很吵，费小帅还是压低声音问："hidden web，听说过吗？"

谢燕说："深网？"

"No！"费小帅连连摇头，"是暗网！也算是深网的一部分！看来，我得先给你们讲讲，什么是深网和暗网！深网是所有无法用传统搜索引擎找到的网络内容。比如，你在你们公司服务器里存了一个网页，但是在任何地方都没有链接，用百度、谷歌就无法搜索到这个网页。但是，如果你知道这个网页的路径或者 URL，在任何浏览器上都可以直接打开它。"

老陈心想，自己当年写的"挖掘机"程序，就能挖到这种网页。费小帅却话锋一转说："可暗网就不同了。"

费小帅进入了演讲状态，声音不禁也洪亮了："暗网的内容虽然也在网络数据库里，但是只用链接打不开。比如，贵公司服务器里储存的公司机密文件，不但百度、谷歌搜不到，就算你知道文件的访问路径，也没办法打开它。因为贵公司一定会为这些文件加密，再设置防火墙，以防止未经授权的人访问它们。"

老陈心想，这就是当年文丹丹想要逼着他弄，可他又不愿意弄的东西。

费小帅清了清嗓子，却反而压低了声音："再比如，亿闻网的网络数据库，也是暗网。"费小帅故意顿了顿，全神贯注地盯住谢燕，"亿闻网的数据库里存着海量的数据。只要你浏览亿闻网的任何一个网页，或者使用亿闻网的APP，就会在亿闻网的数据库里留下数据。不仅如此，亿闻网的搜索引擎还不停地从别处抓取着数据。但是，这些隐藏在亿闻网数据库里的数据，用百度、谷歌是搜索不到的，任何没有授权的人都没办法访问。想要访问这些数据，就必须拥有亿闻网的授权，并且使用亿闻网自己开发的特殊程序模块。"

"你有办法能让我们访问这些数据？"谢燕问道。她看上去波澜不惊，但老陈知道，她心里一定暗暗兴奋着。费小帅点点头："对，你们不是有个'王刚'的ID吗？这个ID在亿闻网一直很活跃，你们就用这个ID登录。我可以给你们一个内部授权，再给一个特殊的程序模块。你们把这个模块植入你们的自动搜索程序，就可以在亿闻网的'暗网'里自由搜索了。"

费小帅得意地扬了扬眉毛，立刻又搓手叹气着说："唉，我可真是舍命陪君子了！我这些年在亿闻网里积累的资源，算是用到底了！要是真出事了，我和我哥们儿都得完蛋，不只丢饭碗，说不定还要坐牢的。你们肯定不会乱来吧？"

"当然不会，我们不会做违法的事情，也不会做任何对亿闻网不利的事情，为了让你放心，我把保证书带来了。"谢燕从包里取出一份合约递给费小帅。费小帅飞速瞥了一眼，略放心了些，又说："还有一件事，你们不能在你们的公司里操作，也不能在家操作。"

"为什么？"谢燕眉间微微一蹙，瞬间恢复了常态。

"因为在操作过程中，你们必须使用自动搜索程序，不然也搜不过来。亿闻网的数据量，大概比银河系里的星星都多。一旦使用了自动搜索程序，就会频繁从亿闻网服务器下载数据，而且是非常大量的数据。普通用户不可能下载那么多，一定会被亿闻网的防卫系统当作黑客或者恶意机器人的。"

"那我们在哪儿操作？"谢燕问。

"为了帮你们，我可是费了老劲了！"费小帅又皱紧眉头，"好不容易找到这家公司！叫知天网，专门帮助亿闻网做数据收集和处理的！已经跟他们老总打好招呼了。你们的人……"费小帅瞥了一眼老陈，"可以自带电脑，到知天去操作。知天是亿闻网的服务提供商，每天都在使用自动程序从亿闻网的数据库传输大量数据的，你们用他们的 IP 地址，不会被发现的。"

费小帅在临了又补了一句："不要跟任何人多说，当自己在公共网吧就好。"

老陈到知天"上班"的第一天，一位姓刘的副总接待的他，引他到角落里的一个工位坐下，并没向员工们做任何介绍或说明。老陈也没跟任何人寒暄，甚至没有交换目光，默默地从包里拿出手提电脑，埋头开始工作。他只是借用知天的工位和网络，当然不能使用人家的电脑，更不能让人发现他的真实身份。可他知道全公司的员工都在偷偷关注着他。他就假装不知道。

老陈的首要任务是编写自动搜索程序，然后再植入费小帅给的"特殊模块"，以便在亿闻网的"暗网"里搜索。但具体用什么关键词搜索，用什么搜索逻辑，他还完全不清楚。他所掌握的有关文丹丹和贾云飞的关键词实在太少，机器学习算法基本不适用，因为没有足够的数据去"学习"。至于谢燕更感兴趣的人脸识别，似乎也不太行得通。同样的道理：人脸识别也得靠"机器学习"，目标人的照片越多越好，最好还有动态视频，这样才能充分"学习"目标人的面部和表情特征，提高搜索的准确度。然而对于两个目标人来说，别说视频了，照片也少得可怜。贾云飞虽有照片，但都隔了太多年。而文丹丹根本就没有照片，即便在老陈记忆里仍栩栩如生，可他没办法把记忆中的样子输入给计算机。也许未来可以，但现在，这种技术还不存在。

老陈埋头写了两个小时，只觉脖子发硬，头晕眼花，不禁感叹，程序员也是一口青春饭。十几年后重操旧业，已经力不从心了。

老陈起身如厕，锁了屏，并没合上电脑。因为谢燕专门嘱咐过，不要合上电脑，这样才不会显得鬼鬼祟祟的，引起更多怀疑。其实老陈明白，无论怎样，他都已经够惹人注目了。

老陈上完厕所，到大厦门外透气，面前突然冒出一个人，毕恭毕敬地喊了一声"老师好"。老陈吓了一跳，连忙细看那人，并不觉得面熟。此人三十上下，身材魁梧，胡子拉碴，着装和发型都不修边幅，偏偏戴了一副白框的近视眼镜，眼镜后是一双被放大了的鱼泡眼，像是某个动画片里的人物。那人自我介绍说是知天的程序员，非常欢迎王老师莅临公司！老陈连忙点头致意，心中暗暗抱怨，想躲也躲不开了。

"白镜框"笑逐颜开，继续自我介绍说姓游，大伙儿都叫他"UNIX"，简称"游尼"，毕业就到这家公司工作，已经干了三年零五个月。老陈心想果然是程序员，看上去比实际年龄还要老几岁。老陈应付道："我姓王，叫我老王就好。"并没提及自己的公司或者工作，尽管他很清楚，对方对此很感兴趣。可他并不是亿闻网派来的"眼线"，他根本就不是亿闻网的员工。他只是来借用知天的工位和 IP 地址的。这些都绝不能透露。"白镜框"却依然殷切地看着他，使他不得不改变话题："您主要是做哪方面呢？"

"白镜框"憨厚地笑了笑，搓着手说："我负责调试的模块，是用来采集陀螺仪数据的。"

老陈闻言有些诧异。"白镜框"连忙补充说："就是用户手机里的陀螺仪！凡是使用亿闻网 APP 的手机用户，他们手机里的陀螺仪读数都会被我们收集。我们还收集加速计和磁力计的数据！""白镜框"顿了顿，试探着问，"您肯定是这方面的专家吧？"

老陈知道智能手机里都装有陀螺仪、加速计和磁力计，陀螺仪监测手机自身的旋转运动，加速计监测手机的受力情况，磁力计则用于定位手机的方位。但他并不是这方面的专家。他甚至不知道亿闻网也要收集这些数据。可他不能让"白镜框"看出来，只能含糊道："嗯，有些应用的确是需要的，比如罗盘功能，还有一些游戏。"

"白镜框"立刻摇头说："不是，不只这些！亿闻外卖、亿闻视频、亿闻旅行……只要你手机上有亿闻的 APP，都会收集这些数据的！"

"可是……"老陈想问那些 APP 收集手机的方向、摆动和受力数据干什么，又想起自己既然是"亿闻网派来的人"，本应对知天的业务非常了解的，不禁改口，明知故问道，"你知道为什么每个亿闻网的 APP 都要收集手机的力学数据吗？"

"白镜框"抿了抿厚嘴唇，有点儿难为情地说："这个，我还真的不太清楚……反正我的任务就是，从亿闻网的服务器下载这些数据，把数据进行处理，然后再把处理结果发送给亿闻网。"

"怎样进行处理呢？"

"这个……""白镜框"更加尴尬，扶了扶白镜框，"这部分程序模块是老板给的，不是我写的，我只负责维护上传和下载的模块。"

老陈心想，此人的确不知道那些被收集的手机力学数据是怎样被处理的，当然也就更不知道处理结果是什么，将如何被利用。看来，对于普通员工来说，这家公司就像个黑盒子，并不清楚自己在做些什么。

"您一定清楚吧？""白镜框"睁大了鱼泡眼，试探着问，"我的意思是，采集这些手机的力学数据有什么用？"

老陈恍然大悟，原来，他看上去憨憨厚厚，其实是个小密探。他想弄清楚自己每天到底都在做些什么。也不知道是为他自己打探，还是被同事派来的。然而老陈并没有答案，只能故作深奥地笑而不语。"白镜框"有点儿失望，憨憨一笑道："以前我们这儿从没来过亿闻网的人，所以……反正，大数据时代嘛！是数据就有用呗。对吧？"

老陈微笑着点头，后背却隐隐发凉。亿闻网正在悄然收集着每部手机的运动和受力状态。他不禁联想到几天前，费小帅用胶布贴住手机的麦克风，因为手机里的某些 APP 随时在"窃听"，恐怕摄像头也并没闲着。天知道他们还在收集些什么。每个智能手机果然都是特务。有用的，没用的，该知道的，不该知道的，甚至连机主本人都不知道的，都被它搜罗去了。

老陈和"白镜框"一起走回公司。"白镜框"和姓刘的副总迅速交换了一个眼神，竟被老陈发现了，不禁狐疑：莫非，他是副总专门派来打探消息的？似乎有点儿兴师动众。看来，费小帅动用"关系"把老陈安置到知天，似乎并不名正言顺。也许根本没有多做解释，以至于惹得人家草木皆兵。

老陈按下电脑开关，硬盘沙沙作响。老陈耐心等着电脑复苏，在尚未亮起的屏幕上凝视自己的影子，两鬓斑白，两腮深陷，眉间有几道极深的纵纹，仿佛刀刻上去的。他还不到四十岁，看上去却像五十岁了。他有些沮丧，把目光从自己脸上挪开，看到背后有一条深深的走廊，走廊入口处有个堆放杂物的架子。他莫名地产生了一点儿兴趣，回头细看架子上老旧的电脑配件，显示屏、键盘、鼠标、摄像头，散在那里落着灰。他和它们一样，都已经过时好多年了。

老陈的手机突然一振。并不是以"王刚"的名义登入各种 APP 的那只，而是另一只由谢燕亲手交给他，不可能安装任何 APP 的古老的翻盖手机。那手机收到了谢燕发来的短信："请速回公司！"

几秒钟之后，翻盖手机又收到了一条短信："把电脑留在知天。"

如果说第一条短信多少还能理解，比如有什么突发状况，或者急需老陈做些什么，非得让他放下手头的编程工作，立刻赶回 GRE 在金融街的办公室；可这第二条短信，是老陈无论如何无法理解的。把电脑留在知天？留在那群虎视眈眈的陌生人手里？他们会不会趁着他不在，索性黑进他的电脑，在里面安装个木马什么的？那些人看上去虽然并不像精英，也不算多优秀，可毕竟都是电脑工程师呢。

然而，当老陈急急火火走进谢燕办公室时，却并没感觉到任何紧张气氛。谢燕正端坐在办公桌前，安然凝视着手提电脑，嘴角似乎悬着一丝笑意，完全不像是遇到了任何紧急状况。老陈在她面前站了几秒，她这才把目光从电脑上移开，朝老陈点点头，示意他落座。她问："感觉如何？"

老陈心中疑惑，试探着回答："编程吗？手有点儿生。"

"哦，不是。"谢燕摆手道，"我是说，知天的新'同事'们，感觉如何？"

"没什么感觉。"老陈并没立刻把在知天的经历和盘托出。他想先弄清楚，谢燕葫芦里到底卖的什么药。

"对他们不感兴趣？"谢燕好奇地看着老陈。老陈无奈地一笑："不是说不要跟任何人说话，当作是在网吧吗？"

"也是啊。"谢燕点点头，眉毛轻轻一扬，目光划向手提电脑，"不过，他们对你，好像很感兴趣呢！"

老陈暗暗吃惊，心想她是怎么知道的？谢燕已把手提电脑向着老陈转过来，屏幕上有个好似视频监控的窗口，画面里有一条深深的走廊，走廊边立着一个堆放杂物的架子。老陈心头一震。这架子怎么那么眼熟？不正是知天里那个立在他背后的架子吗？他愕然看向谢燕，谢燕顽皮地眨眨眼说："不然干吗要跟你说，不要合上电脑？"

老陈恍然大悟。谢燕给自己的手提电脑，本身就是个间谍，无论它是否关机，摄像头始终在偷窥。

"那台笔记本的摄像头配有独立网卡，随时随地采集视频，并不通过知天的网络服务器。"谢燕抱歉地笑了笑，"不是为了监视你，而是为了保护你。信不信由你。"

"无所谓了。"老陈苦笑。

谢燕并不深究，再把笔记本电脑转向自己，轻敲键盘，又转向老陈说："这段视频，是今天上午采集的。在你离开工位之后。"

老陈认真盯着画面。视频里有个人举着手机走过来，把货架上的什么东西拿起来，扭头看看镜头的方向，又看看货架，小心翼翼地把那东西换个位置，又看看镜头，对着手机低言几句，再小心翼翼地调整位置，再低言几句，满意地离开了。

"你猜，他拿的是什么？"谢燕眯着眼看老陈。

"摄像头呗。"老陈当然看明白了。就在他身后的那个堆放杂物的货架上，有个摄像头不但没报废，而且还在时刻工作着。只不过，它原先的位置太正，如果老陈落座，恰巧就把笔记本的屏幕挡住了。所以，有人趁他离开的空当，跑来调试摄像头的位置。老陈其实并没感觉十分意外，索性把"白镜框"前来搭讪，又和姓刘的副总交换眼色的事都告诉了谢燕，说道："那个姓游的说，他们那里从没来过亿闻网的人。所以，他们大概非常好奇，想知道我到底是来干什么的吧。"

谢燕凝眉沉思了片刻，说道："老方已经联系了费小帅。费小帅说，知天的老板的确没得到太多解释，只知道有个亿闻网的人要借用一下工位。大客户突然派了个人来，搁谁都会疑神疑鬼的。可是，专门装个摄像头偷拍你的电脑，是不是有点儿太兴师动众？"

老陈不置可否，心想这也不是我能评价的。你不是调查师吗？谢燕又问："你用他们的网络，他们会不会通过网络服务器监视你的数据呢？"

老陈沉吟了片刻，说道："那肯定的。只不过，和亿闻网之间的文件传输是加了密的，他们最多只能看到数据量，看不出具体是些什么。"

"所以，他们要偷拍你的电脑屏幕。"谢燕频频点头。老陈问："那以后怎么办？每次都想办法避开摄像头？"

谢燕摇头道："你越想藏，人家就越要看的。道高一尺，魔高一丈。"

老陈想想也是。只要是在知天的办公室里，人家总有办法偷看你在做什么。又问："那就换个地方？"

谢燕立刻摇头："这不是个 option①。不可能要求费小帅再找个地方。也没办法保证，再找个地方就没有这些麻烦。"

"那怎么办？"老陈无奈。

谢燕沉吟片刻，问道："有没有办法，让他们从屏幕上看不出你在

---

① 选项。

弄什么？"

老陈沉思了片刻，说道："可以的。反正咱们用的只是知天的网络。我可以在别处写代码，把 compile① 后的程序拿到知天去 run②，反正是自动搜索程序，不需要在显示器上显示什么。从亿闻下载的搜索结果也不用显示，拿回来再做数据处理。"

谢燕点点头。老陈又说："只不过，我不知道，他们会不会趁我不在，尝试登录我的电脑。"

谢燕问："如果有人试图登录你的电脑，你会发现吗？"

"当然。每次尝试登录都会被记录的。"

"那他们就不会。"谢燕很有把握地摇摇头，"他们不会希望被你发现的。至少现在不会。"

老陈点点头，可他并不十分确定，知天的人肯定不会强行登录他的电脑。但电脑是谢燕给的，用来完成谢燕的任务——寻找贾云飞和文丹丹。就算完不成，又与他何干？老陈心中一阵迷茫。他到底想不想把文丹丹送进监狱？为什么不想？她是骗子，害他一辈子不能见光。可她又是他一辈子里唯一见到过的一点儿光。他愤愤地抹了一把脸，欲盖弥彰地嘟哝了一句："如果真出了问题，可别找我。"

"怎么不找你？你不是 IT 专家吗？"谢燕狡黠一笑。老陈莫名地有些不安，忙说："我可不是！我只不过是个程序员。"老陈沉默了片刻，仍觉得不够，又自嘲地缀了一句："你的客户没告诉你，我是个骗子？"

"当然。"谢燕点点头，又饶有兴致地看着老陈，"不过，他们似乎对你的技术能力评价很高啊！"

"他们告诉你的？"老陈诧异。

"我没见过他们，是纽约的同事告诉我的。"谢燕答完了，却仍紧盯着老陈，盯得他心里发毛。谢燕突然又问："你到底是不是个骗子？"

老陈苦笑着点头："当然是了。不然，为什么要躲这么多年。"

"那当年你一定很有演技了？"

"什么意思？"

"你是怎么表现的，让投资商直到今天都还相信，你是很好的编程师？"

"我也没见过他们。"

---

① 把程序源代码编译成可执行程序。
② 运行程序。

谢燕吃惊道："你没见过投资商？"

老陈摇摇头。

"你不是雷天网的 CTO 吗？投资人不需要见一见 CTO？"

"嗨！什么 CTO！"老陈苦笑着摇头，"就是个写代码的。融资那种事都是贾云飞他们去谈的。跟我们码农有啥关系？"

"但客户告诉我们，你是 CTO。"谢燕一脸不解，"再说，你要是不重要，文丹丹和贾云飞为什么要分给你三百万？"

老陈一时无言以对。是啊，他就是个写代码的，为什么要分给他三百万美元？可为什么不呢？雷天网、求职预测算法，哪样不是他写的？还要为此一辈子偷偷摸摸。投行一共投了一千万，给他三百万还算公平。

谢燕却突然指着笔记本电脑说："看！"

老陈忙起身凑过去，只见监视画面中，两个男人正并肩走在走廊里，看背影一高一胖。高个的穿着呢子大衣，身材笔挺；胖子则穿着羽绒服，臃肿得像只熊。两人看上去并没什么特别之处。那条走廊通往知天的后门，本来也常有人经过的。

谢燕回放视频。两个男人从走廊中的某处拐出来，高个子男人走在外面，拐弯时露了个侧脸。虽然只是一瞬间，而且还戴着墨镜，老陈还是认出来了。

"荣凌峰？"老陈问。谢燕点点头，侧目问老陈："不是说，从没有亿闻网的人去他们那儿吗？"

老陈并没吭声。他也不知道"白镜框"是不是撒了谎。但知天的确只是个不起眼儿的小公司，并不像是能够经常被亿闻网总裁"光顾"的。

"旁边那个胖子是谁？"谢燕紧盯着屏幕问。老陈再看回放，荣凌峰恰巧把胖子的侧面挡住了，他摇摇头，胖子的背影似乎有点儿熟悉，却又完全想不起到底在哪儿见过。

"这个公司到底是干什么的？"谢燕拧着眉问。

"费小帅没告诉你？"老陈反问。

"他只说是帮亿闻网收集和处理数据的，没说具体什么数据。"

"那个姓游的告诉我，他们收集的，是亿闻网从用户手机上采集的力学数据。"老陈从衣兜里掏出手机举在眼前，前后左右旋转了几下，又上下垂直移动了几下，"就是这些数据，力学数据。"

"收集这些数据有什么用？"谢燕问。

老陈摇摇头，正要开口，手机突然在他手中十万火急地响起来，竟是小白的来电。老陈把手机展示给谢燕看："说好了只能发微信，不能打电话的。"

谢燕皱了皱眉，说："接吧！"

老陈不情不愿地接通手机，没好气地说了声"喂？"，却听小白在电话那边大叫："明哥，你爸不见了！"

4

小白本来不太愿意扮演明哥的女朋友，万一被人发现了，毕竟不太好的。而且她现在一点儿也不喜欢谢燕，不高兴为她效力的。但谢燕承诺给她报酬，并不是白干的。跟明哥约会几次，就能赚到几万块，大半年的工资呢。再说跟明哥约会也不是多痛苦的事，说不定还能再遇上什么好玩儿的事呢。谢燕说明哥需要一个女朋友做掩护，听上去既合理又刺激！就像电视剧《潜伏》里演的，地下工作者的确是需要一个"老婆"的。而且明哥懂得大数据，说不定能给自己指点指点呢。上次明哥留给她的那本书，她可是一点儿也没看懂，可明哥看得懂，他必定是很有学问的。

所以当明哥求她去看看他爸爸，她立刻就答应了。因为明哥终于愿意指点她了！而且明哥也的确可怜，老爸骨折了却不敢亲自去看。虽说谢燕安排了保姆，可谁能相信谢燕那种人呢？

小白当天晚上就买了水果去看望老人。明哥嘱咐过的，不能跟老人提起他，只能说是社工，寻访孤寡老人的。老楼的楼道里实在黑，声控灯好像是坏了。小白小心翼翼地上了楼，按了七八下门铃，门才开了。开门的像是保姆，但客厅里还有一个女的也像保姆，正坐在沙发上嗑瓜子看电视。小白知道谢燕雇了个保姆照顾老人，可不知为什么是两个，不禁问："你们谁是照顾陈大爷的阿姨？"开门的说："是我，她是我老乡。"小白又瞥见茶几上开着好几罐高钙奶，猜到保姆和老乡在偷喝。小白心想谢燕找的人果然不靠谱。保姆猜出小白是来看望病人的，要接她手里的水果。小白没给，拉着脸说："你们这样闹哄哄的，老人怎么休息？"

保姆见小白来者不善，翻着白眼说："老人不在家！"

小白说："瞎说！老人骨折了，能去哪儿？"

保姆一闪身，说："不信你自己进去看！"

小白进到里屋一看，确实没有人。问保姆人去哪儿了。保姆说被人接走了。小白问谁接走的，保姆翻着白眼说不知道。小白说："你怎么可能不知道？"保姆说："你是谁我凭什么告诉你。"小白没办法，只好打谢燕的手机，居然停机了！一周前，谢燕求她跟明哥"谈恋爱"的时候分明还通过电话的！小白突然有种不祥的预感，只好给明哥打了电话。明哥说："我马上就到。"

可明哥并没来。谢燕来了，戴着墨镜，围着围巾，穿着臃肿的长款羽绒服，像是街上的清洁工，身后还跟着个"交通协管员"——一个戴着棉帽子裹着军大衣的胖子。小白记得这个胖子，她曾经在直播做拿铁时无意间拍到他，在咖啡厅门外和谢燕交头接耳。

谢燕摘掉墨镜，露出优雅的笑容，柔声细语地告诉小白，刚刚跟物业确认过了，明哥的父亲是被开发商接走的。这座老楼要拆迁，开发商和住户的谈判并不顺利，所以用了些手段，让这座楼时不时"停电"，楼道里一片漆黑。明哥的父亲偏巧在楼道里摔断了腿，开发商害怕惹麻烦，主动把老人家安排到更高级的康复中心里去了，有专业护士24小时护理，还有更可口更营养的伙食。小白并不十分放心，说那我再给明哥打个电话吧。谢燕笑着说："他就在楼下呢。"

小白跟着谢燕下了楼，果然看见一部白色面包车，玻璃涂得漆黑，看不出里面有谁。谢燕让小白趴到玻璃上看，小白本来有点儿难为情，但想到必须跟明哥有个说法的，所以还是趴在玻璃上看了。果然看到明哥，怔怔地看着窗外，两双眼睛竟然离得那么近，只隔着一扇玻璃。小白心里一阵乱跳，两颊滚烫，忙往回缩了缩脖子，笑着向车里挥挥手，却只能看见自己的影子。谢燕和胖子裹着大衣钻进车里，就像一对民工夫妻。车摇摇晃晃地开走了，像是运家具或者跑装修的。小白知道这些都是伪装，心中充满了敬畏，只是觉得遗憾，没能亲口跟明哥交代几句。又一转念，反正明天又要"约会"，见了面再细说吧。

然而小白并不知道，明天根本见不到明哥了。

谢燕钻进面包车，拉上车门，没好气地说："你不是想拉黑她吗？现在就立刻拉黑吧！"

老陈并没吭声，不知谢燕是赌气还是认真的。为了坚持亲自来，他刚刚和谢燕发过脾气，两人火气都没全消。他自知没资格跟谢燕发脾气，就像罪犯没资格跟警察发脾气，可闯爸突然消失了，他实在忍不住。即便是现在，得知闯爸只是被开发商接进康复中心，他也还是心有余悸。

谢燕做了个深呼吸，努力克制着怒气说："费了那么多的事，给你创造出'王刚'这个新的身份，又相亲、又恋爱的，不就是为了不让别人发现王刚其实就是陈闯吗？现在王刚的女朋友跑去看望陈闯的爸，这不是明摆着揭发自己？"

老陈也知谢燕所言有点儿道理，但心里还是不服，要不是让小白来看看，都没人知道闯爸被人接走了。如果真出了什么事，不是也没人知道？不禁嘟囔着说："我特意让她坐公车来，用现金买车票，别带手机。不会留下什么痕迹的。除非有人天天在这蹲守，也未必发现得了。"

谢燕哼了一声，说："没听说过线人？小区保安、清洁工、楼下开小卖部的，谁不想轻轻松松赚点儿零花钱？"

老陈心里一惊。他满脑子都是网络上的泄密者，却忘了活生生的人。

谢燕更加决绝地说："微信、通信录、亿闻好友，都删了！还有买电影票的记录，跟她在一起的任何记录，能删的都删了！现在唯一能做的，就是消除王刚和小白之间的一切联系，让别人没法通过小白找到王刚！"

谢燕沉思了片刻，又问老陈："有没有办法从亿闻网后台也抹掉你和她联系的痕迹？"老陈摇摇头。谢燕仍不甘心："不是给了我们一个'特殊模块'？"

"那个模块只能用来进入后台搜索数据库，不能用来修改数据。"老陈终于找回一点儿自尊，心想谁会让别人来随便修改自己的用户数据呢？谢燕从鼻子里哼了一声，倒好像在骂老陈白痴。老陈心里不痛快，随口说道："倒是还有个办法。"

谢燕忙问："什么办法？"

"把'王刚'这个用户从所有的网站和APP里都删除了，自然就把所有的联络痕迹都抹除了。"

"注销了，还怎么登录亿闻网后台？"

"没法登录。"

谢燕白了老陈一眼，不再理他，扭头对老方说："老方，你再找找费小帅，让他想想办法。"

"得嘞！"老方答应了一声，转动方向盘。谢燕借着汽车转弯的惯性，又把身子转向老陈，命令道："先把能删的都删了！"

老陈本来早想拉黑小白，可这会儿却又有点儿不忍，毕竟在这个世界上，也只有小白对他最热心，嘘寒问暖，唠唠叨叨。可谢燕正盯着他，他只好掏出手机，手机上不知何时多了一条微信，点开来看时，正是小白发来的，满满写了一屏：

"明哥，谢燕说你爸已经被开发商接到康复中心，但没说具体在哪。我觉得谢不太靠谱，找个保姆也不怎么样。你问清楚老人在哪，然后告诉我。我再去看看，好让你放心。"

老陈把手机收进裤兜里，抬眼看着谢燕。谢燕见他并没执行命令，诧异道："怎么了？"

"我爸在哪个康复中心？"

谢燕扬了扬眉，沉吟了片刻，改用英语对老陈说："I cannot tell you.（我不能告诉你。）"

老陈心里一紧，也用英语问："Why？（为什么？）"

谢燕并没立刻回答，扭头看向窗外。老陈倍感焦虑，催促道："For God's sake, just tell me！（看在上帝的分上，快告诉我！）"

"Because I don't know！（因为我不知道！）"谢燕终于转回头看着老陈，脸上的怒意变成了歉意，"对不起，我不知道你爸在哪儿，那些人跟保姆说是开发商把你爸接走了，可我们刚刚了解过，这座楼并没被动迁，也没有什么开发商。"

老陈眼前一黑。谢燕见他并没大发雷霆，只怔着不言语，小心翼翼地说："你放心，我们一定会查出来的。"

老陈茫然地把头转向窗外，却并没看到繁忙的街道。他眼前仿佛是一片荒凉的旷野，耳边响起一首歌："我是一匹来自北方的狼，走在无垠的旷野中，凄厉的北风吹过，漫漫的黄沙掠过……"上初中的时候，班上曾经疯传一盘叫作《狼I》的磁带，B面第二首就是这首《狼》。他喜欢极了，好不容易借到了，家里却只有一台单卡录音机，无法翻录，他只能不停地反复播放。直到父亲拉断了录音机的电源线，粗暴地把磁带从卡槽里揪出来，摔到地板上。他连忙扑过去，把磁带压在身子底下，生怕父亲一脚把它跺碎了。他以为父亲会踹他几脚，父亲却并没动粗，只把力气都用在嗓子上，声嘶力竭地怒吼："就知道听这些乱七八糟的东西！不好好念书，以后怎么出国？"

可他毕竟还是出了国。若干年后，在 S 大的机房里，他也曾和宋镭聊起这首歌。那时他们正在一起编程，已经连熬了好几夜。宋镭的电脑显示器上，正有一片茫茫戈壁，那是网络游戏《武林风云》的背景图案，"边城浪子"里的边城。宋镭大概是受了戈壁的启发，随口哼起这一首《狼》。他不觉也跟着哼了两句。宋镭兴致勃勃地说："我有好多齐秦的磁带，可惜没带到美国来，不然就送你一盘。"说罢抱起双臂，得意扬扬地看着屏幕上的旷野，又说："咱们以后赚钱了，我要买一片沙漠，建一座天文望远镜！"他也看着旷野发呆，忽听宋镭问他："你呢？你买什么？"他心中正矛盾着，不禁喃喃道："买辆车，带我爸去金门桥。"宋镭哈哈笑起来，把手放在他肩头说："下次你爸再来，我把车借给你。"

老陈正沉浸在回忆里，隐隐听见谢燕的声音："如果你坚持，也可以去报警的。不过，你得亲自去派出所，然后，你就不得不解释你护照的问题……"那声音越飘越远，飘向旷野之外，被呼啸的风声覆盖了。风里仍夹杂着那首歌：

> 我是一匹来自北方的狼
> 走在无垠的旷野中

老陈突然很害怕。就像小时候害怕父亲真的不再给他开门了。就算十几年都没见过父亲，可他一直知道父亲在哪儿。可现在不知道了。他一下子变成了一个真正无家可归的人了。

B面5

狼 II（巡行）

午夜的都市

就像那月圆的森林

我们在黑暗的街道巡行

1

陈闯陪着醉醺醺的文丹丹坐在马路边时，宋镭正在S大的公共机房里，粗粗过了一遍从韩国人那里弄来的S大校园论坛的原始数据，修正了应聘结果，输入陈闯编写的求职预测程序，准确率果然从28%提升到了55%，让他兴奋了整整一夜。第二天一早，他又找到韩国人，"软硬兼施"了一阵，韩国人终于坦白，在处理数据时的确太敷衍，就只用"成功""通过"这种最直白的关键词检索了一下。但很多人在谈及面试结果时，并没使用这些关键词，而是使用了"幸运""酷""开心"这样的词；也有人用了"成功""通过"但其实是在说反话，比如"鬼才能通过"。难怪之前的预测结果竟然还不如抓阄更准确。

陈闯编写的求职预测程序，首先要从已有的简历中收集关键词，分配加权数，然后再根据这些求职者的应聘结果，反复修正这些加权数。这样一来，当得到一份新的简历，就能通过简历中所出现的关键词，计算此求职者被某家企业聘用的概率。所以已知的应聘结果越多越准，预测算法也就越精准，这就是所谓的机器学习。

陈闯再接再厉，在S大机房里又熬了两个通宵，实在困了就趴在桌子上睡一觉，或者干脆就躺在地上睡。在S大的机房里睡觉，似乎比回公寓里睡更名正言顺些。他仔仔细细"人工"检索了一遍求职论坛的原始数据，确保几千个应聘结果都是准确的。再次运行程序，预测的平均准确度从55%提升到了57%，效果并不显著。

陈闯和宋镭再次到霍夫曼大厦找教授请教。教授浏览了陈闯写的源代码，亲自做了测试，准确度是58%。教授满意地说："恭喜你们！学期才一半，已经把作业完成了！"宋镭有些意外，问道："可是才58%！只比wild guess①高了八个百分点？"教授回答："结果的确没

---

① 瞎猜。

什么意义。但是我读过源代码，知道你们掌握了机器学习的概念，已经达到这门课的要求了！"

陈闯和宋镭闻言，心中不免失望。宋镭不甘心，说道："可既然掌握了机器学习的概念，结果就应该更精准啊！"教授却突然板起脸说："机器学习只是一种处理数据的方法，又不是唯一的方法，更不是真理。你们要记住，就算是那些写在书上的'真理'，未来十有八九也是要被推翻的。"

两人不敢再多说，悻悻地走出霍夫曼大厦。陈闯边走边思量教授的话:机器学习只是一种方法，并不是真理。也就是说，这"求职预测"程序未必真有价值了？宋镭却比陈闯乐观，安慰陈闯说："教授就是这样！他特别反对过度迷信任何一种理论或技术，就连他自己发表的也一样！不过，现在机器学习理论在人工智能领域很吃香呢！越来越多的人看好它！咱们不能放弃的。再说，咱们还有'人脸识别'呢！"

两人回到公共机房，宋镭让陈闯等着，转眼取回一摞教科书、参考书和课堂笔记，把"人脸识别"课上学到的内容仔细讲给陈闯，只讲了个开头，陈闯已听得云山雾罩，困意席卷而来。宋镭知道陈闯已经几天没好好睡觉，不忍再逼他听讲，跑去复印了自己的笔记，又把教科书也留给他，让他先回公寓睡觉。教材和复印的笔记足有一尺厚，书包里塞不进，只能双手捧着，宋镭就更有理由坚持开车把陈闯送回公寓了。

陈闯在S大编程的这些日子，但凡需要出行，都由宋镭车接车送。陈闯说自己可以骑自行车，宋镭却说："那哪儿行？我们是一个 team，team 必须同甘共苦的。"

陈闯的破箱子仍留在雷天网"总部"里，编程实在编得太累时，偶尔也回去睡一觉。反正公寓的钥匙仍在他手里。那晚虽然向文丹丹提出了辞职，但文丹丹的父亲突然被"双规"，文丹丹醉得不省人事，辞职的事也就不了了之。那晚过后，文丹丹再度人间蒸发，手机关机，一连几天没有音信，就算他想从公寓里搬走，也不知该把钥匙留给谁。

宋镭似乎有点儿失望，可并没深究，只吞吞吐吐说了一句："要是没地方住，可以临时跟我挤挤。"陈闯忙说："不用。等联系上 Wanda 再说！"宋镭点点头，又似笑非笑地补充说："反正，我是租不起房子给你的，也付不起工资。"陈闯顿觉一阵尴尬，一时不知怎么回答，半天才讪讪地说："咱们不是一个 team 吗？怎么还说这些？"宋镭倒是立刻充满歉意，碰了碰陈闯的手说："反正不管你需要什么，都告诉我。一定会有办法的！"

陈闯知道宋镭真心实意，不只是真心跟他做搭档，也是真心愿意帮助他，不由得很是感动，逼自己早起认真研究笔记和教科书。"人脸识别"的教科书分四大章：人脸检测、人脸校准、人脸校验和人脸识别。第一章人脸检测，是讲如何从一帧图像里找出人脸在哪儿；第二章人脸校准，讲如何从脸上找出五官，提取特征点；第三章人脸校验，讲述如何对比两张脸是不是同一个人；第四章人脸识别，讲的是如何从许多的照片里，找出某一张脸来。仅仅第一章就足有大几十页，陈闯一上午就只啃下十几页，都是有关对原始图像进行灰度矫正和噪点过滤等预处理的，好不容易读到找人脸的部分，越发看得迷糊，想到最终还要从脸上找出五官、抓取五官的特点，再根据这些特点寻求和求职结果的关联性，不禁倍感绝望。

下午到了机房，陈闯忍不住跟宋镭说，人脸识别大概一时用不上，光是第一步人脸检测的代码，起码得写一个学期。宋镭却拍拍胸脯说，人脸检测、人脸校准都有现成的代码模块，霍夫曼教授都有。他已经搞到手了。陈闯想说如果对那些模块理解得不充分，就这样硬加进去，恐怕很难奏效。但宋镭信心十足，他又不忍打击，只好硬着头皮说，那就试试吧。

两人于是又在机房里苦熬了一周，把宋镭拿来的人脸检测、人脸校准的模块都加进求职预测程序，把从应聘者照片上抓取的人脸特征和那些从简历里提取的关键词一起作为自变量，预测求职结果。然而反复调试了许多遍，预测的平均准确率却不升反降，降到51%，又和抓阄差不多了。

陈闯仔细研究了宋镭拿来的模块，又到 S 大图书馆里查阅了一些论文，基本找出了问题所在：论坛里那些头像照片实在太小了。像素太低，噪点太明显，抓取到的只不过是一堆噪声，反而成了干扰，把原本就小得可怜的那点儿关联性冲得更淡了。

这回连宋镭也灰心了，倒是陈闯突然想起来，在"人脸识别"教材第一章的开头谈到过噪点过滤技术，问宋镭有没有这部分的代码。这倒是启发了宋镭，茅塞顿开道："对啊！我怎么没想到？噪点，就是照片的'噪声'嘛！霍夫曼教授本来就是 GPS 专家，卫星定位最棘手的问题就是噪声干扰！走，去找教授！"

陈闯一把拽住宋镭，提醒他教授并不知道他们动用了校园网里的头像。宋镭倒吸一口凉气，皱眉想了片刻，又眉开眼笑道："教授今晚要做个 seminar①，就是有关信号降噪的！咱们去听 seminar，就可以顺便向教授请教，他不会多心的！"

霍夫曼教授的报告就在 S 大，是工程院给博士生们开的一门课，每周由知名教授讲一些自己的科研。这种课并不太正规，学生可以自由参加。陈阗本想在后排找个角落，宋镭却坚持要坐在最前排，认认真真把笔记摊开，倒让陈阗莫名地有点儿紧张。还好霍夫曼教授讲得生动幽默，似乎比"人工智能 IV"更容易听懂。教授讲述的降噪方式并不是常用的过滤算法，也不是传统的反馈算法，而是一种前瞻性算法——通过对已知噪声的"学习"，对将要出现的噪声进行预判。在程序执行过程中，积累的噪声资料越多，对未来的预判就越精准，也就能更加有效地消除噪声。从某种意义上说，也是有些类似"机器学习"的。

陈阗越听越兴奋，心想校园网头像照片上的那些"噪点"，其实就相当于 GPS 信号里的噪声。为何不能采用教授讲到的前瞻性预测算法，把那些照片"洗干净"？

"其实呢，最好的降噪方法并不是这些，而是升高频率，学过无线电的人都知道。所以，都怪国防部和 NASA②！要不是他们总是跟我作对，我就不需要一直折磨我的学生们了！"

霍夫曼教授的报告接近尾声，突然冒出这样一段，而且从听众中找到宋镭，冲他做了个鬼脸。宋镭立刻朝教授咧嘴笑了笑，又小声跟陈阗解释，教授以前是在海军里专门负责开发 GPS 的！后来退役了，才到 S 大做教授的。

霍夫曼教授继续说："当年我还和'他们'一伙儿的时候，GPS 定位的精度早就弄到几十厘米了，可他们就是不许我把那些技术民用！不给开放高频，民用就只能在全是噪声的带宽里挣扎！我的学生们每天为了降噪，脑袋都快爆炸了！好不容易精确到五十米，我就赶快开香槟庆祝！可又有什么用？旧金山城里相邻的两条街都分不出来！"教授哈哈一笑，全场都跟着笑，教授却又低声嘟囔了一句，"不过呢，这个前瞻性算法，倒是也可以用在别处，比如给清晰度很差的照片降噪什么的。"

教授说罢，竟然又意味深长地瞥了一眼宋镭和陈阗，吓得两人没

---

① 学术报告。
② 美国航空航天局。

敢再问任何问题，等到散场就立刻偷偷溜掉了。

　　陈闯和宋镭猜得不错。霍夫曼教授果然已经得知，他们把校园论坛的原始数据都搞到手了，而且包括头像照片。当然是从韩国人那里知道的。韩国人无法忍受宋镭三番五次的威胁恐吓，终于向老板坦白了。

　　教授把宋镭叫到办公室，亲口揭穿了这件事。宋镭吓得魂飞魄散，低头等着教授发落。教授却突然压低了声音说："我给你们介绍一个天使投资人，他的理念比较超前，对人工智能很感兴趣，尤其是像机器学习、面部识别这些听上去很酷，可目前还不能赚钱的概念。"

　　当晚陈闯和宋镭并没庆祝，只怕过早庆祝反而要把好运气冲没了。两人在机房里傻坐了一会儿，也没什么编程的心思。陈闯心里有些惴惴的，总觉得不可思议：霍夫曼教授不但没怪罪他们，反而主动把他们推荐给了天使投资人。宋镭解释说：霍夫曼教授一直都很支持学生创业的，他认为，不能商业化的技术是没有价值的。其实S大本身就是一所非常支持创业的大学，不然也不会孕育出一个硅谷。陈闯半信半疑，看着宋镭的屏幕发呆，那上面有一大片戈壁滩。宋镭又把《武林风云》打开了。他最近常常打开那款MUD游戏，并不真的打，只当作屏保看看。陈闯想起宋镭曾经说过，如果有钱了就买一片沙漠，再建一座天文望远镜。可宋镭并没提望远镜的事，只自言自语道："就只是聊聊，人家未必愿意投的。"

　　陈闯和宋镭本以为要到天使投资人的公司去拜访的。投资人却把见面地点约在S大书店附近的咖啡馆。宋镭提议在机房里见，方便操作演示程序，对方却在电话里对宋镭说："我要见的是人，不是程序。"

　　陈闯本不想去的，自己笨嘴拙舌，除了编程也不会什么。宋镭却坚持两人一起去，反正他也并非伶牙俐齿，团结就是力量。然后攥紧拳头说了一声："team，加油！"陈闯顿时起了些鸡皮疙瘩，不禁联想到Jack贾，可又觉得并不贴切。宋镭的大方脸庞并不像Jack贾那样熠熠生辉，反而有些忐忑不安，那一声"加油"像是喊给他自己听的。陈闯也很紧张，而且浑身别扭，因为穿了阿玛尼西服，还绑着领带，皮鞋太亮而迈不开步子。其实只有半个月没穿西服，却感觉好像很久了。

陈闯和宋镭按时到达咖啡馆，对方已经到了。一共两位“天使”，一位是瘦小的亚裔中年男子，一位是壮硕的白人女子，两人都穿着正装，表情严肃地起身握手，递上名片，陈闯和宋镭惶恐地接过来，才想起自己并没有名片，正尴尬着，对方已坐回去，那女的说：“给你们二十分钟。”脸上没一丝笑容，像个女法官。男的表情略松缓些，手擒着下巴，微微眯着眼，像是要从陈闯和宋镭脸上读出有趣的故事。然而两人不但脸上交了白卷，脑子里也空空一片，不知从何说起，正僵着，突然听见有人用带着中式口音的英语喊：“杰姆斯！”

陈闯循声望去，一眼看见Jack贾正走进门来，眉开眼笑地朝着两位“天使”打招呼：“索菲亚！你也在啊！”两位天使也看见Jack贾，脸上勉强有了笑容。Jack贾小跑着过来和天使们握手：“听说今天你们在这里谈项目，我正巧在附近，过来打个招呼！”

陈闯低头去看手中的名片，男的果然叫James，女的叫Sophia。其实刚才都自我介绍过的，只不过他紧张得全没记住。Jack贾向来善于交际，尤其是和各路投资商，也不知这次“邂逅”是不是故意的。只是那两位“天使”并不像是很开心跟他邂逅似的。

Jack贾握完了手，这才想起看一眼现场的其他人，不禁吃惊道：“宋镭？陈闯？你们也在？”陈闯忙向Jack贾点点头，正犹豫着需不需要握手，Jack贾已然把脸转回去，向着两位“天使”说，“这两位可是我的老朋友……不，应该是老搭档了！”

“哦？你们是合伙人？”叫James的“天使”掀了掀眉毛。

“现在不是了。”宋镭抢着说，仿佛忘了台词的演员，终于把词想起来了。

“对对，我们以前合作过，镭是研究人工智能的，他可是个天才！闯也是！是编程高手呢！”Jack贾边说边做手势，仿佛他是这场会面的介绍人，见众人并不热衷于他的介绍，搓着手讪讪地说，“你们继续，我去那边坐。”

Jack贾去柜台买了一杯咖啡，果然另找了个座位，距离并不远。陈闯心想，他必定是要偷听的。怎么这么巧，偏偏碰上他了！他肯定要去向文丹丹报告的。陈闯不禁浑身别扭，两颊发热，像是做贼被人抓了个正着。宋镭却好像受到了某种莫名的鼓励，滔滔地讲起程序：从简历中收集关键词作为自变量，把应聘结果作为因变量，通过机器学习算法，预测应聘结果。陈闯越听越心慌，不敢再看Jack贾，还好James抬手打断了宋镭，问道：“预测的准确率是多少？”

"目前最高达到 58%，不过……"宋镭回答。James 再次抬手止住宋镭，问道："预测结果就只有两种，得到 offer，或者得不到 offer，对吧？"宋镭点点头，脸色已有些难堪。这是难以回避的问题：58%，只比纯粹瞎猜高了八个百分点。James 却并没挑明，沉默了片刻，说道："我们可以投二十万美金。"

陈闯和宋镭同时吃了一惊，还没来得及高兴呢，只听 James 又说："不过，我需要 70%。"

陈闯和宋镭都吓了一跳，以为对方要 70% 的股份，这可是狮子大开口。Sophia 像是看出两人的心思，解释说："James 的意思是，预测准确度达到 70%，我们就立刻注资。我们只要 20% 的股份，相当于估值 100 万美金，对于你们这种还不成形的项目，已经算是很高的估值了。"

陈闯松了一口气，却又有些犹豫，不知有没有可能把准确度提升到 70%。虽说霍夫曼教授有关前瞻性噪声过滤的报告让他大受启发，可他并没信心真的能把准确度提升上去。宋镭倒是满怀着信心对两位"天使"说："肯定能到 70% 的！我们正在引入人脸识别算法！"James 立刻又扬了扬眉毛，宋镭知道这意味着有兴趣，忙继续解释说，"就是把申请者的面部特征也纳入自变量！我们相信，面试者的相貌也会潜移默化地影响到招聘者的决定！"

James 和 Sophia 对视了一眼。宋镭备受鼓励，还想继续往下说，Sophia 却已探身伸手过来，说道："你们可以回去想想，如果愿意，立刻就可以签合同，有效期一年，今天谈得很好，谢谢你们！"

陈闯和宋镭知道人家在送客，仓皇地起身，再次和两位"天使"握了手，匆匆走出咖啡馆，这才定了定神，回忆刚才的谈话。陈闯说："不一定能到 70% 的。"

宋镭点点头，仍亢奋着说："管他呢，至少有目标了，今晚得庆祝！这可是正儿八经的投资人呢！"

陈闯知道宋镭的言外之意是，Jack 贾那么善于公关，当初也并没给雷天网找到"正规的投资"，就只找到文丹丹那样一个没头脑的富二代。陈闯心中莫名地一沉，他知道文丹丹投资雷天网另有原因，而且白花了许多钱，人财两空了。也不知这些天她在哪儿，在干什么，会不会有危险？又一想，她的父亲已经被"双规"了，她父亲的"敌人"也算达到目的的了吧？还会为难她吗？

陈闯顿时感到担心，继而又悻悻的，心想，那晚文丹丹只不过是醉了，不然也并不把他当成谁的。可他毕竟还是有些后悔，离开咖啡馆时也没跟 Jack 贾告别，顺便聊上几句，他总归知道得更多一点儿。

3

宋镭说的"庆祝"，就是外卖日式照烧鸡和鳗鱼饭、麦当劳的薯条和冰激凌，还有一瓶"香槟酒"——宋镭管那瓶酒叫"香槟酒"，但陈闯知道那并不是。因为瓶子上只印着"气泡酒"，是加州产的。文丹丹说过，只有用法国香槟地区的特定葡萄所酿制的气泡白葡萄酒才能叫香槟酒。陈闯当然不会说破的，他又有什么资格知道什么是香槟酒呢？而且宋镭兴致高昂，本打算花更多钱请他下馆子的，是他坚持要回机房继续编程。如果准确率到不了 70%，也就没什么可庆祝的了。

宋镭拎着外卖快步走进机房，脸上有些掩不住的得意，迫不及待地问陈闯："你猜，谁给我打电话了？"陈闯正在研究前瞻性降噪算法，盯着笔记本上的一堆矩阵发呆，随口应了一声："谁？"

"Jack！"宋镭眉飞色舞地说，"我就猜到他得打电话，下午你没发现？他坐在那儿，眼睛一直往咱们这边瞟呢！"

陈闯当然发现了，担心得要命呢。他把思绪彻底从矩阵里抽出来，问道："Jack？他跟你说什么了？"

"还能有什么，想尽办法套我的话呗！"宋镭不屑地撇撇嘴说，"兜着圈子问，咱们一起合作多久了，是谁的主意，还有没有别的合伙人，有没有注册公司，有没有别的投资商感兴趣呗！我什么都没说。"

陈闯越发忐忑，心想是不是文丹丹在打听这些？随即又觉得不平：他和宋镭的合作，本来就是在他完全停止给雷天网编程之后才开始的，而且不论代码还是数据，都和雷天网没有任何关系。这本是清者自清的事，又怕得罪谁？又有谁真的在乎？陈闯正烦恼着，宋镭递过来一只一次性纸杯，里面是透明的饮料，他仰头喝掉一大半，才发现是酒。宋镭举着杯，愕然看着他，他才意识到宋镭在等着他干杯，赶忙上前把纸杯碰了碰，满怀歉意地说："对不起，我走神儿了。"

宋镭正要开口，手机突然响了。宋镭放下杯子去掏手机，边掏边说："信不信？肯定又是 Jack，他不会死心的。"掏出手机看了看，却又愣了愣，颇为意外地举起手机说，"喂？思纯？"

陈闯听到这个名字，心中不禁一颤。他本以为差不多已经忘了杜思纯，没想到脑子忘掉了，心却并没有。陈闯忙把纸杯再凑到嘴边，侧耳听着宋镭寒暄，可宋镭偏偏停止了寒暄，把手机递给陈闯说："她找你。"

陈闯吃了一惊，强装出一副无所谓的样子，把手机凑到耳边，尽量风轻云淡地说了一声"喂"，电话里顿时响起杜思纯那甜润的声音："陈闯，你怎么回事啊？又玩儿失踪？一声招呼都不打吗？还当不当我是朋友？"

陈闯仿佛能看见杜思纯娇嗔的样子，心慌意乱地说："没有啊，没……"

"怎么没有，电话也不留一个！成心怕我打扰你呗？我就那么讨厌啊！是不是发达了，就把老朋友都忘了？"

"没有啊，没……"陈闯讪讪地笑，嘴笨得令人绝望，电话里立刻响起悦耳的笑声。杜思纯边笑边说："哈哈哈，你怕什么，人家又不管你借钱，在哪儿呢？"

"在机房。"

"这么用功啊！S大的机房？咱们常去的那个？"杜思纯故意压低了声音，显得有点儿神秘，像是在讲一个只属于她和他的秘密。陈闯说了个"是"字，以为杜思纯立刻要来找他，心中乱跳了一阵。杜思纯却说："哦，那你好好工作吧，我就不打扰啦！"

陈闯一阵失望，正等着杜思纯挂电话，她却又好像突然想起什么，说道："唉，差点儿忘了正事，这周六，旧金山领事馆为留学生举办舞会，你陪我去好不好？"

"我？"陈闯吃了一惊，刚刚恢复平静的心脏又敲起鼓来。

"对啊，你，做我舞伴，不许不同意哈！"杜思纯的声音像是长了触角，蜿蜒着钻进陈闯心里。她仍不罢休，又缀了一句，"礼拜六下午五点，来接我！"

杜思纯飞速地挂断电话，不给陈闯拒绝的机会。陈闯也不太可能拒绝，就算大脑要拒绝，心也不答应。陈闯把手机还给宋镭。宋镭并没提问，只是默默地收了。陈闯本想解释一下，又不知有什么可解释的，只好再去看笔记，对着那些矩阵发了会儿呆，突然想起自己并没有车，礼拜六怎么去接杜思纯？他扭头去看宋镭，宋镭正沉着脸，盯着屏幕发呆，屏幕上又是那一片戈壁滩。杜思纯的一通电话，似乎让宋镭彻底没了心情。莫非他也和自己一样，仍旧记挂着杜思纯？本想管他借车的，无论如何说不出口了。陈闯拿过酒瓶，给两人都斟上酒，举杯对宋镭说："干杯！"

"哟，俩人在这儿庆祝呢？"Jack贾像是被一阵旋风裹着，飞步进了机房，捧着一大杯咖啡，浑身热气腾腾，额角冒着汗，"可找到你们了，不请我喝一杯？"

陈闯立刻联想到杜思纯的电话，似乎并不是个巧合。难道只是为了帮着Jack贾"定位"到他？可杜思纯的确也邀请了他。想到周六的舞会，陈闯又是一阵兴奋。

"你不是已经有喝的了？"宋镭指指Jack贾手中的咖啡杯，脸上没有笑容。

"咖啡哪能跟香槟比？"Jack贾把咖啡杯放在香槟酒瓶子边上，一屁股坐在宋镭身边，把手搭在宋镭肩膀上。宋镭强忍着没有拒绝那只手，不情不愿地说："咖啡不是能助眠吗？你的神经跟正常人是反的，小心喝了香槟要失眠。"

"哈哈，你最了解我了！"Jack贾在宋镭肩膀上拍了拍，冲着两人竖起大拇哥，"牛！你们俩，太牛了！"

"我们没用雷天网的代码，也没用数据。"陈闯嘟囔了一句。

"知道，我没说你们用了啊。"Jack贾含冤高喊了一句，立刻又满面笑容地说，"就算用了也没关系，大家都是自己人嘛！"

宋镭皱了皱眉，一副欲言又止的样子。Jack贾压低了声音问："真打算跟他们签合同？"

宋镭说："等拿到合同看看再说。"

"可千万小心啊，别急着签！"Jack贾收起笑容，把小眼睛瞪成了两粒围棋子，"这帮人最鸡贼了，没听他们说吗，让你们立刻签合同，有效期一年。知道那什么意思吗？那是想先用合同把你们套牢了，可又不想立刻出钱，不见兔子不撒鹰。"

陈闯也觉得有理，但Jack贾就像一头嗅觉灵敏的狐狸，让他有些反感。宋镭显然也有同感，反驳道："人家是正规投资商，能得到机会就不错了。"

"机会？呵呵，"Jack贾冷笑着，眯起眼睛说，"他们可是天使投资，是项目都投的，知道他们为什么要到学校来见你们？因为他们是皮包公司，根本没有正经的办公室！而且，今天一天就约了九个会，都是像你们这样要创业的学生。我就是特意去听听，看看有什么好项目。除了你们这个，别的都很垃圾，可他们照样投！九个会，给了八个 offer！"

宋镭果然有些沮丧，讪讪地说："无所谓了，我们也未必能做到，你肯定也听见了，准确度要到 70% 呢。"

"嗐！" Jack 贾撇了撇嘴，又把眼睛眯成两条细线，"要是准确度到了 70%，哪还需要他们投？再多十倍，不，二十倍的投资也拿得到！"

宋镭和陈闯不约而同地对视了一眼，猜不透 Jack 贾是不是又在说大话。Jack 贾却再次瞪圆了眼睛，压低声音说："我已经把你们的项目跟一个风投说了，是很正规的风投，湾区最大的！人家很感兴趣！知道他们愿意投多少吗？"

宋镭和陈闯不吭声。Jack 贾伸出五个手指头。宋镭问："五十万？"

"五百万！五百万美金！" Jack 贾仰起下巴，颇有些得意。宋镭和陈闯都大吃一惊，半信半疑地看着 Jack 贾。Jack 贾长出了一口气，靠到椅子背上，语重心长地说："我知道，之前我们的合作都不太顺利，你们可能对我有些成见，我完全能理解。但是，你们现在做的东西是非常有价值的，作为朋友，我是真的不希望你们错过最好的机会！"

Jack 贾顿了顿，又把身体向着宋镭和陈闯倾斜过来，问道："走吧，跟我去开个会？人家立刻就想见你们！"见两人有些犹豫，又补了一句，"见个面而已，没什么可损失的。只要你们不愿意，随时可以走人，完全没关系的。"

4

Jack 贾是开着一辆福特野马小跑车来接宋镭和陈闯开会的。车上虽然有四个座位，却只有两扇门。陈闯看看另两位的体型，自己主动爬进后座，仿佛坐进了婴儿车，但前座的两位还是比他的处境更糟。尤其是 Jack 贾，肚子几乎顶到方向盘了。宋镭上车时问了一句："这是你的车？" Jack 贾笑而不答。陈闯闻到一股子熟悉的香水味，心中已经有数，莫名地紧张起来。

车子一路向北，毫无悬念地驶入旧金山城，在海湾边的一栋豪华公寓楼前停住，打领结的服务生上前拉开车门，接过车钥匙。陈闯对这里并不陌生，一周前还来过的，只有宋镭全不知情，仰头看着直上云霄的大厦，脸上竟有些景仰之意。

Jack 贾带着两人来到二层的会所区，穿过游泳池和健身房，走向专供住户使用的会议室。宋镭经过露天平台上冒着蒸汽的加热泳池，瞭望平台下的茫茫海景，听着跨海大桥上隆隆的车声，早已充满敬畏，规规矩矩跟在 Jack 贾身后。陈闯却正相反。他早把投资、创业那些忘得一干二净，心中不断搜索着为自己辩护的理由。他能找到一万条理由，证明他并没背叛谁。为了证明他的无辜，他想肆意甩开步子，只恨前面两位走得太慢，他又不能超过他们，只能走得像只螃蟹。

正如陈闯所料，会议室里等待他们的并不是投资商，而是文丹丹。

文丹丹身穿黑色套装，金发轰轰烈烈地拢在头顶，脖子又细又长，仿佛一支燃着金色火苗的蜡烛。她化了妆，但没涂熊猫眼，脸上清爽肃穆，从皇后变成了女总裁。她并没看陈闯，一眼都没瞥，只含笑注视着宋镭。宋镭仿佛遭到了戏弄，可又不好意思转身就走，愤愤地说："我还以为投资人是谁呢。"

"你别误会，我不是投资人，我也投不起。"文丹丹微扬起下巴，并不像有丝毫的自卑，倒是颇有些骄傲似的，"投资商是 SVIB，硅谷创业投资银行，你应该听说过的，我们谈得很好。"

"可他们现在为什么没在这里？"宋镭问。

"因为我得先得到你们的确认，让人家在这里等你们，你们万一不来呢？或者来了但是并没诚意，都会有损我的信誉。"文丹丹终于瞥了陈闯一眼，因为"你们"里毕竟也包含他，可很快又把目光转回宋镭脸上，"如果你们没兴趣，可以立刻离开这里，我会直截了当地告诉 SVIB，你们不感兴趣和他们合作。"

"还是考虑一下吧，五百万美金呢！只要 20% 的股份！"Jack 贾抓住时机，边说边为宋镭拉出椅子，宋镭迟疑了一下，毕竟还是坐下了。Jack 贾又要为陈闯拉椅子，陈闯一屁股坐在会议桌上，双手抱胸，仰头看着窗户，他已经不那么紧张了，文丹丹根本没有兴师问罪的意思，文丹丹压根儿就不当他存在。

"你们有什么好处？"宋镭问。

"哎呀，瞧你说的！"Jack 贾才刚坐下，立刻又站起身，摆好了做报告的架势说，"咱们一起漂洋过海，到异国他乡读书，同学一场，没道理不互相帮助的。"Jack 贾说得情真意切，似乎连他自己都不记得，他其实并不是 S 大的学生，"而且，实在不希望你们错过这么好的机会，五百万呢！你说……"

"不是五百万。"文丹丹不耐烦地打断 Jack 贾，"是一千万，就在你们进门前一分钟，SVIB 刚跟我通了电话，要把投资额增加到一千万美金，占 35% 的股份。他们非常看好这个项目。"

几人都很震惊，也包括 Jack 贾，全都瞠目看着文丹丹。文丹丹故意顿了顿，再把下巴抬高一点儿，俯视着众人说："我当然有好处，因为，我也将会成为你们的合伙人。"

文丹丹吊足了众人胃口，并不继续说下去，朝 Jack 贾使了个眼色。Jack 贾连忙接着说："是这样的，你们知道，SVIB 是全球知名的专门投资高新产业的投资银行，只投初具规模的项目，不会投资给连公司都没注册的新人。所以，我们向他们推荐的项目，并不只是一个求职预测程序，而是一家成熟的招聘网站，而这家网站正在调试一个具有突破性的新功能，就是求职预测功能。"

宋镭张了张嘴，还没来得及说出什么，已被 Jack 贾抢了先，踌躇满志地总结说："是的，我们提出的项目，就是雷天网和求职预测功能的完美结合。"Jack 贾把两只食指凑到一起，像是媒婆在撮合一对天赐良缘，"SVIB 已经浏览过雷天网，也看过我们的公司材料，他们非常满意！如果没有雷天网这个成熟的平台，他们也不会投资。当然，如果没有求职预测程序，他们也不会投资的，至少不会投这么多。"

文丹丹接过话头说："这个新项目，雷天网占 50%，你们占 50%，很公平的。"

"这就是缘分！"Jack 贾又不失时机地开口，"咱们几个注定要一起干一番事业的，团结就是力量！"

Jack 贾充满激情的声音并没得到任何回应，小会议室里一片沉寂。文丹丹紧盯着宋镭。宋镭不得不闪开目光，去找陈闯，并没找到。陈闯仍坐在桌子上，低头盯着鞋尖，看两只闪亮的黑皮鞋轻轻碰撞着。这房间里的对话仿佛与他无关，可他的确被阿玛尼西装全副武装，确实像是来进行商业谈判的，可又像楼下负责停车的人。

宋镭一时拿不定主意，支吾着说："我们得回去商量一下。"

"当然可以。"文丹丹立刻回答，"不过我得提醒你，SVIB 只给我们三天时间，他们有很多好项目可投的。"

"不用考虑了。"陈闯就在此刻突然发话了，他跳下桌子对文丹丹说，"我不同意。"

"为什么？"Jack 贾大吃一惊。文丹丹倒似乎并不意外，漠然看着陈闯。

"早就说好的，一个月到了我就离职，和雷天网没关系了。一个月早到了，今天正好可以说清楚。"陈闯说罢，用力拉松了脖子上的领带。他讨厌那领带，就像侍者脖子上的领结。

"真是可笑，"文丹丹扬了扬眉梢，不屑地说，"这里没人把你当成员工，跟你离不离职没有关系。"

"那你们把我当成什么？"陈闯问。Jack贾忙不迭地回答："当然是当成合伙人啦！占新公司25%的原始股！你和宋镭各占25%，有股东分红，未来还有股票，很快就成为百万富翁了！"

"那我就更有资格不同意了。"陈闯说。

"为什么？"Jack贾大惑不解。陈闯其实自己也不太清楚为了什么，只是心中有一团无名火，不知怎么就烧了起来。他知道自己并不是谁，并没多少发言权，但既然把他叫来了，他就不能不发言。他索性把脸转向Jack贾，这样发得更自如些："因为我们的信息不对称，从来就没对称过，你们每次都把我当猴耍，我不信任你们！"

"哪有？哪能呢？"Jack贾支吾着去看文丹丹。文丹丹无奈地耸耸肩，对Jack贾说："你能不能带宋镭出去参观一下？一楼有家咖啡馆。"

Jack贾立刻会意，连哄带拽地把宋镭拉出会议室去。陈闯本想也跟出去的，可毕竟没迈动步子。宋镭临出门时，回头茫然地看了陈闯一眼。陈闯张了张嘴，可毕竟没说什么，内心莫名地有些歉意。

"我猜到你要反对的。"文丹丹在陈闯背后幽幽地说。陈闯正看着刚刚关闭的门。文丹丹耐心等着他转过身来，继续说道："说说吧，你为什么要反对？"

房间里就剩下两个人，气氛突然发生了微妙的变化。文丹丹张大双眼，灼灼地看着他，目光里除了疑问，还掺着一些小脾气，仿佛是那种从来不会对外人发的。

陈闯已少了三分气势，低头说："我不明白。"

文丹丹不吭声，耐心等着他说下去。

"你不是说，你不是真的想创业吗？你不是说，就算雷天网再牛×，得到再多投资，也都晚了？"

"我需要钱。"

"那还买新车！"

文丹丹一脸意外："你怎么知道我买了车？Jack告诉你的？"

"不是，他没说。"陈闯摇摇头，嘟囔道，"一看就知道是你买的。"

文丹丹忍不住微微一笑，立刻又板起脸说："那是二手车，只花了一万块！"

陈闯暗暗吃惊，没想到文丹丹也肯买二手车，可还是愤愤地说："一万块也是好多钱呢。反正，对我是。"

"那干吗不抓住这个发财的机会？"

"我觉着不踏实。"陈闯低垂了目光，喃喃道，"不知道你又在打什么主意。"

文丹丹沉默了一会儿，清了清嗓子说："好吧，我向你坦白。"陈闯闻言有点儿意外，抬头看时，见她脸上的傲慢已没了，郑重地说，"你大概知道，我爸被'双规'了，是经济问题，我得帮他把欠国家的给还上。除此之外，还得托人，至少能少判几年，这就更得花钱。我们在国内的账户都被冻结了，就算不冻结，也没人敢要那些账户里的钱。"文丹丹又顿了顿，低头小声说，"所以我需要钱，至少一百万。"

陈闯心中一震。他从没见她用这种姿态说话，很是难为情，甚至有些低三下四似的。他立刻就心软了，可并不愿意承认，还想和自己较劲：她值得同情吗？一个贪官的女儿，平常还那么飞扬跋扈。他于是对自己说：可以接受她的请求，但并不是因为同情，更不是因为别的什么感情，他是为了钱。他的确需要富裕起来。为了证明这一点，他努力回忆了一下过去，又使劲想了想未来，终于想起周六的舞会，心里顿时踏实了一些，坚定地说："我可以同意合作，不过，我有一个条件。"

文丹丹喜上眉梢，忙问："什么条件？"

陈闯说："后天晚上，你得把车借我用用。"

"没问题！"文丹丹不假思索地回答，随即又皱了皱眉，正想多问，却听见有人敲门。文丹丹连忙正了正身姿，喊了一个字，"进。"

门开了，Jack贾满面春风地走进来，说道："宋镭自己回家了，他说今晚喝了酒，有点儿头晕，我给他叫了出租车。"

文丹丹问道："他同意了？"

Jack贾摇头晃脑道："那当然！他说只要陈闯同意，他没意见。"

"太好了！"文丹丹不觉又笑了，含笑看了一眼陈闯，再对Jack贾说，"陈闯也同意了，明天就可以签合同。"

"明早？"Jack贾脸色一变，双手揉在一起。

"有什么问题？"文丹丹警觉地问。

"是不是……是不是太急了？咱们还得准备一下……还得把他们的预测程序整合到雷天网里……"Jack贾吞吞吐吐，文丹丹恼道："你不是说，源代码都是一个人写的，很好整合吗？"文丹丹又转脸去问陈闯，"很难吗？"

陈闯摇摇头："应该不难，一天时间够了。"

"那个……可能不是那么简单。"Jack 贾瞥了陈闯一眼，支支吾吾地说，"SVIB 的人以为，预测程序使用了人脸识别技术，准确度已经达到 80% 了……"

陈闯大吃一惊，一时有点儿蒙。文丹丹虎目圆睁，大声质问 Jack 贾："80%？你不是说 70%？"

"70% 都没有，最高只有 58%！"陈闯抢答了一句，心中已然明了。Jack 贾在咖啡馆偷听到了他们和天使投资人的对话，连忙通过文丹丹联系到投行，然而为了得到投资，Jack 贾竟然向投行的人虚报了软件开发成果，不但把人脸识别技术说成了完成时，而且也擅自把准确度提高到了 80%！难怪 SVIB 愿意投 1000 万美金！硅谷的创业者多如牛毛，但投资商也多，对真正的好项目趋之若鹜。人脸识别、求职预测，把时髦的高科技概念和实际应用完美结合，算得上是百里挑一的好项目。只不过，这个项目根本没那么完美，大家都被 Jack 贾忽悠了！陈闯又愤愤地加了一句："而且也还完全没用上人脸识别技术！即便用了，也根本到不了 80%！"

"贾云飞，你这不是骗人吗？！"文丹丹厉声道。Jack 贾反倒不那么慌张了，摆出一副死猪不怕热水烫的样子说："这怎么叫骗人呢？这是合理的预期。下午天使投资人说，测试准确度要到 70% 才能投，这两位也没说半个不字儿，眉头都没皱一皱，看上去挺有信心的嘛！既然能做到 70%，80% 也没差多少啊？"

文丹丹气得脸色发白："你还有理了？人家刚才在电话里说得很清楚，三天之内就要签合同！签了合同，立刻就要对程序做测试的！你现在跟人说，程序还没写好，人家还会再搭理你吗？"

"咱们这儿不是有编程天才嘛！三天差不多吧？"Jack 贾看一眼陈闯。陈闯决绝地说："不可能。"

"蠢货！什么公关高手、创业策划专家！就是个骗子！"文丹丹咬牙切齿地吐出一句。Jack 贾恼羞成怒，翻脸道："你以为你是谁？跩个屁啊！还当自己是大老板的千金呢？"

文丹丹气得浑身乱颤，狠狠瞪着 Jack 贾，一缕金发从额边挣脱下来，仿佛烛火烧熔的一缕蜡泪。陈闯本以为她要破口大骂，或者干脆动手，可她并没有，只是狠狠抿住嘴唇，眼睛里竟然有了泪意。陈闯突然明白过来，她的父亲已经被抓了，银行存款都被冻结了，她已经不再是她了。陈闯一阵冲动，攥紧拳头往前跨了一步，瞬间已到 Jack 贾跟前，胳膊却被文丹丹狠狠抓住了。

Jack 贾借机倒退了两步，虚张声势道："你想干吗？"立刻又缓和了表情，摊开双手，语重心长地说，"大家都是合伙人，这是干吗呢？有困难，一起想办法嘛！"

陈闯被文丹丹狠命拽着，不禁回头去看，见她泪盈盈地向自己摇头，冲动已经退了三分，又想起自己只有 Jack 贾一半的体重，也就顺水推舟地松了下来。

文丹丹也松了手，吸了吸鼻子，再次恳求着对陈闯说："就只有三天时间，能不能求你……试试看？"

位于旧金山郊区的廉价公寓再度成为雷天网"总部"，因为陈闯又搬回公寓里编程了。

陈闯本打算继续在 S 大机房里编程的，这些日子几乎吃住都在公共机房，那里让他感觉更自在，也让宋镭更自在。可 Jack 贾说，用于创业的程序代码不能在 S 大的公共机房里编写。虽说 S 大鼓励学生创业，但如果校方真的较真起来，一切用学校设备开发的程序，学校都是有份儿的。Jack 贾还找出很多大学和公司产生纠纷的案例，让陈闯没办法反驳，只好拷贝了源代码，从 S 大机房里删除了一切代码，回到雷天网"总部"继续编程。

宋镭却找了些借口，并没再来雷天网"总部"。陈闯给他打电话，他说临近期末有点儿忙，你们那儿又小，挤不开太多人。陈闯听出来，宋镭是不喜欢雷天网"总部"，大概对"雷天网"这三个字还存有心结。陈闯不禁有些愧疚，文丹丹和 Jack 贾倒是毫不在乎，大家都心知肚明，源代码都是陈闯写的，宋镭在与不在都没什么区别。

说来也很神奇，Jack 贾和文丹丹转眼恢复了常态。文丹丹依然颐指气使，Jack 贾也依然俯首帖耳，就像那晚在会议室里的冲突根本就没发生过。倒是对于陈闯，文丹丹的态度发生了明显变化，不再耀武扬威，呼来喝去，也不再逼着他穿"工服"，更不让他跑腿打杂，一切时间都用来编程。文丹丹并不住这公寓，只是早来晚走，亲自为他冲咖啡、叫外卖，让他过了两天衣来伸手、饭来张口的日子。要不是因为借车的事，也许还能再舒服一天。

陈闯也确实辛苦，第一天六点起床，一直工作到凌晨两三点。他先把求职预测的模块植入雷天网，再把 S 大校园论坛的数据输入雷天网的数据库，为此还纠结了一番，毕竟这些数据是学校为了科研目的提供的，并不能供给商业网站使用，但是如果没有这些数据，也就谈不上机器学习，更不可能应用人脸识别技术。雷天网原本虽有上万条招聘广告和十万份简历，但那些都是陈闯用"挖掘机"从各个招聘网站"挖"来的，并没有相应的应聘结果，更没有应聘者的照片。

Jack 贾拍着胸脯说，使用 S 大校园论坛的数据绝对没问题，SVIB 本身就是 S 大投资和控股的公司。然而陈闯早已不信 Jack 贾所言了。文丹丹当着陈闯的面亲自给 SVIB 打了电话，告诉他们雷天网里的求职预测程序用到了一些 S 大校园论坛的数据，但并没得到校方的正式授权，不知会不会有问题。对方果真全然不当成一回事，说硅谷的创业者大部分都是 S 大毕业生，还有一部分是在校生，跟 S 大原本也扯不清关系，而 SVIB——硅谷创业投资银行——本身就是 S 大主创的，就是为了便于学生借助学校的力量创业的，补个授权很容易。陈闯想起宋镭，耿耿于怀地说："那干吗之前又说不能在 S 大机房里编程？"没人搭理他这句提问。文丹丹命令 Jack 贾去搞定授权，又催着陈闯说："赶快写你的代码，咱们还有不到两天了。"

陈闯又用了一天一夜，把霍夫曼教授讲的噪声预判算法写成代码。霍夫曼教授的算法高深莫测，陈闯并没完全弄明白，只能照猫画虎，编译时连连出错，一直 debug[1] 到天亮，这才好歹能运行了。对校园论坛的头像照片进行降噪处理，然后重新计算应聘成功率，成功率却只有 50%，反倒比降噪处理前又低了一个百分点，彻底跟抓阄没区别了。

陈闯本已昏头涨脑，见到这个毫无意义的结果，更加心灰意冷，倒在沙发上睡去，再醒来已是周六中午。文丹丹不在，但想必是来过了，电脑边上放着咖啡和三明治，已经冷了。可她并没叫醒他。陈闯不禁懊恼，应该早点儿起来继续工作的，今晚要陪杜思纯去参加领事馆的舞会，至少还要耽搁几个小时。明天一早，三天的期限就过了。

文丹丹开门进屋，提着一包外卖，饭菜香味扑面而来，陈闯说："不用的，早饭还没吃。"文丹丹白了他一眼说："买都买了，难道扔

---

[1] 找出程序里的错误。

了？"陈闯讨好地笑道："晚上不要买了。"文丹丹说："中午是中午的，晚上是晚上的。"陈闯讪讪地解释："我是说，我晚上要出去一趟。你不是答应借我车了？"文丹丹怔了怔，突然改变了话题："程序怎么样了？"

陈闯心里一沉，可又想不出如何蒙混过关，只能硬着头皮说："人脸识别的部分写好了。不过不管用。"文丹丹急道："准确度一点儿没提高？"陈闯摇头说："还降低了。"

"是不是哪儿编得不对？"文丹丹急得冒火。陈闯低头嘟囔着说："检查了好几遍了……"心想是不是给杜思纯打个电话，推掉今晚的约会，可又实在舍不得，正纠结着，忽听文丹丹气急败坏地说："无论如何，必须到80%！"

陈闯见文丹丹虎视眈眈瞪着自己，反倒心中火起，说道："我又没说过人脸识别一定管用，更没说过准确度能到80%！那本来就是天方夜谭！"

"反正明天就要签合同，你看着办！"文丹丹转身破门而出，把门摔得震耳欲聋。陈闯立刻火冒三丈，料定她一时半会儿不会回来，借车已无望，反而下定决心要去找杜思纯，骑自行车也可以。杜思纯大概不会坐在自行车后座上去参加舞会，但去不去其实都无妨。他突然发现，当他正在气头上，跟杜思纯的约会竟然变得不重要了，重要的是让文丹丹知道，对他必须讲信用的。

陈闯心烦意乱，早早换上西服系好领带，皮鞋很亮可还是又擦了几遍，只等着五点一到就立刻走人，骑车到S大也得四十多分钟。五点到了，他又有些迟疑，心想万一文丹丹回来履行诺言，他倒是先走了，显得他小肚鸡肠。转而又觉自己实在可笑，那个盛气凌人的皇后，什么时候履行过诺言？

可文丹丹果然就回来了。陈闯开门要往外走，她正站在门外，手里握着大门钥匙。陈闯立刻转身走回房间，坐到电脑前，两颊烧起来。文丹丹进屋反锁了门，靠在门上问："您这是要去哪儿啊？"

陈闯听见她用了"您"字，突然意识到，他们都是北京人。这是件很奇怪的事：在美国的上海人、广东人、福建人、四川人、山东人……人人都在有意无意地搜寻老乡，都会在聚会上因为遇见老乡而激动万分，然后彼此热烈地操起方言。只有北京人，在各种老乡的聚会里消失得无影无踪。

她显然是在讽刺他，为了讽刺他，特意动用了"老乡"的特权。陈闯努力克制着情绪，用自以为很平静的声音说："你答应把车借给我的。"

"做梦吧。"她的声音其实也算平静，却还是像一把锥子，刺进陈闯的鼓膜。她扬起眉毛说，"我根本没开车来！"

陈闯热血上涌，很想立刻夺门而出，可她正背靠着门，像个守门神似的。只不过身体太过纤瘦，他完全有力气抱起她，把她从那扇门前移开。这想法让他腹中一热，不禁生出些罪恶感来，气势也就弱了些，说道："我的确有重要的事情。"

"不就是去参加舞会吗？你会跳舞吗？"她把身体弯成"S"形，把那扇门占满了，头微微低着，一缕金发垂到嘴角上，那姿势不仅是傲慢的皇后，简直就是妖后。陈闯心中又气又诧异，不知她是怎么知道自己要去参加舞会的，却又不能问，只说："你什么都知道，问我干什么！"

文丹丹冷笑了一声说："我又不是算命的，也不是特务，知道不了什么。是Jack告诉我的。Jack说他本想邀请那个女生的，却被拒绝了，因为那女的接受了您的邀请。"文丹丹再次使用了"您"，冷嘲热讽地说，"没想到，您还挺浪漫的。"

陈闯恼羞成怒，本想澄清是杜思纯邀请的他，可那又有什么区别呢？他是她的舞伴，一起驾驶着福特野马小跑车，开往以浪漫闻名的旧金山。陈闯虚张声势地吼了一句："你管得着吗？"

文丹丹眼皮一翻，下巴高高扬起，不屑一顾地说："你跟谁去跳舞，我当然管不着。也根本懒得管！可我得对项目负责！明天一早，三天期限就要过了！现在程序还没有眉目呢！任何人或者任何事妨碍到项目的进展，我都不容许！"

陈闯努力压着火儿，用商量的口气说："我就出去几个小时，十点就回来，可以干通宵。"

"不行！一分钟都不能耽误！等到了80%再去！"文丹丹杏眼圆睁，决不让步。陈闯火冒三丈，一跃而起说："腿长在我身上。你不借我车，我照样要去。"

"是吗？"文丹丹诡异地看了他一眼，猛转身开门出去，反手拉上门，只从门缝里露出半张脸说，"这门我锁了！啥时候到了80%，我再开！"说罢果然砰地关上门。陈闯突然想起来，这门如果从外面反锁了，从里面是打不开的，赶忙往前冲，但为时已晚，锁眼里一阵窣响。等他摸到门把手，门已被锁死了。陈闯怒气冲天，在房门上猛拍了一阵，狂喊了一串"开门！"，根本没有回应，只听门外一串高跟鞋声，咚咚地下楼去了。

　　陈闯猛然想起来，这房子是有逃生梯的。他和文丹丹曾经从那梯子上逃出去的。他连忙飞奔到窗前，拉开窗户，低头一看，逃生梯却不翼而飞。只听几声冷笑，文丹丹已从楼下钻出来，仰脸看着他，扬扬得意地说："不好意思，忘了告诉你了。上次你从逃生梯上掉下去，把房东吓坏了！以为是梯子的问题呢，找人拆了，打算换个更结实的！"

　　文丹丹仰着脸，双手抱起胸，微微眯着眼，傲然看着陈闯。恰巧吹来一阵风，金发纷纷扬扬，仿佛是个古代的侠客。陈闯不禁纳闷儿，就算她站在他脚下，却仍像是高高在上。风也掀动他的领带，让他意识到自己也正"全副武装"——西服革履、领带飘飘，气急败坏地双手撑着窗框子。他懊恼地转身回到房间里，一屁股坐在椅子上，狠狠看着手提电脑，仿佛它才是原罪，更觉七窍生烟，不禁握拳砸下去。毕竟没砸电脑，砸在桌面上。这房间虽然小，家具也是凑合的，唯独这一张实木办公桌又大又沉，上次文丹丹把床搬来暂住，也没舍得扔掉它，在附近寄存了。如今这里又变回雷天网"总部"，床被搬了出去，换回这张桌子。陈闯这一拳，桌子纹丝不动，毫发无伤，倒是一只胳膊震得发麻，连带着半个头也嗡嗡作响，似乎整个房间都开始晃动。陈闯努力定了定神，头不响了，可房子仍在晃动，门窗都在嘎嘎作响，电脑和杯子在桌面上跳动。陈闯恍然：是地震了？他硬撑着站起身，一切又瞬间恢复了平静。

　　旧金山湾区原本就是世界上地震风险最高的城市，不仅地处恶名远扬的环太平洋地震带，还在七八条断裂带上，最有名的就是纵穿城市的圣安第列斯断裂带。1906年的8级地震曾将整座城市夷为平地，1989年又来了一次6.9级，震塌了好几段立交桥，两百多人在下班回家的路上罹难。自此没再发生过大地震，但小震不断，陈闯就体验过好几次。万籁俱寂的深夜里，杯子碗筷突然开始颤动，仿佛有辆大货车紧贴着开过。然而，像这次连门窗都吱嘎作响的，倒还是头一次。

　　陈闯正琢磨着，突然听见锁眼里一阵急响，文丹丹开门冲进来，惊慌地说："地震了！你还好吧？"陈闯心头一热，刚赌的气倒是泄了大半，正要说没事，脚下却突然又晃起来，文丹丹惊呼道，"又开始了，快！"

　　陈闯抓住文丹丹的手腕，拔腿要往门外跑，脚下晃得厉害，一时迈不动步子。文丹丹不但不帮忙，反倒狠命把他往回拖："不能往外跑，危险！"

　　文丹丹生拉硬拽，把陈闯拖到桌子底下，恰巧够两人容身，肩并着肩，腿挨着腿，文丹丹的身体蕴热，富有弹性，瞬间和他的粘在一起。两张脸虽没贴在一起，但也近在咫尺，文丹丹的发丝在陈闯眼前乱舞，浓烈的香水味灌进他的鼻腔，比地震更让他头晕目眩。文丹丹酒醉的那一夜，他也曾送她回家，一路跟她的身体接触，但并不如此刻这般突如其来，带来一股强烈的异样，仿佛周身燃烧起来。

头顶啪的一声响，似乎有什么落在桌子上。陈闯正浑身发烧，不禁要伸头出去看，被文丹丹死死拉住："危险！找死啊！"两人眼前出现一串水珠，从头顶鱼贯而下。文丹丹忧心忡忡道："不会是水管子震裂了吧？"手中暗暗用力，把陈闯的胳膊捏得生疼。陈闯伸手接了一滴，用舌头舔舔，又苦又甜。他说："咖啡杯倒了。"文丹丹松了一口气，脸色依然煞白。陈闯不禁觉得好笑，没想到"皇后"竟也这么胆小，笑着问道："就算水管子裂了，又能怎样呢？"

文丹丹不屑地说："如果水管子震裂了，煤气管道也有可能被震裂。这房子是木板房，地震时只要躲在结实的家具下面，基本不会有危险的，就算房顶塌下来，等着别人来救就好。可是如果着火了，那就没得跑了！"

陈闯有些意外，好奇地看着文丹丹。文丹丹白了陈闯一眼说："什么都不懂，地震还往外跑！你知道有多少人是在往外跑的时候被砸死的？"陈闯撇了撇嘴，说："那也比往里跑强，你不要命了？"文丹丹又白了陈闯一眼，从鼻子里哼了一声，鄙夷地把头转向一侧，脸却红了。陈闯也顿时一阵心乱，忙自找台阶地问："你是地震专家？"

文丹丹没吭声。陈闯不知她是不是真的生了气，也不敢再说什么，正僵着，突然听见她轻叹了一声，悠悠地说："是因为一个朋友，我才对地震知道得多一些。"

文丹丹双眉微蹙，眼睛里涌上深深的惆怅。陈闯心里一紧，猜到不是好事，支支吾吾地问："那个朋友……遇上地震了？"

文丹丹却摇头说："不是她，是她的爸妈。"文丹丹顿了顿，有点儿艰难地说下去，"她爸去日本出差，把她妈也带去了，遇上神户大地震，都没回来。"

陈闯轻轻"哦"了一声，不知该说什么，隐隐觉得文丹丹有点儿小题大做。她朋友的父母在地震中遇难，自然是不幸的，但是对她能有多大影响？

"我和她，从小学到初中都是同学。一起上下学、写作业、做游戏，人都说我们像亲姐俩……"文丹丹喃喃着说下去，两眼直直的，仿佛正看进回忆里，"我记得，那是1995年，那年我们上初一。那个冬天好冷……上课的时候，她就盯着黑板发呆，有时候盯着窗外，同学们也不敢跟她说话，老师也不敢叫她回答问题。下课了，她就趴在桌子上，一动不动的。她总是很仔细地用袖子把眼睛擦干净才坐起来，不让我看见她哭，可她的作业本都是湿的。"文丹丹说着，眼睛已经湿了。"放学我让她来我家，她也不来，我要跟她回家，她也不让，她也不怎么跟我说话……"文丹丹深深叹了口气，哀怨地说，"我们本来是最好的朋友的。"

陈闯心里发酸，却又不知如何安慰她，只能设法打岔说："她现在在哪儿？还有联系吗？"

"她死了。"文丹丹低垂了目光。好大一滴泪，一下子落到陈闯的膝盖上。陈闯心里一沉，懊悔自己哪壶不开提哪壶，怯怯地问："怎么……"

"自杀了，吃了两瓶安眠药。"文丹丹沉默了半晌，喃喃道，"本来冬天都快要过去了，什刹海的冰都要化了。"

陈闯胸口发堵，什么也说不出。文丹丹却突然仰起头，嘴角升起一丝玩世不恭的笑："她管自己叫 Shera，非凡的公主希瑞。"

陈闯小时候在邻居家看过那部动画片，电视台里播过的。一个金发碧眼、披着红色披肩、裸露着大长腿的超级女英雄，挥舞着长剑说："赐予我力量吧，我是希瑞！"

"她说过，会保护我的。"文丹丹努力仰起头，可泪水还是汩汩地滚下来。陈闯心中酸涩，正犹豫着要不要去握她的手，她却突然举起拳头叫道："赐予我力量吧，我是希瑞！哈哈！"

文丹丹笑了两声，使劲儿吸了吸鼻子，从桌子底下钻出去，一边整理着金色长发，一边说："没事了，就是个 trimmer①。"

陈闯这才意识到，地震不知何时早已停了，他却仍蜷缩在桌子底下。文丹丹不耐烦地朝他喊："走啊！还等什么？去接你女朋友啊。我开车送你，还来得及。"

6

文丹丹其实撒了个谎，她的确是开车来的，就把车停在公寓的

---

① 小地震。

停车场里。即便保时捷换成了二手的福特野马，看上去也还是鹤立鸡群。陈闯说："我会开的。"文丹丹鄙夷地说："我见过你开车，等你开到了，黄花菜都凉了！"

文丹丹把小野马开得风驰电掣。陈闯也曾坐过她开的车，早知她的驾驶风格，但这次尤其心惊肉跳，也不知她是在帮忙，还是在报复。陈闯索性闭上眼，只当自己在坐过山车，再睁开眼时，已看到S大胡佛纪念塔的红色圆顶，在夕阳最后的余晖里熊熊燃烧。

文丹丹把车停在学生公寓附近的路边，把车钥匙留在引擎里，下车就走，一句话没有。陈闯忙问："你怎么回去？"根本没得到回答，不觉悻悻的。看一眼后视镜，见那纤瘦的背影正浸在夕阳的余晖里，一头金发被风吹得纷纷扬扬，突然有股子莫名的冲动，却弄不清自己到底想怎样，心中一片茫然。

陈闯下了车，看看表，六点过五分。正要往公寓里走，杜思纯却迎面走出来，手挽着一个穿呢子大衣、围羊毛围巾的年轻男子。旧金山湾区的冬天天气暧昧，要冷不冷，要热不热，一场雨气温能降到五六摄氏度，晴空万里时又有十五六摄氏度，男子的着装有些小题大做，看上去非常笔挺，也很昂贵。杜思纯看见陈闯，连忙放开那男子，迎上来招手说："陈闯，你怎么才来？我还以为你不来了呢！"转身介绍那男子，"这位是Terry，在芝加哥经营一家国际贸易公司，他是来这里读EMBA的。正好我们可以一起去！"说着去看陈闯身后停的小跑车，惊喜着说，"哇！你的车？好酷啊！"随即又皱眉说，"就是有点儿小呢，咱们坐Terry的车吧！Terry，这位就是我跟你说的同学，雷天网的CTO，他们公司刚刚融资成功，很快就要上市了。"

陈闯闻言觉得耳熟，隐隐地有些反胃。那位Terry并没立刻上前握手，而是小心翼翼地打量着陈闯。陈闯更觉无趣，突然又觉着非常可笑，也说不清是谁可笑，是他，还是杜思纯，又或是那位如临大敌的Terry先生。他抬手胡乱比画了一下，算是给杜思纯敬礼，说道："抱歉啊，我有急事，去不了舞会，赶来跟你说一声。"

陈闯不等杜思纯回答，已转身快步上车，发动了引擎。车子轰然启动，这才瞥了一眼窗外的杜思纯，并没看见她的表情。她正转身走向Terry，背影竟然像个陌生人。陈闯仔细一看，这才发现杜思纯剪短了头发。他刚才竟然并没注意她的发型，根本就没仔细看她。他狠踩油门，小跑车的引擎发出一阵轰鸣。

陈闯驾车沿着通往校园大门的笔直大道缓缓行驶。如果文丹丹正走出校园，也许能接上她。出入校园的道路有很多，但这一条直通火车站，他走过许多回的。可他并没见到文丹丹，只有一排棕榈树直挺挺站着，不情不愿地接受他的检阅。跑车出了校门，驶上大马路，寻找见文丹丹就更是无望。陈闯劝慰自己，她怎会搭火车？更不会搭公交的，她可以打电话叫人来接她，比如 Jack 贾。

陈闯回到公寓，公寓里没人。咖啡杯仍倒在桌子上，桌边汪着黏糊糊一片。文丹丹并没回来。他心里一阵失望，把桌子擦干净，在电脑前坐下来。这才觉着饿，把文丹丹买的午餐拿来，一边吃，一边继续调试程序。程序却像是专门跟他作对，准确度越调越低，再也到不了 50%。校园论坛里的那些头像照片，并不像是被输入电脑，倒仿佛被硬塞进碎纸机，挣扎撕扯一阵，终于彻底变成了垃圾。如此翻来覆去，没有一点儿进展。

不知过了多久，文丹丹回来了，又提了一只塑料袋。

陈闯听到门响，赶快回头张望，见到是文丹丹走进屋来，松了一口气，转回去继续看电脑，后背却一阵发麻，仿佛想要长出眼睛来。

陈闯看了一眼表，差一刻不到九点。他听见文丹丹在背后阴阳怪气地问："怎么这么早就回来了？"陈闯说："那里太没意思！吃饱就回来了！"却听文丹丹说："哦？吃饱了，还吃冷盒饭？"陈闯看一眼键盘边上摆的空餐盒，脸上一阵发烧。文丹丹却已踱到他身边，把塑料袋往桌子上一放，说："那我白买了？"

塑料袋里有两只外卖餐盒，腾腾冒着热气，盒盖上凝结着细小的水滴。陈闯心中纳闷：她怎么又买外卖？难道她知道我没去舞会？文丹丹却已忍不住冷笑道："舞会可热闹了，就是有点儿过时！都什么时代了，还三步、四步。Come on！ This is San Francisco！ So lame！①"

陈闯顿时明了：文丹丹去了舞会！可那是领事馆专门为招待中国留学生举办的舞会，她早不是学生，也不该看得上这种领事馆举办的传统上就很"lame"的舞会。而且，她并没在舞会上多待，看样子不到八点就出来了。莫非，她去是专门为了"监视"他的？陈闯不禁问道："这种舞会，你也看得上？"

"嗙！"文丹丹从鼻孔里挤出一股气，百般不屑地说，"Jack 贾那个 asshole②，非要我去见个什么人，asshole！"文丹丹一连说了两个

①　这里可是旧金山啊！怎么这么 low——国人常说的"low"，其实在英语里该是"lame"。
②　笨蛋。

"asshole"，好像 Jack 贾比旁人多长了一副排遗器官。陈闯心中一阵快活，想问：见谁啊？毕竟没敢问出口。文丹丹气冲冲地从皮包里掏出一个纸信封，扔在陈闯手边说："结果倒是给您跑腿儿了，这是宋镭让我带给你的，他说他本以为你会去舞会。"

陈闯接过信封，打开一看，里面竟是一盘录音带，封面上一行大字："齐秦《狼Ⅱ》"。文丹丹显然早知信封里是什么，若无其事地说："他说他去中国城的音像店买的，没买到《狼Ⅰ》，只好买了这个。"

陈闯想起宋镭知道他喜欢听齐秦的歌，没想到真的就跑去中国城买来给他，顿时无地自容。他其实也明白，宋镭不想重回雷天网，更不喜欢和 Jack 贾、文丹丹合作。Jack 贾所说的"只要陈闯同意，他没意见"也许出自宋镭之口，但那背后的意思也许是：我不愿意。但是如果陈闯愿意，我也不阻拦。又或者宋镭根本什么也没说，Jack 贾又编了个瞎话。反正程序是陈闯编的，宋镭根本不重要。陈闯拿起手机，拨打宋镭的电话，铃声响了三遍，被拒接了。

"给宋镭打电话呢？"文丹丹不知何时又晃过来，饶有兴致地问。陈闯点点头，沉默着放下电话。文丹丹扬了扬眉，说道："我记得以前宋镭说过，他是通过打游戏才知道你很会编程的，你以前跟他一起打过游戏？"

陈闯苦笑着说："是啊！我什么都比不过他，就只有打游戏，能比过他。"

"哦？怎么比的？"文丹丹兴趣倍增。

"他说玩家练不到'深不可测'，我就偏要练到'深不可测'，武功比他高出好多倍，随便就能杀了他。见一次杀一次。杀一次，他的武功降一级。把他杀回'初学乍练'。"

"可真是个小人！"文丹丹厌恶地瞄了陈闯一眼，摆摆手说，"管你是什么，反正被你套牢了！"说罢又诡笑着斜了他一眼，"好好编程吧！就剩十几个小时了。哦，晚上饿了，记得吃。"文丹丹指指塑料袋里的饭盒，拿起跑车钥匙，"今晚还有一个应酬，请 SVIB 的人上夜店，万一你这儿的程序弄不出来，看看还有没有后路。"

陈闯心里一动，急道："这么晚出去，安全吗？"

文丹丹愣了愣，恍然道："哦！你说我爸的对头？老头子已经完蛋了，彻底没权没势了，现在就是坐牢长短的问题，别人早对我没兴趣了。"说罢，大摇大摆地往外走，长发一波一波地涌动，仿佛模特在走 T 台，本已出了门，却又突然扭回头说，"是长是短，就指望你了。

拜托了！"

　　陈闯还没来得及回答，门已经关上了。房间里剩下他自己，顿时一片空无。也许咖啡、盒饭、舞会，一切都只是因为她的父亲。陈闯逼自己继续调试程序，心不在焉地改了几个参数，又运行了一遍，准确度竟然还不到40%。陈闯心中一阵绝望，随手把宋镭从韩国人那里搞到的校园论坛数据打开，一幅幅头像在他眼前滑过，五颜六色，眼花缭乱，却又似乎只是同一个人，只不过在变换发型、着装、肤色……陈闯心烦意乱，强迫自己不再看照片，只看文字，全是论坛里的留言。他曾经为了获取准确的应聘结果，熬了两个通宵浏览这些留言，但此刻读起来，却又像是从没读过的全新文字。他被长长的一串评论吸引，都是在讨论职业橄榄球决赛"超级碗"的中场演唱中，贾斯丁撕开了珍妮·杰克逊的胸罩："真他妈性感！""是不是故意的？""谁知道胸罩的牌子？""求保洁大妈赶快借她一块抹布。""我对她不感兴趣！我想看贾斯丁脱。"……讨论随即变成了辩论，到底贾斯丁和珍妮·杰克逊谁的裸胸更性感。

　　陈闯不禁笑出了声。不过几秒钟的演出画面，竟然引出这么多的奇葩评论，这么多不同的遐想。都是同一所大学的学生，思想却千奇百怪。陈闯越发有了兴趣，继续阅读那些评论，看众人憧憬着心怡的工作、炫耀着履历、担心着不足、咒骂着面试官。看他们议论老师，拿时事开玩笑，随便一件小事，都能引发一场"战争"：留言者自动站队，唇枪舌剑。校园也是个江湖。

　　江湖？

　　陈闯仿佛突然想起什么，却又并不确定，一眼瞥见键盘旁边的牛皮纸信封，"武林风云"四个字跃入脑海。对了，就是《武林风云》！陈闯扑向键盘，把鼠标投入那一堆专门制造垃圾的代码里，再去看那些描述求职者的语句，却仿佛看到了许许多多的玩家，一边找"门派"拜师习武，一边和其他玩家讨论着门派和武功，讨论着NPC，或者讨论着跟游戏无关的事情。他噼噼啪啪地敲击键盘，仿佛在改进早就写好的"机器人练功程序"，他飞速编写了一个自动收集自变量参数的算法，不仅仅收录比武的结果，还要收录玩家的聊天记录：常用的口头语、常骂的脏字、常用的装扮、常常讨论的话题，还有常常结伴的朋友、常常对付的仇家…… 只要是评论里出现的字符串，都会被自动搜集，再通过测试赋以权值，只要权值升高到一定程度，就被正式纳入自变量库。新算法很快就完成了，他一时想不出适合的名称，索性叫它"武林风云"。

陈闯开始测试程序，为了便于debug，专门打开一扇窗口，观察自变量库的变化。库里原本只有从简历里搜集来的关键词，随着程序的运行，自变量在迅速增加，简历里的关键词越来越少，从闲聊里挖来的关键词越来越多，渐渐出现了和求职毫不相干的词汇：电影、小说、明星、天气、脏话……求职简历千篇一律，论坛里的留言却没有模板，千奇百怪的留言背后，是一个个生动各异的灵魂。随着自变量库的飞速扩张，求职预测的准确度也在渐渐升高：40%，50%，60%，70%！陈闯心跳加速，几乎屏住了呼吸，不知屏了多久，也不知他是如何从严重缺氧中幸存下来的，反正他是真的看见电脑屏幕上跳出一个百分数：81%。

陈闯顿时长出一口气，瘫进椅子里，仿佛是被人一把推倒。也许是因为过度疲劳，也许是因为大脑缺氧，他脑中一片空白。

不知过了多久，他终于渐渐醒转过来，只觉浑身虚脱，仿佛刚刚做了一场梦，也不知是美梦还是噩梦。他强打精神，拿起手机看了看时间，凌晨五点。

手机上竟有一封未读的短信，是宋镭发来的。

"对不起，没接你的电话，我没想明白怎么跟你说。我想，我大概一直在寻找，自己也不知在找什么，我从来没像现在这样迷茫过。也许，我是个只会做学问的人，本来就不应该创业的。不过，还是要谢谢你，曾经陪着我一起寻找。谢谢，祝你成功！"

陈闯来回读了两遍，却似乎并没读懂。他随手拿起桌子上的录音带，抽出封页，看到一段歌词：

午夜的都市
就像那月圆的森林
我们在黑暗的街道巡行

陈闯似乎有点儿明白了，宋镭已经找到了方向，可是他并没有。他还在巡行，不知将要巡行多少年。

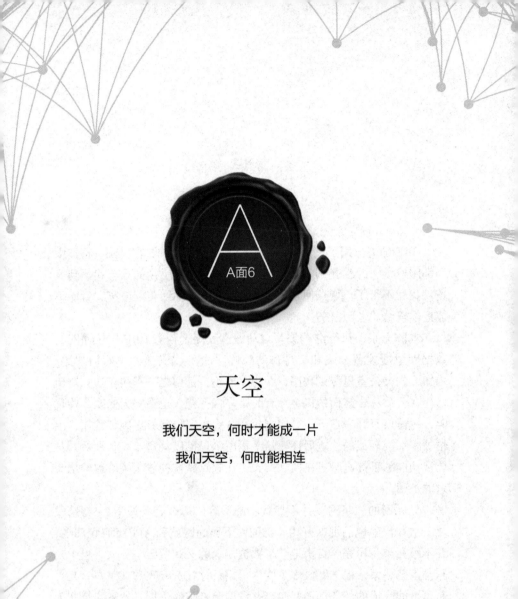

A面6

天空

我们天空，何时才能成一片

我们天空，何时能相连

GRE 的老方用了三天时间，把全北京的敬老院、疗养院、特护中心都跑遍了，并没找到闯爸。老陈给谢燕发短信说：如果再找不到我爸，我就不干了。谢燕回复说：随你。大不了你回美国坐牢，看能不能把你爸给"坐"出来。

老陈无奈，只能继续编写自动搜索程序，帮着 GRE 在亿闻网的数据库里搜索贾云飞和文丹丹的踪迹。他在 GRE 公司里写源代码，去知天的办公室里测试程序，两边来回跑，都由老方车接车送，避免一切在公共场合露面的机会。有时实在懒得跑，也在知天修改一些代码，但窗口只开一点点，就像当年在 S 大机房里给杜思纯编程序，生怕被宋镭发现似的，之后还要从手提电脑里彻底清理干净。那台具备监视功能的手提电脑日夜留在知天，让它默默监视着荣凌峰曾经出现过的走廊。

亿闻网的"暗网"并不如费小帅形容的那么容易搜索，"特殊模块"也并没他说的那么好用。亿闻网下属的网站和 APP 都自设门槛，并不跟兄弟公司完全自由地共享数据。老陈又和贾云飞、文丹丹十几年都不曾联系，根本就没多少线索可用。寻找贾云飞和文丹丹，几乎是不可能完成的任务。还好谢燕并没询问老陈的进展，老陈连续几天都没见过谢燕，听老方说，她去美国了。

费小帅在亿闻网还是很有手段的。老方按照谢燕的指示，请求费小帅设法在亿闻网的数据库里抹除老陈和小白的一切联系，不到两天就得到了费小帅的答复。老方顶着一头油汗，兴冲冲找到老陈说："费小帅帮忙搞定了！现在，就得劳您大驾，陪我见见那个胖丫头！"

"让我见她？"老陈倍感不解，"不是巴不得我跟她没联系？"

"当然是很秘密地见了，头儿已经批准了，保证没问题！"老方拍了胸脯，老陈也就不再多问，尽管确实有问题：抹除他跟小白在网络上的牵连，跟小白有什么关系？老方看老陈不太安心，安慰他说：

"别担心，你什么都不用做，就只负责微笑点头就够了！"

会见果然很"秘密"——是网络视频会议，根本就不在一处。老陈和老方在 GRE 公司的会议室里，小白却在几公里之外的某间酒店房间里，由另一名 GRE 调查师陪着。小白一直把金黄的蘑菇头垂着，仿佛犯了某种错误。偶尔抬头看看屏幕里的老陈，委委屈屈，惘惘怅怅的。

老方说："小白，现在见到你的明哥了，要说什么，可劲儿说吧！"小白怯怯地抬了抬头，看着镜头说："明哥，你找到你爸了吗？"老方立刻插话说："小白，这跟你，好像没啥关系吧？"小白惶恐地摇摇头，犹豫了片刻，泪汪汪地说："明哥，你好好照顾自己。"

老方避开摄像头，朝老陈使了个眼色。老陈像个机器人似的点头、微笑。老方说："小白，现在可以签授权书了？"

老陈在视频会议结束后才弄明白，老方让小白签的，是要求亿闻网删除自己账户的声明。若想彻底消除两人的牵连，必须得消除两者之一，不能消除"王刚"，就只能消除"小白"。但是亿闻网向来重视用户数据，绝不愿轻易损失一个用户，所以并没在用户设置的界面里设计一个选项，用来自己删除自己。想要删除用户，必须由用户本人提出书面申请，由亿闻网核实用户身份，然后由亿闻的员工在后台人工删除。

然而，即便得到了小白的授权，亿闻网后台的某位工程师也还是不想主动执行小白的"死刑"，并不是出于怜悯，而是因为麻烦——实在是比其他"死刑"都麻烦百倍，简直就像凌迟。费小帅非常秘密地告诉老方，在一般情况下，就算亿闻网按照用户的要求"注销"了一个用户，这用户也只是从表面上消失。在每个亿闻 APP 的子数据库里，此用户曾经的一切都还保留着，并不会被根除的。有朝一日，如果亿闻网在某个应用里再度发现了这个用户，比如发现了同样的手机号、地址、电子邮箱，就会立刻把之前的旧数据跟新的 ID 合并，更有效地纳入市场营销的大数据算法。所以，如果真想彻底删除"小白"，就必须登录每个 APP 的后台，一项项手动删除用户资料。即便如此，在某些 APP 里，有关"小白"的记录还是无法被彻底清除，只能重新设置参数。比如"亿闻遇见"这个征婚交友的应用，为了防止有骗子频繁更换身份骗人，根本无法真正删除任何用户的数据，只能把小白的用户活跃指数、推荐指数都降低为 0，让她再不会被"配对"，或者出现在任何人的"推荐列表"里。

因此，彻底删除"小白"虽然看似简单，其实是个极其烦琐细碎的工程。费小帅跟老方解释说，他没办法逼着任何一位亿闻网的后台管理员去完成这样一项又费事又没价值的工作——减少用户数据，本来也和亿闻网的宗旨背道而驰，大概是和大数据时代的任何一家互联网公司的宗旨背道而驰。

但费小帅是尽了心的。他更加秘密地交给老方一个"授权密钥"——具有电子授权功能的 U 盘，就像是银行发给网银用户的 U 盾。只要把它插进电脑，输入一个临时密码，就有权限进入用户小白曾经活跃过的 APP，手动删除有关小白的数据，或者重新设置数据参数。当然，此项授权只针对小白，其他用户的数据是既看不到也改不了的。费小帅千叮咛万嘱咐："这也是人情，完全不合规的！必须在今晚十一点以后登录，在明早上班前完成，这 U 盘明早七点准时失效！还有，必须在知天里，用他们的 IP 登录！"

老方郑重地把 U 盘密钥交给老陈。老陈吃了一惊，没想到自己将成为刽子手。可又一想，这件事如此机密，又颇有技术含量，老方肯定是做不来的。即便是老陈，以前也从没听说过用这种授权方式登入一家网站的后台，去删除用户信息的。但近年来网络安全技术突飞猛进，他的知识早已落伍，即便如此，他总比老方更有资格给小白执行"死刑"。

老陈后悔没在视频会议上问问小白，是不是真的愿意把自己从亿闻网彻底删除？其实他也并没机会问，老方及时结束了视频会议，并且安慰老陈说，会给胖丫头一笔赔偿金，比她损失的所有礼券、点数以及其他一切所能折算成现金的总价值还要高出很多倍。小白绝对不会有损失的。但老陈知道，她还是会有损失——她的直播，和慢慢积攒出来的五百多个粉丝。

费小帅再次帮了忙，让知天的刘副总交给老陈一把公司钥匙，特许他留在知天"加夜班"。老陈对此很有些顾虑，问老方说："人家都已经那么怀疑我了，还要在下班之后留在公司里？"老方说："就让他们怀疑去呗！反正你用你自己的电脑，又不会碰他们的。那公司里到处都是摄像头，让他们自己看呗！"老陈还是不放心，老方告诉他已经向谢燕发邮件申请了，并且展示了谢燕的回复。一共只有两个字母：OK。

为了使"加班"更显合理，老陈吃过午饭就来到知天，整个下午都装作很忙的样子，把手提电脑的键盘敲得紧锣密鼓。其实，他所编写的自动搜索程序已经好几天毫无进展。能用的关键词都用过了，能搜的数据库也都搜过了，并没得到任何有价值的线索。贾云飞和文丹丹就像两条深藏海底的鱼，而且很有可能根本就不在亿闻网的这片海域里。他并不清楚该怎么改进程序，也不清楚还有什么关键词可以尝试，所以实在也没什么可忙的。

好不容易熬过晚上八点，知天的人终于都下班走了。姓刘的副总是最后一个走的，临走还专门来和老陈打了招呼，问他需不需要什么帮助。副总大概是全知天唯一穿西服上班的人，四十上下，身材瘦长，头也瘦长，头发向上竖起，像是被一只无形的手拉成了猴皮筋儿，就连笑容也被拉长，是个深深的"U"，眼睛则是两个"n"，细窄的眼缝里闪烁着狐疑的光。

老陈忙笑答："什么都不需要，太谢谢您让我在这里加班了！"一语未了，已急着把目光转回电脑屏幕，好像正忙得焦头烂额。副总欲言又止，转身走了。公司里彻底安静下来，只有服务器在嗡嗡作响。老陈松了一口气，想起十一点一到，就要亲自给小白执行"死刑"，心中不禁又烦躁起来，索性上网乱找一些新闻来读，好让自己分心。不知读了多久，心情渐渐平复，又读到一篇新闻，说金庸不久前去世了，不禁想到了《武林风云》，时代不等人，人已经毫无价值地老去了。老陈心情又沉重起来，正想换点儿别的读读，却听身后有人高声说：

"王老师，还没走啊？"

老陈吓得一抖，赶快回头，看见一个壮硕的身影正从走廊里大摇大摆走出来。是"白镜框"游尼。老陈定了定神，问道："你也还没走？"游尼已经走到老陈跟前，举起手机说："把这个忘在公司了，回来取！"老陈明白过来，背后的走廊通往公司的后门，游尼也许是从后门进来的。可尽管那条走廊很长，大门开关总会有响动的。而且，也没见他走到自己工位，手机却已经在手里了。也许他根本就没离开过公司，只不过一直躲在走廊的某间房间里。难道就是为了侦察老陈？可这公司不是到处都是摄像头？

老陈正琢磨着，游尼已拽了把椅子，在老陈身边坐下，讨好地冲老陈笑了笑，又特意看了看手提电脑的屏幕，忙叹气道："唉，可惜啊，我也很崇拜他！"

老陈这才想起自己正在浏览新闻，窗口都忘了关，尴尬着说："加班加累了，歇会儿。"说完又觉画蛇添足。游尼倒是似乎并没察觉老陈的尴尬，咧开厚嘴唇哈哈一笑道："老师辛苦了，你看我们这儿，哪像 IT 公司？都没人加班。"

老陈笑道："不加班还不好？"

"没前途啊！"游尼皱眉抱怨道，"每天就负责维护那几行代码，不停地跟亿闻网那儿上传、下载、上传、下载，别的什么都不会，以后万一这儿干不下去了，到哪儿去找工作？"

老陈心想，此人又把话题扯到亿闻网上，说不定又想打探亿闻网拿那些手机力学数据做什么。可老陈真的什么都不知道，只好无奈地笑了笑说："亿闻网这么大，你失不了业的。"

游尼又叹了口气："唉，亿闻网是大，可我懂得太少了，不知道人家在干什么。"老陈心想果然扯到这上面了，游尼却突然压低了声音，凑近老陈说："我发现了一个问题。"老陈问："什么？"游尼愈加神秘地说："最近下载数据常常很卡，我查了查，发现是数据量过大，阻塞了。我就算了算，欸？我们平时只不过是下载那点儿力学数据、陀螺仪、加速计什么的，每组就几个数字，就算每秒收集一组，也不该有那么大的数据量啊！我就奇怪了，我们除了在下载这些力学数据之外，还在下载什么？"

老陈心中一抖。他的自动搜索程序的确会在亿闻网的数据库里进行大量搜索，并且把搜索结果下载下来。难道，这些都被游尼发现了？老陈不禁一阵心慌意乱，游尼却突然瞪圆一双鱼泡眼，用一双胖手在空中画着圆说："特别大的数据量啊，比力学数据应该有的量，多出几百倍！"

老陈不禁又想，自己下载的搜索结果哪有那么多？暗暗沉住气，试探着问："那能是什么？"

"你猜！"游尼把眼珠子收回眼窝里，脸上泛起得意来。

"猜不出。"老陈摇头，心中还是惴惴的。游尼笑道："得了吧，你肯定知道。"

老陈心想，难道游尼是在诈他？连连摇头说："我真的不知道。"游尼半信半疑道："不会吧？哦，我明白了，您又在考验我！要不就是您不信，那么机密的事情，能被我这么个小程序员发现。"

游尼挤眉弄眼了一阵，好像猜透老陈的心思似的，得意扬扬地说："我把多余的数据分离出来一看，都是乱码啊！我灵机一动，把那些乱码处理了一下。您看，我毕竟在这儿干这么久了……"游尼故意顿了顿，眉飞色舞道，"您猜我发现了啥？都是视频！从手机摄像头偷拍的！"

老陈吃了一惊，不禁问道："亿闻 APP 不仅收集用户手机的力学数据，还偷偷调取手机摄像头，收集视频？"

"是啊！"游尼连连点头，"而且，都是用户的正面视频！好像专门是在操作手机时收集的，和力学数据捆绑在一起的。我们公司从亿闻网服务器上下载的，就是这些数据。"游尼举起自己的手机做演示，用手在上面划了划，"就这样，脸都很近，很清晰。想想吧，几千万人专心摆弄着手机，却不知道，自己的大特写正被那些 APP 偷偷收集走了！"

老陈不禁汗毛倒竖，心想为了让"王刚"这个 ID 在网络上建立伪装，他最近也没少使用亿闻 APP，自己这张老脸，自然也早被抓进亿闻网的数据库里，连同时间、地点、手机的力学参数都一网打尽。对于亿闻网来说，他早成了裸奔的人，如果谁想通过亿闻网找到他，时刻监视着他，简直是易如反掌！而且，何止亿闻呢？还有许多别的网络公司和 APP 呢。就算什么 APP 都不用，还有电信公司，还有手机生产商，哪个不能随时随地地跟踪着他，把他的一举一动尽收眼底？

老陈不寒而栗。还好游尼并没察觉到他的异样，低头沉吟了一阵，突然扭捏起来："您看，我这么个普普通通的程序员，也很难有前途的。我知道，您肯定是亿闻网的'上层'……"游尼指指头顶，仿佛老陈是神仙下凡。老陈连忙摆手说："不是不是，我可不是。"游尼又说："您别谦虚了，我早跟亿闻网的哥们儿打听过了，您根本不是技术部的，也不是内测的，更不是市场的，他们都觉得您应该是'上头'直接派下来的。呵呵，"游尼干笑了几声，讪讪地说，"您看……如果有什么更适合我的机会，不论是编程还是测试，或者别的什么，我都……我都很愿意挑战我自己。"

老陈终于明白了。游尼是在借机向他展示"才艺"，想求他这个"亿闻高层派来的"在高层面前美言几句，把破解了亿闻机密的"天才"安排进某种更有前途的职位里。老陈好歹松了一口气，对游尼微笑着点点头。他得尽快把"天才"打发走，总不能当着游尼的面给小白执行"死刑"。

游尼仿佛得到了"尚方宝剑"，几乎是手舞足蹈地跟老陈告别，往外走了几步，却又转回来跟老陈说："那个……亿闻 APP 收集视频的事儿，我可没跟任何人说过……"

老陈心领神会似的点头微笑，游尼这才彻底满足了，大步沿走廊走出去。老陈听到一声干干脆脆的关门声，莫名地又有点儿失落，心想着如果游尼一直不走，他倒有借口不去执行"死刑"了。

老陈突然明白过来，小白曾在被亿闻网执行"死刑"之前，提出了一个请求。她想再见见明哥，哪怕是隔空的视频也成。

2

小白居然失眠了。

自打小白记事儿起，她就从没在睡觉上出过问题。不论何时何地，只要觉着困，闭上眼就能入睡。上学那会儿，冬天早上要长跑，在浩荡的队伍里，她也能一边跑着一边做起梦来。后来到咖啡馆工作，跟咖啡打起了交道。都说咖啡能提神，也能让人失眠，可咖啡对她无效。喝下去既不提神也不失眠，就像喝了一肚子白开水，除了偶尔拉稀，并没其他影响。

可她今晚偏偏就失眠了，睁着眼到天亮。她其实不到十二点就躺下了，听着隔壁大姐哗啦啦洗澡，然后又听另一边的大哥哗啦啦洗澡——隔壁大姐是按摩店的经理，另一边的大哥是豆浆铺子的小老板。反正她一直躺着，从按摩店打烊一直躺到豆浆铺子开张。试图强迫自己入睡，还是彻底以失败告终，强迫自己不碰手机，这倒是成功了，一半是因为意志力，一半是因为害怕。

她培养了两年多的直播号，就要在一夜之间消失了。尽管她并没多少粉丝，一共五百三十七个。临睡前，她最后看了一眼，虽然比不上任何大 V 中 V，就连小 V 都还差得远，可都是一个一个慢慢攒的，而且都是真粉，偶尔看她做咖啡，给她点赞，或者评论一句半句。也有人向她请教：咖啡豆应该放冰箱里吗？打出来的奶泡能够直接倒进咖啡粉里吗？让小白忍不住发笑。可是笑归笑，她总会很认真地给他们解释。人家打了十个字，她就要打五十个字，有时候上百字。这让她觉得，自己也是有用的。

可是过了今夜十一点，也许就没用了。姓方的胖子也不确定到底是几点，反正是在晚上十一点之后，早上七点之前。这个不确定害惨了小白，让她彻夜都惶惶的，不敢去碰手机。只要她不看，也许就还在，看了，也许就真的不在了。

他们给她汇了十万块钱，是她一年半的工资，可她还是打不起精神。他们告诉她，删除她的账号，是为了保护明哥。可那和她还有什么关系呢？反正以后也见不到明哥了，大概这也加重了她的坏心情。直播号还可以再开，粉丝还可以再慢慢培养，但是明哥就要彻底消失了。

其实小白一直都还挺幸运的：下午五点才得到通知，当晚就要失去所有账号。可她竟然有了一个从从容容的告别机会。跟她一起上晚班的东子有事提前走了，所以把钥匙留给了她。这是一个难得的机会。晚上九点半，她准时关了店，锁了门，踏踏实实在咖啡馆里做她的最后一次直播。

她慢条斯理地打热牛奶，用她有史以来最慢的速度。如果让店长看见，肯定要立刻骂人的。不过这会儿她很安全。除了她的粉丝，没有别人会看见。线上一共只有二十五个粉丝。有人点了一个赞，并没有人留言，她就假装他们都在看着她。她对他们说："今晚，就是我最后一次给你们做咖啡了。"

她在打奶泡的时候，听着沙沙沙的声音，看着满屋的空桌子，不禁找出那张明哥以前常坐的桌子，心里一阵难过，低声喃喃道："我遇到了一个人，年纪不小了，中年人。他常常到咖啡店来，买一杯咖啡，然后坐着看书。我本来还以为他是个作家，或者教授什么的。可后来发现，他好像也不是。"小白苦笑着叹了口气，"嗨，不说了。反正以后，再也见不到了。"

奶泡打好了，机器的噪声停止了，她的发言也停止了。她瞥了一眼手机，竟然发现了一条粉丝留言，问为什么再也见不到。她心中一慌，本以为没人在看的，可居然是有的，而且隔着打奶泡的噪声听见了她的唠叨，鼻子竟然酸了。她揉了揉眼，把浓缩咖啡倒进牛奶里，拿起手机给刚刚拉好的花儿来了个特写，又喃喃了一句："好啦，这是最后一杯拿铁，我要永远消失了。这两年，谢谢你们……"说到此处，她又哽咽起来，匆匆说了一声"再见"，狠心把直播关了。

小白一口气跑回家，冲了热水澡，躺在床上关了灯，这时又后悔起来，心想好不容易有一条粉丝留言，也没回复一下，就这么彻底消失了。可是已经过了十一点，账户也许已经被删除了，她是无论如何不肯去查的。如此翻来覆去到天明，起床洗漱，浑浑噩噩来到咖啡馆，还没到开张的时间。其实她并不是早班，可她必须得有点儿事做，这样才能坚持不碰手机，也许到了中午就能把这件事忘了。大不了到晚上，或者是明天，最晚后天，也许把明哥也一起忘了。

小白很幸运，咖啡馆上午都很忙，到了中午就更忙，忙得没工夫上厕所。直忙到下午一两点，这才有机会喘一口气，小白管店长东子借了烟和打火机。她并不常抽烟，但今天太忙，似乎有借口抽上一支。到门外点燃了烟，吸了一口，有点儿呛，还好并没咳出来。又吸了两口，看腻了街上的行人，头微微有点儿晕，手机不知怎的又到了手里，亿闻直播的 APP 也被点开了，全是习惯。她连忙扭开脸，一阵慌乱过后，终于下定决心：该来的就来吧，死了心也好。

小白鼓足了勇气，再度把目光投向手机。出乎她的预料，手机屏幕上显示的竟然是正常登录的状态。她心想也许只是并未刷新，所以狠心"刷"了一下，不禁又闭上眼，再睁眼却仍是登录状态。她又想是不是信号不好，可 4G 信号明明是满格的。她这才注意到右下角三个红色小字：25k+。她一时没明白这是什么，也没弄清这是多少，再细看时才知是新增的粉丝。不禁点了点那数字，看到 25371，大吃了一惊，以为手机出了毛病，又刷新了一次，红色数字却变成了 25413。她只记得刚才也是"25"开头的，却不记得具体是多少，可她确定数字变了，不知是增加还是减少。所以她又刷新了一次，这回是 25438，这才知道是在增加，而且是飞速增加。她再回到首页，这才发现还有一个红色数字，3+。点开一看，是 3756。她居然收到了 3756 条留言！

小白举着手机，在咖啡馆门外错愕了好几分钟，这才确定自己并没在做梦。她的亿闻直播账户不但没被注销，反而在一夜之间增加了两万多个粉丝，三千多条留言，都是留给她最后一条直播视频的。人家都以为，她是因为失恋，准备要自杀了。

小白根本就没来得及细看那些留言。她在亢奋过后，忽地升起一个念头：她的亿闻账户不但没被删除，反而被更多人关注了，那是不是意味着，明哥也就更危险了？ 小白没敢立刻联系明哥。她先拨了谢燕的手机，对方手机已注销。她这才想起来，前几天明哥的父亲失踪，谢燕的手机就已经注销了。她又拨老方的手机，也注销了。可她清楚地记得，就在昨天上午，老方还打电话通知她去开视频会议和明哥见面的。怎么一夜之间也注销了？ 小白实在没办法，只好试着拨明哥的手机。这次是在她意料之中的：明哥的手机也注销了。

小白突然明白了。要跟她"断绝往来"的不只是明哥，还有谢燕和老方。他们都打算跟她再无牵连。她顿时感到一阵悲哀，仿佛是被人遗弃了。可又一转念，她和谢燕、老方本来就没什么交情，即便再不联系也无妨的。只有明哥才是她的朋友。而明哥并没有自由，一切都是被迫的。小白立刻释怀了，甚至有点儿开心。因为她又有借口见到明哥了。他们虽然都注销了手机，可她知道他们在哪儿。GRE 在金融街的办公室，总不会一夜之间也注销了吧？小白工服都顾不上脱，冲进咖啡馆去打卡、拿东西。店长东子说："你是晚班儿！"小白说："我上了早班儿！"东子又说："烟和打火机还我。"已没有了下文，小白已经跑出咖啡馆去了。

老陈是被坚持不懈的门铃声叫醒的。

他在知天"加班"了一个通宵，回到公寓已天色微白，所以关了手机，准备好好睡上一觉。他以为自己睡不了多久，年纪大了，多晚睡都是要早醒的。可这一觉偏偏就酣畅淋漓，被门铃吵醒时，竟然已过了正午。

门铃是老方按的。安保如此严密的公寓，除了老方和谢燕，也没人能得到前台的容许，直接上楼来按老陈的门铃。老方不由分说，拉着老陈出门，不容他认真洗漱，外衣也是胡乱穿上的，就像正在发生火灾。老方赶牲口似的叫着："快走快走，头儿急着见你！"

老陈不禁狐疑，难道是谢燕从美国回来了？一到北京就十万火急地要见他？老陈早料到谢燕要发脾气，只是没想到竟有这么快。他一路为自己寻找借口：亿闻网有那么多的 APP，小白又有那么多的账户信息和参数，遗漏一两个也不是不可能的吧？

谢燕果然正在她的办公室里等着老陈，穿着黑色风衣，披着白围巾，就像他第一次见到她时的样子，风尘仆仆，略有些憔悴。有一只旅行箱立在办公桌边，看得出来，她是直接从机场赶回办公室来的。她并没像以往那样坐在办公桌后的黑色皮椅子里，而是双手抱胸，面向窗子站着，可窗户早被紧闭的百叶遮严了。谢燕见老方把老陈带进屋，立刻朝老方摆了摆手，老方乖巧地退出去，顺便把门带上了。

谢燕转身正对着老陈，脸色非常阴沉，仿佛如临大敌。老陈早料到她要生气，却没料到有这么严重，也不禁胆战心惊。在他的印象里，谢燕总是波澜不惊，从不小题大做。一个尚未删除的直播号，又能带来多大的危害？

"我记得，你提到过一件事，我想再核实一下。"谢燕并没发怒，只是非常严肃，仿佛是在审问犯人，"你说过，你从来没接触过给雷天网投资的风投，是这样吗？"

老陈点头。谢燕又问："你知道那家风投叫什么吗？"

老陈点头道："SVIB，硅谷风险投资银行。文丹丹和贾云飞提到过的。"

谢燕点点头，双眉却锁得更紧，仿佛百思不得其解："十二年前，是谁通知你逃离美国的？"

"是文丹丹。"

"当面告诉你的？"

"不，是留的言。"

"是什么留言？"

老陈并没立刻回答，伸手摸了摸肥厚的外套——刚才被老方急着拉进谢燕的办公室，根本没机会脱掉——隔着布料摸到了衣兜里的随身听，像是摸到了芒刺，赶忙缩回手。

"是……voice message。"老陈用了英语的"语音留言"，这就不算是撒谎了。

"她具体是怎么说的？"

"就说我的求职预测程序并没达到要求，贾云飞作了弊，所以才通过了测试，拿到 SVIB 的投资。这件事隐瞒不了多久，所以他们决定大伙儿把钱分了，各跑各的。"

"当时到底是怎么个情况？"谢燕面色严峻，有点儿像是在逼供。老陈勉强答道："她让我到加勒比海度假，刚到地方，就接到他们的留言，告诉我他们决定分钱跑路，让我别回美国了。"

谢燕又问："然后呢？你没再回美国？"

"不，我回美国了。"

谢燕眼前一亮："为什么？"

"我不相信，一时接受不了，他们本来也一直要我。"

"你是说，你不知道你们在测试时作弊了？"

"确实不知道！"老陈心中越发不快，牢骚着说，"熬了那么多的夜，好不容易写出来的程序。早知道要作弊，那么费劲干什么？我测的时候明明超过 80% 的！谁知道用新数据测，就只有 60% 了，我确实有点儿不信。所以我买机票飞回旧金山，可我发现，我们租的公寓已经被警察贴了封条，我给贾云飞和文丹丹打电话，都关机了。我问别人，都说不知道他们在哪儿，我去他们住的地方，也都人去楼空！"

谢燕半信半疑地看着老陈。老陈不悦道："信不信，随你。"

谢燕却突然正色道："其实我信的，这样才更说得过去。"

现在轮到老陈意外了，不解地看着谢燕。谢燕沉吟了片刻，诚恳地说："和你接触多了，我总有种感觉，你不像个骗子。"

老陈半信半疑，摸不清谢燕葫芦里卖的什么药。

"我其实没那么会看人。"谢燕微微苦笑，"尤其不会看有心机的人。不过，你不是那种人。你只是智商很高，可你不会用智商去骗人的。"

老陈倍感惊异，不知谢燕何出此言，而且并不像是花言巧语。他感激地笑了笑，口是心非地说："可确实就骗了。"

谢燕却又板起脸，非常郑重地说："我是真的需要你的帮助！"

谢燕告诉老陈，她去美国，是为了确认一件事：委托 GRE 寻找陈闯、贾云飞和文丹丹的客户到底是不是 SVIB。她其实早有疑惑：SVIB 是 S 大主控的风投公司，总部本来就在硅谷，而且这桩商业诈骗案本来也发生在硅谷，SVIB 为何不去接洽 GRE 在旧金山的办公室，却偏偏不远千里地去找 GRE 纽约办公室？谢燕并没直接去纽约找同事询问，那样就好像是在质疑同事的专业能力，只能多生是非。她先去了旧金山，找当地的律师查阅了十几年前的案底，又私下找了几个在 SVIB 就职的朋友吃饭。这几位朋友都说这个十几年前的案子好久以前就被 SVIB 当成坏账 "write off①" 了，既然是投资公司，难免会有很多失手的坏账，投资额才五百万美金，基本不会在十几年后还耿耿于怀的。于是谢燕又去了纽约，调取了十几年前的案底。于是她有了一个惊人的发现：当年 SVIB 的确曾经报案，但案卷中只涉及两个诈骗嫌疑人——文丹丹和贾云飞。陈闯根本就不在案卷里！

老陈一时没懂谢燕的意思。谢燕解释道："换句话说，从来就没人把你陈闯当作是诈骗犯！"

老陈目瞪口呆，仿佛被人一棒子敲晕了头，半天才渐渐苏醒，只觉天旋地转。他试着开口，可舌头并不怎么听使唤，声音颤抖得厉害："你……你是说，我白藏了十几年？根本……根本就没人……想要找到我？"

谢燕却不置可否，沉吟了片刻，说道："这么说吧，警察根本就没找过你。SVIB 也没找过你。不过，的确有人想要找到你，所以才雇用了 GRE。"

---

① 当作亏损入账。

"是谁想要找到我？"老陈大睁着双眼，眼中却空空荡荡，仿佛正看进无尽的虚无里。是谁想要找到他？十几年来，这个问题时时都在折磨他，让他寝食难安。唯独此刻，他并不感到恐惧，有一种让他说不清的东西，正在腹中膨胀。

"这就是问题所在！"谢燕紧盯住老陈的双眼说，"这个问题很严重！我不知道是谁想要通过我们找到你，我不清楚我在为谁工作，对于调查师而言，是非常危险甚至是致命的！"

老陈听到"致命"一词，又见到谢燕炯炯的目光，不禁打了个寒战，半天才弄明白她说的并不是自己，讷讷地重复了一句："不知道在为谁工作？"

谢燕用力摇了摇头："不知道！纽约办公室已对这个'客户'做了深入调查，发现他们提供的许多信息是虚假的。比如，他们自称是SVIB 的律师，但我们的调查发现，他们提供的律师所只注册成立了两周，股东和董事信息也是保密的，无法证明是 SVIB 的子公司。而且，我们给当初代表这'客户'前来接洽的人打了电话，请他们提供更多公司信息，之后他们的手机就一直关机了。"

老陈听谢燕说了一通，只觉似懂非懂，腹中那团东西在急剧膨胀，脑子里就只有一个念头始终盘桓着：十二年！躲了十二年！

"我已经把这个情况向上司做了汇报，总部建议我们立刻停止有关这项目的一切工作。所以，理论上来说，你自由了。"谢燕顿了顿，默默看着老陈。老陈也怔怔地看着谢燕，并没什么反应，他的胸腹都在急剧膨胀，脑子里唯一的念头也在涨大：躲了十二年！在加勒比潮湿而寂寞的小岛上，在曼谷拥挤而肮脏的巷子里，还有北京……在他从小长大的北京城里，像只老鼠一样见不得人，见不得阳光！十二年啊！为什么？

谢燕见老陈没什么反应，使劲儿清了清嗓子，叫道："陈闯？陈闯？"

老陈如梦初醒，嗓子口却似乎被堵上了，只能勉强道："你说什么？"

"我说你自由了！"谢燕又重复了一遍。老陈只觉腹中猛一阵翻涌，狂奔到废纸篓边上，哇哇地吐起来。然而并没吐出什么，只有一口酸水，几乎烧穿了喉咙，人倒是也清醒了。

谢燕耐心地等老陈站直了身子，又说："但是，如果现在立刻停下来，也就永远都没办法发现，到底是谁在冒充 SVIB。所以，我想问问你。"

老陈摇了摇头，也不清楚为什么摇头，只觉腹中仍翻江倒海。这么多年，到底为了什么？为什么要这样对待他？他紧咬牙关，勉强吐出几个字："我不想停下来。"

"哦？"谢燕扬了扬眉，问道，"为什么？"

"我想找到他们！贾……还有……"老陈牙关发紧，舌头不太听使唤，实在说不下去了。他索性闭嘴。他跟谢燕所关心的虽不是同一件事，结论却是一致的：把这个项目继续下去！

谢燕用力点了点头。

敲门声打断了老陈和谢燕的对话。

是老方。神通广大的老方，从闯爸家的居委会搞到了监控视频，摄像头正对着老楼的大门。老方用电脑给谢燕和老陈播放了视频：三个男人用轮椅推着闯爸出来，三人都戴着帽子、口罩和墨镜。墨镜并不是一直戴着，而是在走出大门的瞬间戴上的。楼道里实在太黑，电闸又被关了。推轮椅的人走在最后，墨镜也戴得最慢，一道阳光抢先在他脸上一滑而过。老陈立刻喊停，画面被定格，隐约有一双又圆又鼓的眼睛，有点儿眼熟，可他一时想不出在哪里见过。

画面继续，几人走进阳光里。轮椅上的闯爸也被戴上口罩和帽子，没戴墨镜，两眼瞪得老大，却空洞无光。闯爸身上盖着毛毯，双手双脚都被毯子遮严实了。老方说："看来，手脚都不自由。嘴估计也……"谢燕冲老方使了个眼色，截断了老方的话。其实老陈并没听见老方在说什么。他所有的注意力都在那个推轮椅的人身上。那人的脸被帽子、口罩和墨镜遮严了，只有身材遮不住，又高又壮，走路左摇右摆，仿佛一只熊。老陈失声叫出来："游尼！怎么会是他？"

是知天公司的人劫持了闯爸？他们为什么要劫持闯爸？谢燕的表情雪上加霜，但总比老陈镇定，耐心等着老陈平静下来。老陈好歹定住了神，把昨晚跟游尼的对话一五一十讲给谢燕。他说："我本以为，他当我是亿闻网高层派来的，所以来向我炫耀他的技术能力呢！可他……他为什么要劫持我爸？他到底想干什么？"

谢燕朝老陈做了个手势，随即皱着眉沉思。老陈心急火燎，却又不敢开口打扰。谢燕终于开口说："我倒是觉得，他并不是为了向你炫耀技术，而是想要看到你的技术！"

"什么？"老陈疑惑不解。

谢燕说："我一直有种感觉，这个想要找到你们的'客户'，非常信任你的技术。他们一直在强调你的编程能力，而且还提议让你使用技术找到另外两个目标人。通常来说，欺诈受害方是不会提出这种方案的。"谢燕顿了顿，皱眉想了想，又说，"这个姓游的是想要告诉你，知天的服务器里，收集了无数手机用户的人脸。他是想让你使用人脸识别技术，在这些人脸里寻找贾云飞和文丹丹！"

老陈一震，反问道："你是说，游尼和'客户'是一伙儿的？"

谢燕点头道："记得吗？之前我们设计的那个把你找出来的找人网，就是通过亿闻网的协助，把广告推放给那些所谓'准僵尸用户'的。纽约办公室的人说，当时是'客户'直接联系的亿闻网，并没通过 GRE 完成这件事。也就是说，这个'客户'在亿闻网的内部还是有些交情的。"

老陈若有所悟，只觉后背发凉，心中后怕：自己每次去知天"办公"，简直就是羊入虎口。却听谢燕又说："看来，你还得再去知天里加几次班了。"

老陈大吃一惊，惶惶地去看谢燕，老方却在一边嬉皮笑脸道："这叫不入虎穴，焉得虎子！"谢燕瞪了老方一眼，老方赶忙收起笑容，正儿八经地说，"不过你放心，有头儿在，保证你的安全！"

老陈显然并不放心，脸色煞白。老方赶快转移话题，对谢燕说："对了，头儿，咖啡馆那个胖丫头刚刚又来了，要找他。"老方朝老陈努努嘴，做了个鬼脸，忙又讨好地说，"让我给打发走了。"

谢燕无奈地摇摇头，转向老陈，挑起眉说："小白在亿闻的直播号，好像忘了删了？"

老陈嘟囔道："那个 APP 里的视频记录是无法被彻底删除的，你在网络上，说了什么、做了什么，都要永久保留。你懂的。"

谢燕点点头，可似乎并不满意，问道："我还是有点儿好奇，她本来只有几百个粉丝的，怎么一夜之间，就涨到好几万了？"

老陈自知难以遮掩，可还是不咸不淡地说："她发了一条视频，让人误以为她要自杀。"

"哦？"谢燕在胸前交叉了双臂，显然并不买账。老方在一边敲着边鼓："原来当网红这么容易啊？嘿嘿！"

谢燕正色对老陈说："陈闯，有一件事，我必须说明白。现在，你已经不再是我的调查对象了，我也就不能强迫你做任何事，你是完全自由的。我们现在的合作，是完全以平等和信任为基础的。所以，如果你不开心，可以随时停止合作。但是，只要我们还在合作，就需要彼此以诚相待。我会尽我所能地让你了解我在做什么，就像刚才，我花了很多时间告诉你这些。而你，也得让我知道你在做什么，特别是在编程方面，你比我懂，你得让我信任你。明白吗？”

老陈无奈地点点头，讪讪着说："那些视频虽然不能被彻底删除，但是每条视频都有一个'推广指数'，由算法设定，也可以人为修改。指数越高，视频就会被推广给越多用户。我本来应该把她发的视频的推广指数都设置为零的，可是，我把那条视频的推广指数，设定成最大值了。"

谢燕恍然大悟，斜了老陈一眼，叹了口气说："唉，都自身难保了，还在助人为乐呢！"

老陈走出谢燕的办公室，并没回自己的工位，而是一路出了公司，走进电梯。果然没人阻拦，也没人跟着他。电梯里也没人，难得如此清净。老陈乘着电梯降到一层，浑浑噩噩地走出大厦。清爽的空气扑面而来，他使劲儿吸了一大口。半下午的阳光，煦煦暖暖地斜洒下来，并不像冬天。天空是湛蓝的，似乎也没有霾。他都不知多久没见过这样的天空了。

十二年了。

尽管还是有人在算计他，并且劫持了闯爸，可他毕竟是自由了。

难道这么多年，他一直是自由的？

当晚，老陈只好又到知天"加夜班"。并不是去删除小白的直播视频的。费小帅给的具备授权功能的 U 盘已经失效，也不能再管人家要一次。更何况，如果那冒充 SVIB 的"客户"和亿闻网真有瓜葛，谁敢保证就跟费小帅没瓜葛？毕竟知天公司原是费小帅介绍的。费小帅、游尼都有可能是"客户"的人。如此说来，"客户"大概也早知道小白和老陈的联系。按照谢燕的说法，这次"隐藏者"和"调查师"都在明处，"客户"却在暗处，这还是头一回。

所以谢燕让老陈到知天"加班"，就是为了引"蛇"出洞。行动当然是有风险的。所以谢燕让老陈佩戴了隐形耳机，和绿豆差不多大，藏进耳朵里是完全看不出的。谢燕通过老陈的手提电脑监听监视知天里的动静，通过隐形耳机向老陈发号施令。除此之外，还安排老方在知天公司附近时刻待命。谢燕反复安慰老陈："他们应该不会对你怎样的。要是想下手，早就下手了。你的任务很简单，实在完不成也没关系。"

老陈的任务的确挺简单——找机会弄到游尼的手机号码。老方自有办法通过游尼的号码，查询他最近都跟谁通过话，希望以此得到有价值的线索，比如闯爸到底被弄到哪儿去了。老陈问谢燕："这是合法的吗？"谢燕答："别人做，当然不合法。"说完狡黠一笑，让老陈倍感不安，但又急着想知道闯爸的下落，也就罢了。

游尼果然如期"出动"——这次并不是回来取东西，而是一直陪着老陈"加班"，直熬到别人都下班走了，才又笑嘻嘻地凑过来，坐到老陈边上闲扯。今非昔比，老陈知道就是此人劫持了闯爸，很想暴揍他一顿，再抓住衣领子逼问，就像电影里那样。可他深知自己根本不是人家的对手，人家不对他动武就是万幸，不由得汗毛倒竖，前言不搭后语。谢燕在隐形耳机里提醒老陈："跟他聊技术！"老陈这才想起事先准备过的台词，硬着头皮问："上次你说，知天专门帮亿闻网收集用户的脸部特写视频，能收集多少？"

游尼立刻神采奕奕，连连点头说："每天都能收集十几万G的数据！就算每人每天平均使用三小时手机APP，使用时都要面对手机的，有很多采集的机会。为了避免消耗太多手机流量，大概只在有Wi-Fi和光线良好的情况下才采集，即便如此，每个用户也能采集到十几或者几十兆，这样算下来，大概每天都要收集几百万人的视频呢！"

老陈吃了一惊，没想到采集得这么彻底。谢燕在隐形耳机里提醒他："告诉他你对数据感兴趣。"老陈试探道："这些视频，清晰度怎么样？能不能用来做进一步处理？"

"能啊，当然能！虽然经过压缩，每分钟也有十几兆，又都是用户的脸部特写，清晰度肯定没问题的。"游尼凑近老陈，别有意味地说，"每人都有几分钟到十几分钟高精度的面部特写，肯定能识别的。"

老陈见游尼凑过来，两只鱼泡眼往外突着，不禁心惊肉跳。忽听谢燕在耳机里说："上钩了！"也不知谢燕在说谁，心里惶惶的，又听见谢燕说："继续啊！"老陈心一横，说道："我想要那些数据。"

"哦？"游尼把身体后撤了一些，疑惑地看着老陈，好像看一个间谍。老陈心中更慌，想着是不是该夺路而逃，游尼却又探身过来，悄声说："你想用人脸识别算法找人？"

老陈听见谢燕说："直接告诉他。"老陈鼓足勇气点头说："是的。"

游尼好奇道："找谁？"老陈说："朋友，很久没联系了。"

"朋友？"游尼诡笑了两声，一脸"我懂的"，随即又皱起眉头，为难地说，"我可不敢让你把这些数据拿走。够判好几年了。而且，就算让你拿走了也没用。这些数据包里只有 ID 编号，并没有其他个人信息。就算你找到了你要找的人，也不知道他在哪儿。"

老陈听谢燕在耳机里说："求他！"于是喃喃道："求你帮帮我，不会让你白帮的。"

游尼凝眉沉思了一会儿，抬头说："你有现成的人脸搜索程序吗？要是有，也许可以试试。"

老陈摇摇头，却听谢燕说："告诉他，你有！"老陈只好指了指自己面前的手提电脑："不过，我很快就能写出来。"

游尼也看了一眼老陈的手提电脑，问道："几天能写出来？"

"大概两三天吧。"老陈随口应付。游尼欣喜地说："那你赶快写！你写好了交给我。我拿到我们的系统里去执行！最近半年从亿闻收集的人脸数据，都存在我们公司的系统里。如果真的找到了，我可以帮你把用户 ID 对应的个人信息也找出来！我在亿闻里有朋友的！"

老陈点点头，只听谢燕在耳机里冷笑道："果然积极。"

"那你赶快！"游尼指指老陈的电脑，一边起身，一边又说，"越快越好！我怕夜长梦多。听我们头儿说，很快要更新安全系统了，谁知道更新了以后还能不能弄成？"

老陈连忙点头，正要松一口气，却听谢燕在耳机里说："要电话号码！"老陈忙说："等等！那个……我写好了，怎么联系你？"

"直接找我！我天天都来上班的。"游尼转身要走。老陈一时没了主意，只听谢燕在耳机里说："说你找不到手机了！"老陈顿时开窍，也跟着站起身说："我也差不多该走了！今晚还有事。"说着双手浑身上下摸索一阵，皱眉道，"我手机去哪儿了？"

游尼也帮着四处寻找，桌子上没有，地上也没有。老陈问游尼："能给我拨一个吗？"

游尼一愣，表情有点异样，可终于还是掏出手机。老陈赶忙背诵自己的号码，谢燕新给配的手机，号码因为紧张一时想不起，多亏谢燕在耳机里提示。游尼照着拨了，手机在老陈衣兜里抖起来。老陈满怀歉意地掏出手机，看到屏幕上一串号码。游尼已关了手机，又说了一遍："可要抓紧啊！"

老陈又装模作样地到知天"工作"了两天，对着电脑认真"编程"，并没真的编写人脸识别算法，只不过随便写了个关键词搜索程序。毕竟周围都是程序员，背后的架子上还有个摄像头，他总得装得像一点儿，不能让人轻易看出破绽来。可毕竟写得心不在焉，随便编译一下就错误百出，于是又慢慢修改，反正就是耗时间。谢燕明确指示了，他的任务就是拖延时间，谢燕则趁机调查游尼、费小帅，还有知天公司，希望顺藤摸瓜地把"客户"找出来。

谢燕推测，"客户"是打算要让老陈通过亿闻网秘密收集的那些用户脸部特写，找到贾云飞和文丹丹。不然的话，游尼就不会告诉老陈，知天正在为亿闻网收集用户视频数据，更不会愿意帮助老陈用这些数据去做搜索。然而，游尼不许老陈把那些数据拿走，只能在知天里运行搜索程序，目的大概只有一个：他们必须掌握搜索结果。换句话说：他们必须要在第一时间得知，贾云飞和文丹丹到底在哪儿。谢燕的美国同事已经打电话向那几个冒充 SVIB 律师的人索要公司信息，"客户"想必也猜到 GRE 已发现苗头不对，即便真的找到贾云飞和文丹丹，也未必会把结果交给他们。

谢燕曾经在自己的办公室里问老陈："你想想看，到底谁会想要找到他们？"老陈灵光一现地说："荣凌峰。"谢燕点头说："我也想到他了。"他曾经出现在知天的走廊里。但他为什么要找贾云飞和文丹丹？谢燕告诉老陈，她已经调查过荣凌峰的背景，也找人打听过亿闻网的历史，听说荣凌峰就是文丹丹的父亲文刚一手提拔的，一直是文刚的左膀右臂。文刚出事之后，荣凌峰也曾一度被调查，走了一段背运，亿闻网改制上市之后，他才又重获重用的。谢燕说完一通，突然问老陈："不过，我倒是听说，文丹丹跟荣凌峰谈过恋爱？"

老陈否认道："文丹丹在美国上大学，荣凌峰也到同一个学校进修，那时候追过她，可她看不上他。"

"哦？"谢燕满怀质疑地问，"这是文丹丹告诉你的？"

老陈看出谢燕不信，心中闷闷的，可又无以辩解。本来就是文丹丹自己说的，未必是真的。而且看她当初躲躲藏藏，也不像只是被荣凌峰"追"过。文丹丹大概从来也没一句实话，骗他藏了十二年，也等了十二年。他顿时升起一股无名火，愤愤地说："是她说的！她说荣凌峰追过她，让她讨厌。可她拼命躲着荣凌峰，好像不只是讨厌，而且还有点儿害怕。不过那会儿她谁都躲着，她说她爸的对头要打她的主意，可她又不能离开美国，因为要帮着她爸'搞定'一件事。她爸曾经花了三十万美金在美国收购了一家猎头网站，其实是个假网站，就因为这件事被调查的。文丹丹是想替她爸在美国赶快弄一家猎头网站，把亏空补上。不能再大大方方地买一家网站，那样也会露馅的。所以只能和贾云飞一起白手造一个。雷天网就是这么来的！我也是到后来才知道，之前还真以为他们要创业，就傻呵呵地写程序。要早知道是为了个贪官，我才不掺和呢！自作自受！"

谢燕却说："可我倒是听说，他爸还真是被人陷害的，以他的财力和野心，不会去贪这三十万的。"

老陈心想此话确实有理，当年文丹丹出手阔绰，只为雷天网就花了五六十万。不过也说不定是为了补救，多少钱也都肯出的。不禁问道："被谁陷害的？"

谢燕说："这我可不知道。像他那样的人，肯定有不少敌人。据说是太有野心，一直在拼命扩张亿闻网，在国内外做了不少并购，合同签得太多太急，难免出漏洞。花三十万买个小网站，他大概不会亲自为此出国跑一趟。也可能真的跑了一趟，但去了也白搭，网站、办公场所、注册文件都可以造假的，就这样被陷害了。"

老陈只觉谢燕所说之事似曾相识，冷笑道："被陷害了也活该，这些骗人的事儿，他女儿照样做得出来。"谢燕叹气说："唉，也是，都是原罪。"老陈在谢燕脸上看到一丝苦笑，心想这女子大概也有些非凡经历，或者也曾身不由己，不然也不会年纪轻轻就成了顶尖跨国公司的中国负责人的。老陈问道："再说，有那么容易被陷害吗？最早是通过谁接洽的项目，一查不就知道了？再说，才三十万美金，就得坐牢？"

谢燕不禁又笑了，这次不是苦笑。这次的含义是：哪有你想的那么简单？谢燕说："我倒是听说，就是他女儿接洽的。一个在美国的富二代，出手阔绰，整天被人众星捧月，能有多少心机？骗她也是容易，那时候亿闻网还算半个国企，文刚也算国家干部。三十万美金，金额足够大了。你就别管她爸了，先弄清楚她跟荣凌峰是怎么回事吧！"一语提醒了老陈，问道："那我爸呢？到底在哪儿？"

这问题谢燕也答不出，只说："别急，老方没闲着。"

然而老方的忙碌却并不足以安慰老陈。老方的确有些本事，把游尼的手机通话和短信记录都搞到了，却并没找到任何有价值的线索。来电倒是有不少，都是广告和骚扰电话。游尼一共也没主动打出去几通，都是打给老婆的。老方不得不为自己辩解："现在有事儿谁还打电话？不过我正在想办法呢！我约了费小帅，不管他到底是哪头儿的，儿子总归是亲生的。"

老陈猜想老方又要用什么利诱费小帅，也不想多问，只能按照谢燕的要求，继续到知天"编程"。一来为了拖延时间，稳住对方；二来也盼着多少能找到点儿线索。

然而游尼并没出现，工位一直空着，既没包也没外套，似乎根本就没来上班。姓刘的副总倒是每天都在，见着老陈照旧打招呼，没什么异常。老陈也不再像前夜那么惊慌，不需要老方在楼道里"蹲守"，隐形耳机倒是仍戴着，以便随时接收谢燕的指示。谢燕也并没什么指示，老陈只有继续假装编程，第一天确实还写了些代码，第二天连代码也实在懒得写，只是把那编程窗口开着，有人经过就随便敲几行，或者删几行，有意无意用身体挡住背后架子上的摄像头，如此百无聊赖地熬到知天的人都下了班，本想也走的，谢燕却让他再多坐一会儿，说不定等人都走了，就会发生什么。老陈也不以为然，毕竟昨晚就白白坐到晚上十点，什么也没发生。

可这次却被谢燕说中了。晚上八点，游尼出现了，仍是进的后门，沿着走廊大步进来，没像上次那样蹑手蹑脚，不坐，也不寒暄，直接就问老陈："程序编得怎样了？"

老陈见游尼毫无笑意，两眼在镜片后直瞪着自己，不禁有些心慌，忙说："快了，就好了！"游尼却狐疑道："真的？给我看看？"老陈心想代码都是乱写的，要是细看肯定要露马脚，不给看又说不过去，只好怀着侥幸心理把电脑稍稍向他一转，自己也微微侧了侧身说："你看，正写着呢！"游尼果然盯着屏幕看，老陈慌忙转回电脑，连敲了几下 Tab[①]键说，"唉，老了，写代码写得老眼昏花！你又忘了什么东西？"

老陈说罢，尴尬地笑了笑。游尼却并不答言，横眉竖眼地看着老陈。老陈更慌，不知游尼怎么突然翻了脸，后悔没坚持让老方陪他

---

① 电脑键盘上的制表键。

一起来知天，暗暗祈求着谢燕能在此时支招。隐形耳机又偏偏悄然无声，也不知是耳机出了毛病，还是谢燕在忙什么别的事情，忽略了他。

正在这时，游尼却突然嘴角一动。老陈也跟着心里一抖。游尼却笑了，是冷笑："你到底写的是什么代码？"老陈暗暗吃惊，心想只几秒钟，难道就被他看出破绽了？即便是最高超的编程师，也不可能只看两三行代码就把整个程序弄明白吧？但游尼的表情又分明胸有成竹。老陈正慌着，隐形耳机里终于响起谢燕的声音。老陈按照谢燕的指示，再次把电脑转向游尼，让坐在自己办公室里的谢燕也能看见他："我当然是写搜索模块了，你自己看吧！"

游尼倒是不再看电脑，仍盯着老陈说："搜索什么？"

"目前就只是搜索字符串。"老陈照实回答。游尼不再冷笑，又疑又恼地问："搜字符串有什么用？那些都是人脸啊！"老陈答："我还有个模块，是做人脸处理的。人脸特征处理完了也一样是字符串，可以直接跟这个搜索功能模块一起用的。"

游尼半信半疑道："为什么那么麻烦？直接写一起不就完了？"

"编程老师没告诉过你，程序设计要尽量模块化吗？分工明确，一目了然，既方便调试维护，也更有安全保障。"老陈按照谢燕的提示，自由发挥了一些，渐渐冷静下来，不由得感叹：这个小女人懂得还挺多。

游尼又狐疑了一阵，恍然道："我明白了！你其实是要加密！是不想让我们知道你在搜谁，也不想让我们知道怎么搜的，对不对？"

游尼摆开架势，横刀立马地站着。老陈故作为难道："你看，这事儿吧，真的是不太好办！我也是帮别人办事。人家不让我透露……你看，我这样设计了，还是可以按你的要求，只在知天的服务器里搜索，并不需要大量下载数据的……"

游尼急赤白脸道："哪有那么简单？那些人脸数据都是加密的！我还得解密，跟你的程序模块没法对接！"

老陈说："你怎么都得解密，这个不相干的。你就给我一个模块入口就成，我也不需要知道你的解密算法。这样对你也安全。"

"还有防火墙呢！说进就进？"游尼胡乱找了个借口，怒冲冲把手一挥，"我想想吧！看能怎么弄！"

游尼说罢，气急败坏地走了。老陈暗暗松了一口气，顿时又有点儿后怕，仿佛刚刚躲过了一劫。却听谢燕在耳机里说："今晚把电脑拿回来吧。"

6

尽管谢燕并没多加解释，老陈也很清楚，她为什么要让老陈把电脑从知天拿回 GRE 办公室。他其实也有同样的推测：那台电脑不干净。游尼根本就没机会细看他写的代码，怎么就知道他没好好编程？老陈把电脑断了外网，非常仔细地检查了一遍。果不其然，电脑里被人安装了"木马"，而且安装得非常巧妙，避开了强力防火墙，自动修改了安装时间，把电脑里的文件偷偷复制外传。不仅如此，还自动监控电脑的状态，随时把新建或更新过的文档复制传送出去。老陈在电脑里写了什么代码，执行了什么程序，早被人家一览无余。

可是，他们又是在何时下手的呢？

那台电脑的摄像头整日整夜都在窥探着知天公司。老陈不在时，根本就没人靠近过它。老陈仔细检查了系统日志，也没人在他不在时登入过电脑，更没下载安装过程序。老陈又做了更深入的检查，从一些莫名被修改过的小系统文件判断，木马的安装时间，应该是两天前的深夜，十一点过几分，正是老陈在知天里"连夜加班"删除小白的各种 APP 账号之时。

老陈顿时醒悟，是那只"授权'王刚'删除小白账户的 U 盘密钥"！老陈早就觉着那授权方式有点儿蹊跷，虽说全面删除一名用户确实有点儿麻烦，但似乎无论如何也该在公司内部完成的，怎么弄了个所谓的"授权密钥"，就让外人在陌生的电脑上操作了？老陈当时还以为是自己在技术上真的落伍了，没想到这"密钥"竟然是个间谍！把它插入电脑，它就借着授权密钥通常需要安装插件和索要防火墙权限的机会，偷偷把木马程序植入电脑了。

毫无疑问，费小帅和游尼肯定是一伙儿的，都在为"客户"服务。不只他们，还有知天和亿闻公司的高管，有可能就是荣凌峰。可荣凌峰到底为什么要找到老陈，再利用老陈找到贾云飞和文丹丹呢？

谢燕让老陈先别急着杀毒，问能不能以其人之道还治其人之身。老陈立刻明白了谢燕的意思。谢燕是在问他能不能也给对方派个"间谍"，本想说不能，可突然灵机一动：也不是完全不可能的。毕竟，对方必定有一台电脑，正在不断接收着"木马"从老陈电脑里盗取的文档。

老陈琢磨了一个通宵，绞尽了脑汁，终于设计出一个可行的方案：在自己电脑的文档文件里埋藏一个很小的小程序，只要对方打开文档，小程序就会自动运行，也在对方电脑里安装一个"小木马"，但程序必须非常小，越小越好，小到对文档本身的大小几乎没有影响，以便绕开对方电脑里的防病毒软件。不论对方那台电脑在哪儿，都必定被一套高级别的防卫系统保卫着。所以这个小木马程序不能访问过于敏感的信息，甚至不能访问硬盘，不然还是容易被防毒软件"抓获"。还有就是，这匹"小马"也绝不能试图往外运输太多数据，每次顶多几十个字节，趁着那台电脑和老陈手提电脑里的"特务"通信时，混在常规的通信协议里发出来，也许还有机会躲过防火墙。换句话说，既然你要派个间谍来我家偷东西，那我也可以从你家偷点儿东西，藏在你的间谍身上带出来。

第二天一早，听完老陈的这些"必须"，谢燕早已泄了气。一次偷出来几十个字节，能有什么用？老陈却胸有成竹地说："至少能拿到IP地址，就只有四个字节。"谢燕点头道："IP地址是有用的，能知道大概位置。"老陈又说："除了IP，也许还能访问键盘。如果有人敲击键盘，也许能把敲击的字符发出来，也就几个字节。"谢燕两眼一亮，说道："那还不快动手！"

老陈又奋战了大半天，用另一台电脑把"小木马"写好，藏进之前装模作样编写的代码文档里，再把藏好木马的文档存进手提电脑，把手提电脑连上外网，又装模作样地改几行代码，等着自己的"小木马"开工，但是心里毕竟没多少底。如果"客户"果然就是荣凌峰，人家的网络安全系统绝不是吃素的。老陈惴惴地等了两个小时，竟然真的等到了"小木马"发来的第一波数据，一共就只有六个字节。一个IP地址加一个回车键。

老陈立刻把结果发给谢燕。不到十分钟，谢燕打分机把老陈叫进办公室，兴奋地说："IP地址的大概位置查到了，就在亿闻山庄，亿闻公司在怀柔开设的高端疗养院！"

老陈心中一喜，问道："也许荣凌峰在那儿疗养？"

"倒是没听说他常去那里。"谢燕摇摇头，故意卖了个小关子，又说，"不过，那里倒是有个康泰之家，是慈善性质的，专门为照顾生活无法自理的孤寡老人设立的。"

老陈心中一震："你是说，我爸在那儿？"

谢燕微微一笑："在不在，让老方去看看就知道了。"

网络时代虽然削弱了老方的很多特长，可他的看家本事实地调查，在任何时代大概都不会过时。老方只用了半天时间就从怀柔胜利而归，向谢燕和老陈展示了他在亿闻山庄里偷拍的视频：闯爸的确就在亿闻山庄的康泰之家，晚霞苑 B 座 303 房间。老方没进到屋子里，只在护工开门的瞬间拍到了闯爸，闭目坐在轮椅上，像是在睡午觉，气色还行，头发也不乱。老陈仍是心急火燎，可也束手无策。谢燕早就说过，GRE 并不是警察，不能对任何人采取强制措施，大概也不能冲进疗养院去把闯爸抢出来。谢燕却说："再等等。如果再收不到新消息，我们就行动。"

老陈知道谢燕所说的"新消息"是指"小木马"，但他不知道"行动"指的是什么。莫非真要到疗养院去抢人？ GRE 有这个本事吗？就算真有，岂不是要打草惊蛇？但又一转念，GRE 和老陈早就是透明的，被"客户"玩弄于股掌之间，实在也没什么可"惊"的了。

"小木马"却像是冬眠了，二十四小时都没再发来任何消息，大概是被发现并且被消灭了。谢燕把老方和老陈叫进办公室，郑重地说："今晚我们就去疗养院！"

老陈又是惊喜，又是忐忑，问道："就我们几个人？"老方在一旁笑道："干吗，你想去打架？"谢燕也忍不住笑道："你去疗养院看望你的父亲，名正言顺，不用担心。"

老陈还是不放心，又问："那可是他们的地盘，我们进去，不会有危险吗？"

谢燕说："你大概是网剧看多了，亿闻公司是全国人民都瞩目的大公司，亿闻山庄也是正规的度假村，又不是黑社会窝点，没人敢在那里对你怎么样的。你就直接走进去，找到你的父亲立刻接走，如果他们不让你带走，你就报警，你是他儿子呢！"

老陈闻言一阵心慌，可又想不出有何不可的，又想到真的要跟闯爸见面了，心里更慌起来。老方用胳膊肘捅捅老陈说："美国那边根本就没追查过你。名正言顺，大大方方地做你自己吧！"

谢燕轻蔑地哼了一声，又抱歉地朝老陈笑了笑，那意思是，我并没笑你。老方嘻嘻笑道："看看，鸡汤，我也会嘛！赶明儿我也弄个公号，你也帮我推推？"老方冲老陈挤挤眼。老陈立刻想起小白，也不知她怎样了。

"你就别添乱了！"谢燕白了老方一眼，又对老陈说，"放心，我们陪你去。"

7

老陈坐谢燕的车，老方另开一辆车，两车于晚八点抵达亿闻山庄。谢燕把车开进亿闻山庄，老方并没跟进去，停在附近随时待命，以备不时之需。

在路上，谢燕又向老陈解释说：对方冒充开发商把闯爸弄进亿闻山庄，多半是想以此胁迫控制老陈。但老陈最近不太听话，还编写了小木马来进行"反间谍"，在这种情况下，把闯爸继续留在对方手里，确实十分不利。不如强行接走，由 GRE 秘密安置，至少也能使对方手中减少一个筹码。而且，这一招出其不意，也许会打乱对方的计划，让他们露出些马脚来。尽管这个项目在 GRE 已经变成了一笔"坏账"，她倒是越来越感兴趣了。

老陈不禁有些佩服，谢燕虽然年轻却很老练。当初刚见时，总觉得她身上有几分自负，好像文丹丹。接触久了，却知那并不是自负，而是自信，是靠真本事的，并不像文丹丹外强中干。

谢燕继续告诉老陈，她发现知天公司并不在亿闻的服务商名单里，和亿闻似乎也没账务往来。亿闻是上市公司，服务商和账务往来都是公开信息。所以，她又进一步调查了知天，发现知天的股权非常单一。谢燕问老陈："你见过知天的总经理吗？"老陈摇头说没见过，就只见过一个副总姓刘。谢燕说："这就更有意思了，按照知天的工商登记，这位姓刘的副总就是知天的法人代表和唯一股东。但是知天的人都叫他'副总'，可见还有个'总'，只不过并未登记在案，是个隐形的'大 Boss'，很有可能就是荣凌峰。换句话说，知天为亿闻网提供的服务是非常秘密的，亿闻网似乎根本不希望让别人知道，有公司正在为它收集和处理着用户人脸视频和手机力学数据。"

老陈冷笑说："那是，偷拍人家，哪能光明正大的。"谢燕正色道："GRE 也是要盈利的。这个项目，连客户都是假的，自然也不可能赚钱了。上面虽然也希望弄清楚事实，但更希望止损，所以不会给我更多支持的，我就只有你和老方。"

老陈坚定地点点头。他明白谢燕的意思，为了揭开"客户"的真面目，她打算背水一战。老陈虽然并不是 GRE 的人，但他也想弄明白"客户"是谁，到底想干什么。他也想找到贾云飞和文丹丹，尤其是文丹丹。

亿闻山庄看上去就像一座典型的温泉度假酒店，大部分是三层小楼，也有三栋公寓式的高楼，晚霞苑 B 座就是其中之一。山庄里水榭亭台，夜阑人静，果然不像是有多凶险之地。可老陈的心脏还是狂跳起来，也说不清是因为行动本身，还是因为要见到闯爸了。

谢燕在楼前停好了车，见陈闯很紧张，并没急着下车。谢燕又问老陈："再看看，你的'小特务'有没有消息？"老陈拿出手机看了看，并没收到任何提示。在出发前，谢燕让老陈设置了手机，随时接收"小木马"发出的任何信息。老陈摇摇头。谢燕双手合十说："阿弥陀佛，看来是真的牺牲了！"老陈忍不住一笑，顿时没那么紧张了。

两人下了车，谢燕从后备厢里取出一袋点心，一袋水果，分给老陈一袋，果然像是来探望的家属。两人走进大厦，本想直奔电梯，被两名前台的值班"护士"叫住了。两人都穿着白色护士制服，也不知是不是真的护士。谢燕说我们来看望老人的，对方说早过了探视时间了。谢燕说："下班晚，路上又堵车，拜托了，我们就给老人送点儿水果，放下就走！"老陈也在一旁赔笑附和着，手心里捏着汗，时刻准备着只要一见到闯爸，立刻就要用轮椅推着闯爸走人。如果一时找不到轮椅，或背或抱都要把人带走。谢燕早准备好了居委会和派出所开的父子证明，有人阻拦就立刻报警。

两个护士原本不同意，被谢燕软磨硬泡了一阵，问道："你们看谁？"谢燕抢答："302 房，胡春喜！"这是老方昨天顺手从闯爸隔壁房间抄来的名字。护士狐疑地看了两人一阵，看得老陈心里发毛，终于摆手说："上去吧，快点儿啊！"

老陈和谢燕搭电梯到三楼，三楼也有护士台，就跟医院的住院部差不多。大概是楼里住着不少老年痴呆患者，必须 24 小时看护。还好护士台并没人值班，也许是去上厕所了。两人蹑手蹑脚到了 303 病房门外，老陈紧张得几乎喘不过气。十二年了，他终于要跟父亲见面了！谢燕推开病房门，房间里却是空的。桌子上也空着，连茶杯都没有，床上更空着，被褥也没有，这房间根本就不像是有人住着。两人正惊愕，只听背后有人问："你们找谁？"两人连忙转身，走廊里站着另一位穿护士服的女子。老陈正要说出父亲的名字，谢燕却抢先说："这屋的病人呢？"

护士答："换房间了！转到十楼去了。"谢燕忙说了声谢谢，拉起老陈直奔电梯，还好那护士并没追。两人进了电梯，谢燕按下十层，是最顶层。老陈心脏怦怦跳着，紧张得说不出话。谢燕也眉头紧锁思考着什么，顾不上安慰他。突然间，老陈感觉裤兜里连着振动了七八下，忙把手机摸出来，看到一串提示，竟是"小木马"发来的，连忙点开来看，一共八条。那程序只能读取键盘和IP，对方每敲一下键盘，就发出一条。这八条正是八次敲击："C""C""N""H"","J""J""回车键"。

"CCNH，JJ，这是什么意思？"老陈读出这串字母。谢燕脸色一沉，低声说："我感觉不好。"

老陈吓了一跳，忙问："怎么了？"

"说不好，就是直觉。"谢燕又瞥了一眼老陈的手机，"突然收到这个，还有三楼的护士。太顺利了！"

谢燕边说边去按电梯，可为时已晚，电梯已经减速，稳稳当当停在十楼。电梯门缓缓而开，门外赫然站着两个人，一高一矮，一个戴着白框眼镜，另一个戴着黑框眼镜，正是游尼和费小帅。老陈大惊失色，确知谢燕的直觉是对的，再想关电梯门已来不及。游尼闪身钻进电梯，一手扶着电梯门，和费小帅一里一外，让老陈和谢燕无处可逃。

费小帅微微侧身颔首，说道："两位贵客，我们老板恭候多时了。"

老陈立刻想起"小木马"刚刚发来的字符串"CCNH，JJ"。前四个不正是"陈闯你好"的缩写吗？老陈顿时醒悟，原来"小木马"早就被发现了，那IP地址、昨天给老方看到的闯爸，还有刚刚遇到的护士，原来都是事先安排好的！谢燕倒是沉着得多，波澜不惊地走出去，老陈也只好跟着，他可不想跟身材粗大的游尼留在电梯里。那家伙的白镜框和鱼泡眼显得有些狰狞，相比之下，还是费小帅看上去更安全些。

还好游尼并没跟出电梯，对费小帅说："老板要咖啡呢。"

"没问题，我们不是一向宾至如归嘛！"费小帅笑得很奸，让老陈毛骨悚然。

谢燕和老陈跟着费小帅往前走。尽管费小帅个头儿不高，看着比较好对付，但这是人家的地盘，难道还能轻易逃出去？老陈环顾四周，这一层没有护士台，和病房完全不同，倒是布置得更像高级酒店，闯爸显然不可能在这里的。谢燕问费小帅："你老板是哪位？"

费小帅眼珠一转，说："你猜猜？"

谢燕说："还卖关子呢？那我猜猜吧，是知天的总经理？当然不是工商登记的那位。"

费小帅佩服地点点头说："不愧是调查师啊！"

谢燕又问："我再猜猜，他也是亿闻网的总经理，对吧？"

费小帅笑道："见了你就知道了。"

老陈仍在挖空心思琢磨。"JJ"是谁？刚刚在电梯门口，游尼说老板要喝咖啡，大晚上的喝咖啡？ JJ……老陈忽地想起手提电脑在知天公司偷拍到的情景：走廊里闪出的两个人，一个是荣凌峰，另一个是个胖子，看不到脸。老陈的心猛地一抖，双腿竟然也有些打战，他伸手想拉谢燕，却并没拉着。费小帅已停在一扇门前，轻敲了两声，门内传出一声："进来。"

老陈浑身一颤，想要凑到谢燕耳边说话，却心慌得说不出。费小帅已经开门进屋，谢燕跟着走进去，老陈从费小帅和谢燕之间的缝隙里，看见一张胖脸，正笑眯眯看着他。

Jack 贾从大皮椅里站起来，说："陈闯，好多年不见了啊！"

老陈都不知自己是如何走进这间布置得非常豪华的会议室的，反正到底是进来了，浑身微微打战。

十几年没见，Jack 贾胖了许多，胖得脸上没有任何皱纹，比当年更加容光焕发，只是发际线上移了很多，露出大片的额头，福星高照似的。费小帅介绍说，这位就是知天的总经理，也是亿闻网的副总，云海天先生。老陈原本震惊着，闻言更是恍惚，以为自己认错了人，再看两眼，确实就是 Jack 贾，喃喃道："他就是贾云飞！"

谢燕吃了一惊，Jack 贾已经迎上来说："我已经十几年不叫那个名字了。"

Jack 贾跟谢燕握了握手，又把老陈拉进怀里抱了抱，老陈就像一只巨型人偶，让他抱了又放开，跌坐进一只大沙发里。谢燕也坐进一只，凝重的脸色瞬间化为一抹冷笑，说道："云总，您可真幽默，自己花钱找自己吗？"

Jack 贾突然立正，朝着谢燕鞠了个躬说："谢总，我正式向你道歉。"

谢燕一惊，正要起身，Jack 贾哈哈一笑，已站直了身子，踱回自己的大皮椅子，说道："的确是我，委托贵公司帮忙寻找我这位老朋友，陈闯先生。对不起啊，我冒充了 SVIB 来委托你们，不过，你们的工作非常出色，这么快就找到了陈先生！放心，我一定会按照原合同付款，不会让您白辛苦的。"

谢燕挑了挑眉毛，不动声色地说："原来是这样，那您是准备都付呢，还是只付三分之一？"

Jack 贾笑道："谢总真幽默，当然是都付了！我们本来也只需要找到陈先生的。"

谢燕点点头，又问："可我们早就替您找到陈先生了，为什么还一直让他寻找您自己呢？"

"哈哈，好问题！"Jack 贾再度从皮椅子上站起来，踱着步子说，"这么说吧！这十几年来，我一直在领导亿闻网的研发工作。你们一定都知道，这些年亿闻网的发展十分迅速，从一家落后的本土公司，发展成了世界一流的超级 IT 企业。我不敢说这都是我的功劳，但总有我的一点儿贡献，我还是非常自豪的，让我们国家的互联网产业，也能走在世界前列！"

Jack 贾边说边挥舞双臂，动作比当年更加磅礴，俨然是个非常成功的行业领袖了。他慢慢踱向老陈，继续说着："可是最近呢，我们遇到了一个技术问题，非常棘手，所以呢，我就想起我的这位老同学，天才编程师了！"

Jack 贾把胖手落在老陈肩头，老陈不禁打了个寒战。Jack 贾尴尬地笑了笑，顺势捏了捏老陈的肩膀，这才放开手说："可是，我跟他十几年都没联系了，我也不知他在哪儿，更不知道他在技术方面，是怎么个状况。"

"你让他编程找你自己，是想考察他的技术能力？"谢燕疑惑地问。Jack 贾点头道："谢总果然很聪明！要知道，我们正在做的，是个非常重要的项目，也是有点儿……怎么说呢？有点儿秘密的！如果无法确认他是否能胜任，我是不可能让他了解太多的，您明白我的意思吧？"

谢燕点点头，又问："您现在确认了？"

"其实直到昨天，我还是不能确认。因为我这位老同学，一直跟我打太极！假装坐在知天里编程，却写了一大堆垃圾！哈哈，原来他还跟当年一样，调皮！"Jack 贾又想拍老陈，老陈却已在沙发上缩成一团儿，像是被拔光了刺的刺猬。Jack 贾只好收回手说，"直到昨天下午，我发现，老同学往我的电脑里派来了一位'小间谍'，程序写得可真是巧妙！"Jack 贾终于为无处安放的手找到了事做——竖起大拇哥，顿时自如多了，"我这才敢肯定，这位老同学宝刀不老！一定能帮我解决燃眉之急！所以，我就把你们请来了。"

"我不是你的同学。"老陈终于开口了，嗓子里像是塞着一团儿棉花。

"哈哈，别那么较真儿嘛！当年一起漂洋过海、一起奋斗打拼过的，就是老同学，老战友！比亲兄弟更亲啊！"

老陈使劲儿清了清嗓子，又说："我什么都不会，帮不了你什么！"

"别这么说嘛，你都还没听我说呢！"Jack 贾摇头晃脑，抬手指向房顶，无比自豪地说，"我们把这个计划叫作'天空'计划。这是一项很秘密的计划，"Jack 贾仿佛突然想起什么，笑着对谢燕说，"其实不该让您知道的，不过之前隐瞒了您一些事情，很过意不去，您也是业内的大拿！以后也许还有合作的机会，请你多多包涵！"

谢燕不置可否，只抬了抬眉毛。Jack 贾再转头向老陈，继续他的演讲："天空项目是亿闻网最最重要的项目，也是荣总——还记得荣总吧？就是荣凌峰先生——委托我直接领导的！你加入天空计划，可不只是在帮我，你是在帮亿闻网，在帮助中国的互联网龙头企业，成为全世界最伟大的公司！"

"可我真的什么都不会！我要告辞了。"老陈试图站起身，Jack 贾抬手按在他肩头，他便又跌坐回去，只好向谢燕投来求助的目光。谢燕说："贾总，哦，也许该叫您云总，我有个问题。"

"哦？"Jack 贾微笑着看谢燕。

谢燕说："我能否也请您帮我一个忙，给我一个解释？我好对我的老板有所交代。这个项目实在是不太符合我们的'规矩'，即便您付了款，我还是会有麻烦的。因为客户使用了虚假身份，这在我们的行业是很忌讳的。"

Jack 贾正要开口，却朝费小帅摆摆手。费小帅忙退出房间去，关好了门，房间里只剩 Jack 贾、老陈、谢燕三个人。

"谢总，我想，您一定知道我们十几年前的事。唉！"Jack 贾摇头叹气道，"当时我们都还太年轻，太心急了！好事办成了坏事，害得我这位老朋友亡命天涯，躲了这么多年！唉，你看我，还不是要隐姓埋名？幸好我对祖国和人民还能有所贡献，所以得到了一点点保护，还有机会发展事业。我希望我的这位老同学，也能像我一样，得到保护，不用再东躲西藏。"

谢燕点头道："十二年前的事，我倒是有所耳闻，我在 SVIB 也有几个熟人。只是想跟您确认一下，您和那位文丹丹女士，也许的确需要隐姓埋名，或者干脆像您这样，改个名字。但这位陈闯先生，他也需要吗？"

谢燕说罢，瞥一眼老陈，见他脸色铁青，眉头紧锁，知道问到点子上了。Jack 贾仍保持着笑意，嘴角却隐隐抽动了几下，眼中似有寒光一闪："谢总，很感谢您今天帮我把老同学送来。我们和 GRE 的合作也就到此结束了。明天，我会让财务把尾款付了。现在，您已经知道真正的客户是谁了，也知道我为什么要隐瞒身份了。您应该满意了吧？"

"不！"老陈突然开口，"我不满意！"

"哦？"Jack 贾满脸惊异地去看老陈，就像他完全没料到似的。老陈却如同一头受了惊的牛，不顾一切地顶开 Jack 贾的双手站起来，瞪着 Jack 贾高喊："你们，你们为什么不告诉我，根本就没人在追查我？为什么骗我，让我躲了这么多年？！为什么？"

Jack 贾眼珠一转，深深叹了口气说："唉，陈闯啊！你怎么不明白？你之所以不在追查名单上，还不是因为我们在保护你？我们都誓死不把你供出来，当然没人追查你喽！"

Jack 贾顿了顿，偷眼看了看老陈，见他似乎并不相信，连忙又说："我也别给自己脸上贴金了，其实，都是因为 Wanda！"

老陈听到这个名字，怔了一怔。Jack 贾见此话有效，赶忙继续说下去："是 Wanda 坚持要把你的名字从所有文件里去掉的！客户又没见过你，并不知道你参与，这都是为了保护你啊！就凭你？"Jack 贾指指谢燕，"人家两个礼拜就把你找到了！不保护你，你能安安稳稳享十几年的清福？"

老陈闻言，一时无语了。谢燕冷笑一声说："呵呵，还真周到啊！是不是，从来就没想带他玩儿？"

谢燕一语提醒了老陈，他举目瞪着 Jack 贾，咬牙切齿地说："是的，你们一直都在利用我，从来都没想过的跟我合作！"

"我们利用你？"Jack 贾瞪圆了眼睛，沉冤莫白地说，"我们想要利用你，最后还把钱都给你了？SVIB 就只支付了五百万，扣去七七八八，一共就剩四百多万，给了你三百万，还利用你？"

老陈不信，疑惑地说："当初不是说 SVIB 投一千万，拿 35% 的股份吗？怎么又说是五百万？"

"老兄啊！人家投一千万，一笔都汇给你啊？第一笔只付了五百万，咱们就都跑路啦！剩下五百万人家不会付了啊！"Jack 贾见老陈仍半信半疑，扭头去看谢燕，百口莫辩似的道，"这您知道吧？不是在 SVIB 有熟人吗？不信就去核实一下，我们真的只拿到第一笔！"

老陈也去看谢燕，谢燕却并没辩驳，为难地朝老陈点了点头说："我了解过了，SVIB 当时就只付了第一笔五百万，没再付剩下的。"

Jack 贾有了证人，底气更足，几乎要捶胸顿足："一共拿了四百万，给了你三百万，还想方设法地保护你，让你衣食无忧地享这么多年的清福，还说我们利用你？当年我就劝过 Wanda，说你不会领情的，可她非要这么做！您看怎么着？唉！值吗？唉！"

老陈仿佛被泼了一头冷水，低头去看地面，怔了半天，嗫嚅地问："Wanda 呢？"

"什么？"Jack 贾一时没听清。老陈清了清嗓子，又说："文丹丹呢？你知道她在哪儿？"

"当然！"Jack 贾底气十足地回答。老陈本已黯淡的眼睛里亮了亮，又低垂了目光说："我想见见她。"

老陈看上去平静了许多，唯有指尖在微微颤抖。

"没问题啊，只要你答应帮助亿闻网，我就保证让你见到她！"Jack 贾拍着胸脯，转而又对谢燕说，"你看，我们已经达成共识了！下面，我们要讨论具体的技术问题了，有关亿闻网的商业秘密，您看，您是不是？"

Jack 贾摆出送客的架势。谢燕忙说："云总，虽然您委托我的项目已经结束了，可陈闯先生又委托了我一个新案子，就是找到他的父亲！所以，我今天的任务还没完成呢。"谢燕冲 Jack 贾抱歉地一笑，立刻把目光转向老陈，急切地问，"陈先生，您忘了吗？您不是来找父亲的？"

老陈如梦初醒，质问 Jack 贾："我爸呢？"

"哦，伯父啊！他不在这儿啊！"Jack 贾摊开双手，见老陈眼看又要急，连忙说，"你放心，我哪能亏待伯父？我一定要替你好好照顾他，给你解决后顾之忧的嘛！他好着呢！在另一个更好的疗养院里。"

"哪个疗养院？"老陈追问。

"当然是全国最好的了！"Jack 贾顿了顿，换作语重心长的口吻，"是你爸把你从小拉扯大的吧？啧啧，也够辛苦了！你跟你爸感情一定很深吧！你肯定希望他吃得好点，住得好点，有人照顾，享享清福？"

　　Jack贾一边说着，一抬手，壁挂式的电视机启动了，屏幕上提示着"与手机建立蓝牙连接"，随即开始播放一段视频。正是闯爸的视频，端坐在轮椅上，右腿打着石膏，身体像是被什么固定住了，只能胡乱喊着："我不认识你们，我谁也不认识，你们这些强盗！把我弄到这儿来想干什么？我什么都没有，我买不起房子，也买不起保险！我也不要贷款的！贷了也没钱还的！我真的对你们什么用都没有的！"

　　有个画外音对老人说："您还是别叫了，回头给您儿子看见，还以为我们亏待您了。"

　　闯爸眼睛一亮，盯着摄像头说："你知道我儿子在哪儿？"过了几秒，仿佛突然明白了什么，目光又黯淡了，垂头丧气地说，"我不知道他在哪儿，你们扣住我也没有用的，他早就不要我了。"

　　老陈用双手捂住脸，呜呜地抽泣起来。Jack贾关了电视，满意地在老陈肩头按了按，柔声说道："总要为你爸想想，我帮你照顾他，让他过得好一点儿，好不好？"

　　老陈继续抽泣着，既没点头，也没摇头。Jack贾却仿佛得到了认可，放声道："就是，老同学，一起合作，多开心啊！"转而对谢燕说，"谢女士，你的客户不需要你的服务了。现在，可以走了？"

　　谢燕无奈地起身，又不甘心，问老陈说："陈先生，你还需要我的服务吗？"

　　老陈已忍住抽泣，木然盯着地面。谢燕又问了一句："陈先生？"

　　老陈抬头看了她一眼，立刻又低头去看地面，仿佛并没听懂她说的，也并不需要听懂。谢燕却一怔，仿佛在他眼中看到了什么，沉吟了片刻，起身打开门。费小帅和游尼都立在门外，游尼还捧着一大杯咖啡。费小帅见谢燕走出门来，立刻殷勤地送她去电梯。游尼把咖啡送进屋，诚惶诚恐地说："云总，给您，都凉了，我也不敢敲门！"

　　Jack贾厌烦地接过咖啡，摆摆手。游尼赶快转身出去，关了门。会议室里只剩老陈和Jack贾两人。Jack贾马上又兴奋起来，喝了一口咖啡，感慨万千地说："还记得吗？咱们去卡拉OK里唱歌的那个晚上？多美好的时光，多么富有激情啊！陈闯，现在，我们又可以在一起工作啦！你放心！不会让你白干的。我给你这么多，好不好？"

　　Jack贾伸出一根胖手指头。老陈抬头看了看，又低下头。什么也没说。

　　"一百万！"Jack贾自问自答，使劲儿晃动那根手指，仿佛在晃动一根金条，"就帮我们一点儿小忙，给你一百万人民币！够意思吧？"

陈闯再次抬起头，眼里的泪水已经消失了，只剩平静而沉稳的光。他说："可我真的什么都不会。那个小木马程序，不是也被你识破了。"

"哈哈！"Jack贾仰头笑道，"我没想让你帮我开发木马啊！亿闻网的重点项目，也不可能是那种事啊！"Jack贾突然弯腰凑近老陈，"小游已经告诉过你了，我们在收集手机的力学数据，希望能利用这些数据，做一些更有用的事。"Jack贾神秘一笑，从衣兜里掏出自己的手机，举在空中给老陈看，"你看，如果我在手机上这么一点，它就会有轻微的移动。"Jack贾在手机上一点，那手机果然微微颤动，"这移动虽然很细微，甚至大部分用户都意识不到，但是，陀螺仪、加速计和磁力计数器是会发现并记录这些运动的。如果你触碰的位置不同，这三组数据就会不同。我们就想要通过这三组数据的变化，弄明白你在触碰哪儿。"Jack贾得意地看了看老陈，又说，"可是，这三组数据真是调皮！总是跟我们开玩笑，你以为那些力学公式是那么说的，这些数据却偏偏这么说！你调整了公式，它们又那么说……唉，我们总是差那么一点点！"Jack贾把拇指和食指捏到一起，"我就觉得吧，你不能完全听牛顿的。你明白吗？那些公式，你不能完全照搬，因为这里面有很多不确定因素的！比如，每个人手指头不一样长，握手机的姿势也不一样，你得稍微改改那些公式！可关键是，我们不知道怎么改！有一天，我终于想起来，对啊，我认识这方面的专家啊，可是全世界最顶尖的专家呢！"

Jack贾收住了话头，满怀期待地看着老陈。老陈心念一闪，说道："这个我可一点儿也不懂！"

"我知道你不懂。"Jack贾冲老陈一笑，"可是宋镭懂啊，他现在可是多维度运动控制方面的世界级专家了！几十个自由度的机器手臂都能搞定！三个自由度的手机，简直就是小菜！"

老陈已明白了大半，却故作糊涂地说："可我跟他又不熟，十几年没见了。你不是跟他更熟吗？"

Jack贾叹气道："唉，我也跟他十几年没见了，我可没把握！不过……"Jack贾把目光转向老陈，诡笑着说，"我觉得，他一定会给你面子。"

"这怎么可能！"老陈大声反驳，却又有几分心虚，猛地想起那盘《狼II》磁带，一次都没来得及听，就跟着雷天网"总部"里的一切不知去向了。

"试试呗，2018 国际人工智能联合论坛，明天就要在北京召开了。"Jack 贾抬手看看手表，"他应该已经上飞机了，你不想见见老同学？他总能算是你的同学了吧？"Jack 贾朝老陈做了个鬼脸，话里有话地说，"人家当年可是为你说了好多好话呢！只可惜，你总是辜负人家。唉，嘿嘿！"

B

B面6

一场游戏
一 场 梦

说什么此情永不渝

说什么我爱你

如今依然没有你

我还是我自己

1

　　跟 SVIB 签合同的前一晚，Jack 贾提议，大家一起到一家新开的华人 KTV 唱歌庆祝。前一段大家又太辛苦，尤其是陈闯，实在需要放松一下。

　　文丹丹本以为陈闯一时调不好程序，所以厚着脸皮又跟 SVIB 硬要了三天，没想到陈闯当晚就完成了任务。时间宽裕些也好，陈闯正好继续优化程序，再为 SVIB 的测评做些准备。Jack 贾又重新布置了公寓，添了一台台式电脑和打印机、传真机，也只是为了签约时更像样一点儿。SVIB 的资金一到账，立刻就要搬进新办公室，这里也就不需要了。几人忙活了一番，到了签约前一晚，一切准备就绪。Jack 贾这才提议要提前庆祝，去唱卡拉 OK。

　　除了雷天网的三位"创始人"，Jack 贾还邀请了一票湾区的"有志青年"，总共十几个人，都是 Jack 贾的朋友，一大半是 S 大的。不过并没有宋镭。宋镭也被邀请了，但是不肯来。也没有文丹丹的朋友。文丹丹自初中毕业就到美国，早已是大半个美国人，对 KTV 这种事嗤之以鼻。要不是 Jack 贾一直高喊着以雷天网的名义，她多半也是不肯来的。

　　陈闯其实也不太想来。毕竟还没签约，SVIB 也还没测试程序，投资款更是还没入账。一切都还是未知。尽管雷天网求职预测功能的精确度已经稳定在 75% ~ 83% 之间，最高还达到过 85%，但他始终担心一件事：现在的程序是"羊毛出在羊身上"，人家测试程序时，可不管你是牛是羊。

　　现在的机器学习程序，是以 S 大校园论坛 1999—2004 五年的数据作为基础的，机器学习学的就是那几千个用户提供的几千份简历，他们在论坛的发言，以及相对应的一万多个应聘结果，得出一套预测算法。然而，用来测试的也还是这几千个用户，和他们曾经经历过的一万多次应聘。所以，所谓的"预测"其实并不算是预测，而是对已有应聘结果的"验证"，结果就算再精确，也并不一定具有普遍性。真正的预测应该是，某个用户打算申请一个新职位，而这个应聘结果从没被纳入原始数据库里。而 SVIB 准备进行的预测，正是要对从未纳入数据库的应聘做出预测。SVIB 已经获得 S 大校园论坛的授权，使用该论坛 2005 年、2006 年两年的数据来测试——但并不是所有的数据，而是故意剔除了应聘结果的数据。也就是说，预测算法还是可以收集简历、头像和论坛里的其他信息，但是无法收集到应聘结果的。

陈闯特意跟 Jack 贾反复讲明，如果事先不把应聘结果纳入，预测很难达到 80% 的。而且，预测算法不只需要简历，还需要论坛里的其他数据。Jack 贾点头道："知道，人脸识别嘛！得有照片！"陈闯又说："不只照片，论坛里所有的留言都需要！"Jack 贾心领神会，挑起大拇哥说："欲盖弥彰！"陈闯懒得多做解释，抓紧时间写了个"New Data Processor Module①"，专门用来处理新的论坛数据，和之前写的"武林风云"协作。等到 SVIB 测试时，绝对来不及人工检索新数据的。

Jack 贾竟然也认真起来，在陈闯身边陪了大半夜，想要弄清楚程序到底是怎么写的。他跟陈闯说："team 里不能只有一个人懂程序，总得有个后备的。"

Jack 贾原本也是学电机工程的，虽然不是 S 大的学生，毕竟也修过几门编程课，写过几个大程序的。然而雷天网的程序太复杂，陈闯讲解了两个小时，也只能让他对结构有所了解，主要是了解新数据如何输入、如何处理，如何进行测试，到时好跟 SVIB 的人讲解。至于每个模块里具体怎么写的，Jack 贾根本也搞不清楚，熬到后半夜，早已哈欠连天。陈闯也就不再多讲，继续调试程序，Jack 贾却又睡眼惺忪地问陈闯，哪个模块是负责人脸识别的？陈闯心中不屑：为何要纠结一个名词呢？程序能用不就好了吗！于是懒得回答。Jack 贾又强瞪着眼睛，在屏幕上使劲儿搜索，突然看见"武林风云"，不禁疑道："这是干什么的？"陈闯随口说："什么都不是！"Jack 贾却眼珠一转，嘿嘿一笑，又怕被陈闯发现似的，连忙转移话题道："人脸识别算法不是已经写好了吗？你还在忙什么？"陈闯随口应付道："测试要用新数据的。"Jack 贾立刻拍拍陈闯的肩，胸有成竹地说："别担心，测试一定能过的！"陈闯只当他又在灌鸡汤，心想我又不是投资人，用不着跟我说这些的。Jack 贾却激情得睡意都淡了，说道："机器学习加人脸识

---

① 新数据处理模块。

别！陈闯，你太了不起了！”

Jack 贾的激情并没因为睡眠而减少，一直保持到第二天，在 KTV 里高唱《天空》的时候达到了高潮。他借着间奏的工夫高举麦克风说：“这首歌，献给我的同学、朋友、战友，陈闯先生！用他伟大的智慧，再次缔造了硅谷的传奇！”Jack 贾的“朗诵”带着回音，仿佛在山谷里辗转回荡，“还要献给，我们美丽的、智慧的、伟大的 Wanda！是你的坚持，你的眼光，你的……”扬声器一阵嘶鸣，众人赶忙都捂上耳朵，Jack 贾却仍气宇轩昂，“……了又一个伟大的公司！……空！不再挂满！湿的泪！但愿天空！不再涂上！灰的脸！”

陈闯刚刚灌下一口啤酒，听到嘶鸣声，连忙捂住耳朵，啤酒又要往上反，再放开耳朵去捂嘴。他不唱歌，坐着无聊，就只一个劲儿灌啤酒。其实也有红酒和香槟，但没人给他倒，大家都是自主挑选饮料，他就选啤酒。别人都是精英，就他不是，应该喝比较便宜的。他把啤酒强行压回肚子里，巡视一圈，人人都在拍手叫好，唯独文丹丹也捂着耳朵，一脸的厌烦。两人目光一碰，眼睛同时亮了亮，文丹丹朝 Jack 贾白了一眼，用手做刀在自己脖子上一抹。陈闯不禁笑了，堵在胸口的啤酒散遍全身，文丹丹也冲他浅浅一笑，全不是平时的霸道样子，倒有七分顽皮，三分羞涩。陈闯突然有股冲动，想去拉她的手，可中间隔着好几个人，正在拍手叫好，胳膊举得像是灌木丛。

这时包厢门开了，进来一大簇鲜花——鲜花束太大，把抱着花的人挡住了。声音却挡不住：“对不起，我来晚了，Jack，恭喜你啦！”

那声音陈闯认得。

Jack 贾来不及放下话筒，连忙接过鲜花，扬声器里一阵乱响。杜思纯这才露出了脸，笑得春光灿烂。Jack 贾问：“你朋友怎么没来？那个什么……Terry？”声音都从话筒里传出来，让杜思纯有点儿窘，说：“他今晚有事，所以开车把我 drop^①在这儿，已经走了。”

Jack 贾做个鬼脸说：“只管送，不管接？”“接”字带着层层回音，像是追着开车的 Terry 去了。

杜思纯两颊绯红，眼珠一转说：“有你在呢，还怕没人送我？”话一出口，又觉当着这么多人有些不妥，连忙又说，“这儿都是我的朋友。”边说边扫视全场，一眼看见陈闯，立刻展开双臂，举步上前，像是要跟陈闯拥抱似的，“陈闯，你也在呢！也恭喜你啦！”

---

① 放下。

陈闯赶忙起身，正纠结着要不要跟她拥抱，杜思纯却已急刹住步子，位置停得恰到好处，一手挽住陈闯的胳膊，就像缠住一根钢管似的，把身体扭成个S，朝着众人说："这位陈闯，也就是雷天网的CTO，可是我的中学同学呢！上中学那会儿就很出色，我早就看好他！"

陈闯只觉两颊发烧，浑身顿时起满了鸡皮疙瘩，缠住自己的手臂又滑又腻，想要甩开它，终究不好意思。杜思纯像是有所察觉，又把他缠得更紧些，继续说："其实，要说起陈闯和雷天网的因缘，还要感谢我呢！我……"

杜思纯的声音突然被一串震耳的鼓声压过，音乐的音量不知何时被放大了，紧接着是一声摄人心魄的嘶吼："我曾经问个不休，你何时跟我走？"

竟然是文丹丹，不知何时从Jack贾手中夺了麦克风，调大了音量，跳上沙发，闭上眼睛，如醉如痴地唱起来。陈闯大吃一惊，没想到那纤瘦的身体，竟然能爆发出如此苍劲有力的声音。众人也都愕然无声，听她唱完了这两句。房间里顿时爆炸了，掌声欢呼声炸成一片。文丹丹却无动于衷，继续闭着眼唱下去："可你却总是笑我，一无所有！"

文丹丹缓缓睁开眼睛，目光从眼缝里直射陈闯，正中眉心。陈闯浑身一凛，甩开缠在手臂上的胳膊，视线再也离不开那双纷乱金发中注视着他的眼睛。他听她唱："我要给你我的追求，还有我的自由！可你却总是笑我，一无所有！"

陈闯只觉心跳加速，热血沸腾。他想起那一夜，在旧金山湾边的公路上，他俩走在无垠的星空下，她高声唱着这首歌。陈闯一阵冲动，身体里的啤酒兴风作浪，他想冲上沙发去，跟她一起唱。

文丹丹却已唱完了一段。房间里再度沸腾，间奏音乐都几乎被欢呼声压过了，文丹丹却无趣地丢了麦克风，跳下沙发，捋一把长发，开门走出房间去了。陈闯怔怔地看着她出去，过了半晌，才发现别人都已经落座，只有他还站着。杜思纯早坐到Jack贾身边去了。他赶忙也坐下，心里像是长了草，眼睛只看着门，文丹丹却一直都不回来。有人跟他搭讪，听不清说了些什么。他索性强笑着起身，也讪讪地逃出门去，走廊里并没有文丹丹的身影，只有一扇扇的门，门里是国语粤语韩语的鬼哭狼嚎，听上去并没什么区别。他直走到大门口，寒冷的夜风扑面而来，全身的啤酒都在瞬间汇聚到膀胱里。他又折身去厕所，绵绵长长地尿了不知多久，心想这下子更追不上文丹丹了，越急就越尿不完，像是要把灵魂都尿出体外。终于完了事，他头重脚轻地往厕所外疾走，一开门，一阵香风迎面。文丹丹正斜倚着门框说："你再不出来，我就走了。"

陈闯顿时神清气爽，强忍住欣喜问道："你要去哪儿？"

"这里很讨厌，我想换个地方，你跟不跟我走？"文丹丹挑了挑眉毛，张大眼睛看着陈闯。她已洗掉了烟熏妆，一张素颜干干净净，清清爽爽，仿佛摘掉了面具，变成另一个更年轻也更美丽的女子。

陈闯心神荡漾，毫不犹豫地说："跟！"

文丹丹面露喜色，可并不立刻就走，又问一遍："你确定？不会反悔？"

陈闯使劲儿点点头，文丹丹一把拉起陈闯的手，陈闯周身一震，仿佛有一道温暖的电流，从手臂直贯全身。

陈闯一直没弄清楚，文丹丹到底要去哪儿，只听她说"圣马丁"，也不知是个夜总会还是电影院，再问一遍还是"圣马丁"，文丹丹仿佛只顾专心开车，没心思多加解释。陈闯见文丹丹把野马小跑车开上了高速，心想肯定不在市里了，又问："是在南湾？"文丹丹不耐烦道："别问了，到了你就知道了。"

陈闯不敢再问，看着小跑车在熟悉的出口下了高速，又在熟悉的路口拐弯，心想这分明是回家的路，难道公寓附近又新开了酒吧？低收入地区的穷人酒吧也能入文丹丹的眼？文丹丹却径直把车开进廉价公寓的停车场，停了车却不熄火，说："去，上楼拿护照，收拾几件衣服带上，别太多，够穿三五天就成。快点儿，我就在车里等你。"

陈闯吃了一惊，问到底是要去哪儿。文丹丹这才说："加勒比。"陈闯一时没反应过来，半天才明白她说的是加勒比海，圣马丁大概就是海上的某个岛，距离旧金山至少也有五六千公里的。不禁错愕道："你要离开美国？"

"不是我，是我们，你不是答应跟我走吗？"文丹丹忽闪着大眼睛看陈闯。

"可是，明天不是还要签合同、测试程序吗？"

"唉，甭管那些了，交给 Jack 就成了！"文丹丹不厌其烦地摆摆手，

"合同他签就可以，给他授权了！他不是也跟你把程序研究明白了？"

陈闯说："哪能那么快就都研究明白？也就了解个大概吧！"

"能完成测试吧？"文丹丹问。陈闯想了想，点头说："那倒是能，测试很简单，他知道怎么操作。"

"那就足够了！"文丹丹催促着，"快点儿，再不走，要误飞机了！"

陈闯被她催着，扭身去开车门，文丹丹又像突然想起什么，说道："对了，别忘了带上……带上你觉得最重要的东西。"

陈闯不解，转身问她："什么是最重要的东西？"

文丹丹把眼睛忽闪了两下，眸子里闪烁着点点碎光，就像他俩从公寓里"逃跑"的那一夜。她说："就是……如果弄丢了就再也买不到的，而且……会让你非常非常难过的东西。"

陈闯看着那双眼睛，不禁有些痴了，想要再耽搁一下，文丹丹却身子一扭，胡乱唱起来："噢，你这就跟我走！噢，你这就跟我走！快啊！快！"

文丹丹把陈闯轻推出车子，又嗔了一句："快啊，等着你呢！"

从旧金山到圣马丁岛并没有直达航班，要先搭乘夜航从旧金山飞往迈阿密，再从迈阿密转机到圣马丁岛，全程一共九个半小时，几乎够飞回北京了。

陈闯只草草拣了几件换洗衣服，塞进背包里带着，并没带那只旧箱子。反正就只去三五天，也没什么可带的。再说他也不敢保证，那只破箱子还能不能经得起再被托运一次。第一次和文丹丹长途旅行，难免有点儿惶惶的，也有点儿兴奋，其实两人早在一间屋子里住过的，也没发生什么。也许是因为要走几千公里的远路，却只带着个背包，总有些不踏实。可他了解文丹丹，两手空空也能上飞机，用信用卡打遍天下的。

飞往迈阿密的航班于凌晨起飞，是过夜的红眼航班。没订到头等舱，文丹丹颇为不快，还好乘客不多，空着半个机舱。飞机起飞不久，乘务员匆匆提供了酒水饮料，全机舱熄灯进入睡眠模式。文丹丹自起飞就缩在窗边睡觉，也不要饮料，这时熄了灯，却突然挨近陈闯说："欸，问你件事儿。"

陈闯本已倦意迷蒙，硬让自己清醒过来，说："什么事儿？"

"你带了什么？"文丹丹在黑暗中轻声细语。

"什么带了什么？"陈闯一时不解。文丹丹嗔道："不是让你带上最重要的东西嘛！"

陈闯这才想起早先在小跑车里的对话，挠头道："也没啥，我哪有什么最重要的东西。"

"骗人！"文丹丹佯怒着，在陈闯腰间摸了一把，"这是什么？"

陈闯也摸过去，衣兜里果然有个硬邦邦的东西，把西服撑起一块，大概早被文丹丹发现了。陈闯把它拿出来，在文丹丹眼前晃了晃："随身听，可破了。"两只耳机当啷乱撞，仿佛要给陈闯做证似的。文丹丹接过去看了看，说："还是放磁带的？人家连 CD 都不听了，扔了得了，送你个 iPod！"

文丹丹作势要扔，陈闯连忙抢回来说："别，我用惯了。是它陪我来的美国，这么多年，就它陪着我。"

文丹丹闻言，沉默了片刻，又伸手要拿随身听，陈闯连忙一躲，文丹丹嗔道："给我看看就还给你，怎么那么小气！"陈闯这才把随身听又交到文丹丹手上，想起她曾经叫阿玛尼的店员扔掉自己的衣服，仍有些不放心，见她把随身听捧在手心，用另一只手轻轻抚摸，纤细的手指滑过那一排按键，精美的指甲在黑暗中幽幽闪烁。陈闯微微一酥，像是被那手指摸进心里。文丹丹摸到耳机，眼睛一亮说："我记得它们！"

文丹丹轻轻绕开耳机线，把一只耳机塞进自己耳朵里，欣喜道："我记得的！那天晚上我醉了，别的都不记得，可我记得它，一直在我耳朵里。"文丹丹把另一只耳机塞进陈闯耳朵里，轻轻按下"Play"键，耳机里响起清冽沧桑的男声：

"不要谈什么分离，我不会因为这样而哭泣，那只是昨夜的一场梦而已。"

文丹丹眉头一皱，连忙把随身听关了，说道："不是这一首，我那天听的是哪首？"

陈闯拿过随身听，按下倒带键。齿轮沙沙响起来。这磁带他听过无数遍，凭着这沙沙声音也知道到了哪首。他停止了倒带，再次按下"Play"，耳机里立刻响起粗犷而温柔的女声：

"我要你靠近我抱着我，你要好好爱我。我会给你，我会给你，所有的快乐。"

　　"就是就是！"文丹丹使劲儿点头，快活得像是要融化，在陈闯身边化作一团抽筋拔骨的棉花糖，软在他肩上，蕴着他的臂，发丝粘在他脖子和脸上，一直痒到他心里，想要伸手抓挠，却又一动不敢动，生怕惊动了她。如此僵持了许久，也不知她仍是醒着，还是就这样睡了，直到耳机里又唱起：不要谈什么分离，我不会因为这样而哭泣，那只是昨夜的一场梦而已。

　　陈闯心中一慌，忙把随身听关了，可她还是轻嘤一声，缩回窗角去了。陈闯顿时空落落的，悄悄摸摸肩头，想要安抚一下自己，不料摸到一片湿，心中立刻惴惴的，像是有什么事情就要发生。他强迫自己也闭眼去睡，只听见满耳嗡嗡地响。

4

　　文丹丹和陈闯早上八点抵达迈阿密，在机场的咖啡厅吃了早餐，十点再登上飞往圣马丁岛的飞机。

　　陈闯一夜睡睡醒醒，腰酸背痛，再次坐进机舱，越发无精打采。文丹丹倒是越来越精神，也越来越紧张。陈闯猜她担心着 SVIB 签约和测评程序的事，暗暗觉得好笑：明明是她非要挑此时跑出来玩儿的，原来只是假装潇洒，说不定正是因为太紧张，所以才要故意躲开。陈闯不禁笑着问："担心什么呢？"

　　文丹丹看出陈闯不怀好意，白了他一眼说："这飞机太抖。"正说着，飞机果然又使劲儿抖了抖，塑料杯子里的橙汁差点儿溢出来。陈闯猜她也许真是怕坐飞机，不禁更觉好笑，骄傲任性的"皇后"，原来胆子这么小，真是外强中干。陈闯故意也假装害怕，紧握扶手，瑟瑟地说："这是我第三次坐飞机，不会就赶上了吧？"文丹丹却扑哧一笑说："你那么怕死？"

　　陈闯见诡计并没奏效，垂头丧气地说："我怕什么，我什么都没有。"

　　"你马上就都有了，有钱，有房子，可以周游世界。"文丹丹说着，笑容却没了，眉头轻蹙，仿佛满怀心事。陈闯说："不可能的，就算真能拿到投资，还不是要成天写代码，也不能把人家的投资拿来分了。"

　　文丹丹闻言低头不语。陈闯猛地想起，文丹丹说过需要一百万，回国去托人用的，赶忙又说："你需要多少就拿走多少，我没意见的！"说完了又觉哪里不妥，自嘲着说，"我只是编程的，给你打工，不用考虑我的意见。"

陈闯仍觉不对劲儿，好像越抹越黑，正不知再说什么，却听文丹丹说："说真的，如果给你一大笔钱，再给你一座房子，让你从此财务自由，不工作也不用担心，你愿意吗？"

陈闯顿时松了口气，心想文丹丹又在信口开河，说不定正打算捉弄他，也不正经回答，随口说："当然愿意了！哪有那么好的事？"

文丹丹仿佛也松了一口气，却又轻叹了一声说："唉，是啊！哪有那么好的事。"

飞机又狠命一阵抖，果然把橙汁抖到小桌板上，机舱里有几声惊呼。空姐们都老老实实把自己绑在座位上。陈闯竟真的有些害怕，正担心文丹丹要吓死了，想去安慰安慰她，见她正把脸贴在机窗上，拼命往外看。

陈闯说："别怕，没事儿的。"

文丹丹立刻转过头来，脸上却没一点儿害怕的表情，欣喜地说："你看哪，多美啊！就算立刻死在这儿，也值啦！"

陈闯被文丹丹拉着，也把身体凑向机窗，看到碧蓝的海面，海面上白帆点点。一条细长的金色沙滩随即进入视野，然后是翠绿的山坡，山坡上有一片红顶白墙的房子。飞机似乎马上就要降落了。文丹丹兴奋道："快看，就要到那个海滩了！"

陈闯并不知是哪个海滩，把头再凑近机窗一些，只见机身几乎已贴到海面，突然间，一片沙滩从机身下掠过，沙滩上挤满了人，都朝着飞机挥手雀跃。陈闯吓了一跳，以为飞机要栽进狂欢的人群里了，沙滩却已被一道铁丝网隔在身后，飞机立刻就在跑道上着陆了。

圣马丁岛是个很小的岛，却一分为二，被两个国家殖民。一半是法国，一半是荷兰。正如大部分加勒比海里的岛屿，持有美国签证就可以自由出入，所以文丹丹和陈闯都不需要再办签证。陈闯只拎了一个背包，文丹丹就只有一个小拎包，两人都没有托运行李，很快就出了机场，上了计程车。陈闯也没问要去哪儿，心想肯定是酒店，没想到车子三绕两绕，竟然绕上了山坡，开进一片民居，停在一所红顶白墙的小房子门前。陈闯心中疑惑，莫非文丹丹在此地还有朋友？文丹丹却早已跳下车，回头朝着陈闯高喊："快下车啊！到家啦！"

文丹丹掏出钥匙开门，陈闯尾随着进屋，一股清凉扑面而来，把加勒比海常年的湿热空气挡在门外。陈闯问："这是谁的房子？"文丹丹笑而不答，只忙着带陈闯四处参观。房子确实很小，一室一厅，一厨一卫，布置得简单雅致。墙壁是雪白的，家具、橱柜也是一色全白，窗帘、床单则是淡蓝色的，和浴室的蓝色瓷砖交相呼应。餐厅有一张实木方桌，是原木色的。白墙上挂着几幅黑白的城市照片。整个房子色调非常素雅，文丹丹笑问陈闯："是不是有点儿性冷淡？"

陈闯还是第一次听到有人用这个词形容房子，又猜不出到底是谁的房子，谁布置的，只好不置可否。文丹丹又说："这里阳光总是很足，室内用不着太花哨。你看！"文丹丹边说边拉开卧室的蓝色窗帘，窗外竟是一片碧海，蓝得刺眼，而且离得很近，仿佛整个房间都漂在海上。陈闯倍感震惊，心旷神怡道："真是太美了！"文丹丹顿时喜出望外，眉飞色舞道："就知道你会喜欢，我好不容易找到的呢！不算太贵，风景又好！"陈闯心中疑惑，问道："这是你租的民居？"文丹丹笑而不答。这时门铃响了，她丢下陈闯，急匆匆去开门。陈闯也跟出来。来者是个身材肥硕的中年拉丁裔妇女，抱着厚厚一摞文件，用带口音的英语跟文丹丹打招呼说："亲爱的，又见面啦！"

陈闯心想，这也许是民宿经理，文丹丹看样子是熟客。文丹丹不知何时已拿了陈闯的护照，递给那胖女人，转身招呼陈闯。胖女人热烈地和陈闯握手，说："原来你就是陈先生，真是英俊极了！"陈闯正窘着，胖女人已在桌子上摊开一摞文件，翻开了让陈闯签名。陈闯满心疑虑地去看文丹丹，文丹丹马上说："没问题，我都看过了，你快点儿签啊！"陈闯想看看那些文件到底写了些什么，可字体又密又小，文丹丹又突然说饿了，火急火燎地催着他快签，也就只好草草签了，毕竟还是发现了几个单词，"财产、权利、义务"什么的，疑心也就更重。那胖女人也不愿耽搁，留下两本文件，抱起其余的就走，临走给陈闯丢下一句："恭喜啦，陈先生，这是你的了，瞧它多可爱！"

陈闯倍感意外，正要追问，胖女人已转身出门。文丹丹忙不迭关了门，转身朝着陈闯诡笑。陈闯心中忐忑，拉长了脸问道："她什么意思？"

文丹丹做个鬼脸说："她跟你说的，又没跟我说，你不懂英语吗？"陈闯看出文丹丹是在故意，不禁又疑又气，说道："你又整什么幺蛾子？"

文丹丹噘起嘴，半嗔半娇地说："你什么意思，我很爱整幺蛾子吗？"

陈闯嘟囔着说："整得还少吗！"

文丹丹真来了气，骂道："我整什么，关你屁事！"说罢转身就走，摔门而出。陈闯心头火起，也想摔门而出，可并不知能去哪儿，只好仍留在客厅里，从窗子往外看，见文丹丹上了计程车，仍是刚才的那一辆，竟然一直在外面等着。他吃了一惊，不知文丹丹什么意思，难道是要打道回府？要真是那样，他可怎么办？陈闯一阵心慌，却已来不及追，计程车绝尘而去了。

陈闯无奈，只好坐回桌前，细读那些文件，竟然是房屋买卖合同。卖方是一家开发商，买家就是他：Mr. Chen Chuang。他一阵心慌，不知这里藏着什么陷阱，一个字母一个字母地细看，也看不出什么问题，连贷款都没有，全款一次付清了，一共二十八万九千美金。陈闯顿时发了蒙，全然不知所措。文丹丹虽然变幻莫测，对他时冷时热，时而还颇有些暧昧，但总不可能买个房子给他，这里面定有文章。以往每次文丹丹给他好处——给他工作、给他租房、给他买衣服，事后都是有求于他的。这次竟然花了近三十万美金，买了一所海景房给他，还不知打的什么主意。陈闯顿时不寒而栗，对这热带海岛的好感一扫而光，眺望窗外无边的海面，倒仿佛是被遗弃在荒岛上了。他心中愈加确定，文丹丹真的抛下他走了。

可文丹丹在一个小时之后回来了，两手拎了六只大塑料袋，油盐酱醋、面包牛奶、水果蔬菜、洗发水沐浴液，还有一大包方便面。出租车司机还帮忙拎了一整包矿泉水和一台能够播放磁带的录音机。陈闯知道文丹丹买东西一贯夸张，只住三五天，买得倒像是能用三五个星期，实在有些浪费，但这并不是他最关心的。可文丹丹横眉冷目，像是仍在气头上，如果此时刨根问底，少不了又是一场争吵，摔盆砸碗的，也吵不出个说法，只好忍气吞声，默默地帮忙收拾东西。好在她毕竟回来了，心里仿佛一块石头落地，让他踏实了不少。

收拾到一半，倒是文丹丹主动开口，一边往冰箱里放鸡蛋，一边说："我喜欢这房子，所以就买了，用你名字买的。你知道，我爸出事儿了，财产都……"文丹丹话只说了一半，继续放鸡蛋。陈闯若有所悟，心想原来是要让自己帮着隐藏财产，也不知有没有风险，一时惴惴的。

文丹丹终于又开了口："在这里投资了房产，连续居住五年，可以申请加入荷兰籍的。"陈闯问道："你想加入荷兰籍？"文丹丹没答，只轻叹了一声，眼圈有些红。陈闯心里也一酸，心想她父亲出了事，大概也没法回国了，也许海外还有些积蓄，也怕被人发现了，所以才想要移民到这么个偏僻的小岛上吧。把房子暂时放在他名下，也是对他足够信任。不禁心软道："好吧，你什么时候需要，我立刻过户给你。"

文丹丹默默地点点头，把最后一颗蛋放进冰箱，关了冰箱门，手上变戏法似的多出一样东西，竟是陈闯的随身听，也不知何时被她拿去的。她把随身听还给陈闯，说："我刚才拿去听了，现在还给你。"

陈闯接过随身听，心中隐隐感到一种亲密，仿佛是一家人，不必打招呼就可以把彼此的东西拿去使用似的。又听文丹丹柔声说："没事儿少听耳机，对耳朵不好，可以用那个听。"

陈闯把随身听塞进衣兜，感激地看着文丹丹。她却突然转身背对着他，低声说："出去走走吧。"

两人出了门，沿公路走下山坡。文丹丹一路讲解圣马丁岛的气候、风俗、医疗、餐饮、华人社区，像个尽职的导游。陈闯心想，她果然打算到这里长住，把岛上的一切都研究透了。不久来到一个小购物中心，文丹丹又把餐厅、便利店、干洗店，一一指给陈闯看。陈闯又有些莫名的惶恐，说道："我从来不去干洗店的。"文丹丹说："给你买的西装和衬衫，你都怎么洗的？"陈闯说："衬衫都是用洗衣机洗，领子用手搓，西装还没洗过。"文丹丹无比嫌弃地瞥了陈闯一眼说："必须干洗的，衬衫也一样！"陈闯说："我可洗不起。"文丹丹怔了怔，叹了口气说："就这几套好衣服，你穿坏了，以后也不会买了。"

文丹丹一时间意兴阑珊，转身往回走。她情绪时好时坏，陈闯也不太明白是因为什么，心里总是惴惴的。太阳已有些偏西，影子也变长了，人影、树影、房影，都嚣张地爬到马路中央。文丹丹的手机突然响了，她立刻神色紧张，如临大敌。陈闯猜到是 Jack 贾打来的，要向文丹丹汇报签约结果。陈闯心想原来文丹丹还是在担心这个，并没别的心事，微微松了一口气。文丹丹手机里果然钻出 Jack 贾的声音，隔着两三米也能听出是他，只不过听不清在说些什么，只见文丹丹抱着手机窃窃低语，脸色越来越凝重，直到挂断电话，已满面愁容。

陈闯不禁心中一沉，猜到测试并没过关，SVIB 的投资肯定是黄了。文丹丹没钱救父亲了，他也要回中餐馆打工去，不禁心灰意冷，低声跟文丹丹说："这房子，还是卖了吧？"

"为什么？"文丹丹皱着眉问。陈闯说："就算不多，也是一笔钱呢。"

"哟，您够有钱的啊！"文丹丹瞪圆了眼睛，愤愤地说，"三十万美金，还嫌少？这么些年，我一共就攒了这么多啊！"

陈闯知道文丹丹会错了意，忙解释说："我知道你就剩这么多了，所以才让你把房子卖了！虽然只有三十万，但是，至少能替你爸把那三十万补上。"

文丹丹怔了怔，终于明白过来："哦，你说那个。"转眼又气急败坏，挥舞着手机说，"你神经病啊！那个用得着你操心？我这儿一千万都搞定了，还担心那个？"

陈闯吃了一惊，心想难道 Jack 贾已经和 SVIB 顺利签约了？那样的话，文丹丹脸色为何还那么难看？又一转念，约肯定是没签下来，文丹丹又在硬逞。陈闯心里一苦，不觉也提高了音量，急道："你为什么总是这么要强？为什么总是必须要赢？你明明只是个弱不禁风的女孩子，为什么非要让自己像个女强人？"

文丹丹一下子愣住，愕然看着陈闯。陈闯正说得热血沸腾，仿佛洪水决堤，也顾不得文丹丹生气，只能继续说下去："人家不投，那不赖你啊，那都赖我，我的程序不 work！是我输了，又不是你输了！你还不如直接骂我一顿，打我一顿都行！你干吗要这么难为你自己？"陈闯鼻子一酸，眼圈竟然红了。

文丹丹就只一动不动看着他，一个字也没有。

陈闯并不是一个会吵架的人，所以吵过那么多次，从来也没赢过文丹丹。可唯独这一次，他似乎是赢了，因为文丹丹竟然没有还嘴，就只是哀哀怨怨地看着他。他一下子心软了，柔声说道："别难过，人家不投，没关系的。你爸的事，你已经尽力了，这房子你留着也好。大不了，你找个工作，对你来说，糊口很容易的。"

陈闯心中的怒气早泄得无影无踪，嘴又笨起来，不知还能说些什么，偷眼看文丹丹，她却仍一动不动，像是一尊雕塑。他不禁心里发毛，又说："实在不行，我帮你也行，你看我这么笨，也在国外活了这么多年，多一张嘴而已。"

陈闯低头去看自己的双手，手心里果然结满了老茧，似乎在为他做证。可两颊还是发起烧来，他也不知自己为何要说这些，根本没经过大脑。他连自己都要养不活了，哪里养得起她？而且她是谁？是一顿晚饭就上千的皇后！之前的几个月，难道不是人家在养他？给他房子住，给他饭吃，给他买名牌衣服，给他开工资！他又有什么资格这么说？陈闯羞得面红耳赤，不敢抬头看文丹丹，又小声嘟囔着说："反正等上几年，你拿到荷兰护照，就更不用担心了……"

陈闯正说着，只觉眼前一阵疾风，忙抬头，见文丹丹转身就走，心想她大概被自己伤了自尊，已经气疯了，不由得心中懊悔，也拔腿跟着，不敢跟太紧，隔着两三米的距离。文丹丹不回头，更不言语，只一个劲儿猛走，穿街过巷，影子越走越长，身子却越来越细弱。陈闯也不知还能说什么，就只能闷头跟着，渐渐听到摇滚乐的声音，越来越响。

文丹丹走上沙滩，眼前一堵人墙，男男女女都穿着泳装，在黄昏里摇摇摆摆，摇滚乐就是从这里发出的。文丹丹毫不迟疑，杀气腾腾地钻进人墙。陈闯只好快赶几步，怕在人群里弄丢了她。沙滩并不宽，穿过几层人，海浪已在脚下泛着白沫。文丹丹一只脚踩进白浪里，陈闯忙伸手去拉她，她却已刹住步子，转回头来，满眼含着泪，然而却笑着。她对陈闯说："合同签了，SVIB 真的投了，你的程序没问题！"

两串泪水从她脸上滚滚而落。她的唇角剧烈抽动，却仍保持着笑意。在陈闯看来，那笑简直比哭更难看。陈闯气血翻涌，一把抱紧了她，只觉那炽热而娇小的身体在怀中瑟瑟发抖，脖根一柱热流，胸前已湿了一片。文丹丹在他怀里无声地哭起来。他于是也哭起来，也不知为了什么，就像永不分开，又像就要永别。

忽然之间，周围众人欢呼起来。文丹丹忙从陈闯怀里钻出来，欣喜地说："来了，来了！"说着转身抬头仰望天空。陈闯也不知她在说什么，仍把她拥在怀里，用双臂圈牢了，也去看天空。隆隆的声音自天边传来，一架客机正渐渐靠近，不久到了头顶，近得几乎伸手就能摸到似的。竟是那么大一架，如巨鲸从头顶跃过，挺着白色肚皮，发出震耳巨声，这场面真是震人心魄。大概世界上再没有第二个机场，能容许客机距路人头顶这么近地掠过。陈闯猛然醒悟，这就是中午航班降落时曾经越过的那片海滩！文丹丹是特意带他来这里看飞机降落的，众人都在欢呼雀跃，文丹丹却又猛转回身，把嘴唇贴住陈闯的。

说来也很奇妙，陈闯并没感到惊异，也没感觉到心慌，似乎有些顺理成章，只是木木的，仿佛沉入海中，温热的海水令他窒息，带着一股芬芳。被头骨包围的一切脑组织都在片刻间瓦解，变作粒子灰飞烟灭。还有他的四肢、嘴唇，一切的感知器官也都脱离了他，浮上黄昏的海面，灰飞烟灭。

等他再度清醒过来，飞机已经降落了。人群不知何时已恢复了平静，继续随着摇滚乐轻摇曼舞。文丹丹从他怀里钻出去，站在半米之外，长发随风乱舞，表情却静如止水，让陈闯不得不怀疑，刚才那个吻只不过是他的幻觉，其实根本就没发生过。

文丹丹手中变魔术般地出现一张信用卡。她已恢复了皇后的派头，像是晃动着权杖似的晃动着信用卡，说："这个给你，够你五天花的，明天是我生日，他们给我弄了个 party。"

文丹丹把信用卡塞给陈闯。陈闯愕然道："你明天回旧金山？"

"今晚。"文丹丹漠然把视线转向海面。

"我跟你一起走！"

"你的机票是五天后的。"

"我也可以把机票提前的！"

"改期是需要手续费的。"文丹丹面向大海，用一头金发对着陈闯。陈闯说："改期费，我自己出！"

文丹丹猛地转回身，摊开手掌说："你很有钱吗？你带了多少钱？改期费一千，你现在给我？"

夕阳正贴着海面。文丹丹的金色发丝像是被夕阳点燃了，在燃烧中醉舞狂歌。陈闯也瞪圆了眼睛，却无话可说，他并没带多少钱，也没带信用卡。即便带了，那张卡的额度也只有五百美元，他拿不出一千块。他其实根本无言以对，他努力看着文丹丹的眼睛，想看那目光里是否含着轻蔑，看她是否嫌弃他一无所有，看刚才的那一吻，到底是不是真的发生过。

可他看不清她的眼睛，也看不清她的脸，耀眼的夕阳正从她身后照射过来，把她变成黑乎乎一团。

她却突然上前一步，紧握住陈闯的双手，柔声说道："你就等几天吧，到时候我去接你。"文丹丹顿了顿，像是哽咽了一下，却用调侃的语气说，"你小子，准时回来！可别耍花招！"

太阳忽地沉入海里，陈闯渐渐看清了她，两眼正饱含着泪水。她却突然放开了双手，说道："你的随身听呢？"

陈闯从衣兜里摸出随身听递给她。她戴上耳机，按下播音键，立刻又把耳机拽下来，愤愤地说："怎么又是这首？"泪水一下子又滚落下来。她把随身听塞给陈闯说，"你还是留着自己听吧！"

陈闯慌忙接过随身听，说着："我给你找！"正要忙着去按倒带键，文丹丹却使劲儿抹了一把泪，又笑起来，说："不用了，我走了，哭什么，白痴！"

文丹丹转眼已消失在人群里。陈闯这次并没追，仿佛腿并不是自己的，身体都不是自己的，只有心脏是，正在隐隐作痛。他疑惑着文丹丹那句"哭什么，白痴"是什么意思，难道是在骂她自己？不禁抬手摸了摸脸，竟然也是湿乎乎的。

他在沙滩上站了许久，晚霞都快要从海面消失了，这才渐渐平静下来，这才觉出鼻子堵住了，不禁觉得自己好笑，只不过分别几天，怎么就像生离死别。也许这就是爱情，一股幸福感突然灌满全身，这是他此生从没感觉过的。原来爱情就是这样，就像发烧，又像缺氧，就像神经出了毛病，令人神魂颠倒。他感觉手里似乎也有些异样，仿佛还握着片刻前的时光，举起一看，只是一张信用卡，是她留给他的。幸福感再次来袭，只是小小的一波。他仔细去看信用卡，本想找到她的名字，却赫然看见他自己的：Mr. Chuang, Chen。

他心中一慌，说不出个理由。他把随身听的耳机塞进耳朵，按下Play键，本以为能得到些安慰，却听到：

> 说什么此情永不渝
> 说什么我爱你
> 如今依然没有你
> 我还是我自己

耳机中突然一片杂音，音乐声骤然停了。陈闯心中一抖，连忙扯下耳机，两腿发软，坐倒在沙滩上。

过了许久，他再看那海，已是漆黑一片，最后一丝晚霞也已经逝去了。

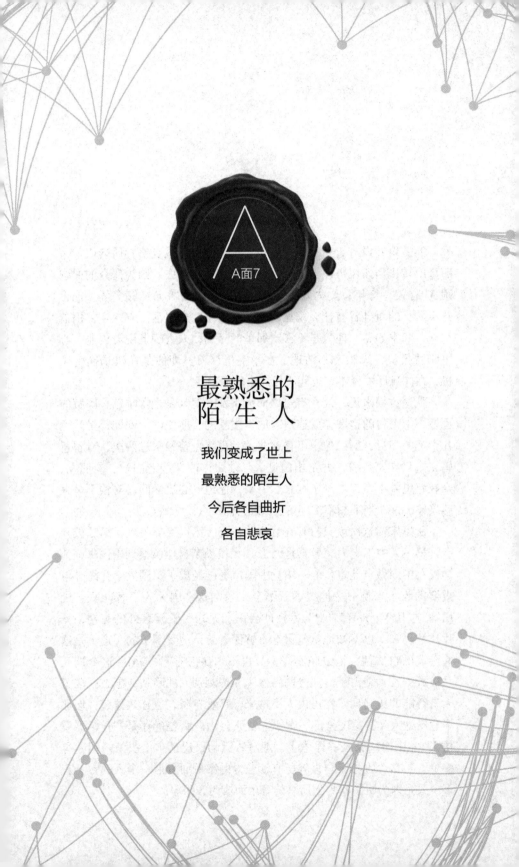

A

A面7

最熟悉的
陌 生 人

我们变成了世上

最熟悉的陌生人

今后各自曲折

各自悲哀

1

匹兹堡并没有直达北京的航班，需在芝加哥或者洛杉矶转机。在旧金山转机当然也可以，但那个地方宋镭并不想去，因为研究的课题跟 AI 有关，每年总要去开一两次学术会议，去得已经够多了。他也并不是真的对硅谷有什么偏见，为了读博士，也生活了五六年，山清水秀，四季如春。他只是不喜欢那里的氛围，人人嘴上说着创业，心里盼着投机，脚跟都不沾地，在半空里浮着。即便是在机场换个飞机，在休息厅里说不定也能听见几个亿的项目。

从这方面来说，北京有过之而无不及。但凡是个咖啡馆，国贸的也好，中关村的也罢，就连双井的、望京的、亦庄的，到处都是几亿几十亿的项目，所以他也不喜欢北京。虽然也曾回来过两次，看看爸妈，但只在家待着，并不出门见人。他跟以前那些老同学、老朋友、亲戚邻里差不多都断绝了往来。一来，他想专心搞学问，对钱不是太感兴趣，这在当下颇不被理解；二来，他一直没结婚。

所以宋镭这次就只打算在北京待三天，第一天下午到，第二天开会，第三天中午走人。要不是因为 K 大校长亲自建议他到中国来，为学校在中国做点儿宣传——毕竟中国市场已经成了美国大学在海外最重要的收入来源——他根本就不会来参加这"国际人工智能联合论坛"。这几年，带有"AI"字样的会议和论坛，就像京郊的高楼，一片片钻出来，也不知地基打得够不够深。最让他受不了的，还不是这些会议的权威性，而是喧宾夺主。也不知从何时起，"AI"这个词几乎被数据技术霸占了。通过网络偷窥和猜测别人的隐私，怎么就成了人工智能的代名词了？虽说人类本来就喜欢打听，也喜欢偷窥，但那毕竟不是人类智慧的全部。在他上学那会儿，AI 指的还是"让机器模仿人"，比如，像人一样感受、理解、运动、说话、做决策。但，有多少人是靠着收集了全世界所有谈恋爱的案例而爱上一个人的？又有多少人是因为听了世界上所有的音乐而成为音乐家的？

没有，人类的智慧并不是那样的。大数据，只不过是能让机器"思考"的手段之一，而且，那并不是人类最擅长的思考方式。除此之外，还有很多别的手段，理应获得更多重视的。

可宋镭不能不给校长一点儿面子。他只用了六年时间就获得了终身教授的头衔，在 K 大拿到了铁饭碗，虽说是靠着他的博士生导师霍夫曼教授的名望，以及他手里握着的大笔科研经费，可他毕竟是全校最年轻的终身教授，总不能显得太过傲慢。

宋镭天不亮就赶到机场，一大早登上飞往纽约的航班，中午再从纽约飞往北京，一路十几个小时，抵达时已是北京当地时间下午五点。虽说坐的是商务舱，途中睡了几个小时，还是被时差搞得疲惫不堪，本想立即乘计程车回爸妈家睡觉，不想却在机场出口被人截住。是个穿着廉价修身西服的年轻帅哥，举着一块写着"欢迎宋镭教授"的牌子。宋镭教授并没看见那块牌子，是年轻帅哥认出了宋镭教授。

年轻男子自我介绍说，是某某七星级酒店派来接机的，那酒店专门负责接待参加 2018 国际人工智能联合论坛的嘉宾。宋镭以为遇上了骗子，北京也有七星级酒店？可骗子怎知自己姓名？不禁心中惴惴的，忙推说自己已有住处，多谢主办方安排。那年轻男子面露难色，说接不到宋教授是要挨骂的。宋镭见那男孩浓眉大眼，面容清俊，西服虽然廉价却也使他英姿飒爽的，心中微微一动，隐约想起一个人。就在此时，他接到了主办方联络人的电话，问他有没有抵达北京，有没有见到接机的小张。宋镭这才松了一口气，帅哥并不是骗局，真是主办方派来的。

小张开一辆黑色奔驰 E 系轿车。为了表示礼貌，宋镭坐在副驾，这才发现小张涂了古龙水，其实不必涂的，小张一头又黑又密的短发，下巴和唇上的胡楂却很淡，几乎算不上是胡子，反而散发出荷尔蒙的气息，还有突出的下巴，高耸的喉结，在并不粗壮的大腿上绷紧的黑色西裤，都是青春男性的荷尔蒙，早把车子占满了。宋镭再次想起那个人，身穿廉价修身的侍者制服，白衬衫，黑马甲，黑西裤，被中国城粤菜馆厨房里的油烟熨得油亮。那人又瘦又高，单手托一罐老火例汤，肩上的肌肉把白衬衫撑得浑圆发亮。宋镭心中一阵悸动，不禁暗觉自己好笑，多少年前的事了。年轻时帅而清瘦的男人，上了年纪大都不能看的。

黑色奔驰抵达一排高楼前，最高的一座竟然顶着一具"龙头"，果然气派非凡。宋镭并没有托运行李，只有一只登机箱，由小张拉着，引领宋镭走进大堂。小张并不去前台，直接走向电梯，告诉宋镭说，房间早已登记好了。电梯直升到顶层，走出电梯，宋镭不禁吃了一惊：眼前并不是通常的酒店走廊，而仿佛已经上了楼顶，眼前是一面古朴的白色影壁墙，正中开着一扇月亮门。穿过影壁墙，走进天井里，这才看明白，竟是一套建造在高楼顶上的四合院，头顶就是夜空，可并不觉得冷，原来有一层玻璃天棚。

堂屋的门大敞着，屋里自然也是金碧辉煌，当中一张圆桌，已摆好六七道凉菜，两位穿旗袍的美女一左一右站着，向宋镭甜甜地微笑。这架势让宋镭吃了一惊，顿时想到自己正在做的课题，的确涉及了一些技术，是属于军方机密的，不禁毛骨悚然，停住脚步，要跟小张问个清楚。小张却偏支支吾吾，只说是主办方请客，也说不出是主办方的谁要请客，除了宋镭还请了谁。宋镭更加紧张，坚决不肯进屋，掉头要走回电梯，小张却伸开胳膊揽住他的肩，把脸凑到他耳根说："宋教授，要见您的的确并不是主办方。不过，您一定不会失望呢。"

宋镭连忙推开小张，脸已憋得通红。小张也顿时红了脸，不敢再靠近宋镭，手足无措地站着。宋镭一把夺过拉杆箱，转身往电梯走，却听背后有人叫他："宋镭！老同学了，还这么不给面子？"

宋镭只觉那声音耳熟，不禁回头去看，看见一个胖子，粽子似的裹着一身咖啡色西服，正从堂屋里走出来。宋镭认出是 Jack 贾，顿时怔住了。

Jack 贾快步上前，趁着宋镭还在发蒙，迅速和他拥了抱，连拉带拽地进了堂屋。两人落了座，小张也立刻恢复自如，紧贴宋镭站着，殷勤地给两人倒酒。宋镭忙用手捂着酒杯说："我不喝酒。"

"别逗了，我还不知道你？" Jack 贾朝宋镭挤挤眼，表情仍和当年一样。

"现在身体不行了，真的不能喝！"宋镭继续捂着酒杯，身子拼命往一边扭着，躲开小张的西服下摆。Jack 贾半信半疑地看了看宋镭，朝小张摆摆手。小张退后一步。宋镭多少轻松了一些，心里仍惴惴的。他完全没料到会见到 Jack 贾，也不知是福是祸。

Jack 贾似有些不满地说："这么多年不见，还不让我尽一尽地主之谊？"

宋镭勉强一笑，改变话题说："你什么时候回北京了？"

"回来十几年啦！响应祖国的召唤！哈哈！" Jack 贾仰头大笑，头顶是巨大的水晶吊灯，把胖脸照得雪白，仿佛白花花的糯米正从煮熟的粽子里溢出来。

宋镭不禁吃了一惊，心想当年这家伙骗了 SVIB 的投资，从此消失得无影无踪，没想到竟然回了北京？又一转念，不回北京又去哪儿？Jack 贾、文丹丹本来都是富二代，家里都有背景的。看看 Jack 贾现在的样子，在豪华的空中四合院里摆酒席，一定混得不错。

宋镭又想起当年，后背一阵发凉，就差一步，自己几乎也成了"同谋"。他可是一点儿背景都没有的，如果真成了"诈骗犯"，美国待不下去，中国也回不了，只能浪迹天涯了。宋镭再次想到了陈闯，今晚第三次了，陈闯也没后台，前程必定是断送了。他还清楚地记得十二年前，文丹丹突然到实验室里来找他，恳求他的帮助。因此陈闯是不可能跟着 Jack 贾混饭吃的，Jack 贾也绝不会带上他。他肯定不在美国，多半也不敢回国，他会在哪儿？

"老同学！以后还要请你多多关照啊！"Jack 贾双手托着一张名片，毕恭毕敬地呈给宋镭。宋镭赶忙也双手接了，读道："云海天，CTO，亿闻网络科技集团股份有限公司……"又吃了一惊。

Jack 贾看到宋镭一脸诧异，忙凑近宋镭，低声解释说："在这么尖端的科技公司做 CTO，难免被人家盯着！为了安全，改了改！"Jack 贾皱起眉头，满怀哀怨地说，"也不敢出来抛头露面！责任重大啊！唉，为了事业，不自由啊！"

宋镭暗暗冷笑：Jack 贾以为谁都不知道他们十二年前骗钱跑路的事呢。那件事当时并没被公开，的确几乎没人知道，可宋镭偏偏就知道。所以，他此刻诧异的并不是"云海天"这个假名。一个潜逃的诈骗犯，还要在大公司里叱咤风云，哪能不改个名字。令宋镭惊讶的是"CTO"这个头衔，在他印象里，Jack 贾虽然原本也是学工的，但对于技术根本就没兴趣，连最普通的网页都不想写，所以才拉他去写雷天网。如果 Jack 贾是个"CPRO"（首席公关官）、"CMO"（首席市场官）甚至"COO"（首席运营官），宋镭都还能接受。但 CTO？首席技术官？一家巨无霸科技公司的 CTO？

宋镭猛然想起文丹丹当年在他实验室里说过的一句话："有人想占陈闯的便宜。"那句话在记忆里萦绕多年，他始终不能确定，那"有人"到底是谁，此刻却瞬间茅塞顿开。他本来只当自己和 Jack 贾兴趣和志向不相投，可现在，Jack 贾那张故作谦虚的胖脸简直让他恶心。

"老宋！你看，你现在是学术界的泰斗了！而我呢，正在全球顶尖的 IT 公司做技术，我们真是……"Jack 贾顿了顿，终于想到一个词，

"绝代双骄！哈哈！"

宋镭顿时两颊发烧，浑身起满鸡皮疙瘩，讪讪地说："您是，我不是。我什么都算不上！"

"唉，你别谦虚嘛！来来来！今天晚上，就让我跟你这位学术泰斗喝个痛快！千万别再说不能喝啊！我不信！"Jack贾边说边冲着小张使眼色。小张又凑到宋镭身边来倒酒，不知何时已脱掉了西服外套，领带拉松了，衬衫扣子也解开好几个，隐约露出发达的胸肌，真是穿衣显瘦，脱衣有肉。宋镭顿时面红耳赤，不敢再看小张，惊惶地想，十几年不见，Jack贾怎能比自己的亲妈更了解自己？慌忙站起身，把酒杯攥在手里说："不！我真的不喝！"

Jack贾颇有些意外，一语双关地问："不喜欢？"

宋镭早已涨红了脸，连连摆手说："是真的不需要！"

"真的？"Jack贾倍感诧异，眼珠一转，说道，"你别不好意思，都是老同学了，有什么好瞒的！"Jack贾嘻嘻笑了两声，凑近宋镭说，"我本来还一直纳闷儿，当年你怎么就跟陈闯那么合得来呢！哈哈！"Jack贾又大笑了两声，见宋镭愕然瞪着他，脸色铁青着，只好干咳了两声，略为不快地说，"大数据时代，哪有什么秘密！"

宋镭心中一抖，问道："什么意思？"

"你看，你虽然一直在美国，不过，你手机上不是也装了亿闻APP嘛！是吧？"Jack贾狡黠地一笑。宋镭顿时汗毛倒竖，努力回忆自己手机上到底有什么亿闻APP：有亿闻视频、亿闻头条，闲暇时看看新闻而已。还有亿闻商城，逢年过节给父母买些礼物。却听Jack贾说："我们的数据算法很灵的！用户爱看哪些电影和视频、爱读哪些新闻、搜索过什么关键词，爱去哪儿消费、去哪儿旅游、买哪些商品，都能用来推算用户的'其他'喜好呢！比如……"

宋镭一阵作呕，抬手打断Jack贾说："直说吧！你到底想要干什么？"

"嘿嘿！开窍了？"Jack贾得意地一笑，"我现在，正好有个难题，需要您这位学术泰斗的帮助呢！不过不急！来来！快坐下！现在先吃饭！吃完了饭，我带你去个地方！那里好多帅哥美女！保证有你满意的！"

Jack贾朝小张使了个眼色，小张又要上前扶宋镭就座。宋镭连忙又后退了一步，说："不用！"

"唉！你们这些洋教授，在国外待太久，人都待傻了！"Jack贾摇头叹气，"那么好面子干吗？自古英雄皆风流嘛！吃吃饭，唱唱歌，洗洗澡，这算什么？这什么都不算！等你真帮到我们，另有重谢呢！”

“实在抱歉！”宋镭横了心，正色对Jack贾说，“我对吃饭、唱歌、洗澡、重谢都不感兴趣。我在美国做我的教授，凭本事吃饭，没干过任何亏心事。所以，我并不担心别人知道我去了哪儿，买了什么东西，浏览了哪些网站，或者有什么特殊嗜好，因为那些都不违法，也不碍任何人的事。对不起，我很困，必须立刻回家睡觉了。再见！”

宋镭说罢，拉起拉杆箱。小张在他眼前一闪，他连忙闪身绕开小张，疾步出了堂屋，穿过月亮门，直奔电梯。他想也许小张会冲上来拦住他，或者干脆从背后抱住他，这想法让他既害怕，又心痒，只能使劲儿按电梯按钮。还好电梯门立刻就开了，他赶忙拉着箱子冲进电梯，头也不敢回。出乎他的预料，小张并没跟进电梯，根本就没人打算阻拦他，Jack贾仍在月亮门里端坐着，眯着眼朝着他冷笑。

老陈特意捯饬了一下，去发廊理了发，又把鬓角染了染，换上Jack贾给他准备的行头——西装、皮鞋、风衣和围巾。他都十几年没穿西服了，突然又穿上，难免束手束脚，别别扭扭。也许并不是西服让他别扭，而是要见的人，要做的事，让他实在别扭，可又必须咬牙做下去。他昨晚辗转反侧了一夜，心中翻江倒海，但比起十几年的偷偷摸摸，担惊受怕，失眠一夜又算什么。天亮了，他终于想出一个计划，尽管很难成功，但他必须试试。

老陈是天黑后到达的，并没上楼，只在大堂等着。他本想等在路边的，人来人往的街道让他更自在些。可外面实在是冷，北风呼啸，北京的冬天早已大张旗鼓地来了。

Jack贾打来电话，告诉他宋镭正在乘电梯下楼。Jack贾说："我还是搞不定他，不过你肯定可以的。"

老陈看见宋镭走出电梯，身材样貌都还像当年，只是鬓角生了些白发，远看好像浮着一层薄汗，皮肤也比当年更白了，使方正的大脸显得更大，浓眉也更浓。美国的教授生活，似乎对人更宽容些，老陈却早不比当年。他一时不敢确定，宋镭是不是能认出他，所以有些迟疑，并没主动打招呼。宋镭果然并没认出他，行色匆匆，目不斜视，拉着箱子从他面前疾走而过。老陈忙跟上，可一时没有勇气去叫，直到出了酒店，被北风一激，这才快跑了几步，从侧面迎上正要抬手打车的宋镭。

"宋镭，好久不见！"

宋镭一抖，仿佛被吓了一跳，满怀敌意地瞪了老陈半天，愕然道："陈闯？"

宋镭仿佛被噩梦惊醒，又像仍在噩梦里，并没一点点老友重逢的意思。老陈一时手足无措，也不敢跟宋镭握手。还好出租车来了。老陈赶忙拉开后座的车门。宋镭仍旧如临大敌似的瞪着陈闯，也不往里坐，两人就这么僵着。老陈心灰意冷，琢磨着要不要主动走开，结束这场尴尬的"邂逅"。酒店门童小跑过来，从宋镭手里拿过拉杆箱，放进出租车的后备厢，宋镭这才坐进车里，老陈仍扶着车门，不知是不是该关上车门，让他走了算了。宋镭却突然往里挪了挪，让出座位来，老陈心生希望，赶忙也坐进车里。司机问去哪儿，宋镭沉默着不说话。老陈说："师傅您先开吧。"

宋镭还是不吭声，也不提出异议。老陈也只好哑然坐着，之前排练过的台词全都说不出，这场景根本就不是预先设想的。宋镭扭脸看着车窗外，老陈虽看不见他的表情，却猜到肯定是阴沉的。老陈早想到见面会有些尴尬，但没想到竟然僵到这个程度，想不出自己如何得罪了宋镭，却又不能问。计程车堵在四环上，走走停停，车里闷得就要憋死人。老陈呼吸越来越困难，也越发想不出能说什么。宋镭却突然开口了："我没想到，会在这里见到你。"

老陈讪讪地说："实在没地方好去，所以，就回来了。"

宋镭却冷笑一声说："这里不错啊！有后台，也有人撑腰，前途远大！"

老陈猜到宋镭大概是跟 Jack 贾起了争执，怒气未消，迁怒到自己。可他并不知如何化解，他记得宋镭的个性，不是几句好话就能收买的，他又从来不会甜言蜜语。但是如果按照 Jack 贾给的台词去说，连他自己也要恶心死的，而且宋镭怒气冲冲，冷若冰霜，连半点儿老友情谊都没有，还能说什么？老陈一阵绝望。出租车司机又问："两位到底去哪儿？"宋镭没好气地说："就近停了吧。我下车！"

司机从最近的出口把车开出四环，在路边停了。宋镭却并没立刻下车，仍一动不动坐着。老陈又升起一线希望。司机不耐烦道："到底下不下？"老陈掏出一张百元钞票递给师傅说："我们在车里聊会儿，您能不能给我们点儿时间？"出租车司机狐疑地回头看了看两人，拔了钥匙下车抽烟去了。

老陈知道希望不大，还是横下一条心，硬着头皮说："直说了吧，我就是贾云飞派来的说客。他们在秘密收集手机的力学数据，陀螺仪、加速计和磁力计数器，想通过这些数据，计算出手指触碰手机屏幕的位置，他们自己算不出，指望着你能帮他们。"

宋镭冷笑着说："这不就是间谍软件吗？想要盗取人家在手机上的输入呗！短信、邮件，还有密码！手机开机密码、电子邮箱密码、手机银行密码、其他公司 APP 的登录密码，各种密码！真无耻！"

老陈心想宋镭猜得没错。Jack 贾的这个"天空计划"的目的其实显而易见，通过手机的力学数据计算出屏幕上具体的触点位置，为的就是盗取用户在手机上输入的一切信息。看样子宋镭是绝不会帮忙的，这件事肯定没戏了。老陈局促道："我知道你有原则，我去告诉他，你不愿意。"

宋镭却并不罢休，愈加愤愤地说："我真没想到！你竟然还能给他办事！"

老陈知道宋镭说的是 Jack 贾，心想过了这么多年，大概宋镭还在因为当初他同意把求职预测算法植入雷天网而耿耿于怀，不禁满怀歉意地说："对不起。"

宋镭却怒目圆睁："你干吗跟我道歉？跟我又没关系！你得跟你自己道歉！"

老陈不解道："为什么？"

"你每次跟姓贾的合作，有过好结果吗？你都忘了？"宋镭急赤白脸地说，"人家把你卖了，还给人家数钱呢！"

老陈不是很明白宋镭指的什么，也许是指他给雷天网写程序时，几次三番地被贾云飞和文丹丹耍弄？但似乎又说得有点儿夸张。如果不算最后那一场诈骗，其实不算太过分的，工资付了，也白吃白住了。老陈小声嘟囔道："还好吧。"

"还好？"宋镭把眼睛瞪得更圆，"你辛辛苦苦写的程序，他拿去忽悠投资人，胡吹海吹，定了个根本达不到的目标，弄到了钱就跑路，害你一辈子躲躲藏藏，也算还好？你倒是真宽容啊！"

老陈吃了一惊，问道："你从哪儿听说的？"

"从哪儿听说的？"宋镭不屑地哼了一声说，"是 Wanda 亲口告诉我的！"

老陈心中一震："Wanda？"

"文丹丹，你在雷天网的老板，连她都看不过去了，跑来找我帮忙，她说有人要占你的便宜！可你倒好，现在还在给人家使唤！"

老陈只觉震惊，怔了半天，才问："她什么时候告诉你的？"

"好多年前！好像是……"宋镭凝眉思索，"你们跟 SVIB 签约的那几天。有一天晚上，贾云飞还给我打电话，说要去 KTV 唱歌庆祝什么的！就在那之后，大概隔了一两天吧，她到实验室里来找的我，还带来一台手提电脑。"

老陈在心中推算，那正是文丹丹从圣马丁岛返回旧金山之后！老陈的心脏狂跳起来："她让你，帮什么忙？"

宋镭说："她拿来一台手提电脑，说雷天网的源代码都在那台电脑上，她让我把有关人脸识别的程序删除了。我本来不想帮她，我说我跟雷天网又没关系，不想掺和你们的事，更不想给自己惹麻烦。她求我一定要帮她，还拿出钱给我，我坚决不要。她又说，这是为了帮你，有人想要拿着你辛辛苦苦写的程序，去别处沽名钓誉，她觉得这很不公平。我就又问她，到底是怎么回事。她这才告诉我，Jack 贾托人弄到了校园论坛后两年的数据，事先做了测试，结果只有 60% 的准确度。你又不在，没法改进程序，他就把新数据也混进老数据里，让程序提前'学习'了应聘结果，就这样顺利通过了投资方的测试。不过，投资方要求尽快把求职预测功能投入使用，并且要发邮件通知雷天网的所有注册用户，让每个用户都来体验这个预测程序。那样的话，不但预测准确度要露馅，就连之前那几万个假用户也都会露馅的！所以，大家只能赶快跑路了。不过，在临走前，她必须做一件事，就是把源代码里最关键的部分删除掉，这样，别人以后就没法盗用你写的程序了。她说，为了这个程序，你一辈子都得躲躲藏藏，付出这么大的代价，结果还被别人霸占了，那你就太亏了。我听她说完，特别地吃惊，没想到你会被卷进这种事，也不知能怎么帮你，所以就答应了她。"

老陈早已心潮澎湃，心想平时总觉自己孤立无援，没想到宋镭、文丹丹都在背地里帮助过他。老陈心中一酸，连忙低下头。还好宋镭也并没太在意老陈的表情，仍滔滔地说着："我当时其实有两个问题的，可 Wanda 特别着急，我来不及细问。首先，我在想，既然那个预测程序并没达到投资方的要求，为什么还要据为己有呢？这问题我后来想明白了，因为机器学习和人脸识别这两个概念后来越来越火。我想，虽然那程序并没达到 SVIB 的测试要求，但毕竟使用了两个很前卫的概念，而且就算新用户的求职预测达不到80%，只要使用一段时间，向雷天网提供足够多的求职经历，预测准确度也会越来越高，所以还是很有价值的。可第二个问题，我一直想不出。到底是谁想要把你写的程序据为己有？我也想到过Jack贾，又觉得不大可能。因为他对编程根本没兴趣，把那么复杂的程序说成是他自己写的，不怕露馅吗？"

宋镭顿了顿，愤愤地瞪大眼睛说："直到刚才见到Jack贾，我才终于确定，当年文丹丹说的就是他！"宋镭又眯起眼，嗤之以鼻地说，"亿闻网的CTO？首席技术官？就他？要不是靠着你写的程序，他怎么可能？我真的特别后悔！后悔当初没多删点儿！没把整个程序都删了！唉！"宋镭无限惋惜地摇摇头，又说，"Wanda也不让我删太多，只让删最关键的，最好删了也不会被立刻发现。她说，你还没拿到钱呢，不能让别人发现程序是不全的。唉！也怪我水平太低，你后来写的程序，我一时也没太看明白，没找到哪些是有关人脸识别的。我就发现你新做了一个模块，好像把主要的数据处理功能都放在那里面了，我就把那个模块的核心部分删除了。哦，我想起来了！还有一个叫作'武林风云'的模块，我也删了。头脑发热。"

宋镭脸一红，低了低头，嘴角微微一动，像是想起什么既尴尬又美好的事情，然后更深地叹了口气，无限懊恼地说："唉！肯定还是删得不够彻底！让姓贾的钻了空子，没想到他是要拿着你的程序回国！那些当头儿的，大概不是太懂技术？"

老陈早已听得心潮澎湃，也分不清有多少是感激，多少是愤怒。过了整整十二年，他才终于知道了真相：当年贾云飞故意跟投资方夸大其词，吹出一个不可能实现的目标，然后再作弊骗到投资，逼大家分钱跑路，原来是他早有打算！他准备拿着雷天网的程序回国升官发财！不然的话，文丹丹也不会跑去求宋镭删改源代码！他陈闯竟然给Jack贾做了垫脚石！可即便如此，Jack贾并不想就此放过他，竟然还在十几年后千方百计地找到他，不惜冒充SVIB雇用调查公司，让他受尽了惊吓，最终还绑架了他的父亲！

宋镭见老陈仍沉默不语，急道："可你现在竟然还在帮他？还来替他求我？你说你傻不傻？"

"我傻！我真的很傻！"老陈愤然喊了一句，浑身微微打战。宋镭知他怒极，一时无措，老陈却一把握住宋镭的手，激动道，"我早知道，你是真正的正人君子！你比我强多了！我一直是个小人，是个窝囊废！我像老鼠似的藏了十几年！那都是我自找的，我活该！"老陈再也忍不住，泪水簌簌而下，"可今天，我不想再当个窝囊废！我要让他付出代价！"

宋镭一怔，顿时明白过来，欣喜地连连点头，又有点儿担心地说："你明白就好！也犯不着跟小人斗的，躲远点儿就好了，保护好自己！"

老陈却又低了头，难以启齿地说："可我，还是需要你的帮助，我需要那个算法。"

宋镭错愕地说："你难道还想帮他做成那件坑人的事？"

"我爸被他劫走了！"老陈悲愤交加，浑身又开始打战，"快八十的人了，骨折躺在床上，被他们硬从家里劫走了！"

宋镭大吃一惊，怒道："那真是无法无天了！报警啊！"

"没那么简单！也没留下什么证据！再说既然他干得出来，就一定有办法……"老陈话说了一半，猛抬起头，挺直了身子，恳求宋镭说，"只要你把算法给我，我就能对付他！不只为了救我爸！我还要让他付出代价！我……我向你保证！我也绝不会让他们的计划得逞的！"

宋镭沉默了，眉关紧锁着。老陈的身体渐渐委顿，惨笑了一声说："对不起！我不该再向你提要求的，我太自私了，就当我没说吧！"

"这个算法其实没那么难。"宋镭终于开口了。老陈吃了一惊，连忙屏息听着。"只不过，也得用到机器学习，这方面，你其实是高手，除了这三组力学数据，他们还收集别的数据吗？最好是同步的。"

老陈忙说："他们还收集视频，用户在操作手机时的脸部特写。姓贾的说，他们用这些特写来确认用户正在操作手机，以便排除掉手机在其他情况下因振动产生的力学数据，避免那些数据干扰计算。"

宋镭点头道："那就好办多了，可以利用这些视频，大概计算一下手机和操作者的夹角，然后再把操作者操作手机时头部的运动，和三组力学数据一起当作自变量参数，把操作者在使用亿闻 APP 时的那些已知的点击当成因变量，进行机器学习。这个算法很简单，你顶多两天就能写出来。"

宋镭探手从大衣内兜里掏出钱夹，从钱夹里取出一只迷你 U 盘交给老陈说："我有个习惯，总是随身带个 U 盘。担心电脑出问题，重要的文件就随改随存，这里正好有篇东西，是有关多维运动计算纠错的，你看看吧。"宋镭踌躇了片刻，又说，"还没发表，不是公开的技术。你自己看就成了，别给别人，不然咱们都有麻烦。你写好了代码，就把 U 盘处理掉，不必还给我了。"

老陈接过 U 盘，早已感激涕零，心想宋镭对自己真是够意思，十几年也没变。莫非真被 Jack 贾说中了？不禁深深自责地说："你对我太好了，可惜这辈子，我没法报答你，如果有来世……"

"哈哈哈！"宋镭不等老陈说完，匆匆笑了几声说，"并不是你想的那样。"宋镭顿了顿，笑意淡了，眉间现出一丝惆怅，黯然道，"反正现在不是了。"

老陈顿时羞愧难当，也不知再说什么。还是宋镭开口转了话题："还记得咱们玩儿过的 MUD 游戏吗？《武林风云》？"

老陈不知宋镭是何用意，疑惑地点点头。宋镭的表情已舒展开来，目光飘向车窗外，仿佛窗外就是十二年前 S 大的机房："有一次，我正在被一个 NPC 追杀，一个游戏里最牛的 NPC，武功深不可测。不管是谁，跟它动上手，多半就得去奈何桥转世投胎了！正在这时，一个叫'陈小刀'的玩家突然出现了。这个玩家与众不同，因为他的武功是'深不可测'，还从来没见哪个玩家是'深不可测'呢。我当时就猜出来，这个'陈小刀'是谁。我曾经跟他说过，《武林风云》的玩家，多半是名校的学生，我猜他跟我赌了一口气，所以才想尽各种办法，把武功练成'深不可测'的。我想完了完了，他跟 NPC 联手，我就死定了！几个月的武功又白练了，可你猜怎么着？"

宋镭顿了顿，朝老陈微微一笑。老陈自然记得此事，顿时面红耳赤，心想自己可真是小心眼儿。宋镭却眨眨眼睛说："这位'陈小刀'并没杀我，反倒跟 NPC 打起来，居然把我给救了！他的武功可真是高啊！使的天外飞仙，连出了十四剑！一下子就把那个 NPC 给杀了！我也使天外飞仙，一次才能出五剑！"宋镭沉默了片刻，像是在品味那场厮杀，又说，"在那个游戏里，别的玩家练武功，都是为了 PK 不顺眼的人，可他却把我给救了。我当时就想，这真是个讲义气的人！要是能成为他的朋友，应该是挺幸运的。"

老陈一怔，顿觉羞愧难当。当年他原本是想 PK 宋镭的，只不过宋镭的武功实在不高，而那个 NPC 的武功是真高，不如杀了 NPC，更能起到炫耀作用的，没想到宋镭却是这样理解的。宋镭果然是个君子，自己从来都只是小人。

宋镭拍了拍老陈的肩，又拉住手使劲儿握了握，说道："你下车吧，把这辆车留给我，我要回机场，赶夜里十二点的航班回美国去。我想离那些人远点儿。"

老陈一把把宋镭拉到怀里，使劲儿抱了抱，说道："能成为你的朋友，我才是真的幸运！"

老陈下了出租车，并没返回酒店，尽管他知道，Jack贾必定已经起了疑心。可他不能立刻回酒店，回去就再没自由了，他找了一部公用电话，拨通谢燕的手机号码。

老陈本来还有些为难，不知该怎么开口。谢燕听到是老陈，却像早有所料，说："我猜到你会找我。"

老陈略松了一口气，踌躇道："我不知道，你愿不愿意帮我。"

谢燕说："谈谈看呗！说不定愿意呢。"

老陈心中一喜，知道此事成了一半，忙说："我时间不多，能不能立刻见一面？我需要那台电脑。"

谢燕明知故问："哪台电脑？"

老陈说："你让我带去知天网的那部。"

那台电脑有个特殊功能——摄像头是可以独立工作的。除了它，老陈也想不出还有什么能帮到他。电话里沉默了一阵，老陈心中惶恐，以为谢燕不肯，却忽听谢燕说："你在原地别动，我十五分钟后到。"

老陈一震，问道："你知道我在哪儿？"却听谢燕轻笑一声说："这还不容易？你用公用电话打的。"

3

老陈终于再次走进亿闻网的总部大厦。由费小帅给他"开道"，美丽的女前台并没阻拦，更没让他填写访客登记表。可他知道，监控摄像头必定再次把他识别出来，并且向某人进行了汇报，就像上次那样。那时他不知是谁在找他，因此惶惶无措，现在他终于知道了，一切都在Jack贾的掌控之中。然而这次他一点儿也不担心，因为是Jack贾请他来的。

老陈知道Jack贾让他到亿闻大厦里来工作，其实是有些纠结的。按照Jack贾所说，这个利用手机的力学数据推算触点的"天空"项目是极秘密的——偷偷收集用户在手机触屏上的一切输入，既不合理也不合法，又怎能公然在亿闻网的地盘上做呢？老陈相信，这部分业务绝不会出现在亿闻网发布的公告里，也不会出现在任何一份正式合约里。这就是为什么要把"天空"外包给知天这样一家不起眼儿的小公司的道理，看上去和亿闻网并无任何关联，却暗中由 Jack 贾全权领导。

但 Jack 贾显然不想让老陈在知天公司里修改推算程序。毕竟知天公司只是客居在南三环边上的某座商务写字楼里的一家小公司，虽然装有严密的网络防护系统和实体防盗系统，但毕竟不是铜墙铁壁，无法真的限制任何人的自由，如果有人在公司门口大喊大叫，也难免要被外人听到。又或者是在公共卫生间里做些文章，也还是防不胜防。

Jack 贾当然不会掉以轻心。毕竟老陈已经了解了"天空"项目。尽管老陈答应帮忙，也从宋镭那里顺利得到了算法，可那"算法"并不在某个实实在在的文件里，只在老陈的脑子里。谁知是不是真的存在？老陈并没完全执行 Jack 贾的计划——把宋镭带到七星级酒店的酒廊包厢里细谈，而是跟着宋镭上了出租车。不仅如此，老陈手机上的麦克风不巧被手绢堵住了，什么声音也监听不到。老陈解释说，都赖西裤太紧了。西裤是 Jack 贾准备的没错，但现在这个时代，还有多少人随身带手绢？

这样一来，老陈和宋镭到底谈了什么，怎么谈的，Jack 贾就不得而知了。这就让 Jack 贾不太放心，Jack 贾最终决定，让老陈到亿闻大厦十五层的某间办公室里工作，由游尼和费小帅全程陪伴。游尼一直负责此项目的研发，对算法颇为了解，而费小帅就是一张活人"门禁卡"，大厦内的任何一道门都得由他开启。对老陈而言，这间办公室就是高科技监狱，还有两名贴身"狱警"，不只他插翅难飞，就连任何"数据"也插翅难飞——老陈的手机被临时"没收"，电脑也无法连接 Wi-Fi。反正调试这个推算触点的程序也不需要访问任何数据库，完全可以断网，只需和费小帅、游尼的两只手机用蓝牙连接，只收集这两只手机的摄像头和力学数据，用来测试程序。两位"狱警"同时担当"试验品"，时不时拿出手机，刷刷 APP，打打游戏，为老陈源源不断地输送力学和视频数据。除此之外，老陈的手提电脑和外界再无任何数据交换，自然也和亿闻公司的网络毫无牵连，用那台电脑干什么都是安全的。

电脑仍是老陈在知天公司里用的那台。GRE 的老方找费小帅费了不少口舌，主要还是承诺，即便费小帅之前给 GRE 下了个套，重点小学的名额还是算数的。半瓶五粮液下肚之后，费小帅大着舌头跟老方说："我只是给亿闻网打工的，随时都有可能换工作，儿子可是亲的。"费小帅心里也很清楚，那台手提电脑曾被自己人植入了木马，并没在电脑里发现什么可疑之处。更何况，老陈在亿闻大厦的工作地点根本就不能上网，电脑与世隔绝，也就更没什么可担心的。

费小帅睁一只眼闭一只眼，让老陈把手提电脑带进亿闻大厦，果然没人过问。老陈从此在亿闻大厦十五层的小会议室里用自己的手提电脑编程，晚上就到二十八层专为员工准备的临时公寓里睡觉，一日三餐，吃喝日用，都由费小帅通过那被称为"亿闻大妈"的内部员工APP预订，倒也方便快捷。

老陈工作得相当卖力，第一天就熬了个通宵。费小帅和游尼也只能陪着，熬到两三点毕竟撑不住，趴在桌子上打瞌睡。老陈就趁机把宋镭给的U盘插进电脑里，仔细研读算法，编写代码，等天明前再把U盘拔掉，从电脑里删除一切有关U盘的痕迹。小会议室里有个监控摄像头，老陈故意挑了背对摄像头的位置坐着，用身体挡住电脑，插拔U盘也都用身体遮挡。而且，他猜那个摄像头应该已经被关闭了，大厦的监控安保部的员工都能看到，Jack贾可不想留下任何证据，证明"天空"项目跟亿闻大厦有任何关系。

第二天白天，老陈也并不上楼去补觉，就留在小会议室里写写睡睡，费小帅和游尼不得不继续奉陪。老陈见两人醒着，他就趴在桌子上打瞌睡，见两人睡了，他就继续编程。两人听见键盘响，也都挣扎着爬起来，有时实在起不来，老陈也要把他们硬叫起来，让他们刷手机，为老陈提供数据。如此折腾到夜里，两人更加熬不住，睡得跟死人差不多，老陈再拿出U盘认真编程。如此三天，程序已修改得差不多了。

原始代码是游尼提供的，果然是高水平团队，按照物理学定律推算触点，程序写得既干净又简洁，不论是力学课还是编程课都能拿满分，只是在实际操作中却总有偏差，时大时小。然而在触屏上差个几毫米，就是另一个字母了，而一串密码里哪怕只弄错一个字母，也就白辛苦了。老陈按照宋镭给的算法，编写了一个机器学习模块，把手机的力学参数、视频中操作者头部的位置变化都当成自变量，把操作者在使用亿闻APP时的触点——因为是亿闻APP，所以这些是已知的——当作因变量，建立起机器学习算法模型。只要能源源不断地得到数据，算法就能学习和自我修正，对手机触点的估测也就越来越准确。

费小帅本来就是销售经理，手机上装有各种亿闻APP。游尼也下载了许多APP，有亿闻的，也有别家的。两人大部分时间都抱着手机随意乱刷，一边帮着老陈测验程序，同时也给程序提供更多可"学习"的自变量和因变量，两人又困得要死，更顾不上坐在老陈身边看他写代码，对算法几乎毫不了解。游尼时不时也问问老陈，老陈就随便应付几句，被问得急了，老陈就说："电脑反正就在这屋里，我也拿不走。连我都走不了，你急什么？"

被老陈修正后的算法果然管用，精确度提高了一倍。以前十个字母里猜错六七个，现在是猜对六七个。Jack 贾把电话打到费小帅的手机上，亲口鼓励老陈加一把劲儿，只要再提高一倍，就接近成功了。

然而接下来三天一点儿也没再提高。费小帅和游尼没想到老陈这么有精神，日夜编程，拖得他们也日夜熬着，家都不能回。Jack 贾又一天两三个电话催着，不好意思教训老陈，把火儿泄在另两人身上，压力一天大过一天。这天上午，老陈却突然决定回公寓睡一觉，费小帅和游尼知道他睡醒了又要熬夜，赶忙强打精神，趁机回一趟家，看看儿子老婆。老陈醒来已是晚上，果然精力充沛，一头钻进小会议室。费小帅和游尼早已精疲力竭，也只能硬着头皮陪着，没多会儿就趴在桌子上呼呼大睡，却突然被老陈叫醒。老陈说："游尼！快用你的手机输入点儿什么！"

游尼忙拿起手机解了锁，随便打开一个 APP，手动输入一串字符，老陈则对着电脑把他的输入读出来。一连三句话，都读得丝毫不差。游尼兴奋得蹦高，立刻打电话向 Jack 贾汇报。

趁他汇报的工夫，费小帅也拿着手机测试，也连着输入三句话，每句话却都错了五六个字母，准确度还是老样子。这时游尼已打完了电话，见到老陈和费小帅都愁眉苦脸，不禁心中一沉，再用自己的手机测试，又输入了三句话，还是每句错上五六个字母，不禁惊慌失措，心想老板本来就气不顺，他又谎报了军情，这不是要大难临头了？游尼连连催问老陈这到底是怎么回事。老陈却只说不知道，也许刚才碰巧了。

游尼急得要哭，说刚才明明三句都对了，哪能那么巧？老陈并不回答，活动了一下脖子，又伸了个懒腰，像是不打算再继续干。游尼顿时心中起疑，问老陈是不是要什么花招。老陈啪地合上电脑说："叫你老板来。"

Jack 贾是十分钟后到达会议室的，拿着一瓶香槟和两只杯子，满脸堆笑说："老同学，恭喜啦！你真是太牛了！"

老陈并不笑，阴沉着脸说："你大概误会了，刚才只是凑巧了，现在怎么试都不行。"

Jack 贾把香槟和杯子放在会议桌上，自己在老陈对面坐下，仍笑着说："小游告诉我了，可我不信。所以，我把香槟都带来了。"

老陈并不说话，只眯眼看着 Jack 贾。Jack 贾也微笑着看他，表情凝成了一尊笑佛。两人就这么沉默对视着，仿佛被孙悟空喊了"定"。费小帅和游尼却没被定住，一左一右站着搓手，却又不敢吱声。如此僵持了不知多久，老陈突然微微一笑，说道："你猜对了，程序已经调好了。不过，我刚刚又把它调坏了。"

Jack 贾皱了皱眉，立刻哈哈笑起来，边笑边抬手点着老陈说："哈哈！陈闯，你什么时候也学得这么精？"老陈耸耸肩说："躲了这么多年，谁都学精了。"

Jack 贾问："说吧！你又要提什么条件？"

老陈低头沉吟了片刻，再抬起头，笑意全没了，忧心忡忡地说："你也知道，这些年来，我整天东躲西藏，天天晚上做噩梦，梦见被警察抓走了。"

"唉！"Jack 贾赶忙叹了口气，说道，"这些年也难为你了！我明白，我明白的！"

老陈知道 Jack 贾不想让费小帅和游尼知道当年那场欺诈案，故意又说："可当年，我……"

"过去的事，不用提啦！"Jack 贾果然打断了老陈，"现在你也知道了，你是一直被保护的呢！从来都没有警察想要抓你。"

"可那是过去啊！以后呢？"老陈指着眼前的手提电脑说，"等我把这个程序写成了，你们就能把别人的各种密码都偷到手了，还能监控别人在手机上的一切操作！这是合法的吗？"

Jack 贾眼珠一转，说："哎呀，我们不会做那些的。我们收集用户在手机上的触点，只是要用作大数据计算的，并不针对任何一个具体用户。你放心，不合法的事儿，亿闻网也不会做啊！"

老陈冷笑一声说："所以才要偷偷摸摸到外面去做吧？亿闻大厦这么大，为什么不直接在这里研发？为什么偏要到知天公司里去做？知天公司每天都从亿闻网下载大量数据，到底算是客户还是供应商？为什么从来没出现在亿闻网的公告里？知天登记的股东、董事和法定代表人都和亿闻网没关系，可为什么你却是知天的老大？"

"我不是……"Jack 贾开口反对，却已没了底气。老陈抢白道："你如果不是，那就是你们荣凌峰总裁！不然，他为什么会在知天里出现？"

Jack 贾吃了一惊，脸上顿时疑云密布，眯眼看着老陈说："你到底想说什么？直说吧！"

"我需要一份正式的确认书。确认我所编写的程序，是严格按照亿闻网的要求完成的，完全并非出于我的本意。对于这段程序有可能造成的任何结果，我都不负任何责任，由亿闻网全权负责。我需要亿闻网在这份确认书上加盖公章，并到公证处公证。我还需要荣凌峰先生的亲笔签名。"

老陈义正词严地说完了，却又垂头丧气道："我是真的怕坐牢！也真的不想再偷偷摸摸、躲躲藏藏的了！Jack，你能理解吗？"

Jack 贾既不点头，也不摇头，阴着脸思忖了片刻说："你等我五分钟。"说罢起身走出会议室。老陈猜测，他这是找人请示去了，多半是请示荣凌峰。无论他请示谁，结果如何，反正今天这出戏，他是一定要唱到底的。

没到三分钟，Jack 贾就回来了，脸色似乎比出去时更难看，万分为难地说："真是不好意思，也许是一开始我就没说明白。咱们这个项目，并不是亿闻网的项目，而是我们独立开发的一个……一个科研课题！所以，也没办法让亿闻网给你出什么证明。你要是实在想要，我给你出一个可以吗？就算是我个人聘用你完成这个项目。如果你需要，我们可以签署正规的雇佣合同！我可以签名！"

"你？"老陈冷笑一声说，"你打算签哪个名字？云海天？还是……"老陈故意不说"贾云飞"三个字，用目光对 Jack 贾说：一个是假名，一个是潜逃诈骗犯的名字，哪个更管用？Jack 贾忙说："我的不行，那你要谁的？"

"我要荣凌峰的，我要他的亲笔签名和公证处的公证！"

"这……"Jack 贾越发为难了，磨叽着说，"你看，我们请你帮忙，又不是白请的。不是早说好了，给你一百万？那可是很大一笔钱呢！你问问他们，那是几年的工资？你几天就赚到了！"Jack 贾指指游尼和费小帅，却见老陈脸色更阴沉，忙又改口说，"你编程辛苦，那都是你应得的！要不，再加一些如何？你说吧，加多少……"

"不需要！"老陈斩钉截铁道，"我说过了，我怕坐牢。我就要荣凌峰给我写个确认书，要亲笔签名和公证。只要拿到确认书，我立刻就把程序改好，交给你，十分钟都用不了。"

Jack 贾仰头看看天花板，用肥胖的手指头敲打又肥又圆的下巴，对老陈说："打印一封确认书，让荣总签字，这个倒是也可以。不过，公证嘛……"

"必须公证！不然我怎么知道是他本人签的？"老陈说。

"哦，"Jack贾左思右想，吞吞吐吐道，"那样的话，如果请荣总来，当着你面签呢？"

老陈犹豫了片刻，点头说："也可以！让他现在就来！"

"现在？"Jack贾皱眉道，"可荣总正和夫人在顶楼餐厅宴请美国客人呢！要不，你先把程序写出来？我一会儿就把荣总带来！"

"你现在就把他带来，不然我不会再多敲一个字母。"老陈跷起二郎腿，深深打了个哈欠，又说，"如果他二十分钟之内不来，我就要回家睡觉了。"老陈又打了个哈欠，睡眼惺忪地说，"可不是回你们的宿舍，而是回我自己的家！"

Jack贾又用胖手指抠了抠肥下巴，似笑非笑地对老陈说："陈闯，你是想威胁我？"

"我可不敢！"老陈直视着Jack贾说，"我是说真的，我真的要回家了，除非你也绑架我，就像你绑架我爸一样。"

"三十分钟！"Jack贾咬咬牙，伸出三根手指，"三十分钟之内，我把荣总请来！"

Jack贾起身要走，一只脚已经迈出大门，老陈叫道："Jack！"

Jack贾停住步子，转身皱眉看着老陈，老陈却又踌躇不语。他本想问Jack贾，如果真的完成了程序，能不能见到文丹丹，上次Jack贾答应过的。也许只是随口一说，并不当真。老陈狠了狠心，把要说的话咽回肚子里，他对Jack贾说："就三十分钟，别让我多等。"

Jack贾哼了一声，朝游尼和费小帅使了个眼色，气哼哼走出会议室去。游尼走到老陈面前，有点儿为难地说："不好意思，可能还得麻烦您一下，我们这儿的规定。非本公司的人员要见荣总之前，都得……先检查一下。"

老陈大大方方站起身，展开双臂说："搜吧，我什么都没有。"

亿闻网的CEO、著名企业家荣凌峰先生，是在二十分钟后走进小会议室的。也穿着西服，并不打领带，发型和电视里或宣传照上类似，脸却更老一些，也更黯淡，眉头微微蹙着，像是满怀心事，又像是困了。派头也差了一些，只有 Jack 贾一人陪同，不像每次在公开场合曝光时那般前呼后拥。这毕竟是在自家公司里，安保极其严密，又没多少粉丝——费小帅和游尼大概也能算是粉丝，两人都毕恭毕敬地向荣总鞠了躬，四只黑眼圈里放射出忠诚而崇拜的目光。只有老陈是"外人"，而且很有些居心叵测。但老陈也是安全的。他刚刚被游尼细细搜过身，既没凶器，也没任何电子设备，不能录音或者偷拍。桌子上还有一台电脑，但没插网线，也没连接任何 Wi-Fi。它就像老陈的身体一样，离不开这座大厦，也没法把任何东西送出去。十分安全。老陈暗自庆幸，宋镭给的迷你 U 盘昨晚就被他重新格式化，然后又趁着上厕所冲进马桶了。

荣凌峰见到老陈，自然不像 Jack 贾那般殷勤，草草地握了握手，说："陈先生，你好！"

老陈和荣凌峰对视了一眼，除了疲惫和敷衍，并没从他眼里看见别的。老陈知道他并没认出自己，正犹豫着要不要说"多年不见"，Jack 贾抢着介绍说："荣总，这位就是陈闯先生，就是他在帮咱们开发'天空'项目。"

老陈心想，原来 Jack 贾并不知道他以前见过荣凌峰，肯定也从没跟荣凌峰提起过自己。老陈不禁暗暗冷笑：自然不能提的。怎么提呢？我拿回来的程序，其实是他写的？

"陈闯先生帮我们调整了一下程序，精度已经达到要求了。不过，他不是很想立刻把程序交给咱们……"Jack 贾还在喋喋不休。荣凌峰不耐烦地点点头，打断了 Jack 贾，对老陈说："陈先生，您真的已经完成了程序？"

老陈不置可否。荣凌峰皱了皱眉，扭头去看 Jack 贾，Jack 贾立刻去看游尼。游尼忙说："荣总，刚才我用我的手机输入了三句话，他都用电脑推算出来了，一个字母也不差。"游尼一边说，一边用眼神向费小帅求助。费小帅不大情愿地点点头，又连忙补充了一句："可我再用我手机输，就都不对了。"

"刚才完成了，现在没完成。"老陈翻开手提电脑，把屏幕转向荣凌峰，指着屏幕上的代码说，"就是这里，我删掉了十行代码，可每一行我都记得。只要您把签了字的确认书给我，我立刻就把代码补齐。"

老陈郑重地直视荣凌峰，余光中却见 Jack 贾往旁边挪了两步，像是在故意躲闪。老陈心里一沉，不知自己的计划是否被识破。荣凌峰倒似乎并没发现什么，皱着眉问 Jack 贾："你们请陈先生为我们工作，难道没签过合同？"

Jack 贾忙说："这件事有点儿急！口头上都谈好的，合同正在准备呢！"

"你们啊！"荣凌峰佯怒着说，"没有合同，人家怎么工作呢？就是不重视规矩！快！立刻让他们把合同打印出来！盖好公章，拿过来！"

"可是荣总，这个项目，要走亿闻网的合同吗？"Jack 贾试探着问。

"当然！有什么不可以的？就从技术部出就可以嘛！我们不是经常邀请专家协助我们调试程序吗？就当作咨询，或者外包服务，都可以嘛！不是有现成的制式合同？怎么那么麻烦？快点！"

"我要的不是那样的合同。"老陈开口道，"我需要一份确认书，确认几个问题。"

"什么问题？"荣凌峰问。

老陈清了清嗓子，正色道："首先，我要请您——亿闻网总裁荣凌峰先生——确认，是您要求我帮助您编写和修正一段程序代码，而这段代码的功能，是通过手机的陀螺仪、加速计、磁力计等数据，推算出手机用户在手机屏幕上的触点。是这样吗？"

"是啊！"荣凌峰点点头，又扭头朝 Jack 贾说，"难道你们之前没跟陈先生说清楚？"

Jack 贾不禁又退了一步，连连点头说："说清了，说清了！完全按照您的意思，都说清了！"

老陈继续说："另外，我还需要跟您确认，我发现亿闻公司的许多 APP 都在偷偷收集用户手机的陀螺仪、加速计、磁力计以及摄像头数据。我推断您将会利用我写的这部分程序，在社会大众不知情的情况下，偷偷收集他们在手机触屏上的输入。"

"这……"荣凌峰试图插嘴。老陈却并不给他机会，继续说下去："也就是说，这些用户输入的每条讯息、每个密码、点击过的每个链接，都将逃不过亿闻网的眼睛，对不对？"

"可我们并不打算那么做啊！"荣凌峰辩解道，"我们收集这些，只不过是要用作大数据运算的！就像每个地图 APP 都会收集车辆的位置信息，是为了告诉大家哪里拥堵，并不是为了跟踪某个人嘛！"

"可是，理论上说，拥有了这些数据，只要您愿意，就能获取任何人在手机上输入的密码，对吧？"

"那只是理论……"

老陈再次打断荣凌峰："理论上说，您就可以获取用户的电子邮箱密码、网络银行密码、发出的每一条短信和微信，在所有其他公司开发的 APP 上输入的信息——我想贵公司早就在自己的 APP 上收集这些了。对不对？"

"哎呀，这也太小家子气了！"荣凌峰提高了音量，"我们要老百姓的银行密码干什么？要他们的微信记录干什么？值得花这么大的力气？哈哈哈！"荣凌峰干笑了几声，又义正词严地说，"这是一个具有战略意义的重要项目！你听说过'数据孤岛论'吗？我们生活在一个伟大的时代——大数据时代！可惜的是，现有的大数据是断裂而封闭的。比如，Google 拥有许多的数据，但它并没有 Facebook 的数据，也没有 Instagram 的数据。如果我们有办法把所有人掌握的数据都集中到一起，那将拥有多么伟大的力量？我们正在努力打开这扇大门！"

"是撬开竞争对手的后门吧？"老陈嘲讽道。荣凌峰脸色一变，也意识到自己刚说的理由有点儿问题，改口道："我们获取那些信息，并不是为了去偷窃，去犯罪的。正相反，我们可以利用这个技术，发现和追踪恐怖分子、犯罪分子、图谋不轨的人！我们甚至可以了解他们的动向，防患于未然！这难道是坏事吗？如果政府需要，我们随时可以帮得上忙，做一份贡献的！"

"政府授权您这么做了吗？法律容许您这么做了吗？您所说的'图谋不轨'的人，会不会也包括您的敌人？或者您哪天突然感兴趣想要了解一下的人？还有贵公司里所有能够接触这些数据的工作人员，他们会不会也想要了解一下谁呢？还有那些并不在您公司里工作，但是有办法通过人情或者贿赂得到您公司员工'帮助'的人呢？您可千万别告诉我，贵公司的纪律比军队都严明，所有的员工都大公无私！"

老陈故意瞥了一眼费小帅，费小帅立刻宛若窦娥。荣凌峰可顾不上听费小帅申冤，他脸上早已阴云密布，强忍着怒气说："陈先生，你是在控诉亿闻网的罪行吗？请问，你有证据吗？"

"当然不是。"老陈连忙摆手，"我可没有证据，我也管不着贵公司做什么，我说的只是一种可能性，是您和贵公司拥有了这些数据之后，在理论上有可能做到的事情。就好像您拥有一辆汽车，理论上您是有可能故意开车撞死人的，当然也许您不会。但是汽车公司把车卖给您，肯定是不希望您去故意撞人的。我现在要为您开发程序，而这个由我开发的程序是有可能在理论上造成我刚才所说的那些后果的。

所以，我才必须得到您的确认书，确认这程序是严格按照您的要求完成的，丝毫不是出于我的本意，而且我已向您——亿闻网的总经理荣凌峰先生——充分描述了这个程序潜在的非法性和反道德性，但您仍然坚持让我完成它。因此，我对这程序未来有可能造成的任何后果概不负责。"

"你啊！真是杞人忧天！哈哈！"荣凌峰又仰头大笑了两声，含笑压低了声音对老陈说，"除了这屋子里的人，根本没人知道你参与了这件事！这屋子里的人，永远也不会说的，就算说了也空口无凭。你们说，是不是？"荣凌峰向屋子里看了一圈，另外三人都点头如捣蒜，荣凌峰看了一眼房顶的监控摄像头，问游尼："那东西开着吗？"游尼连忙改点头为摇头，朝老陈努努嘴说："他进来之前就关了！我给它断电了，绝不会有问题的！"荣凌峰满意地点点头，朝着老陈神秘地说："其实啊，这个'天空'项目，根本也没几个人知道。如果真有了什么确认书，倒反而不好说了，你就放心吧！"

"是啊，荣总说得没错！就连董事会，也都不知道呢。"半天不说话的Jack贾，突然插了这么一句。荣凌峰皱了皱眉，朝躲在墙角的Jack贾瞪了一眼。Jack贾立刻缩头缩脑，可还是又怯怯地嘟囔了一句："荣总，要不，就跟董事会打个招呼？毕竟，知道'天空'的人越来越多了。"

"不必！"荣凌峰厌恶地一挥手。Jack贾偏偏不识相："您再考虑考虑？我一直就说，瞒着他们，也许会有问题……"

"闭嘴！蠢货！"荣凌峰忍无可忍，指点着屋子里的人骂道，"你们都担心什么？'天空'项目出了任何问题，就由我全权负责！与这屋子里的任何其他人都无关！也包括你！"荣凌峰的手指最终停在老陈眼前，"你就好好写你的程序！别他妈跟事儿妈似的！你写出程序，我立刻就付钱给你。不就这么简单？担心承担法律责任？轮得到你吗？就一码农，别太把自己当回事儿了！"

老陈倏然起立，说道："抱歉，您找别人写吧！"

Jack贾见老陈要撂挑子，连忙小跑过来搀住老陈的胳膊说："别啊！都已经写出来了！多可惜啊！"

"用不着求他！不写拉倒！"荣凌峰早已不厌其烦，终于摆出大企业家的派头来，"没了他，地球还不转了？我这么大个公司，十几万人呢！跟他比，别人都是狗屁？说到底，就是写几行代码！爱干就干，不爱干，签个保密协议，然后滚蛋！"

Jack 贾急道："别啊！咱们的 team 都折腾一年了，一直弄不出来。他三天就搞定了！"Jack 贾说完这句，还不罢休，又酸酸地缀了一句，"您要是把他赶走了，您来？"

"蠢货！你的 team 都是像你一样的白痴！"荣凌峰立刻掉转枪口指向 Jack 贾。老陈冷眼旁观着，心想原来 Jack 贾和荣凌峰也早有积怨。这样的大公司里，谁跟谁不是敌人？荣凌峰怒不可遏道："我忍了你好久了！别以为我不是学编程出身，我就看不出你是个冒牌货！当年拿了个什么机器学习加人脸识别的算法，就跑回来冒充专家了！十几年了，人脸识别，你搞出什么了？"

"荣总！您可别这么说啊！十几年前，可是您求着我回来的。"Jack 贾脸上也变了色。

"我求你？鬼才要求你！"荣凌峰横眉立目，抬手指了指房顶说，"要不是'上面'发了话，非说你写的那个什么雷天网是块宝，求职预测准确度在 80% 以上，绝不能落在外人手里，我才不会求你回来！"

老陈冷笑一声说："80%？就只有 60% 吧？"

荣凌峰疑道："你什么意思？"

Jack 贾脸已发白，使劲儿扯老陈的胳膊。老陈反而一阵快意，转身对他说："你不是在给投资商测试程序时作了弊，事先把 2005 年、2006 年两年的应聘结果也都输入了数据库，才把准确度弄到 80% 的？"

荣凌峰听到老陈的话，却并没感到惊讶，不屑地用下巴点了点 Jack 贾，说："那是他编出来骗老外的！要是让人家知道那个预测程序其实是好使的，人家哪能善罢甘休？那程序的准确度确实超过了 80%，只不过，没有源代码，拿回来有个鸟用！我就不明白了，第一次能写出来，第二次就再写不出来了？"

老陈仿佛被人当头一棒，只觉两眼发黑。那程序是 work 的？当初说什么测试作弊，竟然都是 Jack 贾的障眼法，只为了回国升官发财？

荣凌峰却仿佛突然醒悟，瞪大眼睛说："你知道得挺多啊！我明白了！你是他的人！"荣凌峰手指 Jack 贾，恍然大悟道，"怪不得！怪不得你非得找他来弄'天空'！还非要挽留他！现在又合伙骗我写什么确认书！你在搞什么鬼？"

Jack 贾从老陈胳膊缝里抽出手，啪地合上老陈面前的手提电脑，说："咱们现在讨论的问题，似乎已经和'天空'程序的功能无关了？"

老陈心里狠狠一沉，竟一下子从愤怒中冷静下来，确信自己的计划已被 Jack 贾识破了一大半。索性也豁出去了，用声音压过 Jack 贾说："荣总，您不记得我了？好久不见了！"

荣凌峰又大吃一惊，疑惑不解地看着老陈。老陈冷笑着说："您跟我说过的话，我一直都记得！"

"我跟你说过什么？"荣凌峰满腹狐疑。

Jack贾再次抓住老陈的胳膊，比上次抓得更紧。老陈才不在乎，自顾自说下去："您不记得了？十二年前，在旧金山湾边上，一个超市的停车场里？"

荣凌峰拧着眉头，似乎绞尽了脑汁，就是想不起来，向着陈闯挑起一只眉毛，像是在说：你算老几，我怎么会跟你说过什么？

"你忘了？你跟我说，做她的boyfriend可不容易！"陈闯傲然仰起头。就算他什么都不是，本来是个穷小子，躲躲藏藏地过了十几年。但毕竟，他曾经被当年的荣凌峰当作是前老板女儿的"boyfriend"！

"噢！噢！"荣凌峰终于想起来，连着"噢"了两声，第二声比第一声更婉转绵长，"原来你就是Wanda当年的那个小助理？"

小助理，不再是boyfriend了。老陈再度怒火上冲，使劲儿甩开Jack贾的胖手说："不只是小助理，还是雷天网的编程师！雷天网都是我写的！什么机器学习、人脸识别、求职预测，都是我写的！"

"哎呀！陈闯，说什么呢？你气糊涂了！"Jack贾一脸仓皇，却不敢再抓老陈的胳膊，双手无措地悬在半空。

"噢？！"荣凌峰又"噢"了长长一声，比之前都更悠扬，恶狠狠眯眼看着Jack贾说，"我就说呢！原来如此啊！你不是很在乎董事会吗？要不要告诉他们？"

"他造谣！"Jack贾竭力为自己辩解，眼珠一转，说道，"我有证人的！证明那程序是我写的！"

"哦？谁能证明？"荣凌峰冷笑。

"Wanda！可以叫她来对质！"Jack贾握紧拳头，好像真理都握在他手里。

老陈的心猛地一跳，像是要从嗓子眼里跳出去，却又堵在嗓子口，让他喘不过气。文丹丹？她果然也在北京？

荣凌峰却全不当回事似的，对费小帅说："你现在就叫她下来。"

老陈顿时一阵眩晕，勉强站稳了，听费小帅为难地说："荣夫人不是在陪美国客人吃饭吗？"

老陈只觉眼前一黑，一屁股跌回椅子里。整个宇宙都黑了，两耳铮铮作响，里面隐约夹杂着一个声音：我等了你那么多年。

5

老陈仿佛瞬间穿越了时空，回到十二年前的那个夜晚。夕阳早已沉入加勒比海，海滩上的人群却不散，仍随着摇滚乐摇摆着。他们在等待下一架即将抵达的飞机。

他被人群裹挟着，却并不摇摆，也听不见摇滚乐。他的耳朵里正塞着耳机，长长的耳机线一直插进古老的随身听里。他耳边再度响起那沧桑的歌声：

说什么此情永不渝
说什么我爱你
如今依然没有你
我还是我自己

他闭上眼，再度回到刚才的场景里。夕阳贴着海面，柔暖的海风扑面而来。文丹丹脚踩着白浪，转回头，眼含着泪说："合同签了，SVIB 真的投了！你的程序没问题！"他抱紧了她，她在他怀里无声地哭起来。他也哭了，既伤感，又幸福。一架巨大的客机，隆隆地从他俩头顶擦过，海滩上的人群沸腾了，众人都在雀跃。文丹丹仰起脸凑上来，他闭上眼，双唇燃起一片烈焰，火苗炙热而柔软，悄悄钻入口内，一直燃进他灵魂里。

耳机里沧桑的歌声突然消失了。一阵乱响之后，他再次听到那熟悉的声音：

"对不起。我把这首歌抹了。反正，我最不喜欢这一首。"

她沉吟了片刻，像是在措辞，背景有点儿嘈杂，像是夹杂着超市特有的广播。

"我是想告诉你，你不用再回美国了，我根本就没订你的回程机票……我们的确拿到投资了。但是 Jack 说，是他事先弄到了数据，在测试时作弊了，还有之前那些假注册用户，迟早要被 SVIB 发现的。但你知道，我的确需要那笔钱……"

她清了清嗓子。

"我用你的护照开了两个银行账户，一个在新加坡的 DBS，一个在瑞士银行。等风投的钱一到，我会往每个账户里各存 150 万美金，你可以使用电话银行，密码是我的生日，你还记得吧……这些钱，也不算太多，不过，大概够你用了。你不是说，你的理想就是什么都不用干，还天天有饭吃……呵……"

她轻笑了一声，很有些苦涩，然后停顿了很长时间。

"那房子，是我个人送给你的礼物，那是用我这些年在美国攒的私房钱买的，和雷天网这件事无关……我真的很喜欢那房子，本打算就在这里养老的……唉……"

她轻叹了一声，无限惆怅。又过了许久，她的声音突然愉悦起来：

"很开心能跟你一起在这房子里，哪怕只有一会儿！你也开心点儿，每天吃喝玩乐，快乐健康！唉，你替我看好了啊！等我回来，要检查的！"

她使劲儿清了清嗓子，仿佛是某部动画片里的角色似的，高声喊道：

"赐予我力量吧！我是希瑞！呵呵呵呵呵……"

最后是一串清脆的笑声，就像她在那艘白色游艇上，看着他饿狼般吃净了她盘子里的牛排，发出的那一串笑声。晚霞把海面染成一大片金黄，她的金色长发，在那一片金黄中纷纷扬扬。

老陈不知过了多久才渐渐清醒。只觉心如刀割，却又并不很痛，就像刚下的刀，还来不及痛，又像是下刀已久，早麻木了。其实不该太久的。费小帅去请荣夫人，不是还没回来呢？他眼前影影绰绰两三个人，大概是荣凌峰、Jack 贾、游尼。都坐着不说话。他看不清他们，眼前模糊一片。

又不知过了多久，会议室的门突然开了，老陈的心脏猛地一提，视力竟然瞬间复原了。一个身材细高的长发女子，跟着费小帅走进屋来。老陈并没立刻看见她的正脸，只看见飘逸的黑色长发和华美的礼服，托出笔直的脊背和一颗高昂的头，俨然像个霸气十足的皇后！不正是文丹丹吗？老陈又是一阵眩晕，浑身的肌肉都在瞬间绷紧了。就在这时，那女子转过脸来，看着老陈。

老陈一下子怔住了，一时辨不出那张脸，跟记忆中的似是而非。颧骨似乎略高了些，眼窝又似乎深了些，嘴唇也似乎薄了些，一时间，记忆中的那张脸竟也模糊了。老陈拼命回忆，却似乎果真想不出文丹丹到底应该是什么样子的，心中不禁一片茫然，怔怔地吐出一个字："你……"

那女子皱了皱眉，说道："这人是谁？我不认识他。"

老陈低垂了目光，不再看她，狠命在脑子里挖掘，想要挖出文丹丹的容貌来，却越挖越模糊，似乎果真把她的容貌忘却了。他顿时着了慌，索性闭上眼，拼了命去想。

荣凌峰听到那女子所言，颇为意外地起身问道："他不是你在旧金山时的那个小助理？"

"我的助理？"那女子疑惑不解。荣凌峰正要开口，仿佛突然想到了什么，朝费小帅和游尼摆摆手。两人连忙退出会议室去，关了门。荣凌峰这才继续说："你那会儿要卖车，你爸让我到旧金山帮你卖，不就是他帮你把车开来给我的？"

那女子这才恍然，有些尴尬地说："哦，那不是我。是 Shera。"

老陈猛地睁开眼，震惊地看着那女子，她果然不是他记忆里的人。老陈突然想起录音带里那段留言的结尾处，她高声喊着："赐予我力量吧！我是希瑞！"那不是玩笑！那是真的！她就是希瑞！她就是文丹丹的好朋友 Shera！那个父母在日本遇难后抑郁自杀故事里的女主角！她并没有自杀，或者是被救活了！老陈浑身一震，脑子里仿佛有一扇巨大的石门正轰然倒塌，露出门后一张浓妆艳抹的脸。那并不是文丹丹！但化了浓妆，大概也就没什么区别了。可卸掉浓妆的脸是什么样子的？在海边和他相拥着亲吻的脸是什么样子的？老陈急得想要撞墙。

荣凌峰恍然大悟，脸上并无快意，反而更加不满地说："噢！我这才明白啊！怪不得，怪不得那会儿你死活不肯见我！原来，那不是你？是 Shera 在冒充你？"

那女子——真正的文丹丹——耸了耸肩，连耸肩的姿势都跟文丹丹相似。她挽住荣凌峰的胳膊说："老荣！人家那时候不是有点儿危险嘛！再说了，弄那个网站，又不是什么好事儿！我爸为了保护我，才让 Shera 冒充我。"

"Shera 也真够义气的！"Jack 贾话里泛着酸意，"比用着真名实姓出生入死的还义气呢！"文丹丹连忙放开荣凌峰，又去挽 Jack 贾，说道："我表哥才真的够义气！最义气啦！"

老陈心中大悟：Jack 贾原来是文丹丹的表哥！亿闻网原总裁虽然倒台了，但秘书变成了现总裁，女儿变成了总裁夫人，外甥是 CTO。亿闻网换了领导，改了制，融了资，到国外上了市，到底还是他们家的……等等，所以嫁给荣凌峰的并不是他心中的那个文丹丹？！老陈一阵狂喜，几乎要脑溢血了。

荣凌峰冷笑一声说："连我也瞒着！怕我暗杀你吗？"文丹丹白了他一眼，忙岔开话题说："到底是怎么回事儿？干吗叫我到这儿来？"

荣凌峰指指老陈说："你替身的助理说，雷天网的程序不是你亲爱的表弟写的，是他写的！你表弟说你能证明！不过，既然是你替身替你弄的，你也证明不了什么吧！"

Jack 贾摊开双手狠命甩着，冤深似海地说："丹丹！你说你哥委屈不委屈？当年明明已经跟风投签好了合同！一千万美金呢！结果你说，必须把技术带回国，这样才能让舅舅轻判！我可都是为了你，为了舅舅，这才把那么好的机会都丢了，还得顶着个诈骗犯的名头，一辈子偷偷摸摸的！当初要是留在美国，现在是什么样子？还能整天受这种小人得志的气？"

Jack 贾说罢，白了荣凌峰一眼。荣凌峰立刻冷笑道："要不是你舅舅，你能去美国留学？"

文丹丹见两人又要掐起来，忙插嘴说："知道知道！你舅舅记得你的好呢！我也记得！你妹夫也记得！亿闻网也记得！这是为祖国人民做贡献呢！"说着去捅丈夫的胳膊。荣凌峰却厌恶地甩开她的手说："贡献个屁！我还不知道你们那点儿烂事？什么多难得的技术，又高精尖啦，又不可或缺啦！整个瞎掰！那是你们花了一百万美金活动出来的'条件'，我还不懂那个？"

老陈恍然大悟：当年文丹丹的父亲被"双规"，作为换取从轻处理的条件，文丹丹和 Jack 贾这才把雷天网的核心技术带回亿闻公司。但那核心技术其实也并没什么——他陈闯写的东西，能得到风投都已经要烧高香了，哪能算得上什么高精尖？那个交换条件，只不过是文丹丹家人花了 100 万美金"疏通"来的！100 万美金！当年 SVIB 的第一笔投资，到账就是 400 万出头，300 万给了他，剩下 100 万，都被文丹丹拿回国"运作"了？可是 Shera 呢？她得到了什么？她什么都没得到！她把自己所有的私房钱都用来买了那座房子！怪不得她说："那房子，是我个人送给你的礼物，那是用我这些年在美国攒的私房钱买的，和雷天网这件事无关。"她身无分文了！她原本就是孤儿，替朋友做了诈骗犯，亡命天涯，而且身无分文！老陈又一阵心如刀割，这次痛得要死了。

"荣凌峰！你有点儿过分了啊！"文丹丹见丈夫死不给面子，也阴沉了脸，抱起双臂，横眉立目地说，"这还当着外人呢，你们俩怎么回事儿？"

荣凌峰和 Jack 贾这才又想起老陈来，发现他正泪眼婆娑，倒是都吃了一惊。老陈强忍住泪说："她呢？她在哪儿？"

"谁？"文丹丹一时没听明白。Jack 贾在一边阴阳怪气道："Shera 呗！你闺蜜！"

文丹丹脸色一阴，没好气地说："我哪儿知道！"Jack 贾叹了口气，对老陈说："唉！这俩本来比亲姐妹还亲，就因为你，成仇人了！"

文丹丹脸色铁青。荣凌峰冷笑道："这就是你身边的人！任人唯亲！为了钱，亲姐妹也骗！三百万啊！"

老陈顿时火冒三丈："你们冤枉她了！她把三百万都给我了！因为是我写的程序！"老陈抬手指着 Jack 贾，"他都知道的！是他故意隐瞒了。大概也不让 Shera 告诉你们！因为害怕让别人知道，程序不是他写的！"

文丹丹和荣凌峰都愕然看着 Jack 贾。Jack 贾连连摆手，百口莫辩似的说："我哪儿知道？别听他瞎说啊！我什么都不知道！"

Jack 贾连朝文丹丹使眼色，文丹丹也发觉话题又转向当年那个程序，赶忙深深叹了口气，嗔怨着说："能不能别提她了？真让人难过！那么多年的好姐妹呢！当年她爸妈不在了，整天吃住在我们家，自杀吃的安眠药还是偷我妈的！结果还得我们送她去医院抢救！没有我们，她都不知死多少回了！我爸还出钱让她陪我一起到美国读高中、上大学！唉！别提了！知人知面不知心！别提她了！"

"她在哪儿？"老陈顽固地又问了一遍。他心中正火烧火燎。她不但身无分文，而且众叛亲离。都是为了他！可她为什么不来找他？他等了她那么多年！老陈眼前又模糊了。

"你这人怎么这么烦？"文丹丹翻了翻白眼，说，"死了！"

老陈仿佛被五雷轰顶，浑身猛地一抖，从椅子上一跃而起，瞪圆了眼吼道："你说什么？"

几人都被老陈吓了一跳。Jack 贾早知老陈和假文丹丹之间有些暧昧，却并不知竟有这么深，不禁眼珠一转，凑上来轻拍老陈的肩膀，深深地叹了口气说："唉，我们也一直没跟她联系！不过，听说她生病去世了。好像是癌症，很多很多年以前了！"

老陈两眼一黑，一屁股坐回椅子上，几乎失去了知觉。

文丹丹忍无可忍地扯住老公的胳膊说："你们这是从哪儿弄了个疯子来？咱们跟他浪费什么时间？"

"我可没想跟他耗时间！是你亲爱的表哥，非说只有他才能写程序！死乞白赖地让我求他！"

"哼！"Jack贾哼了一声，"丹丹，你哥在这儿也快待不下去了！你也不是不知道，你亲爱的老公找了我多少年的麻烦了！最近越逼越紧了！'天空'计划要是再弄不出来，我也差不多要走人了！我能不急吗？"

"废物！你早该走人的！"荣凌峰咬牙切齿道。文丹丹连忙打圆场："老荣！哪有你这么说话的！自家人呢！"转而又朝着Jack贾说，"哥，老荣最近压力太大！竞争这么激烈，别的公司都虎视眈眈的，上头对互联网、资本运作这块儿监管又越来越严，找他谈了好几次话了！他压力也大！你就再多费点儿心呗！"

"呵呵，我就知道你向着他！"Jack贾冷笑两声，再次把手放在老陈肩膀上，暗中用力，像是要把那个半死不活的人弄醒了，一边说着，"你们就知道自己升官发财，也得给别人一条活路啊！我知道，我迟早也得跟Shera一样！用完了就一脚踢开！"Jack贾偷眼看看老陈，见他果然有些反应，又添油加醋地说，"她也没个亲人，一个人死在异国他乡，都不知道有多可怜！"

"你说什么呢！"文丹丹愕然看着Jack贾，又看看老陈，不禁也住了口，三个人都住了口。老陈的脸色实在太难看了。

老陈其实并不确认自己听见了什么，也不确认他们到底在说些什么。他两耳又在铮铮作响，眼前模糊一片。他狠狠咬紧了牙关，打开面前的手提电脑，手颤得太凶，半天才打开一个窗口。他再次把电脑屏幕转向荣凌峰。

电脑屏幕上正播放一段视频。荣凌峰就站在他正站的位置，画外音里是老陈的声音："理论上说，您就可以获取用户的电子邮箱密码、网络银行密码、发出的每一条短信和微信，在所有其他公司开发的APP上输入的信息——我想贵公司早就在自己的APP上收集这些了。对不对？"荣凌峰对着镜头，一脸不屑道："哎呀，这也太小家子气了！我们要老百姓的银行密码干什么？要他们的微信记录干什么？值得花这么大的力气？哈哈哈！这是一个具有战略意义的重要项目……"

荣凌峰大吃了一惊，脸色顿时发白。文丹丹也一脸错愕，看看荣凌峰，又看看Jack贾。Jack贾却似乎并不十分惊讶，吊着眉冷眼看着。几人不约而同都把目光投向老陈。老陈脸上已没了任何表情，宛如一台机器人。荣凌峰猛然醒悟，叫道："这是谁的电脑？"

"我的。"老陈像个机器人似的说。

"你的电脑？"荣凌峰大惊失色，扭头气急败坏地朝着Jack贾吼，"蠢货！怎么能让他把自己的电脑带进来？"Jack贾并没辩解，只翻了翻白眼儿。荣凌峰继续喊："这电脑联网了吗？连Wi-Fi了吗？"

老陈木讷地摇摇头："没有。"

荣凌峰略松了一口气，阴沉着脸说："你到亿闻网总部里来偷拍，盗取商业秘密，这是犯罪！这电脑就是证据，必须留在这里！"

老陈耸耸肩说："随便，反正视频已经发出去了。"

"发出去了？怎么发出去的？发给谁了？"荣凌峰连问了三个问题，老陈却像没听见似的，目视前方，沉默不语。

荣凌峰脸上阴云密布，对Jack贾下命令："立刻去查！查查他把视频发到哪里去了！让所有人都行动！跟踪所有的视频网站，APP！看哪儿如果发了，立刻拿下！不只是亿闻的网站，还有其他公司的。所有的网站、平台都查！不管哪儿发出来，立刻向我汇报！我可以给他们老总打电话！"

荣凌峰下完了命令，又转向老陈咬牙说："跟我斗？你差远了！"

"总会有人看到的。"老陈面无表情地喃喃道。

"看到又能怎样？"荣凌峰鄙视地冷笑了两声，"你以为现在是自媒体时代？人人都能发声？你错了！现在是流量时代！除非你是大V，拥有亿万粉丝，不然的话，你发什么我都有办法让它永远消失！只不过，大V是不敢找我的麻烦的，他们都要靠着我吃饭呢！"

荣凌峰说罢，发现Jack贾仍没行动，不禁骂道："蠢货！快去查啊！还磨蹭什么？"

Jack贾并不行动，仍抱着胳膊倚在墙角，慢条斯理地说："荣总，等您下命令的时候，黄花菜都凉了！"

荣凌峰一时怔住，不知Jack贾葫芦里又卖什么药。Jack贾见众人都怔怔地看着他，这才心满意足地直起身，走近桌子，用手抚摸手提电脑的摄像头，说道："费小帅告诉我，陈先生希望用他自己的手提电脑来为我们修改程序。我当时就在想，陈先生的手提电脑里到底藏着什么秘密呢？当初他就把这台电脑一直放在知天公司，下班也不带走。我们绞尽了脑汁，甚至找机会借着陈先生的手，在这台电脑里安了个小东西，把硬盘检查了个遍，可还是什么也没发现。可他又要把这电脑带到亿闻大厦来。你说，我能不好奇吗？我就跟费小帅说：

你就给陈先生这个人情呗！"

　　Jack 贾顿了顿，朝老陈眨眨眼说："你没想到吧？费小帅恰恰就是个大公无私的员工呢！哦，这么说也不对。应该说，是公司给的好处比较多！荣总的心腹，孩子哪用得着读公立小学？是要上国际学校的！是不是，荣总？"

　　Jack 贾瞥一眼荣凌峰，也不等他答，继续往下说："当然，我们不会让陈先生带进来的电脑连接亿闻的内部 Wi-Fi 的。所以理论上，这台电脑是没有网络连接的。但是我们发现，这房间里多了一个接入移动网络的设备，我们就想，奇怪啊！是陈先生的手机吗？我们明明把他的手机收走了。这移动设备是什么？可真令人费解啊！可我还是想到了——原来就是陈先生这台电脑啊！"Jack 贾得意地扫视众人，"这台电脑里应该有独立的网卡和 SIM 卡。简单地说，大概就是个监控摄像头吧！把采集的视频通过移动网络发出去。"

　　Jack 贾又故意顿住。荣凌峰的脸又青了，强忍着等 Jack 贾继续往下说。

　　"只不过——"Jack 贾得意地看了一眼老陈，老陈木然把视线移开，他早知 Jack 贾识破了这电脑的秘密。Jack 贾多少有点儿扫兴，可还是继续说："我早有提防了，就在这间会议室的隔壁，有另外一台电脑，在运行一个小程序，按照通常的说法，叫作'伪基站'。"

　　荣凌峰脸色瞬间好转了。文丹丹倒是皱眉问了句："伪基站是非法的吧？还有谁知道？"

　　Jack 贾坦然道："伪基站通常来说是非法的，因为它冒充手机公司的基站，强行和手机用户建立连接。不过，我们并没到大街上建立一个伪基站，强行连接普通群众的手机。我们是在亿闻大厦里，为了防范商业间谍把公司里的秘密发出去，才临时安装了一台功率很小的伪基站。这台基站也只强行连接了一部移动设备，就是陈先生这台电脑上的独立网卡。这台电脑往外发送的一切数据，都被我们截获了。"

　　荣凌峰长出了一口气，脸色仍阴沉着。Jack 贾微微一笑，对荣凌峰说："荣总，如果这段视频真的被公开了，您，可就够呛了。"荣凌峰用鼻子哼了一声。Jack 贾并不在意，继续扬扬自得地说，"所以，您是不是该谢谢我？比如，把我的合同改成终身的，然后再分给我一些股票？"

　　荣凌峰怒道："你是在威胁我？这个人、这台电脑，本来就是你请进公司里来的！这视频要是真公开了，不但我完蛋，你也照样完蛋！"

"对哦！我怎么没想到呢！"Jack 贾夸张地摊开双手说，"您看，我刚才，一不小心，就……"

荣凌峰瞬间虎目圆睁，朝着 Jack 贾挥拳："你把视频发出去了？你这个蠢货！"

"您放心，我是不会让这视频公开的。不过……"Jack 贾冲着荣凌峰做了个鬼脸，说，"可我一不小心，把它发给董事会了。他们要是知道，伟大的企业家荣凌峰先生背着董事会、背着股东们、背着国家监管机构，偷偷摸摸开发着一个……"

Jack 贾突然捂住嘴，故作惊恐地看着荣凌峰。会议室里立刻安静了，只有手提电脑上的视频还继续播放着，视频中荣凌峰正指点着镜头骂道："你们都担心什么？'天空'项目出了任何问题，就由我全权负责！与这屋子里的任何其他人都无关！"

荣凌峰脸色铁青，额角青筋暴跳，气得说不出话来。

"表哥！"文丹丹尖叫一声，横眉立目地对着 Jack 贾说，"你怎么能做出这种事情？你怎能帮着外人害你妹夫？"

"我不害他，他就要害我了！你问问可敬的荣总！我的这几个手下，是不是他派的心腹，随时随地监视我的？"Jack 贾恶狠狠地指指房门，又指着老陈说，"要不是有这个'外人'，我根本就没机会反击呢！"

文丹丹不等 Jack 贾说完，又歇斯底里地哭喊起来："贾云飞，你让我以后怎么办？你让你舅舅怎么办？你怎么恩将仇报呢！"

"我恩将仇报？"Jack 贾把眼瞪圆了，冲文丹丹吼，"正相反，我是在替舅舅报仇呢！当年舅舅用 30 万美金在美国收购的那家假网站，到底是谁介绍给你的？别以为我不知道！不就是他吗？"Jack 贾手指荣凌峰的鼻子尖，"就是这位荣先生，文总的秘书，文总千金的男朋友，找了几个骗子让你认识，推销给你一个根本不存在的假网站！您大小姐每天吃喝玩乐，懂个啥？忽悠着你爸买了一堆废纸！为了这个你不是还跟他分过手？他是谁？他就是你爸的敌人——不，这么说太抬举他了！那时候他只不过是你爸敌人手里的一颗棋子！你和你爸早就知道了，只不过因为忌惮他背后的人，不敢拿他怎样！担心他们狗急跳墙，到美国害你！要不然干吗让 Shera 冒充你？舅舅就是太优柔寡断！太不够狠了！难怪能让他送进监狱！最后由他来坐这个位子！你倒好，反倒又跟他破镜重圆了！"

文丹丹已没了气势，哭哭啼啼地说："我不是没办法嘛！为了让你舅舅少受点儿罪！为了咱们兄妹都能有口饭吃！你怎么这么不懂事呢！呜——"

突然，啪的一声巨响。荣凌峰不知何时抓起那台手提电脑，向Jack贾狠命砸去，还好有电源线揪扯着，电脑并没飞到Jack贾头上。Jack贾这才慌忙躲闪，已慢了半拍，瑟瑟地藏在老陈背后说："你想干什么？想行凶吗？"

荣凌峰气得浑身乱颤，上前欲打，被文丹丹死命拖住，尖声哀求着："老荣，别动手，这样解决不了问题的！不如趁早冷静下来，想想办法！"

荣凌峰仿佛被一语惊醒，狠狠咒骂了一句，转身开门就走。文丹丹也忙小跑着跟了出去。Jack贾这才小心翼翼地站起来，得意扬扬地朝着两人的背影"哼"了一声。

正在这时，费小帅突然在门口出现了，惊慌失措地举着手机说："云总！我刚刚发现，我的手机，好像有点儿问题！"

Jack贾忙问："什么问题？"

费小帅迟疑了片刻，鼓起勇气小跑着进屋，狠狠瞪了老陈一眼，趴到Jack贾耳根，神色慌张地说："我手机……刚才自动往外发了一封邮件……"

6

小白已经好几天没去咖啡馆上班了。并不是生病，也不是偷懒，更不是休年假。不过工资照拿。老板说："你就是我们的招财猫。"

自从那条被大家误以为是要自杀的直播之后，咖啡馆的生意大好。总有热心的"粉丝"找到店里来。通过小白那些直播视频找到咖啡馆，只算最初级的人肉技术。老板对所有的店员下了命令，凡是打听"咖啡女孩"的，一概不答。不承认也不否认，只管卖咖啡。于是总有人不死心，天天在咖啡馆里苦等。也颇有几个不算太小的"V"，一边等一边直播，又引来更多的人，最近一两天，竟然又来了发抖音的。咖啡馆老板也就更舍不得让小白露面。小白也绝不敢到咖啡馆露面。她连家门都不敢出，生怕有"粉丝"找到家里来。小白以前日夜盼着多几个粉丝，如今一下子多了几十万，却并不怎么开心，反而忐忑不安。她都不敢打开亿闻直播的APP，不敢浏览那些评论和私信——大部分劝她想开些，小部分怀疑她罪有应得，有些猜她是某个名人的小三，还有一些要人肉她，也有赞她敢死的，甚至还有邀她一起死的，吓得她赶紧把手机丢了。从此手机一响她就心慌，以为是粉丝弄到了她的号码。原来红起来是这么吓人的。

小白不只是怕，还有些不懂。不懂自己怎么就一下子红了。她天天都在认真研究做咖啡，四处找人求教，一遍一遍练习，不仅用店里的咖啡机做，也回家用更简单的设备做，想方设法地做得比咖啡店里还好些，为了买咖啡豆不知花了多少钱，再把心得分享给大家，努力了两年也没红，却因为被人误解要自杀而红了。几十万粉丝里，既没人关心怎么做咖啡，也没人在乎她努不努力，励志书上可不是这么说的。这让她倍感迷茫，总觉得红得不太光明正大，因此就更觉得怕。她突然想起明哥曾经说过的话："网红有什么可当的？让大伙儿都盯着你？不害怕吗？"倒是明哥的话更准些。

小白在家待了几天，实在觉得无聊，可又没什么地方可去，也怕被粉丝认出来。正心烦着，门铃突然响了。小白有点儿担心，怕是家也被人肉出来了，蹑手蹑脚走到门边，透过门镜一看，竟然是谢燕。

小白请谢燕进屋，要张罗着倒水，被谢燕拉住了。谢燕说："别麻烦了，我找你有急事儿！"

小白的心立刻又悬起来了。谢燕说："你别怕，跟你没关系，是你的明哥。"

小白早有预感，只要谢燕出现，多半跟明哥有关系，说不定又想害明哥，不禁沉下脸。谢燕说："我知道你不大喜欢我，大概也不信任我。"小白一阵难堪，低头不语。谢燕又说："以前我为了工作，的确对你撒过谎，也利用过你，我现在正式向你道歉！"

谢燕竟然站起身，朝小白深深鞠了一躬。小白吃了一惊，连忙也起身，无措地站着。谢燕却竟然又鞠一躬，说道："这次是替明哥谢你。"

小白早已涨红了脸，生怕谢燕再鞠躬，拉着她坐了。谢燕说："这次明哥是真的需要你的帮助了，他现在处境很危险。"小白又想起那天跟着谢燕去救明哥，多少有点儿为难，也不知会不会再被谢燕利用。谢燕却说："我并不是要拉你去救他，他是主动身处险境的，为了揭发坏人。"小白不解地问："什么样的坏人？"谢燕说："大公司的大老板，在背地里干着坑人的事，你明哥想要让所有人都知道。"谢燕顿了顿，拉起小白的手说，"你愿意帮他吗？"

小白问："怎么帮？"

谢燕说："用你的直播。"

小白有点儿犹豫，既不知道用直播怎么救，也不知道这一次能不能再信。谢燕柔声说道："你也许一直想知道，明哥到底有什么故事，不如我现在就告诉你……"

二十分钟之后，小白已跟随谢燕来到某家五星级酒店的豪华套间里。老方早到了，已布置好了"现场"——豪华套间的浴室里，洁白的按摩浴盆边上，已围了一圈红蜡烛，都点燃了，摇曳的烛光映在深蓝色天鹅绒的窗帘上。

又过了几分钟，小白在亿闻直播的账户终于又登录了。几天没查，粉丝已涨到了七十八万。粉丝们见小白一直不发视频，纷纷留言，有人发了蜡烛，又有人发了双手合十，后面的留言都是蜡烛和双手合十，几千双手，几万支蜡烛，人们都当她已经不在了。

可突然间，"咖啡女孩"又上线了，视频直播开始了！镜头里是一只浴缸，围着一圈红烛，这镜头一分钟没动。仅此一分钟，观众就已经增加到十万，又等了一分钟，背景里响起一首久违的歌：

> 还记得吗
> 窗外那被月光染亮的海洋
> 还记得吗
> 是爱让彼此把夜点亮
> 为何后来我们
> 用沉默取代依赖……

歌又持续了一分钟，观众暴增到四十万。"咖啡女孩"终于出场了，只是背影，金色的蘑菇头，穿一件鲜红的旗袍，仿佛一根发育良好的胡萝卜，有点儿笨拙地迈进浴缸里，不小心踢倒了一根蜡烛，也就任由它倒着。她翻身在浴缸里躺平，这才露出正脸，戴着墨镜，看不出有什么表情。又过了片刻，涂成血红的嘴唇终于动了动，却又什么都没说，只缓缓举起手，整了整头发，手指也染成鲜红。背景里的歌已经唱完一遍，又从头唱起来。观众已增加到一百二十万，评论也早炸了锅。

"咖啡女孩"终于开口了，幽幽地说："这些天，你们都问我，到底为什么自杀。"她故意顿了顿，也就五六秒的工夫，观众又增加了几十万，评论也增加了几万条。她说："其实，答案很简单，就因为他……"

小白话没说完，画面一抖，突然切换到一间会议室里。著名企业家荣凌峰先生正意气风发地做演讲：

"我们要老百姓的银行密码干什么？要他们的微信记录干什么？值得花这么大的力气？哈哈哈！这是一个具有战略意义的重要项目！你听说过'数据孤岛论'吗？我们生活在一个伟大的时代，大数据时代……"

Jack 贾很快就弄明白了，那几封邮件，是费小帅手机中的某个木马程序自动发出去的，当然是陈闯搞的鬼。手机屏幕触点推算程序显然是成功了。陈闯大概早就获取了费小帅手机的解锁密码，也许还有别的什么密码，只是并没让费小帅和游尼知道。陈闯大概是趁着他俩打瞌睡的工夫，解锁了费小帅的手机，植入了木马，用电脑录制了跟荣凌峰的对质之后，他不但尝试用独立网卡往外传输数据，同时也通过蓝牙，把视频传到费小帅的手机里，再利用手机里的邮箱，神不知鬼不觉地把视频文件当作附件发出去。那手机一直都连着亿闻大厦的Wi-Fi，发个几十兆的邮件自然是畅通无阻，接收方是个在境外注册的邮箱。那视频注定追不回来了。

Jack 贾顿时咬牙切齿，悔之不及，没承想自己只顾着手提电脑里的独立网卡，却忽略了周围人的手机。他就像荣凌峰刚才那般急赤白脸地命令费小帅调动所有人，排查视频是不是在某个平台上播出了。转而气急败坏地质问老陈："视频到底发哪儿了？"

老陈沉默不语。Jack 贾眼珠一转，若有所悟："我明白了！视频还没发！你是想用它威胁我？哼哼，千万别指望我会问你到底想要什么！你根本没资格跟我讨价还价！你麻烦大了！只要我动动手指，打个电话报警，你知道你有多大麻烦吗？"

老陈依然沉默着。自从费小帅拿着手机惊慌失措地跑进来，他就一个字没说过，眼皮都没动一动，就像睁着眼睡着了。他真希望能够睡着了，睡着了也许会做梦，也许就会梦到文丹丹——不，应该是Shera。他想在梦里好好看一看她，他怎能记不起她的容貌了？老陈虽然面无表情，内心却懊悔万分，只恨今天见到了真正的文丹丹，如果不见，大概也不会突然忘了 Shera 的样子，也更不会得知她已经不在了，这辈子再也见不到了，老陈心头一阵钻心地疼，眉头狠狠一抽。

Jack 贾以为恐吓起了作用，略有些得意，义正词严地说："第一，你到亿闻网偷拍，把视频发出去，这就等同于商业间谍。你知道商业间谍要判多少年吗？"

Jack 贾看看老陈，老陈却目视前方，眉头皱得更紧，仿佛是在心里暗暗盘算什么。

Jack 贾说："你可别打算逃跑，因为你以后也没钱到处跑了。当年在硅谷那个案子，虽然你并不是诈骗嫌疑人，但是只要我一封检举信，你就会立刻变成诈骗嫌疑人。而且，300 万美金的赃款的确在你手里，我相信 SVIB 总归有兴趣追回一部分赃款的。你在瑞士的账户号码，GRE 早写在报告里交给我了。"

Jack 贾又仔细观察了一下老陈，发现他的嘴角也在微微颤动，又多了几分把握，说道："如果你识相的话，就立刻打电话给你的同伙，让他们把视频彻底删除了。并且让他们每个人都写一封保证书给我，这样的话，也许我还能有办法帮帮你。"

Jack 贾掏出手机递过去，老陈却不接，仍旧木然坐着。Jack 贾说："这可是你最后的机会，别不识抬举！"

"你有她的照片吗？"老陈喃喃道。

"谁的照片？"Jack 贾一时不解。

"Shera。"老陈说。

"嗬！"Jack 贾顿时一脸不屑，心中也明白了大半。老陈又说："给我看看她的照片，我就告诉你。"

Jack 贾满脸狐疑，但还是解锁了手机，到相册里翻找着说："我哪有她的照片？我留她的照片干什么……算你走运，还真有一张。"

Jack 贾把手机递给老陈，老陈忙用双手接过来，手微微地颤抖。

手机上是一张照片的翻拍，两个留着长长金发的女孩子勾肩搭背，偎在一只沙发里，两人也就二十出头，胖瘦相仿，脸型相仿，发型也一模一样，乍看就像一对双胞胎，细看却并不是。左边一个颧骨略高，嘴唇略薄，下巴略尖，那是真正的文丹丹。而右边一个眉毛更粗，眼睛更大，笑容也更甜。

正如那个傍晚，在加勒比海的沙滩上。

"她叫什么？"老陈问。他只知她叫 Shera，却不知她的真名。除了她的生日，他什么也不知道，或许就连生日也不知道。她只是用那个方法告诉他银行的密码，可能不是真的生日。这样别人即便弄到那盘磁带，也不可能知道密码的，老陈眼前瞬间模糊一片。

"哼！你先告诉我，你把视频发给谁了！"Jack贾一把抢回手机，气急败坏地问。老陈却并没反应，两只空手仍举在眼前，脸上早已涕泪横流。

"云总！"费小帅再次慌慌张张地跑进屋，惊慌失措地说，"发了！发了！"

Jack贾大吃一惊，问道："在哪儿发的？"

"就在……就在亿闻直播……"费小帅低头，惴惴地说。

"那还不赶快删了！"Jack贾急得跳脚。

费小帅忙说："已经删了！"

Jack贾略松了一口气，连珠炮似的下达命令："把那个号封了！把那个号的关联人都给我查出来，随时监控！不只监控他们，监控所有能够发视频的网站！只要有人再发，立刻删了！只要观看人数超过两位数，连号也删了！从现在开始三个月内，24小时全网监控！"

"可是……"费小帅万难地看了Jack贾一眼，栗栗地说，"十五分钟前开始直播的，咱们的网监一时也没注意，后来才发现视频里有荣总，这才赶快告诉我。我立刻就让他们删了！不过……不过也播了十几分钟……"

"多少观看量？"Jack贾神色紧张。

"两百多万……"费小帅惶惶地低头说，"还有十几万次下载……"

Jack贾已然两眼发直，脸色煞白，尖号了一声："FUCK！"

老陈被骂声惊醒，这才发现手早已空了，纷乱交织的掌纹上湿乎乎一片。他慌忙闭上眼，眼前终于又浮现出她的脸，眼里也含着泪，却朝着他笑。于是老陈也笑了，泪水从眼缝里汩汩地漾出去。他在心里又爱又怨地对她说：这么多年，我都不知道你的名字。

"贪！狗娘养的还笑！"费小帅恶狠狠瞪了老陈一眼，作势挥拳要打，毕竟没敢下手，小心巴结着Jack贾说，"我还没告诉荣总……要不要先报警？"

Jack贾却似如梦初醒，雷嗔电怒地把手机向着费小帅脸上砸过去，骂道："一群废物！给我滚！"

费小帅"啊呀"一闪身，手机直飞出门，他也连滚带爬地追出去。Jack贾紧随其后，砰地把门关死了，转回身来，怒色竟没了，见老陈仍闭着眼流泪，冷笑一声说："你也够痴情了，既然这么重感情，那就替活人想想吧！"

老陈仍闭着眼不动，也不知听见了没有。

"我是说你的好兄弟宋镭！你不想让他后半辈子也坐牢吧？"

老陈这才把眼睛睁开，模糊间看到 Jack 贾阴恶的笑脸，不由得打了个寒战。Jack 贾从衣兜里掏出一只小塑料袋捏在指间，在老陈眼前晃了晃："这东西，你认得吧？"

塑料袋里是一只微型 U 盘，似乎就是宋镭给他的那只。老陈吃了一惊，伸手要夺，Jack 贾却早已收了回去，得意道："你以为，扔进马桶里就能销毁了？我能让你用普通马桶？"

老陈暗自庆幸早把 U 盘里的东西都删除干净了，心中却仍有些不踏实。

Jack 贾说："这是宋镭给你的吧？他的科研成果，大概不能算是他自己的吧？学校总有份吧？给他科研经费的机构也有份吧？他是机器人和人工智能专家，是不是也常常参与国防部和航天局的秘密项目？他万里迢迢地跑来把这 U 盘交给你，到底有何目的？FBI 最近好像很喜欢抓科技间谍啊，尤其是美籍华人科学家。我听说抓了好几个了！"

"里面什么都没有！"

"那是自然，都被你格式化了，也恢复不了。不过，"Jack 贾冷笑了两声说，"你可能没注意，这 U 盘上印着生产批号呢！我已经查过了。这只 U 盘是 2017 年 10 月由宋镭工作的大学采购的！你倒是说说看，一所美国顶尖大学的机器人实验中心的 U 盘，怎么就到了你手里？"

"我偷的！"老陈斩钉截铁道，"前几天，我在出租车里，从宋镭钱包里偷的！"

"义气啊！啧啧啧！"Jack 贾咂咂嘴，再次弯腰凑近老陈，眯起眼说，"你说说，这十几年，你整天躲躲藏藏，到底是在怕什么？"Jack 贾见老陈不吭声，自问自答道，"怕坐牢吧？怕警察找上你吧？"

老陈心里确实一震，但并没表现出来，仍一动不动坐着。Jack 贾继续说："就算是你偷的，那你也还是商业间谍！你想想看，如果我把这东西寄给 FBI，再告诉他们，这硬盘是你从一位美国科学家身上偷的，他们会怎么想？"

"就算我是间谍，也是为你偷的。你想要向 FBI 检举你自己，那就请便吧！"

"哈！为我？我的确请你找宋镭咨询，可我没让你从他手里偷东西啊！而且，你把这东西拿到亿闻大厦里来了，又不是拿到我家去了。"

"那你是要检举亿闻公司？"

"亿闻公司？"Jack贾撇了撇嘴，嗔怨着说，"得多谢您把这视频昭然于天下了！虽说是荣凌峰个人的阴谋，董事会都不知情，但亿闻公司肯定要跟着背锅的，股票也得大跌，你以为，我还能在这儿待得住吗？我才不在乎亿闻公司了呢！"

Jack贾说罢，脸上并没有一丝遗憾的表情，反而有点神采奕奕的，压低了声音对老陈说："跟你实说了吧！我其实，还在做另一个项目，一个更大的项目！这个项目可是大有前途的！那才是……那才是真正的大数据，是真正的AI！是对现有AI技术的突破！是要改写人类命运的！"

老陈早就了解Jack贾的演讲方式，心想也许他又从哪儿弄了个私活儿，半讥半讽地问："你这个项目，荣凌峰知道吗？"

"当然不知道了！姓荣的整个一农民暴发户，就只会小打小闹，做小孩玩具！这个项目跟他、跟亿闻网都没关系！"Jack贾满脸鄙夷，"跟你实说了吧！自从我加入亿闻网，姓荣的就从来没看得上我！我忍辱负重，卧薪尝胆了这么多年，在他面前装孙子，图的就是亿闻网这个平台，还有它的数据！特别是这两年，靠着帮荣凌峰弄'天空'项目，我积累了好多数据！都是非常关键的数据！"

老陈心想难道还有别人想要利用手机力学数据？不禁问道："你的'大项目'也需要陀螺仪、加速计、磁力计数据？"

"不止这些！最主要是摄像头！不过，我可不是要推算屏幕触点的。"Jack贾鄙夷地向着幻想中的荣凌峰白了一眼，越发凑近老陈，神神秘秘地说，"我是要那些用户的脸部特写！我要他们的表情！脸部最细微的变化！"

Jack贾顿了顿，观察老陈的表情，见老陈一脸迷惑，得意扬扬地说："荣凌峰弄的这个'天空'项目，无非是想知道别人在手机上输入了什么，目前绝大多数公司也都只是在收集用户的行为数据。比如，输入了什么字符串，点了什么链接，看了什么视频，等等。可他们并不一定就能通过这些，探知每个人的内心！如果这位手机用户恰巧不太主动，比如使用社交软件时很谨慎，不喜欢发表评论，也不经常跟人聊天，又或者，这人太过主动，很喜欢胡言乱语，随口瞎说，口不对心，现有的数据算法就猜不透这些人到底喜欢什么，讨厌什么。"

Jack 贾越说越兴奋，嘴角泛着白沫："可是如果我们收集了所有这些人的表情——请注意，大哭大笑是表情，但面如止水也是表情。眨一眨眼，皱一皱眉，动一动鼻子，舔舔嘴唇，这些都是表情。再加上手的参与——揉揉眼睛，摸摸下巴，捋一把头发。这些都可以成为自变量！你一定要问，因变量是什么？"Jack 贾又得意地晃晃头，胖脸上挤满了狡猾的笑容，"因变量就是这个人的思想！是他听到一句话，看到一条新闻，甚至看到一张照片时的内心活动！如果能够使用机器学习和数据算法，通过收集和分析一个人细微的脸部表情，来判断他内心的想法，想想看，那该有多牛 × ！"

Jack 贾使劲儿攥了攥拳头，踌躇满志地说："想想看！多牛 × ！举个例子，想想现在那些做竞选预测的公司！发放调查问卷给人填，有人爱填，也有人不爱填，有人会填谎话。想想特朗普是怎么上台的？哈哈！可是，如果我们掌握了这个表情识别技术，那就太简单了！只需把候选人的照片推送给每个人，收集这些人的面部表情，就能预测出每个候选人的受欢迎程度了！还有恐怖分子，邪恶组织！这个更牛了！你就把观点或者新闻报道推送给每个人，用不着他们做出任何实际操作，不用评论也不用点赞，通过收集他的面部特征就足以得知，他是拥护还是反对，内心是不是个邪恶的人，是不是异端分子、反动分子！你一定觉得这很牛吧？还有更牛的！你可以通过洞察他们的心理变化，掌握跟他们'说话'的技巧！知道同一件事要怎么说，他们就会反对，可换一个说法，他们也许就会赞成！这才是真正牛 × 之处！他们自己毫无察觉，却已经被你说服，被你收买了！这难道不是改变人类的伟大技术吗？"

老陈只觉汗毛倒竖，后背一阵阵发凉，再也受不了 Jack 贾那张得意忘形的胖脸，不由得扭头看向窗外。Jack 贾却以为老陈已经被他说服了，殷切地说："陈闯！跟我一起干吧！"

"我能干什么？"老陈笑道。Jack 贾却实在太激动，并没看出那是冷笑，越发热烈地说："人脸识别啊！我刚说的技术，就靠人脸识别了！你当年写的求职预测程序，多牛啊！"Jack 贾再度挑起大拇指，然而又遗憾起来，"唉！可是这个 Shera，都遂了她的愿，钱也都给了，居然还偷删了源代码！你知道吗？我后来找过多少所谓'人脸识别'的专家，来补写那些代码，根本就不行！没一个管用的！"

老陈恍然大悟！怪不得 Jack 贾冒充 SVIB 雇用了 GRE 之后，竟然又要让他"协助"找人，让他到知天里去写程序，然后让游尼告诉他知天有亿闻 APP 收集的人脸数据！原来目的就是为了得到他的人脸识别算法！ Jack 贾一定以为，他在人脸识别算法方面有什么"绝招"呢！

"哈哈哈！"老陈忍不住笑出声来。他笑着闭起眼，仿佛又看见 Shera，一如既往地扬着头，还好，算不上颐指气使，求人的时候总不该太霸道的。可她必定是没有笑容的，说不定还有些微愠，双目炯炯地说："求求你，把最关键的部分删掉！为了这个程序，他写得那么辛苦，一辈子还得躲躲藏藏的！结果还被别人偷走霸占了，他就太亏了！"她说完了，轻轻咬了咬嘴唇，满眼都是盈盈的光。这动作暴露了她，她并不是皇后，她其实什么都没有了，只在心里有一个他。老陈笑出眼泪来了，他实在太想她了。

Jack 贾本以为老陈的笑就是答应了，又觉笑得有点儿夸张，所以有些拿不准，又问一遍："你同意了？跟我一起干？其实这也不是我自己的点子！后面有大主顾呢！特别有钱！投多少都没问题！咱们一起干，再创业！肯定比当年的雷天网牛 × 一百，不，一万倍！比什么苹果、Google 都牛！一起干吧！"

老陈好歹止住笑，对 Jack 贾说："你弄错了！我并不精通人脸识别算法，连入门都还不算呢！"

Jack 贾眉头一皱，又立刻舒展开来，笑道："你啊你！假谦虚！是不是？"

"哈哈，真的不是！"老陈又笑了，笑着说，"我是真不会！哈哈！当年我根本就没用人脸识别，哈哈！论坛里那些照片太模糊，用了还不如不用！哈哈哈！我用的是那些人在论坛里的留言，口头语，爱聊的话题，常用的专业词汇，还有互动的好友，不是说，物以类聚吗？对了，还有性别！求职这件事，哪能忽略了性别？哈哈哈！反正就是没有人脸！一点儿都没有！哈哈哈哈……"

Jack 贾大惊失色，瞪眼问老陈："真的？你说真的？"

老陈一个劲儿笑，根本顾不上回答他。Jack 贾气急败坏地说："笑什么笑！你疯了？"

老陈笑着说："哈哈哈！没有！哈哈哈，你！才！疯！了！"

Jack 贾恼羞成怒，狠狠一拍桌子，咬牙切齿地说："你这个蠢货！你知道你失去了多么珍贵的机会吗？你失去了本世纪最伟大的创业机会！你失去了参与改写人类历史的机会！不管你参与不参与，历史都将被大数据改写，都将被 AI 改写！你懂吗？"

老陈笑着摇头，摇得自己都发晕，笑着说："哈哈！我等着你改写！改好了通知我。哈哈哈！"

"不要笑了！"Jack 贾气得发狂，奋力挥舞着双手，"你这个胸无大志的可怜虫！你在嘲笑时代吗？你在嘲笑科学吗？你才应该被嘲笑！你以前就只配在餐馆里刷盘子！以后就只配坐牢！你不知 AI 时代已经到来了吗？！ AI 将会取代一切的！总有一天，人类只不过是科技的奴隶！"

老陈终于止住笑，却也并不看 Jack 贾，只遥望着窗外的夜色说："科技并不想把谁变成奴隶，是你们这些人，想要把别人变成奴隶。"

Jack 贾再次举起拳头，像是又要呐喊，可突然又不知该喊什么，这才发现，似乎自己并没听明白老陈刚刚说了什么。

正在这时，会议室的大门猛然开了。荣凌峰铁青着脸站在门前，身后跟着一群人，有费小帅、游尼，三名公司保安，还有三名穿黑西装的陌生人。

Jack 贾吃了一惊，问道："干什么？"

荣凌峰说："他们是警察，我们已经报警了。"

Jack 贾吃了一惊，但反应迅速，立刻转身指着老陈说："我正要报警呢！这个人负隅顽抗，就是不肯说出同伙来！看你进了公安局说不说！"

荣凌峰默然不语，一闪身，几个便衣警察一拥而入，三下五除二，给老陈和 Jack 贾都套上手铐。Jack 贾大惊失色："这是干什么？为什么铐我？"

荣凌峰冷冷道："是你把他带进来的，还容许他把电脑带进来。我们怀疑，你是他的同伙，你们一起串通了，到亿闻网来偷拍公司领导的秘密谈话，并把这些信息偷偷发往境外，已经构成了严重的商业间谍犯罪！"

"你造谣！我不是！"Jack 贾试图挥舞被手铐铐牢的双手，却被两名警察强行扭住，可嘴里仍喊个不停，"警察先生，不要听他的！明天董事会就会撤他的职！他眼看就不是亿闻网的总裁了！"

便衣警察并不听 Jack 贾的，一左一右，硬把 Jack 贾架出房间。另一个警察倒是更从容，不慌不忙地对老陈说："走吧！"

老陈又看了一眼窗外，看到远处密密麻麻的万家灯火，他转身走出会议室。听到费小帅恶狠狠地说："在监狱里过下半辈子吧！"

　　老陈却突然一阵释然，十几年来第一次通体舒畅。就连前些日子，谢燕告诉他，他并不在诈骗嫌疑犯的名单里，也并没这么舒畅，他似乎都忘了他正戴着手铐。他闭上眼，果然又看见她，他确实记住她的样子了，这次再也不会忘的。她永远留在他心里，不论到哪儿，他们都会在一起。

　　他是真的自由了。

　　老陈闭着眼睛往前走，舍不得再睁开。他看着她满眼含泪地冲着他笑，他也朝着她笑。他轻声对她说：

　　AI 永远也不会明白，我有多么想你。

靠 近 我
Once More

我要你靠近我抱着我

你要好好爱我

我会给你，我会给你

所有的快乐

陈闯在圣马丁岛上一共住了十一年零三个月。

非常平静的十一年零三个月。吹吹海风，听听音乐，看看书。有时非常寂寞，但尚能忍耐。他心里总是有些盼头的。他想，说不定哪天，文丹丹就会突然出现。

他每天黄昏，都要到那拥挤的沙滩上，看飞机降落。当然要带着他的随身听。他有时也随着人群慢慢摇摆，有时也跟着他们一起欢呼雀跃，可更多的时候，就只是静静注视着夕阳铺洒的海面，听耳机里熟悉的歌。直到天黑透了，再到附近的一家小酒吧，喝得有些微醺。

那酒吧真的极小，常年只有一个老板和一个侍者。都是本地人。老板是个大腹便便的老男人，会讲的英语有限，但很会用英语骂人。侍者是个三十多岁的拉丁裔小伙子，皮肤黝黑，满脸胡须，几乎不会讲英语，但懂得卖酒。再多聊几句，他就朝着陈闯尴尬地傻笑。

酒吧里也极少有客人。偶尔有几个游客，也坐不久。因为酒吧太小，座位也不怎么舒服，头顶还常有飞机经过，轰轰隆隆的。陈闯是坐得最久的。一个人喝酒，偶尔自言自语，只用中文，看上去像是精神有些问题。但他总是积极地付账，又从来不发酒疯，所以很受欢迎。

直到一天傍晚，他仍去沙滩上看飞机降落，却不知为何，竟然忘记了带随身听。倒也并不急着去取，反正就在家里放着。那盘磁带，他也听了太多回了。天黑之后，他仍去那间酒吧。大概因为没有随身听，总觉得有些不够圆满，所以多喝了几杯，很有些醉意，也忘了时间。那卖酒的小伙子倒是也不催，耐心在柜台后读书。读得困了，竟趴在吧台上睡着了。他这才想到该走了，可又不肯叫醒酒保，也就蹑手蹑脚地走过去，把钞票放在吧台上。

然后他发现，那小伙子正在读的，竟是一本英文版的书，书名叫作《你该如何消失》。

他吃了一惊，心想，莫非酒保一直在假装不会英语？不禁心慌意乱，从酒吧落荒而逃。等到了家，又有些释怀。在这个岛上常住的人，大概有不少是跟他类似的，大家各怀秘密，互不侵犯，反而相安无事。他也就沉沉睡了。

真正的问题出在第二天早上。他醒过来，突然想起那酒保昨晚读的书，他也有一本的，是在从旧金山返回圣马丁岛时，特意去书店买的，曾经被他翻得快烂了，不过这些年都没再碰过。他反正无事可做，又把那书找出来，就在书架上，很好找的。

他翻开那本书，却意外发现了一张空白明信片。一张从中国带来的明信片，照片上是天坛。他这才真的慌了。他翻遍了整个房间，并没找到另一张明信片，也没什么别的异样。

他搜肠刮肚地回忆，却仍想不起来，这张明信片是不是他自己夹进书里的。当年闯爸的确把一沓子明信片放进他箱子里，让他带到美国当作小礼物送人的，当年他也只送得起这样的礼物。然而并没机会送。可他带来的明信片，不是一直留在那只破箱子里？那晚匆匆忙忙地飞来圣马丁岛，他怎会莫名其妙地带上这样一张明信片？

他整日惶惶恐恐，魂不守舍，直等到黄昏，才又带着随身听到沙滩上去，想着能在那里让自己得到一些平静。

于是面对着黄昏的落日，他戴上耳机，按下 Play 键，耳边立刻响起粗犷而温柔的女声：

> 我要你靠近我抱着我
> 你要好好爱我
> 我会给你，我会给你
> 所有的快乐

他果然渐渐平静下来。然而就在歌曲结束时，他猛然意识到，这首歌是从中间开始播放的。难道是他倒带子不彻底？他进而想起来，他根本就没倒带。然而上次他明明是听完了整首的。

他的心脏狂跳起来。他联想到那张明信片，立刻被一种莫名的感觉吞噬了。并不是恐惧，也不是慌张，而是希望。就像波涛汹涌的海，在夕阳下翻卷着白浪，浪花在夕阳里崩裂，仿佛绽放的金色礼花。

他彻夜无眠，第二天购买了飞往北京的机票。

2019 年 2 月 17 日凌晨，于北京

PS. 小说到这里已经结束了。以下的部分，权可当作番外。

番　外

警察并没让老陈和 Jack 贾乘坐同一辆车。两名警察押着 Jack 贾上了一辆黑色奥迪，另一名警察则押着老陈上了一辆黑色别克，没挂任何牌照。

警察让老陈坐进后座，自己坐进驾驶席。大概因为老陈并不是刑事犯，对他并不怎么防范，反正铐着手铐，料他也跑不了。

别克车穿过北京的大街小巷，老陈却并没看见街上有什么。他一直闭着眼，直到车子彻底停稳，熄了火，这才睁开眼，想看看是不是到公安局了。可他并没找到公安局。

警察为老陈开了车门，又用钥匙开了手铐。他虽然十几年都在担心被捕，但从没有过被捕的经验，所以也不清楚手铐到底何时应该戴着，何时又可以去掉，就只茫然地跟着那便衣往前走。走了几步，却愕然发现，眼前正是他再熟悉不过的咖啡馆。

老陈心中惴惴的，担心警察是要顺路把小白也抓走，喃喃地说了一句："和别人没关系的。"警察也不理会，径直走进咖啡馆。

咖啡馆里没有客人，连工作人员都没有。老陈看了一眼墙上的钟，晚上九点半，已过了下班时间。警察带着他转了一个弯，找了个座位让他坐了，自己并不坐，走开几步打手机，声音压得很低。

老陈怔怔地坐着，心想已经过了下班时间，小白大概暂时是安全的，略微安心了些，却突然听见门响，忙回身去看，却见谢燕走了进来，身后跟着另一个男人。老陈不禁有些诧异：难道把她也抓来了？

谢燕的表情却并不像犯人，尽管脸上没有笑。她身后的瘦高男人却有些笑意，表情颇为和善。押送老陈的便衣跟那男人打了个招呼，竟然拔腿走了，这让老陈分外不解，茫然地看着谢燕。

谢燕转身介绍身后的男人："这位是高先生，是……"谢燕看看那人，有些不可言传的表情，又说，"你最近好像又升官了？我都搞不清楚了，你还是自我介绍吧！"

那人却跟谢燕调侃道："就说是你的好朋友呗！或者老朋友！"谢燕却板起脸说："我从来弄不清楚，你到底算不算是我的朋友。"

"合作伙伴总可以吧？"那人无奈地扬了扬眉，又对老陈微笑着说，"陈先生，你好！我姓高，是安全部的。暂时不方便告诉您具体身份。"

老陈惴惴地起身和那人握手。那人忙说："坐！"自己也在老陈对面坐下，谢燕也跟着坐了。那人对老陈说："我们正在调查一个案子，涉及跨境互联网犯罪。谢女士认为，你也许能够帮助我们。"

老陈心中茫然，只隐隐觉得，或许跟 Jack 贾所说的"大项目"有点儿关系。可又不想多问，因为并不感兴趣。

谢燕见老陈沉默不语，说道："高先生其实一直在帮我，不然有些事情我也做不到的。"谢燕沉吟了片刻，像是在措辞，"我和高先生合作很久了，为国家做点儿贡献，我们希望你也能和我一样。"

老陈喃喃道："我什么也不懂。"

高先生看了一眼谢燕，对老陈说："她可不是这么告诉我的。"

"我没用的。"老陈决绝地说，把目光垂向地面。他不想再为任何人工作了，不论是为好人还是坏人，是为了什么目的。他就只想一个人安静地待着，哪怕是在监狱里也好。他要用所有时间，跟她在一起的。

高先生说："你可能不太了解我的 team。其实，有不少人跟你的情况类似的。"

老陈没抬眼皮，他才不关心那个 team 里究竟都有谁，反正不会有他。高先生却并不罢休："我的 team 里有个女孩，情况就跟你有点儿像。大约十二年前……"

高先生顿了顿，仿佛在观察老陈的反应。老陈仍低头看着地面，心中隐隐有些动荡。

"我们接到中国驻墨西哥大使馆的电话，说有个中国籍女性在墨西哥城的一家酒吧里醉酒闹事，用碎酒瓶子刺伤了一个壮汉，当地警方通知了大使馆。大使馆本来不太在意，可后来查了一下，发现这女的是国内一家知名企业老总的女儿——哦，不对，应该是前老总。"

高先生再次顿住。老陈已抬起头，紧张地看着他。高先生不动声色，不紧不慢往下说："大使馆觉得这件事有点儿敏感，所以通知了我们。我们也查了一下，发现这位前总裁的女儿，好像是冒充的……"

老陈的上半身都伸长了，比刚才高出半个头，仿佛被一只无形的手提了起来。

"而且，她好像在美国出了点儿事，正被 FBI 通缉。"

高先生微微一笑，不再往下说。老陈只觉心脏狂跳，说话有些困难："他们说……说她得了癌症，不在了！"

"那是我们说的，为了保护我们的人，也为了让大家更便于工作，我们总要放一些烟幕弹的。"高先生顿了顿，又说，"我们发现她有一些很好的条件。比如她很聪明，学历不错，英语也很好。而且她没有任何家人，也没多少朋友，我们发现她的时候，她也没钱，几乎什么都没有。不过，她很有经验。"

高先生又故意顿住。老陈忙问："什么经验？"

"冒充别人的经验。"

老陈用双手猛撑起身子，把脸凑近高先生，声音颤抖地问："她在哪儿？"

"保密。我们的人，当然不能暴露行踪。"高先生微微一笑。谢燕皱了皱眉，有点儿憎恶地瞥了他一眼。他假装没看见，又对老陈说，"不过，如果你也变成了我们的人，也许……"

老陈两眼一亮，却又低了头，盯着地板沉思良久，憋出一句："我爸呢？"

谢燕开口道："我们找到他了，就在亿闻山庄里。我新找了一家疗养院，环境很好的。"

老陈把眼睛闭上，表情却非常认真，像是在跟谁商量。过了好一会儿才又睁开眼，眼里含着泪说："我同意。"

"很好！"高先生欣喜道，"咱们换个地方，这里毕竟是公共场所。"

几分钟之后，老陈已经坐进高先生的车里。他心里有点儿乱，也不知是喜是忧。谢燕并没一同上车，只在车窗外挥手，也不知是冲他，还是冲高先生。

车子启动了，拐了几个弯，老陈这才略微平静了些。夜里十点的马路，依然拥堵不堪。隔着车窗，老陈一眼看见巨大的交通路况显示屏：纵横交错的红线，编织成一张密不透风的网。

他知道这辈子都逃不开这张网。

可他心中有了一些希望。

图书在版编目（CIP）数据

秘密调查师Ⅴ 网中人 / 永城著． -- 北京：作家出版社，2020.6（2022.9重印）

（悬疑世界文库）

ISBN 978-7-5212-0904-4

Ⅰ．①秘… Ⅱ．①永… Ⅲ．①长篇小说 – 中国 – 当代 Ⅳ．①I247.5

中国版本图书馆CIP数据核字（2020）第052820号

秘密调查师Ⅴ 网中人

作　　者：永　城
出版统筹策划：汉　睿
责任编辑：静　静
装帧设计：天行云翼·宋晓亮
出版发行：作家出版社有限公司
社　　址：北京农展馆南里10号　　邮　　编：100125
电话传真：86-10-65067186（发行中心及邮购部）
　　　　　86-10-65004079（总编室）
E-mail:zuojia@zuojia.net.cn
http://www.zuojiachubanshe.com
永城作品版权由北京嘉印文化传播有限责任公司全权代理
业务合作：info@joy-ink.com
www.joy-ink.com
印　　刷：三河市北燕印装有限公司
成品尺寸：152×230
字　　数：300千
印　　张：21
版　　次：2020年6月第1版
印　　次：2022年9月第2次印刷
ISBN 978-7-5212-0904-4
定　　价：48.00元